# 中國新聞史研究輯刊

六 編

主編　方漢奇

副主編　王潤澤、程曼麗

第 4 冊

## 「九評」：中蘇論戰與新聞傳播

盛　陽　著

花木蘭文化事業有限公司

國家圖書館出版品預行編目資料

「九評」：中蘇論戰與新聞傳播／盛陽 著 — 初版 — 新北市：
花木蘭文化事業有限公司，2022〔民 111〕
序 4+ 目 4+218 面；19×26 公分
（中國新聞史研究輯刊 六編；第 4 冊）
ISBN 978-986-518-685-2（精裝）
1.CST：中俄關係　2.CST：傳播政治經濟學
890.9208　　　　　　　　　　　　　　110022045

ISBN-978-986-518-685-2

9 789865 186852

中國新聞史研究輯刊
六　編　第四冊　　　　　　　　ISBN：978-986-518-685-2

# 「九評」：中蘇論戰與新聞傳播

作　　者　盛　陽
主　　編　方漢奇
副 主 編　王潤澤、程曼麗
總 編 輯　杜潔祥
副總編輯　楊嘉樂
編輯主任　許郁翎
編　　輯　張雅淋、潘玟靜、劉子瑄　美術編輯　陳逸婷
出　　版　花木蘭文化事業有限公司
發 行 人　高小娟
聯絡地址　235 新北市中和區中安街七二號十三樓
　　　　　電話：02-2923-1455／傳真：02-2923-1452
網　　址　http://www.huamulan.tw 信箱 service@huamulans.com
印　　刷　普羅文化出版廣告事業
初　　版　2022 年 3 月
定　　價　六編 7 冊（精裝）台幣 20,000 元　　　　版權所有・請勿翻印

# 「九評」：中蘇論戰與新聞傳播

盛陽 著

## 作者簡介

盛陽（1990～），江蘇揚州人，北京外國語大學國際新聞與傳播學院講師、碩士生導師、中信改革發展研究基金會青年學會研究員。2019 年畢業於清華大學新聞與傳播學院，獲文學博士學位。曾供職於《中國日報》駐華盛頓記者站、美國彭博新聞社北京分社、清華大學蘇世民書院。共發表中英文學術論文二十餘篇。目前的主要研究興趣包括：中國共產黨新聞傳播史、中國當代媒體政治與國際傳播政策、二十世紀中國革命的文化政治、西方傳播理論的中國問題。

## 提　　要

　　中蘇論戰不僅是中國新聞傳播發展史中的大事件，也是理解當代中國媒體和傳播政策及其內部邏輯的關鍵切口。本書以「獨立自主話語體系的再建構」爲理論線索和歷史線索，分析中蘇論戰的理論內涵、發展及衍變，政治理念的傳播方式、技術手段及戰略方針，以及核心理念在實踐層面的世界史意義。

　　中蘇論戰不僅是 20 世紀共產主義運動最重要的理論鬥爭，同時也是 19 世紀以來國際主義挑戰民族帝國主義的最後高潮。以公開文本、理論鬥爭和大眾傳播的特定形式展開的中蘇論戰，不能僅僅被理解爲去歷史化的意識形態和權力鬥爭。從中國經驗出發，論戰在形式上內在於中國革命的論辯傳統，在思想脈絡上內在於中國革命者探尋自身發展道路的反帝國主義理論建構。

　　中國在論戰中從馬列主義理論內部重新詮釋和解讀了帝國主義、反帝國主義等基本概念的當代內涵和政治實質，並基於中國社會主義建設的實踐，創造性地提出了獨特的革命理論體系。論戰也是中國對社會主義道路的自我探索。中國共產黨人通過精密複雜的人員調動、資源調配和機構重組，建構了一套系統化、組織化和機動性的國際傳播機制以及傳播策略。獨立自主話語體系的想像與建構，不僅爲中國社會主義建設的實踐開拓和政治發展打下了理論基石，也鼓舞了追求平等政治的世界反霸權運動。

本書獻給我的父親和母親。

# 序言：九評都是好文章

李彬

清華大學新聞學院教授

　　毛澤東生前最後一首七律，是 1973 年寫給郭沫若的《讀〈封建論〉》，其中頸聯寫到「百代都行秦政法，十批不是好文章」。為盛陽博士的這部學位論文《「九評」：中蘇論戰與新聞傳播》出版作序時，不由想起這一名句。盛陽的論文研究的是上世紀六十年代轟動全國，激蕩世界的《九評蘇共中央公開信》——從 1963 年 9 月至 1964 年 7 月，中共中央以《人民日報》和《紅旗》雜誌的名義，發表的 9 篇論戰文章。化用毛主席的詩句，可謂「九評都是好文章」。

　　中蘇兩黨兩國的恩恩怨怨，從十月革命到蘇聯解體，真是剪不斷理還亂，十年前的一部《中蘇關係史綱：1917～1991》剝絲抽繭，洋洋大觀，管窺蠡測，可見一斑。其間，五六十年代，在一系列事關社會主義前途與人類命運的大是大非問題上，中蘇兩黨兩國裂痕凸顯，愈演愈烈。先是「文鬥」，後有「武鬥」，如珍寶島之戰，險些釀成大規模戰爭。當年，我們的小學、中學校園也挖防空洞，如今遍及全國的「人防工程」以及據此改造的各種設施，均為當年「深挖洞，廣積糧，不稱霸」的時代印記。

　　盛陽博士的學位論文，就聚焦中蘇「文鬥」的高潮——「九評」。對此，1981 年中共中央《關於建國以來黨的若干歷史問題的決議》總結道：「蘇聯領導人挑起中蘇論戰，並把兩黨之間的原則爭論變為國家爭端，對中國施加政治上、經濟上和軍事上的巨大壓力，迫使我們不得不進行反對蘇聯大國沙文主義的正義鬥爭。」2021 年，中國共產黨成立百年之際付梓的《中國共產黨簡史》也寫道：

從二十世紀 50 年代後期開始，中蘇之間的矛盾和衝突日漸加劇。蘇聯黨以「老子黨」自居，要求中國共產黨在軍事和外交上服從其蘇美合作主宰世界的戰略。正如鄧小平所說：「真正的實質問題是不平等，中國人感到受屈辱。」中國共產黨堅持獨立自主，堅決頂住來自蘇聯的巨大壓力，維護了國家主權、民族尊嚴和黨的尊嚴。

這部《「九評」：中蘇論戰與新聞傳播》，第一次從學術研究上，回溯「九評」的來龍去脈，分析前因後果，探究傳播過程，特別是文化政治與文化領導權問題。選題別開生面，研究深入細緻，文字簡潔乾淨，觀點發人深思，堪稱研究真問題、真研究問題、真解決問題的上乘之作。

關於中蘇論戰，現在流行的看法是無用的空論。確實，僅從「九評」的題目看，貌似都是高大上的宏大敘事：《蘇共領導和我們分歧的由來和發展——評蘇共中央的公開信》、《關於斯大林問題——二評蘇共中央的公開信》、《南斯拉夫是社會主義國家嗎？——三評蘇共中央的公開信》、《新殖民主義的辯護士——四評蘇共中央的公開信》、《在戰爭與和平問題上的兩條路線——五評蘇共中央的公開信》、《兩種根本對立的和平共處政策——六評蘇共中央的公開信》、《蘇共領導是當代最大的分裂主義者——七評蘇共中央的公開信》、《無產階級革命和赫魯曉夫修正主義——八評蘇共中央的公開信》、《關於赫魯曉夫的假共產主義及其在世界歷史上的教訓——九評蘇共中央的公開信》。然而，站在人心向背的高度，透過廣闊的世界歷史視野，回首新中國七十多年「左一腳右一腳，深一腳淺一腳」的艱辛探索與奮力前行，可以越來越清楚地理解「九評」的理論內涵與社會政治意味——看似高談闊論而實則無不關乎現實利害，包括人類命運共同體的安身立命與何去何從。

如果說「九評」是空論，那麼，古今中外這樣的「空論」代為不絕，從百家爭鳴到獨尊儒術，從孔孟之道到宋明理學，從上帝造人到君權神授，從人人生而平等到民有民治民享，從自由民主博愛到天下大同，從資本主義到共產主義——古往今來的「大道理」，哪個不像是「空論」，而哪個又不關乎生死存亡的現實利害，關乎安身立命與何去何從。所謂大勢所趨，人心所向，說到底無不繫於「空論」。今天，當我們面臨百年未有之變局，更能夠深切意識到「九評」不僅當年讓中國共產黨佔據了理論制高點、道義制高點、話語制高點，擺脫了國際上被孤立、被污名、被壓制的局面，贏得全世界正義力量的普遍尊重與廣泛認同，就連蘇聯總理柯西金都對新華社駐蘇記者承認，

你們的「九評」太厲害了；而且其中一些重要命題至今仍然深刻製約著或影響著 21 世紀，包括每個國家每個人的生存與發展，如帝國主義與戰爭問題，如五評裏提出的「社會實踐是檢驗真理的唯一標準」。

九評都是好文章。「九評」之作，上有文章大家毛澤東親力親為，下有時任總書記（當時相當於秘書長）鄧小平為核心的寫作班子，聚集一批學富五車的理論家、政治家，加之延安整風形成的實事求是的學風和文風。因而，「九評」在充分體現馬克思主義世界觀、方法論的基礎上，一方面擺事實，講道理，力透紙背，鞭闢入裏，一方面淋漓盡致地展現了凌雲健筆的論證風格和大江東去的論戰氣勢，儼然一個現代版的唐宋八大家。中央黨校常務副校長李書磊從這個角度談及這種文風：「直到『文化大革命』中不少『兩報一刊』社論雖然指向錯誤但語言還是很鋒利且有感染力的。」（《再造語言》，2001）所謂「兩報一刊」，是指《人民日報》、《解放軍報》和《紅旗》雜誌三家媒體。1966 年至 1976 年的「文化大革命」期間，以「兩報一刊」名義發表的社論代表著那個年代的權威聲音。《紅旗》是中共中央的理論刊物，五十年代創刊，八十年代停刊，於此同時創辦《求是》。無論「九評」，還是「兩報一刊」，我當年都不可能深刻理解，只留下登高壯觀天地間，大江茫茫去不還，黃雲萬里動風色，白波九道流雪山的印象，一位親歷者的回憶讓我深有同感：

> 堅持擺事實、講道理，文章的邏輯性和說服力非常強。還有它的語言文字與修辭，乾淨利索，佳句迭出，力透紙背。我在讀它的時候，時不時有一種拍案叫絕與醍醐灌頂的感覺。後來才知道，《九評》並非一般人所寫，它是由毛澤東牽頭，組織當時最傑出的寫作人才，以集體的力量精雕細刻而成的，每一篇都經過毛澤東的親自修改和審定。所以《九評》，不僅浸透了毛澤東的諸多心血，而且蘊含著他的豐富思想，特別是他的在無產階級取得政權以後應當怎樣繼續革命的思想，在《九評》中得到了比較系統和深刻的闡述。《九評》固然是中蘇論戰中的產物，但它旗幟鮮明地宣示了毛澤東領導的中華人民共和國的內外政策，劃清了與修正主義的界限，為中國在錯綜複雜的國際鬥爭中站穩腳跟起到了十分重要的作用。閱讀《九評》，對我後來的寫作幫助極大，不僅是在文字運用方面，更重要的是寫作思路和寫作手法。（《回憶：「九評」、中國第一顆原子彈爆炸成功和趙樸初的〈哭三尼〉》）

　　2021 年，我與趙月枝教授主編的「中國新聞學叢書」第一輯出版發行。本來，叢書裏還有盛陽、向芬、周慶安、李海波、吳風等書稿，由於種種原因而不得不暫時「擱置」。好在西邊不亮東邊亮，如今他的著述在其他地方出版（相信另幾部書稿也會如願問世），囑我作序，義不容辭，寫下一點鼓與呼的文字，也寄託一點欣悅之情。

　　是為序。

# 目次

序　言　李彬

第1章　緒　論 ……………………………………… 1

　1.1　研究背景 …………………………………… 1

　　1.1.1　當代背景 ……………………………… 1

　　1.1.2　歷史背景 ……………………………… 3

　1.2　關鍵概念界定 ……………………………… 7

　　1.2.1　帝國主義與反帝國主義 ……………… 7

　　1.2.2　獨立自主話語體系 …………………… 15

　1.3　問題、方法與章節安排 ………………… 19

　　1.3.1　研究問題 …………………………… 19

　　1.3.2　研究方法 …………………………… 20

　　1.3.3　章節安排 …………………………… 22

　1.4　研究意義 ………………………………… 24

　　1.4.1　理論意義 …………………………… 24

　　1.4.2　現實意義 …………………………… 26

第2章　研究綜述：重現國際主義時刻 ………… 31

　2.1　「中蘇論戰」研究綜述 ………………… 31

2.1.1 當代「中蘇論戰」研究史料綜述 ……… 32

2.1.2 從階級撤退？：「民族國家」框架中的
「中蘇論戰」研究 ………………………… 33

2.1.3 民族主義與國際主義的辯證：作為
歷史共產主義的「中蘇論戰」 ………… 36

2.2 國際傳播與「中蘇論戰」的知識譜系 ……… 39

2.2.1 現代性及其批判：西方傳播研究、
冷戰與中蘇論戰 ………………………… 40

2.2.2 國際主義的座標：批判傳播研究的
反思 ……………………………………… 44

第 3 章 建構反帝國主義的國際傳播機制：中蘇
論戰再回顧 ……………………………………… 49

3.1 引論 …………………………………………… 49

3.2 從中國革命到中蘇論戰：傳播史的視角 …… 51

3.2.1 中國革命及其對世界秩序的想像 …… 52

3.2.2 反帝國主義：創造性主體的顛倒 …… 55

3.3 中蘇論戰再回顧：從中國出發 ……………… 58

3.3.1 問題的起源：相同事件，兩種解讀 … 58

3.3.2 中蘇論戰的傳播史：1956～1966 …… 61

3.4 中蘇論戰再解讀：辯證法、理論性與大眾
傳媒 …………………………………………… 73

3.4.1 迂迴與論戰：公開論戰的前夜 ……… 73

3.4.2 中國社會主義的傳播實踐：重構獨立
自主的國際傳播機制 ………………… 76

3.4.3 中國社會主義的傳播觀念：以
「理論性」為核心 …………………… 81

3.5 小結 …………………………………………… 86

第 4 章 獨立自主話語體系的想像：基於「九評」
的文本分析 ……………………………………… 89

4.1 引論 …………………………………………… 89

4.2 中蘇論戰的理論譜系：傳播研究的知識
考古 …………………………………………… 91

4.2.1 中蘇論戰傳播史的理論關切：研究
綜述 …………………………………… 91

4.2.2　如何界定西方帝國主義？：問題的
提出 ……………………………… 94
4.3　「九評」的理論脈絡………………………… 95
4.3.1　「九評」概況 …………………………… 95
4.3.2　「九評」的文本分析 ………………… 98
4.4　反西方帝國主義：革命者的構想………… 109
4.4.1　反帝國主義的困境：第三世界的視角· 109
4.4.2　秩序與顛倒：中國革命者的視角 …… 112
4.5　小結 ……………………………………… 118
第5章　獨立自主話語體系的興起：傳播政治
經濟學的視角 ……………………… 121
5.1　引論 ……………………………………… 121
5.2　傳播政治經濟學在西方：理論框架 ……… 122
5.2.1　知識地圖：以馬克思主義理論及其
實踐為線索 ……………………… 122
5.2.2　傳播工業：資本主義的最高階段？ ·· 128
5.2.3　傳播與社會：意識形態終結論？ …… 131
5.3　作為傳播事業的中蘇論戰 ……………… 135
5.3.1　「程式化道路」：理解傳播的建制化 ·· 135
5.3.2　起草小組 …………………………… 138
5.3.3　翻譯組 ……………………………… 142
5.3.4　對外廣播 …………………………… 146
5.3.5　理論出版 …………………………… 152
5.4　作為反霸權運動的中蘇論戰……………… 155
5.4.1　地緣政治與解放政治：世界史的兩種
面向 ……………………………… 155
5.4.2　從中國社會主義到全球六十年代 …… 158
5.4.3　個案研究：斯邁思的中國研究筆記 ·· 164
5.5　小結 ……………………………………… 172
結　論 …………………………………………… 175
參考文獻 ……………………………………… 181
附錄　中蘇論戰大事年表 ………………………… 203

# 第 1 章　緒　論

## 1.1　研究背景

### 1.1.1　當代背景

在 2013 年 8 月召開的全國宣傳思想工作會議上，中共中央總書記習近平對加強和改進對外宣傳工作提出戰略要求：「創新對外宣傳方式，加強話語體系建設，著力打造融通中外的新概念新範疇新表述，講好中國故事，傳播好中國聲音，增強在國際上的話語權」〔註1〕。這一論斷對媒介話語和權力的強調，成為近十年來理解中國媒體實踐頂層邏輯和政治構想的關鍵線索。其中「加強話語體系建設」、「講好中國故事，傳播好中國聲音」的論述，不僅在政治立場上闡明了新時代外宣工作的理論基點，在行動方式上也指明了建構獨立自主的話語原則。

但是，如果想要完整地理解當代中國新聞傳播實踐及其文化語境，不僅需要全景剖析中國當代政治規劃及其媒體政策，更需要將這一政治規劃納入其歷史的發生語境。中國社會主義建設的獨立自主原則，不僅是中國對外宣傳工作在新時代的指導綱領，也是從毛澤東時代、改革開放時代，再到新時代一脈相承的社會主義發展理論動力，並構成了社會主義建設和實踐探索的

---

〔註 1〕相關分析參見史安斌、王曦：《從「現實政治」到「觀念政治」──論國家戰略傳播的道義感召力》，《人民論壇·學術前沿》，2014 年第 24 期，第 16～25頁。

總體性觀念〔註 2〕。社會主義建設時期，毛澤東提出新華社「要把地球管起來」，「盡快做到在世界各地都能派有自己的記者，發出自己的消息，讓全世界都能聽到我們的聲音」〔註 3〕；改革開放時期，鄧小平提出宣傳工作「堅持四項基本原則的核心」，就是「堅持共產黨的領導」〔註 4〕，都是在傳播領域對獨立自主話語的把握。

從歷史起源看，中國社會主義建設獨立自主的發展原則源自 20 世紀 50 年代對自身發展道路的理論探索。儘管「加強話語體系建設」的國際傳播原則是中國領導人在新時代的歷史條件提出的，在建國初期特定的歷史條件下，中國就已經根據自身現狀、發展形勢和政治想像（political vision），建立了一套基於自身主體性的平等發展原則，並在中蘇論戰的過程中，將這一發展原則整合為獨立自主的理論話語和政治綱領〔註 5〕。獨立自主話語體系的逐步建立，可以視為話語體系建設這一新時代政治決策的歷史先聲。

作為一場浩大的理論鬥爭運動，中蘇論戰同時也是社會主義中國自我探索的理論識別過程。它不僅是 20 世紀共產主義運動最重要的理論鬥爭，也是 19 世紀以來國際主義挑戰民族帝國主義的最後高潮〔註 6〕。在理論論戰的過

---

〔註 2〕獨立自主話語也體現在中國當代的數字網絡發展戰略規劃。參見洪宇：《踐行網絡強國戰略，把握全球數字時代歷史機遇期》，光明網，http://share.gmw.cn/guancha/2019-03/22/content_32671131.htm?from=timeline&isappinstalled=0。

〔註 3〕中共中央文獻研究室：《毛澤東年譜（一九四九～一九七六）》第二卷，北京：中央文獻出版社，2013 年：504～505 頁。

〔註 4〕鄧小平：《關於思想戰線上的問題的談話》，《鄧小平文選》第二卷，北京：人民出版社，1994 年。

〔註 5〕吳叡人在其翻譯的本尼迪克特‧安德森名作《想像的共同體》導讀中，提及政治想像（political vision）一詞，意指話語建構內部的意識形態屬性，是一種心理的、主觀的、遠景的想像：「nation 一詞最初是作為一種理念、政治想像或意識形態而出現的，因此本來就帶有明顯的價值意味」。在話語存在政治屬性這個意義上，筆者認同並借鑑這一觀點，並進一步提出中國在中蘇論戰中發展完善的「平等發展原則」，是一種帶有政治想像屬性的話語。但是考慮到「中蘇論戰」發生於特定的政治經濟條件，政治經濟條件帶來了政策和行動方面的變化，筆者並非將話語本質化為刻板的政治想像，而是將其視為一種與社會政治、思想氛圍和經濟狀況緊密勾連的，基於自身狀況、發展形勢和政治想像三重條件下的理論方案和行動綱領。參見：吳叡人：《認同的重量：〈想像的共同體導讀〉》，載本尼迪克特‧安德森著《想像的共同體：民族主義的起源與散佈》，吳叡人譯，上海：上海世紀出版集團，2011 年，第 16 頁。

〔註 6〕這一論點受到了北京大學新聞與傳播學院王維佳副教授的點撥，在此表示感謝。

程中，中國從馬克思列寧主義內部重新詮釋和解讀了帝國主義、反帝國主義、民族主義、國際主義、殖民主義、反殖民主義等馬克思主義基本概念的當代內涵和政治實質。在論戰和社會主義建設同步進行的歷史進程中，中國共產黨人將國際主義付諸於獨立自主話語體系的理論和實踐建構。獨立自主話語體系的想像和建構，為中國社會主義建設的實踐開拓和政治發展打下了理論基石，同時為世界革命賦予了全新的歷史意義。

## 1.1.2　歷史背景

　　中蘇論戰是國際共運史的重大事件〔註7〕。基於冷戰地緣政治、全球政治經濟和文化結構、帝國擴張版圖以及反帝國主義鬥爭策略的不斷變動，國際共產主義陣營內部從 20 世紀 50 年代起逐步發展出了一場以理論鬥爭為核心的公開論戰。1963 年，中國共產黨以九篇評論文章的形式，直接點名回應蘇共中央的公開信，中蘇兩黨間的理論論戰隨之引爆。

　　從傳播學角度看，中蘇論戰是中國共產黨人參與並推動的一項理論傳播運動。與其論戰對手不同，中國以公開報刊、廣播電臺和理論書籍等多種大眾傳媒的形式，系統性地公開發表了意見雙方的不同觀點。為全面深入回應理論挑戰，中國共產黨還通過組織調配黨內知識分子和政治系統、組織專家調研討論、廣泛徵詢兄弟黨、進步知識分子和外籍專家意見等諸多方式，構建了一套試圖突破冷戰霸權的國際傳播機制。不僅如此，隨著論戰的不斷深入，中國共產黨人逐步提煉和完成了自身革命理論體系的建構。可以說，無論是傳播形式和傳播觀念，中國共產黨人都通過參與論戰，重新論述了帝國主義及其秩序，逐步確立和塑造了反帝國主義綱領和戰略。

　　1848 年，馬克思和恩格斯在《共產黨宣言》中寫道，「工人沒有祖國。決

〔註7〕中蘇論戰的英語表述一般為 "the Sino-Soviet debate"、"the great Sino-Soviet polemic debate"、"the Sino-Soviet quarrel"。筆者認為，將中蘇兩黨之間的理論分歧簡單翻譯為中國「Sino」與蘇維埃「Soviet」之間的論戰，本身就突出了論戰主體的地緣政治屬性，簡化了其政治屬性。考慮到論述方便，筆者在下文中一般使用「中國」與「蘇聯」兩個名詞指代論戰主體，但這並不意味著取消或者忽視論戰主體的階級屬性；相反，恰恰需要在階級政治與地緣政治的交叉分析中，才能對中蘇論戰的歷史意義作出更全面的解釋。參見 Chen, Jian. Maoism. *New Dictionary of the History of Ideas*. Horowitz, Maryanne (eds). Farmington Hills: Thomson Gale, 2004, p. 1339; Cull, Nicholas. *The Cold War and the United States Information Agency: American Progapanga and Public Diplomacy, 1945～1989,* Cambridge: Cambridge University Press, 2008, p. 237.

不能剝奪他們所沒有的東西。因為無產階級首先必須取得政治統治，上升為民族的階級，把自身組織成為民族」〔註8〕。這段話所指向的「民族國家」與「國際主義」的辯證思想，不但鼓舞了十九世紀歐洲資本主義中心的工人團結和無產階級革命，也見證了二十世紀國際共產主義陣營對社會主義道路的十年論戰──這段國際傳播史上的「國際主義時刻」。

1956 年 2 月 25 日，在蘇聯共產黨第二十次代表大會召開期間，赫魯曉夫以秘密會議的形式，對斯大林展開嚴厲批判，並提出和平過渡到社會主義議會道路。這份題為《關於個人崇拜及其後果》的秘密報告隨後在國際共產主義陣營、西方左翼知識分子、第三世界以及資本主義國家中掀起巨大波瀾──從英國新左派運動的興起、坦桑尼亞總統朱利葉斯·尼雷爾（Julius Nyerere）的社會主義計劃經濟政策的展開〔註9〕，到巴西左翼總統若昂·古拉特（João Goulart）被美方支持的軍事政變推翻──預示了政治意義上「全球六十年代」（the global sixties）的開啟〔註10〕。

〔註8〕馬克思、恩格斯：《共產黨宣言》，《馬克思恩格斯文集》第2卷，北京：人民出版社，2009 年。

〔註9〕1965 年 2 月 19 日，毛澤東會見坦桑尼亞總統尼雷爾，並指出：「我們開始搞建設時沒有經驗，現在才算摸到一點經驗。非洲國家獨立後遇到的問題和我們的性質是一樣的，就是如何搞農業、石油、化學工業和機械工業。要學會做買賣」，「上帝就是人民，人民就是上帝」（中共中央文獻研究室，2013）。尼雷爾的著作《烏賈馬（Ujiamaa）》論述了坦桑尼亞農村公社的社會主義實踐。實際上，從 1955 年萬隆會議開始，中國與第三世界其他國家就逐步建立和發展了獨立自主的內政外交共識。毛澤東時代的馬克思主義中國化經驗，在中蘇論戰的過程中進一步得到確立，並深刻影響了亞非拉等第三世界地區的民族解放進程。參見：中共中央文獻研究室：《毛澤東年譜（一九四九～一九七六）》第五卷，北京：中央文獻出版社，2013 年；Nyerere, Julius. *UJAMAA: Essays on Socialism,* Cambridge: Oxford University Press, 1974.

〔註10〕「全球六十年代」指在 20 世紀 60 年代全球範圍內發動的左翼政治運動、知識運動和媒介反文化運動（counterculture movements）。儘管學界對「政治六十年代」的斷代節點存在爭議，但基本共識是，1956 年的秘密報告是全球政治光譜變遷的重要轉折點。可參考 Russo, Alessandro. The Sixties and us. in *The Idea of Communisim 3,* ed. Lee, Taek-Gwang and Zizek, Slavoj. New York: Verso. 2016.; Davis, Madeleine. The Marxism of the British new left. *Journal of Political Ideologies,* 2006 (3), 335～358.; Lin, Chun. *The British new left.* Edinburgh: Edinburgh University Press, 1993; Gitlin, Todd. *The sixties: years of hope, days of rage.* New York: Bantam Books, 1987; Brown, Timothy. Lison, Andrew. (eds) *The Global Sixties in Sound and Vision: Media, Counterculture, Revolt,* New York: Palgrave Macmillan, 2014；吉特林：《新左派運動的媒介鏡象》（胡正榮、張銳譯），北京：華夏出版社，2007 年。

思想分裂的過程，同時也是思想團結的過程。不久，蘇共二十大報告以及赫魯曉夫秘密報告就在各國左翼陣營內部引起了震動。包括中國共產黨、朝鮮勞動黨、越南共產黨、日本共產黨、印尼共產黨、阿爾巴尼亞共產黨等少數政黨，在後期明確提出反對蘇聯及其東歐陣營的意見。1956 年 4 月 5 日，中國共產黨在《人民日報》上以《人民日報》編輯部的名義發表《關於無產階級專政的歷史經驗》（其廣播稿在前一晚通過新華社發表），反對蘇聯以秘密報告的形式全盤否定斯大林，認為其在內容和方法上都存在錯誤〔註 11〕。蘇共中央委員會機關報《真理報》隨即轉載。中蘇論戰的帷幕正式拉開。

同年 10 月，蘇聯試圖違反無產階級國際主義原則，對波蘭實行武裝干涉，10 月下旬，東歐匈牙利發生軍事策反，蘇聯堅持撤退駐匈境蘇軍。中國發表聲明勸和，蘇波達成協議，匈牙利危機也開始化解〔註 12〕。11 月，南斯拉夫領導人鐵托在普拉發表演說，提出反斯大林主義、反對並清除斯大林主義分子。12 月 29 日，《人民日報》發表《再論無產階級專政的歷史經驗》一文，進一步論述蘇聯革命和建設的基本道路、斯大林的功過評估、反對教條主義和修正主義，以及各國無產階級的國際團結等四點核心問題〔註 13〕。

在《再論》成文過程中，毛澤東提出以下要點，不僅在理論探索方面奠定了「獨立自主話語體系」的基調，在傳播實踐方面，也指出了獨立自主的傳播策略。作為傳播策略和理論思考的指導性思想，獨立自主話語體系也成為中國在後期公開論戰中的立論綱領：

第一，明確世界革命的基本規律與共同道路。十月革命基本規律和各國革命的具體道路，馬列主義基本原理與各國革命的具體實際相結合。二者不可偏廢，但十月革命基本規律是共同點；第二，釐清斯大林主義。如果要講「斯大林主義」，確切地說是有缺點的馬克思主義，所謂「非斯大林主義化」就是修正主義的非馬克思化；第三，釐清沙文主義，其在大國、小國均有可

〔註 11〕 毛澤東把赫魯曉夫的秘密報告形象地概括為「揭了蓋子」，「捅了漏子」，它雖然破除了蘇聯、蘇共和斯大林的迷信，但是在內容和方法上都存在嚴重的錯誤。參見吳冷西：《憶毛主席——我親身經歷的若干重大歷史事件片段》，北京：新華出版社，1995，4～5 頁。

〔註 12〕 參見：吳冷西：《十年論戰——1956～1966 中蘇關係回憶錄》，北京：中央文獻出版社，2014 年；吳冷西：《憶毛主席——我親身經歷的若干重大歷史事件》，北京：新華出版社，1995 年。

〔註 13〕 人民日報編輯部：《再論無產階級專政的歷史經驗》，《人民日報》，1956 年 12 月 29 日。

能出現。要提倡國際主義，反對民族主義；第四，先分清敵我，再內部分清是非，當前反蘇、反共浪潮是國際範圍的階級鬥爭尖銳化的表現，要區別敵我矛盾和內部是非的性質。應對方針和解決方法不同；第五，既要反對教條主義，也要反對修正主義。蘇聯經驗還要學，但不能教條地學；第六，文章從團結開始，以團結結束，克服妨礙團結的思想混亂〔註14〕。

　　1959年赫魯曉夫訪美，蘇聯外交政策出現重大調整，提出社會主義與資本主義陣營「和平共處、和平競爭、和平過渡」以及「爭取建立一個沒有武器、沒有軍隊、沒有戰爭的世界」。毛澤東及中共中央認為，這些觀點造成了國際共運的思想混亂。1960年列寧誕辰90週年之際，中國連續發表了《沿著偉大列寧的道路前進》、《在列寧的革命旗幟下團結起來》、《列寧主義萬歲》三篇文章，批判國際共運中的修正主義〔註15〕。同年6月，蘇聯代表團在羅馬尼亞工人黨代表大會召開前夕，突然散發蘇共6月21日致中共中央的通知書，反駁後者紀念列寧的專文。論戰進一步升級。

　　1963年7月，鄧小平、彭真率中國代表團赴莫斯科參加中蘇兩黨會談，會談期間蘇共中央發表《給蘇聯各級黨組織和全體共產黨員的公開信》，「就中蘇兩黨關係和國際共產主義運動問題全面攻擊中國共產黨，表明蘇聯決心進行公開論戰」〔註16〕。為回應蘇聯的攻擊，中共中央自1963年9月6日至1964年7月14日相繼發表了《蘇共領導同我們分歧的由來和發展：一評蘇共中央的公開信》等九篇評論蘇共中央公開信的文章，指明批駁赫魯曉夫修正主義。「九評」署名為《人民日報》編輯部和《紅旗》雜誌編輯部，共計近20萬字。

　　以「九評」為標誌，中蘇兩黨之間近十年的理論論戰達到高潮。這一歷史事件深刻影響了中國國內的政治、經濟、文化總體格局。對此，《關於建國以來黨的若干歷史問題的決議》有明確表述：

　　　　蘇聯領導人挑起中蘇論戰，並把兩黨之間的原則爭論變為國家

〔註14〕吳冷西：《憶毛主席——我親身經歷的若干重大歷史事件》，北京：新華出版社，1995年。

〔註15〕陳小平：《20世紀50至60年代「中蘇大論戰」的背後——評吳冷西的〈十年論戰（1956～1966）——中蘇關係回憶錄〉》，《當代中國研究》，2002年第3期。

〔註16〕中共中央文獻研究室：《毛澤東年譜（一九四九～一九七六）》第五卷，北京：中央文獻出版社，2013年。

爭端，對中國施加政治上、經濟上和軍事上的巨大壓力，迫使我們不得不進行反對蘇聯大國沙文主義的正義鬥爭。在這種情況的影響下，我們在國內進行了反修防修運動，使階級鬥爭擴大化的迷誤日益深入到黨內，以致黨內同志間不同意見的正常爭論也被當作是所謂修正主義路線的表現或所謂路線鬥爭的表現，使黨內關係日益緊張化〔註17〕。

　　事實上，中蘇論戰不僅在國際共產主義運動內部引發了激烈的辯論，在20世紀60年代世界革命和民族獨立運動中，也為各國探索民族解放、社會平等和發展道路提供了借鑒和參照〔註18〕。例如美國六十年代反文化的新左派運動，就以「3M」（馬克思、毛澤東、馬爾庫塞）為精神領袖〔註19〕；在去斯大林主義與中蘇論戰的雙重歷史潮流中，毛澤東思想也影響了歐洲政治和思想界如阿爾都塞、朗西埃、阿蘭·巴丟（Alain Badiou）、伊曼紐爾·特雷（Emmanuel Terray）、本尼·萊維（Benny Lévy）、安德烈·格盧克斯曼（André Glucksmann）、克里斯蒂安·讓貝（Christian Jambet）等一大批進步知識分子〔註20〕。

## 1.2　關鍵概念界定

### 1.2.1　帝國主義與反帝國主義

　　帝國主義與反帝國主義是中蘇論戰的論述重心，也是近現代政治學、社會學、傳播學和幾乎所有二十世紀革命學說與政治實踐的核心議題，許多重要的政治家、革命者、思想家——包括霍布森（John Hobson）、拉法格（Paul Lafargue）、

---

〔註17〕中共中央文獻研究室：《關於建國以來黨的若干歷史問題的決議注釋本》，北京：人民出版社，1983年。

〔註18〕Russo, Alessandro. The Sixties and us. in *The Idea of Communisim 3*, ed. Lee, Taek-Gwang and Zizek, Slavoj. London: Verso, 2016.

〔註19〕參見王維佳：《「點新自由主義」：賽博迷思的歷史與政治》，《經濟導刊》，2014年第6期，25～36頁；Turner, Fred. *From Counterculture to Cyberculture: Stewart Brand, the Whole Earth Network, and the Rise of Digital Utopianism*. Chicago: The University of Chicago Press, 2006.

〔註20〕參見 Barker, Jason. Master Signifier. A Brief Genealogy of Lacano-Maoism, *FILOZOFIA*, 69, 2014 (9), 752～764; Badiou, Alain. The Cultural Revolution: The Last Revolution? In *The Communist Hypothesis*, trans. Macy, David and Corcoran Steve. London: Verson, 2010; Toscano, Alberto. *Fanaticism: On the Uses of an Idea*. London: Verso, 2017.

希法亭（Rudolf Hilferding）、盧森堡（Rosa Luxemburg）、考茨基（Karl Kautsky）、布哈林（Nikolai Bukharin）和列寧——都曾就這一問題作出分析〔註21〕。在展開論述之前，筆者將對帝國主義和反帝國主義這組概念進行歷史語境化的界定。考慮到中蘇論戰的理論分歧圍繞列寧主義而展開，理論論戰更直接來源於雙方對列寧主義的不同詮釋，為更加貼近中蘇論戰自身的發展邏輯及其理論內涵，筆者從列寧主義對這一問題的經典論述切入〔註22〕。

在列寧主義的敘述中，帝國主義不僅在內部表現為資本主義邏輯的延伸，就其根本動力而言，帝國主義就是資本主義邏輯本身。與其論戰對手考茨基將帝國主義定義為一項「資本主義的民族政策」不同，列寧反對將帝國主義「結構性」問題「制度化」。相反，列寧認為帝國主義是資本主義發展到一定階段的必然形式，而不是或然形式。在其1916年寫成的《帝國主義是資本主義發展的最高階段》中，列寧討論了資本主義從自由競爭到聯合制壟斷的必然性，將帝國主義定義為基於生產社會化的金融帝國主義〔註23〕。

列寧認為，從自由競爭發展而來的壟斷並不消除競爭，而是凌駕於競爭之上，與之並存。「帝國主義，或者說金融資本的統治，是資本主義的最高階段」，在金融資本主義時期，資本的佔有與資本在生產中的運用之間的分離達到了最大化，金融資本高於其他所有形式的資本，在經濟秩序上使得金融寡

---

〔註21〕 參見 Hobson, John. *Imperialism: A Study*, New York: Cosimo Classics, 2005; Derfler, Leslie. *Paul Lafarge and the Flowering of French Socialism, 1882～1911*, Cambridge: Harvard University Press, 1998; Day, Richard., Gaido, Daniel. *Responses to Marx's Capital: From Rudolf Hilferding to Issak Illich Rubin*, London: Brill, 2017; Luxemburg, Rosa., Bukharin Nikolai. *The Accumulation of Capital- An Anti-Critique Imperialism and the Accumulation of Capital*, New York: Monthly Review Press, 1972.

〔註22〕 中蘇論戰既內在於中國社會主義政治理念內部，基於對政治理念的推動，中蘇論戰本身也參與了政治理念的發展和建構。筆者試圖從中國社會主義政治理念的內部邏輯，對中蘇論戰的理論及其政治傳播實踐展開分析。在論戰的表述中，帝國主義不是本體論的概念，而是歷史概念、政治觀念和理論概念的綜合體。對於帝國的本體論論述，參見：Hardt, Michael., Negri, Antonio. *Empire*, Cambridge: Harvard University Press, 2000；對這一論述的批評分析，參見：杜贊奇：《中國漫長的二十世紀的歷史和全球化》（劉昶譯），《開放時代》，2008年第2期，第94～101頁；石井剛：《知識生產‧主體性‧批評空間——汪暉〈現代中國思想的興起〉日文簡本「譯者解說」》，《開放時代》，2011年第10期，第137～148頁。

〔註23〕 列寧：《帝國主義是資本主義的最高階段》，《列寧全集》第21卷，中共中央編譯局編譯，北京：人民出版社，1990年。

頭及其食利者占統治地位，在國際關係上使得少數金融資本國家取得支配性優勢〔註24〕。這指明了帝國主義的兩個面向：地緣政治和階級政治。

　　首先，在地緣政治意義上，帝國主義表現為重組世界秩序的政治強力。在《作為全球戰爭的世界大戰》（The Great War as a Global War: Imerial Conflict and the Reconfiguration of World Order, 1911～1923），吉爾沃茨（Robert Gerwarth）和馬內拉（Erez Manela）對此作出了更為詳盡的歷史描述：在工業資本主義的制度條件下，對封建土地制度下舊帝國主義的權力剝奪、政治秩序的重組，不是對舊帝國主義的全新突破，而是霸權內部的權力分配和重組，以及列寧意義上「金融帝國主義」的對外擴張。

　　在他們看來，作為重組帝國主義秩序的第一次世界大戰，其 1918 年的終結不過是新的帝國主義內部角力的開始。從奧斯曼帝國（Ottoman Empire）、哈布斯堡王朝（Habsburg empire）、羅曼諾夫王朝（Romanov empire）從世界地圖消失，霍亨佐倫帝國（Hohenzollern empire）的版圖萎縮和議會民主制轉型，封建王朝的崩塌並沒有取消帝國主義秩序的合法性，反而使問題變得更為複雜：愛爾蘭游擊戰獨立、埃及、印度、伊拉克、阿富汗、緬甸都構成了英帝國主義治下的不安因素，阿爾及利亞、敘利亞、印度支那和摩洛哥對法蘭西殖民帝國主義均構成了挑戰，美國則在尋找從帝國主義突圍的戰略方案，試圖建立全新的美帝國主義霸權。同時，在戰爭、技術和制度驅動下，信息和思想的全球運動無疑加速了反帝國主義的進程〔註25〕。

　　與之呼應，強世功從「帝國競爭」的角度闡釋了帝國主義的興起。他認為，19 世紀晚期和 20 世紀初期出現的新興帝國治理模式引發了殖民帝國內部的辯論，帝國主義與殖民主義、自由帝國與殖民帝國、新帝國與舊帝國等都是辯論中的議題。在新興治理模式中，帝國形態發生了從「區域性帝國」到「世界帝國」的轉變：由英美主權國家建構的世界帝國模式，不再單純依賴對殖民地的掠奪和領土的佔領，轉而著眼於對科技、金融和國際法的把持，從而主導對邊緣國家經濟命脈的控制。二戰後形成的兩大陣營的冷戰，構成了世界帝國兩種模式——即美國繼承大英帝國發展而來的「帝國主義」的新

---

〔註24〕列寧：《帝國主義是資本主義的最高階段》，《列寧全集》第 21 卷，中共中央編譯局編譯，北京：人民出版社，1990 年。

〔註25〕Gerwarth, Robert., Manela, Erez. The Great War as a Global War: Imerial Conflict and the Reconfiguration of World Order, 1911～1923, *Diplomatic History*, 2014 (34), pp. 786～800.

帝國模式，以及蘇聯依賴共產主義信仰和共產主義組織而形成的政治聯盟——之間的競爭。強世功特別指出了後者的特殊形態：共產主義政治聯盟不同於傳統帝國之處，在於「其共產主義理想中包含了強烈的革命與解放信念，從而建構單一世界帝國的努力」〔註26〕。

兩種世界帝國的競爭模式，是中蘇論戰發生的西方歷史語境。中國對兩种競爭模式的判定，圍繞著帝國主義、民族主義和修正主義展開。在後文的論述中，筆者將提煉「西方帝國主義」和「帝國主義秩序」兩個核心概念，並圍繞這兩個概念，對中蘇論戰中涉及的帝國主義和反帝國主義問題展開論述。筆者將繼承大英帝國的美國帝國主義定義為「西方帝國主義」。作為政治經濟和文化霸權核心，西方帝國主義不僅是權力核心，也通過建構帝國主義秩序，不斷調整其輻射範圍，形成支配性的思想霸權體系。在帝國主義秩序的建構過程中，民族主義、國際主義等觀念被不斷徵用和調配，發展出了民族帝國主義、社會帝國主義、大國沙文主義等複雜的政治理念和理論話語。這也意味著帝國主義不僅是實質性的制度，也是歷史性的政治話語。

其次，不同於地緣政治角度對帝國主義權力維度的辨認，在階級政治意義上，帝國主義是一個不斷調整、參與鬥爭的歷史性概念，它的理論內涵跟隨歷史條件的遷移發生改變。在《民族主義的他者》長篇論述中，佩里·安德森（Perry Anderson）以「支配性格局的形成及其瓦解」為線索，極為細緻地處理了民族主義與國際主義自18世紀以來的政治決鬥過程。在這場漫長的理論鬥爭中，帝國主義與反帝國主義對民族主義和國際主義相互徵用，不同概念基於政治和歷史需要的相互轉化「充滿諷刺、曲折和驚奇」。鑒於該論點與筆者的理論分析密切相關，有必要對其進行梳理〔註27〕：

從民族主義看，以北美反抗大英帝國和法國推翻絕對主義（absolutism）〔註28〕的兩場戰爭為起點，民族主義開始成為政治精英整合手工工匠、農夫

---

〔註26〕強世功：《超大型政治體的內在邏輯——「帝國」與世界秩序》，《文化縱橫》，2019年第4期，第18～29頁。

〔註27〕佩里·安德森：《大國協調及其反抗者：佩里·安德森訪華講演錄》（章永樂、魏磊傑主編），北京：北京大學出版社，2018年，第73頁。

〔註28〕絕對主義一般指西歐宗教改革後的強權君主制度。相關研究參見：Root, Hilton. *Peasants and King in Burgundy: Agrarian Foundations of French Absolutism*. Berkeley: University of California Press, 1992; Kostroun, Daniella. *Feminism, Absolutism, and Jansenism: Louis XIV and the Port-Royal Nuns*. Cambridge: Cambridge University Press, 2011.

等城鄉直接生產者的啟蒙主義工具；進入工業革命時期，民族主義由於工業化邊緣地帶的吟遊詩人、小說家對前現代文化的迷戀，表現為浪漫民族主義及其之間的民族戰爭，而國際主義則由前現代的、實現空間自由流動的手工工匠（第一國際），而不是無產者掌握。國際主義與民族主義在「地域流動性」（territorial mobility）和「社會根植性」（social rootedness）〔註29〕之間和諧相處，共存並進〔註30〕。

19 世紀 60 年代末，民族主義開始孕育實證主義、沙文主義、社會達爾文主義和「充滿優越感」的帝國主義話語，成為用以煽動民族敵對情緒，轉移階級矛盾的帝國主義擴張術，國際主義則存在於第二國際「地域不流動性」（territorial immobility）和「社會離土性」（social uprootedness）的產業工人群體中，並以「想像的共同體」形式被帝國主義收買，最終醞釀了第一次世界大戰的民族殺戮；一戰後史無前例的經濟蕭條和政治危機，使得失意的德國、意大利、奧匈帝國和日本拋棄理性主義和實證主義，轉投法西斯主義，以及將民族國家界定為「生物學共同體」（biological community）的現代非理性主義，國際主義則找到了「蘇維埃社會主義共和國聯盟」和第三國際的政治形式。悖論的是，此時的國際主義必須同時服膺於支配性的蘇維埃社會主義政治秩序〔註31〕。

1945～1965 年，民族主義與國際主義發生了驚人的逆轉，民族主義成為世界受壓迫人民在「洲際聯合反抗西方殖民主義和帝國主義」的旗幟，宗教思想、社會主義思想、農民群眾基礎、民族資產階級的參與（或主導），

〔註29〕在其更為早期的敘述中，「社會根植性」被表述為「社會活性」（social racination），指政治理念依託並反作用於物質基礎。參見 Anderson, Perry. Internatinoalism: A Breviary. *New Left Review*, 2002 （14），pp. 5～25.

〔註30〕安德森舉例，1848 年巴黎居住著約三萬名日耳曼手工業者，詩人海涅曾說在巴黎每個街角都可以聽到德國人交談，維也納也棲居著捷克和意大利手工匠。馬克思和恩格斯正在英國為當地的德國手工業者撰寫《共產黨宣言》，他們將主要與木匠和鞋匠等手工業群體——而不是無產階級工人——在第一國際成立大會匯合。參見：佩里·安德森：《大國協調及其反抗者：佩里·安德森訪華講演錄》（章永樂、魏磊傑主編），北京：北京大學出版社，2018 年，第 54～55 頁。

〔註31〕安德森稱之為「社會主義的祖國」（the motherland of socialism），在德國納粹進攻蘇聯之時，那些各個國家犬儒主義的國際主義者轉向反法西斯運動，國際主義與民族主義因此在反帝國主義話語中結合。參見：Anderson, Perry. Internatinoalism: A Breviary. *New Left Review*, 2002 (14), pp. 5～25.

造就了各地革命成份的複雜性，使得安德森在一連串革命運動中只找到了一個通行的主導團體，即「鄉村教師」〔註32〕。共產主義運動產生了帝國主義國家的「單一敵對霸權」，迫使帝國主義再一次統合民族主義和國際主義。一方面，資本主義國家資源和利益被契約化地整合為資本國際主義；另一方面，在帝國主義方案中，民族利益不再是世界秩序一個可能的分析框架，而是必然的前提：「如何實現民族利益」是在民族主義成為預設前提後的普遍問題。

佐證這一論斷的還有埃克賽特大學政治學者殷之光。在《英帝國的世界想像及其崩塌》中，他論述了帝國的兩個方面，帝國不僅是制度，同時也是支配性話語。在殷之光看來，帝國不僅是一種設計帝國上層建築的超大政治體，以及跨越地理空間、民族差異和文化鴻溝的特定制度組織模式，同時也是一種世界觀與全球秩序話語〔註33〕。

在革命者的視野中，帝國主義是革命幕布的開啟者，但是反帝國主義才是歷史的創造者。在《托洛茨基主義、工農聯盟與「一國社會主義」》中，呂新雨從中蘇革命的視角，重新論述了帝國主義的發展過程。全球資本主義和帝國主義擴張是革命論述本身離不開的結構背景。作為農業大國，中國和蘇聯在一戰前後爆發的社會革命，本身就是對帝國主義不平等的生產制度和分

〔註32〕 可以理解為在世界革命的實踐過程中，無產階級革命運動對知識分子和農民的吸納，後者甚至在反原教旨馬克思主義的綱領中成為革命運動的主體。毛澤東在《新民主主義論》中論述的民族資產階級革命和無產階級革命的歷史承接性，就是從中國革命方案的角度，對這一普遍性問題的討論。在另外一部重要文稿《矛盾論》中，毛澤東論述了主要矛盾、次要矛盾在不同條件下轉化的問題，並以此判斷和指導革命主體的重新確立。劉康在《馬克思主義與美學》中，對《新民主主義論》作出了細緻分析，他強調了毛澤東對資產階級革命的獨特認識，及其內部的矛盾性，「這種實質上的資產階級革命不應該由資產階級領導」，「它不應該被引向資本主義，而是應該被引向『新民主主義社會』」。劉康還觀察到，相較於1940年的版本，1960年《毛澤東選集》收錄的《新民主主義論》刪除了「無產階級參與領導」，以及初稿中資本主義是不可逾越的歷史發展階段的重要論點。參見：毛澤東：《矛盾論》，《毛澤東選集》（第一卷），北京：人民出版社，2009年；毛澤東：《新民主主義論》，《毛澤東選集》（第二卷），北京：人民出版社，2009年；劉康：《馬克思主義與美學：中國馬克思主義美學家和他們的西方同行》，李輝、楊建剛譯，北京：北京大學出版社，2012年，第101～102頁。

〔註33〕 殷之光：《英帝國的世界想像及其崩塌》，《中國經營報》，2018年9月3日，第E02版。

配方式的回應〔註34〕。在《世紀的誕生——20世紀中國的歷史位置（之一）》中，汪暉更加詳細地論述了中國視角下的反帝國主義運動：如果帝國主義是超越政體形式的全球現象，那麼體系內的政治變遷不足以解決根本問題。對於中國而言，只有兩種有效的政治行動，一種是綜合政治、經濟與社會改革的運動，即「重建帝國已形成的抗衡性均勢」，第二種則是探索超克「資本主義壟斷和擴張形態的社會道路」。後者是晚清思想家探索西歐生產組織形態和市場擴張等問題的基本動力〔註35〕。

在帝國主義理論的政治變遷之外，另一個與本書密切相關的議題是媒介傳播與帝國主義的關係。傳播研究中，赫伯特·席勒（Herbert Schiller）關於「文化帝國主義」（cultural imperialism）的論述是對這一議題的直接回應。在《大眾傳播與美利堅帝國》中，席勒論述了1945～1965年間，媒介與跨國公司文化如何幫助美國擴展其文化帝國主義的歷史過程。在他看來，文化帝國主義以跨國資本主義文化為核心，並依託於三個地緣政治條件：首先，依靠其戰後的軍事、經濟和信息綜合實力，美國在全球確立了絕對優勢地位；其次，以國家管理的形式發展的社會主義政權，覆蓋了世界近三分之一的人口；第三，從歐洲殖民地獲得獨立的民族國家在亞非和中東地區興起，與中美洲和拉美民族國家一道，在實質上仍然是美國的附庸〔註36〕。

一項關於全球化、媒體與帝國主義的研究進一步指出，媒體對「帝國主義的建構」起源於20世紀60年代，在資本主義國家中表現為對現代化、民主理念以及文化主義的推崇。媒介話語在政策引導和宣傳方面無微不至地照顧和服從於霸權系統；通過媒介話語對帝國主義及其秩序的重構，帝國主義在後殖民主義時期獲得了新的表述〔註37〕。雷迅馬（Michael Latham）在《作為意識形態的現代化》一書中，更為細緻地梳理了這一歷史進程：

---

〔註34〕呂新雨：《托洛茨基主義、工農聯盟與「一國社會主義」——以蘇聯20世紀二三十年代黨內鬥爭為視角的歷史考察》，《開放時代》，2016年第5期，第157～180頁。

〔註35〕汪暉：《世紀的誕生——20世紀中國的歷史位置（之一）》，《開放時代》，2017年第4期，第11～54頁。

〔註36〕赫伯特·席勒：《大眾傳播與美利堅帝國》（劉曉紅譯），上海：上海世紀出版集團，2006年。

〔註37〕Boyd-Barrett, Oliver. Globalization, Media and Empire: An Introduction, in Boyd-Barrett, Oliver (eds). *Communications Media, Globalization and Empire*, Eastleigh: John Libbey Publishing, 2006, p. 1.

作為一種意識形態，現代化在 20 世紀 60 年代初期發揮了強大的影響力。在歐洲殖民主義秩序瓦解的過程中，為了對付他們所認為的共產主義威脅，社會科學家和肯尼迪政府的政策制定者把現代化作為一種用來提高自由世界的力量的手段。在這個世界裏，「新興」國家的發展將保護美國的安全。現代化不僅為美國力量的持續擴張規定了方向，而且為美國把自身界定為一個準備在世界各地對抗革命挑戰的利他主義的、反殖民主義的國家。〔註38〕

文化帝國主義的論述雖然有力地揭示了媒體內在於帝國主義權力結構的事實，但是基於資本主義的視角，文化帝國主義學說並沒有看到帝國主義邊緣地帶的解放性：借由媒介傳播、話語建構和政治實踐，邊緣地帶不斷地發動和展開政治突圍〔註39〕。王維佳從階級與社會化勞動的分析視角，提出對批判傳播研究「階級論」模式化的反思，這有助於我們進一步分析文化帝國主義理論的認識論侷限。他在《重新理解「宣傳模式」理論：一種方法論視角》中提出，階級概念的意義，在於「回歸勞動者作為社會存在的本質，重新審視勞動者在物質和意識形態兩個層面上生產與再生產的過程」。因此，與其在傳播實踐和傳播研究中提出「重構階級」和「重新發現意識形態」等主張，不如從「勞動及其社會意義的視角來分析人類的信息傳播行為」〔註40〕。在這個意義上，文化帝國主義恰恰缺失了對邊緣地帶「文化勞動」的政治經濟學關照。從第三世界的視角來看，這甚至可以說是一種反政治的論斷。

綜上所述，本書所討論的帝國主義和反帝國主義有三種面向：

第一，帝國主義和反帝國主義是隨著歷史語境的不同，不斷擴充或變換內部邏輯和政治訴求的政治概念。在不同的歷史條件下，帝國主義、反帝國

---

〔註38〕雷迅馬：《作為意識形態的現代化：社會科學與美國對第三世界政策》（牛可譯），北京：中央編譯出版社，2003 年。

〔註39〕可以比對劉禾對「殖民主義史學」的批判。她指出，「殖民主義史學，即使按照它自身的學科標準，也表現得不尊重歷史，因為，它拒絕在『傳統與現代』、『落後與進步』、『特殊性與普遍性』等等這些先定的概念模式之外，去瞭解那種面對面和日復一日的抵抗，到底有什麼意義」。「對於大英帝國以及整個西方的帝國主義秩序的建立來說，殖民主義史學不但有著特殊的功用，而且是必不可少的」。參見劉禾：《帝國的話語政治：從近代中西衝突看現代世界秩序的形成》，楊立華等，譯，北京：生活·讀書·新知三聯書店，2009 年，第 151 頁。

〔註40〕王維佳：《重新理解「宣傳模式」理論：一種方法論視角》，《國際新聞界》，2009 年第 3 期，第 31～35 頁。

主義與民族主義和國際主義之間發生了複雜的意義銜接和意義切換。在中蘇論戰的語境中，帝國主義是指資本主義以政治霸權的形式展開的全球擴張，建立帝國主義秩序，即列寧所謂的「金融帝國主義」。反帝國主義則指突破帝國主義霸權的政治力量；

第二，帝國主義和反帝國主義也是具有行動指導意義的理論概念。在以保衛列寧主義為根本訴求的中蘇論戰中，帝國主義既指全球資本主義的支配性結構本身，也指資本主義在全球政治經濟秩序、政策話語和思想文化領域內的輻射。筆者以「西方帝國主義」和「帝國主義秩序」為核心概念，分別對應這兩個範疇；

第三，大眾傳播內在於帝國主義和反帝國主義的政治博弈。一方面，大眾傳播能夠推動帝國主義及其意識形態霸權的建立，另一方面，大眾傳播也有突破霸權格局，推動反帝國主義運動的潛在可能。

## 1.2.2　獨立自主話語體系

話語體系，或稱「話語構型」（discursive formation），是傳播研究的重要議題。有關話語體系的研究，不僅僅致力於闡明馬克思主義政治經濟學的經典主題，即那些導致壓迫的經濟基礎和物質條件，而且關注「話語的物質性」（the materiality of discourse），即構建「壓迫」和「異化」的系統性話語〔註41〕。話語體系研究一般認為，修辭文本是一種符號資源，它不僅與日常生活經驗、經濟利益存在交集，同時也受到意識形態支配。因此，真正的解放不僅指向語言層面的解放。在關注實體條件的同時，不能忽視話語對實體狀況的影響〔註42〕。

獨立自主話語體系源自帝國主義與反帝國主義的對立語境，是一種反

---

〔註41〕批判傳播學不僅研究壓制性的「霸權話語」（discourse of hegemony），也深入考察組織內部不同利益群體之間的矛盾衝突，研究與霸權話語相對應的「抵抗話語」（discourse of resistence），即組織成員如何「抵抗某種權力的宰制」，以及如何「在抵抗的過程中重新『構型』（configure）鬥爭的場域」。參見：斯蒂芬・李特約翰、凱倫・福斯：《人類傳播理論：第 9 版》（史安斌譯），北京：清華大學出版社，2009 年，第 317～318 頁。

〔註42〕LittleJohn, Stephen., Foss, Karen. *Theories of Human Communication (Ninth Edition)*, 北京：清華大學出版社，2009 年，第 293～294 頁；中文版參見：斯蒂芬・李特約翰、凱倫・福斯：《人類傳播理論：第 9 版》（史安斌譯），北京：清華大學出版社，2009 年，第 391～392 頁。

霸權的、爭取平等世界秩序的話語建構〔註43〕。在帝國主義話語中，只有對冷戰霸權的依附才被認定為中立，任何對獨立自主發展道路的探索，都被認定為不合時宜的挑釁〔註44〕。相反，在反帝國主義話語中，獨立自主被認定為一種實現平等政治的可能形式。獨立自主話語體系與共產主義話語體系之間既存在交集，也存在差異。正如安德森在《民族主義的他者》中的論述，第三世界民族獨立解放運動、反殖民主義運動的革命成分十分複雜。不能將亞非拉民族解放運動簡單地看成是「斯大林式的，建立在絕對國家利益基礎之上的沙文主義擴張」，中國對民族獨立運動的政治支持，也不能完全放在共產主義革命理想的話語框架。在中國的理論體系中，即便民族解放運動不是共產主義運動，在反帝國主義的意義上，它也是進步的解放政治的重要構成〔註45〕。

在冷戰時期反帝國主義的國際傳播實踐中，獨立自主話語也得到了第三世界和進步知識分子的廣泛認同。聯合國教科文組織 1980 年通過並發表的《多種聲音，一個世界》（*Many Voices, One World*）報告，就將「加強獨立與自力更生」作為促進國際傳播秩序平等發展的首要條件。報告認為，獨立自主不僅需要「全國性的努力」，也需要「協調一致的國際行動」〔註46〕。

在中國，獨立自主話語體系有其獨特的產生背景。根據姚遙對中國外宣史的研究，「獨立自主」和「交流互通」是新中國近七十年對外關係史的核心矛盾。一方面，中國在冷戰格局中力圖擺脫西方和東方兩大霸權的操控，謀求獨立自主，保障主權與尊嚴；另一方面，中國也求發展、謀合作，尋求與先發國家交流互通，聯繫世界、融入世界、重塑世界。這為中國對外宣傳的話語建構帶來了彈性和張力：

〔註43〕殷之光：《英帝國的世界想像及其崩塌》，《中國經營報》，2018 年 9 月 3 日，第 E02 版。

〔註44〕一份 1959 年的法國外交檔案顯示，在聯邦院 12 月 9 日關於中印關係的一次政治辯論中，美帝國主義治下的政治偏見顯露無疑：印度總理尼赫魯將美國總統尊稱為和平使者，而同時印度被認定為執行「中立主義框架」的中立國家。參見：邱琳、呂軍燕、王珏、唐璿、李東旭編：《法國外交文件選譯（二）》，《近現代國際關係史研究》，2018 年第 2 期，第 324 頁。

〔註45〕殷之光：《20 世紀與反抗的政治——超越「美蘇爭霸」的冷戰史觀》，《文化縱橫》，2014 年第 2 期，第 84～93 頁。

〔註46〕中國對外翻譯出版公司第二編譯室：《多種聲音，一個世界·交流與社會·現狀和展望》，北京：中國對外翻譯出版公司，1981 年，第 351～356 頁。

　　第一，在美蘇冷戰的國際背景下，中國既曾「聯蘇抗美」，也曾「聯美抗蘇」，又曾為了維護自身的主權獨立，陷入同時與美蘇對抗的危險境地〔註47〕；

　　第二，對外宣傳、媒介話語、交流活動、輿論動員在不同的歷史條件下，在與政治、經濟、軍事、文化等因素的相互建構中，扮演了或輕或重的歷史角色〔註48〕；用毛澤東的話說，對外宣傳在「放空炮」與「堅決鬥爭」之間辯證搖擺，配合獨立自主的政治需要和經濟發展的社會訴求〔註49〕。

　　獨立自主話語體系在現實中指向獨立自主的政策發展、勞動生產和文化創造。在《論共產黨員的修養》中，劉少奇提出了理論話語的「扎根」問題：如果黨內政治辯論不能及時反映在實際工作，而只是空洞形式和任意操縱的「爭辯的俱樂部」，不僅不能促進內部團結，而且會削弱政治組織的戰鬥力〔註50〕。獨立自主理論話語實際上也參與了中國政治經濟的構建。在一項對1958～1960年蘇聯援華投資中斷後，中國經濟復興過程的研究中，溫鐵軍指出，通俗化的理論和意識形態動員有效地參與了國家工業化建設的勞動力整合。這一時段，中國以工農大眾能夠接受的通俗化和工具化的革命理論（例如「階級鬥爭」、「繼續革命」）為意識形態和國民動員手段，成功發動了全體幹部、知識分子和廣大民眾參與國家工業化的原始積累，用勞動力的集中投入替代長期絕對稀缺的資金要素〔註51〕。

〔註47〕姚遙：《新中國對外宣傳史——建構現代中國的國際話語權》，北京：清華大學出版社，2014年，第4～5頁。

〔註48〕毛澤東在1938年《以自力更生為主同時不放鬆爭取外援》一文中，提到獨立自主與國際主義的辯證關係：「中國已緊密地與世界聯成一體」，「現在更是一個世界性的帝國主義用戰爭闖進全中國來，全中國人都關心世界與中國的關係」，在這一關係下，需要樹立以自力更生為主，同時不放鬆爭取外援的方針。1958年，毛澤東指出，「自力更生為主，爭取外援為輔」，「獨立自主地幹工業、幹農業、幹技術革命和文化革命」。參見：中華人民共和國外交部、中共中央文獻研究室：《毛澤東外交文選》，北京：中央文獻出版社、世界知識出版社，1994年，第15～17，318頁。

〔註49〕典型的案例是，1971年10月，基辛格在第二次訪華並安排美國總統尼克松訪華行程時，發現代表團每個房間都放著印有「全世界人民團結起來，打倒美帝國主義及其走狗」的英文電訊稿，毛澤東回應「那是『放空炮』」。但是在美國拒絕承認社會主義中國，並對其施行封鎖和禁運的20世紀50年代，中國「打倒美帝」、「獨立自主」的國際傳播話語則在建國和外交中發揮著主體塑造和政治動員的重要作用。參見姚遙：《新中國對外宣傳史——建構現代中國的國際話語權》，北京：清華大學出版社，2014年，第18～27頁。

〔註50〕劉少奇：《論共產黨員的修養》，北京：人民出版社，1997年。

〔註51〕溫鐵軍：《八次危機：中國的真實經驗》，上海：東方出版社，2013年，第54頁。

　　同樣，獨立自主話語體系在行動層面上也轉化為具體的外交政策和政治方案。例如在中蘇論戰初期的 1960 年，周恩來就在訪越期間強調了獨立自主話語的重要性。他指出，越共的南方戰略應主要建立在獨立自主的主體性原則之上：中國將堅決支持「中間地帶」人民鬥爭，「但主要依靠各國人民自己的力量，這是人民自己的鬥爭」〔註 52〕。在 1964 年 2 月錫蘭科倫坡獨立廣場的一場講話中，周恩來再次提到獨立自主問題，他強調，獨立自主的內政原則可以轉化為平等外交原則：「國家不分大小，只要堅持獨立自主，主持正義，就能夠在國際事務中發揮重要的、積極的作用」，「帝國主義的封鎖和搗亂，並沒有嚇倒中國人民，反而加強了中國人民自力更生的信心和決心」〔註 53〕。

　　美國政治學者薩繆爾・金（Samuel Kim）1977 年在普林斯頓大學國際研究中心的一份報告印證了這一論點。他指出，即使是在美蘇分裂的冷戰時期，中國也一直遵循著自力更生、獨立自主的外交原則。中國對世界局勢的回應、對平等秩序的支持，主要依靠的不是卡斯特羅式的「輸出革命」，而是外宣和國際傳播層面的意識形態爭取〔註 54〕。

　　綜上所述，本書所討論的獨立自主話語體系包括三個特徵：

　　第一，獨立自主話語體系是在特定歷史條件下，對政治主體性的話語建構，這一建構在思想層面和行動主義層面同時產生實質作用。獨立自主話語體系不僅承認社會主義革命主體的歷史意義，在反帝國主義的結構下，也賦予第三世界民族解放運動、反殖民主義運動等歷史運動以主體性和政治意義；

　　第二，中國在論戰中提出獨立自主話語體系，將其上升為系統性的理論話語，並相應對接到外交內政的政治實踐。獨立自主是一個「再建構」的話語體系。在萬隆會議、獨立自主五項原則、三個世界、中間地帶等政治脈絡和理論體系中，獨立自主話語體系不斷發展和擴充；

　　第三，獨立自主話語體系指導了中國的國際傳播工作。筆者使用「國際傳播」，而不是「對外宣傳」概念對中國論戰展開具體論述。在論戰期間，中

〔註 52〕中共中央文獻研究室編：《周恩來年譜（1949～1976）》中卷，北京：中央文獻出版社，1997 年，第 318～319 頁；相關分析，參見：牛軍：《安全的革命：中國援越抗美政策的緣起與形成》，《冷戰國際史研究》，2017 年第 1 期，第 1～55 頁。

〔註 53〕中共中央文獻研究室編：《周恩來年譜（1949～1976）》中卷，北京：中央文獻出版社，1997 年，第 624 頁。

〔註 54〕Samuel Kim. *The Maoist Image of World Order*. World Order Studies Program Occasional Paper No. 5. Princeton University, 1977, p. 27.

國對外傳播的話語、方針、策略及其實踐有著明確的階級指向和國際主義內涵，同時，獨立自主、國際主義與反帝國主義等革命理論也是本書論述的核心。因此，相較於使用地緣政治意義上「內外有別」的「對外宣傳」概念，筆者將使用「國際傳播」概念，並賦予「國際傳播」概念以國際主義和政治共同體的意涵，以此指代中蘇論戰期間中國的傳播活動。筆者將從國際傳播的組織機制和傳播策略等方面展開具體論述。

## 1.3　問題、方法與章節安排

### 1.3.1　研究問題

筆者將以「獨立自主話語體系的再建構」為理論和行動線索，從國際傳播和傳播政治經濟學的視角，對中蘇論戰展開文化政治和政治經濟學分析。為避免對西方國際傳播和批判傳播等理論進行本質主義的僵化解讀，在歷史梳理和政治分析中，筆者試圖豐富和加深對傳播政治經濟學理論的理解，以及在批判傳播的理論語境中探討中蘇論戰與新聞傳播在中國的發生脈絡。

本書主要關注中蘇論戰在理論文本、傳播實踐和思想史方面的三個基本問題〔註 55〕：從對帝國主義和反帝國主義的文本界定，到對國際主義、獨立自主話語和反帝國主義話語的話語建構，再到對反帝國主義和民族解放運動的政治影響，帝國主義、反帝國主義等概念如何在國際傳播機制和話語實踐中獲得政治意義？獨立自主話語體系及其行動方案如何在中國社會主義理論中得到建構？中國獨立自主的國際傳播實踐如何影響了世界進步運動？本書的研究問題具體如下：

首先，理論論戰的內容方面，中蘇論戰的核心分歧及其內涵如何得到界定和拓展？在對蘇論戰的過程中，中國共產黨人的理論譜系和論戰邏輯如何與全球政治經濟格局發生關聯，理論論戰如何在結構性分析中得到深入？換言之，中國在對帝國主義秩序與反帝國主義、獨立自主行動的交叉分析中，

---

〔註 55〕劉禾在《帝國的話語政治》一書中，對《萬國公法》的翻譯和出版展開了詳細分析，並從三個層面——即文本、外交和認識論——分析其歷史意義，本書在方法論上受到啟發。參見：劉禾：《帝國的話語政治：從近代中西衝突看現代世界秩序的形成》，楊立華等，譯，北京：生活・讀書・新知三聯書店，2009 年。

如何重新界定西方帝國主義及其帝國秩序？如何重新確立反帝國主義行動綱領和政治方案，並將自身轉化為有效的行動主體？

其次，傳播實踐方面，鑒於中蘇論戰是一場前所未有的社會主義傳播運動，中國不僅組織和調動了黨內高級知識分子、行政部門和組織機構，組建了國際問題宣傳小組、反修文稿起草小組、翻譯組等專門從事論戰研究、分析和寫作的傳播團體，而且還充分調動黨內外進步知識分子和政治團體，發展出了一套綜合、動態的國際傳播機制，因此，如何從傳播政治經濟學的角度，理解中蘇論戰與社會歷史語境的互動關係？中國在對蘇論戰過程中發展出了怎樣的傳播策略？國際傳播機制及其策略如何體現了中國社會主義的政治屬性？

最後，傳播效果與傳播影響方面，在更廣闊的「全球六十年代」範疇內，中蘇論戰以及中國共產黨對社會主義道路的探索與世界無產階級革命、民族解放運動、第三世界國際傳播平權運動，以及左翼思想的興起之間存在何種關係？如何在中國與世界的辯證關係中，重新論述中蘇論戰的歷史過程和理論意義？如果說歷史與當代不僅在制度形式上，也在理論內涵上發生對話和互動，那麼如何以中蘇論戰為歷史切片，更好地把握當代國際傳播秩序和文化政治生態的不斷轉型？

筆者將在第 4 章和第 5 章具體回應以上問題。

## 1.3.2 研究方法

筆者試圖從傳播史、思想史和世界政治史的角度分析中蘇論戰的起源、發展和影響，著重探討中國理論論戰的文本生產和傳播過程、中蘇論戰的歷史進程以及政治影響。筆者主要採用歷史分析、文本分析和檔案研究三種方法展開論證。

第一，歷史分析。

筆者綜合史料和相關理論文獻，從歷史背景、歷史條件、歷史過程和歷史影響的時間維度，以及整體和結構的空間維度，對中蘇論戰的發展史進行系統梳理。除了廣泛閱讀相關文獻和公開檔案，筆者在加拿大西門菲莎大學（Simon Fraser University）訪學過程中，在該大學檔案館（Simon Fraser University Archives）收集了與中蘇論戰、中國社會主義傳播史相關的檔案材料，整理了相關領域學者的一手文獻和手稿，同時在溫哥華英屬哥倫比亞大

學（University of British Columbia）收集了相關文獻和檔案。此外，筆者於 2018 年 6 月前往斯坦福大學胡佛研究中心（Hoover Research Center, Stanford University），收集整理了與中蘇論戰傳播史研究相關的檔案材料，作為本書研究的輔助材料。

本書引用的主要檔案、親歷者自述以及相關文獻包括：《毛澤東年譜》（中央文獻研究室編）、《十年論戰：1956～1966 中蘇關係回憶錄》（吳冷西）、《親歷中蘇關係：中央辦公廳翻譯組的十年：1957～1966》（閻明復）、《俄羅斯解密檔案選編：中蘇關係》（沈志華主編）、《法國外交文件選譯》、《蘇聯集團國家有關中國和對華國際文件節選》、北京市地方志編纂委員會《北京志・新聞出版廣播電視卷・報業・通訊社志》、《廣播電視志》、《工人組織志》、《電信志》等。

第二，文本分析。

本書借助計算機輔助軟件，對中蘇論戰的重要文本進行詞雲分析和權重統計，從中耙梳中蘇論戰核心議題的知識譜系。具體而言，通過對中共「九評」蘇聯公開信的文本分析，筆者將詳細論述中國政治理念的內涵及其逐步深入的過程，同時，筆者將結合歷史語境，對論戰材料（中共「九評」）中提出的理論問題進行歷史化、語境化的文本分析和比較細讀；筆者也將從文本與意識形態、文本與歷史、文本與政治等多維度的視角，對中蘇論戰的國際傳播實踐和經驗進行歸納和梳理，豐富和深化對中國的傳播機制及其國際傳播策略的理解。

第三，檔案研究。

本書採用檔案研究方法，梳理了中國在論戰中提出的「獨立自主話語體系」對西方傳播思想史的影響，以此管窺和進一步論證中蘇論戰的歷史意義。具體而言，筆者以「斯邁思對獨立自主傳播制度的追尋」為線索，詳細挖掘了傳播政治經濟學奠基人達拉斯・斯邁思（Dallas Smythe）在毛澤東時代和鄧小平時代兩次訪華，調研中國文化政策和傳播機制的歷史經過，以及他在訪華過程中的學術思考。檔案研究從微觀視角切入中蘇論戰思想傳播的世界史意義這一宏觀議題，在一定程度上豐富和完善了對這一議題的探討。

本書引用的檔案包括："China-Dallas Smythe, 1979"（SFU 檔案，檔案號：F-16-1-5-7）、"China-notes 1/2, 1969～1976"（SFU 檔案，檔案號：F-16-8-3-11）、 "China-notes 2/2, 1969～1976"（SFU 檔案，檔案號：F-16-8-3-12）、

"China-correspondence, 1970～1979"（SFU 檔案，檔案號：F-16-8-3-14）、
"China-second trip, 1979"（SFU 檔案，檔案號：F-16-8-3-15）等。

### 1.3.3 章節安排

　　鑒於政治理念與傳播手段並非相互對立的關係，技術手段本身就是政治理念的現實表達，反過來政治理念也需要通過適當的技術手段傳播，本書試圖打通思想史分析和傳播實踐分析的壁壘，探討中蘇論戰在中國的傳播過程、理論內涵及其衍變，以及理論鬥爭在思想史和革命實踐層面的歷史意義。

　　本書的正文部分包括五章，分別從研究背景、理論綜述、傳播史、文本以及影響五個方面展開論述。本書的敘述邏輯是，第 3 章傳播史分析將從整體回溯中蘇論戰的發展脈絡和政治特徵，第 4 章文本分析將回應本書的第一個問題（論戰的理論實質），第 5 章將從傳播過程及其影響兩個方面，分別回應本書的後兩個問題（傳播實踐與傳播影響）。各個章節之間的邏輯關係如圖 1.1 所示。

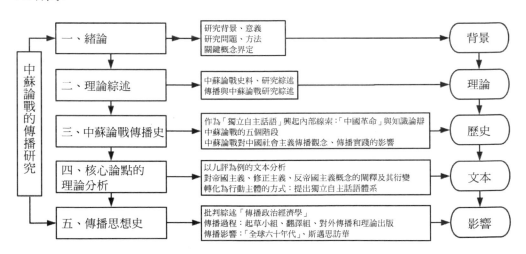

**圖 1.1　章節結構圖**

　　具體而言，筆者首先在第 2 章中梳理總結中蘇論戰的相關研究和歷史材料。這一章將從「民族國家」、「國際主義與民族主義」的動態框架，梳理中蘇論戰的史論研究，從「冷戰傳播研究與中蘇論戰」，以及「國際主義與中蘇論戰」的交叉視野中分析中蘇論戰的傳播研究現狀。

　　通過梳理文獻，筆者發現，中蘇論戰在兩種理論敘事中不斷搖擺。一方面，中蘇論戰被描述為一項知識的「工業生產」工程：基於爭奪世界共產主

義運動領導權、爭取亞非拉第三世界民族國家支持，以及自身領土和國家戰略等宏大利益考量，中國發動了權力鬥爭和意識形態鬥爭；另一方面，論戰被描述為具有主體解放和民主再造意義的理論決鬥，其中國際主義和民族主義被不斷徵用，被納入到帝國主義和反帝國主義的政治議程。民族國家、民族主義與國際主義的辯證框架為後文的史論研究作了知識鋪墊。

　　第 3 章以「中國」、「理論」、「傳播」為切入視角，對中蘇論戰的發展過程展開歷史回顧。本章認為，中蘇論戰不是狹義的意識形態宣傳戰，而是致力於傳播辯證法理論的政治運動，同時，中國將理論轉變為傳播原則，注入其國際傳播實踐中。中國共產黨正是吸納了中國革命的論辯傳統，通過組織層面的精密安排和高效調動，思想層面對帝國主義的不斷指認和重新論述，以及將反帝國主義理想注入獨立自主的傳播實踐，構建了有別於冷戰霸權格局的、獨立自主的中國國際傳播機制，並以此開拓了具有世界革命意義的反帝反霸權運動。正是通過對大眾傳媒和辯證法理論的不斷接合和相互塑造，中蘇論戰獲得了理論和行動層面的雙重意義。

　　第 4 章以詞雲分析、詞頻和權重統計等文本分析方法，探討理論分歧的主要內容及其深化過程。研究發現，在中國的理論敘述中，修正主義和帝國主義的內涵都發生了改變。對政治對立面的理論鑒別，進而影響了中國對「如何將自我轉化為有效的行動主體」等主體性問題的回應。隨著中國不斷加深對帝國主義秩序及其瓦解方式的理解，獨立自主話語體系的建構也逐步完善。在這一話語體系內，政治理念和政治主體都被重新界定：一方面，帝國主義、民族解放運動、世界革命的政治內涵和理論實質都發生了巨大變遷；另一方面，反帝國主義運動從帝國主義的邊陲，被建構為創造歷史的行動主體。獨立自主話語體系的想像與建構，為中國社會主義建設的實踐開拓和政治發展打下了理論基石。

　　第 5 章批判性地借鑒了傳播政治經濟學的分析框架，考察中蘇論戰的傳播過程和傳播影響。作為傳播事業的中蘇論戰，逐漸形成和發展了一套傳播機制和傳播策略；作為反霸權運動的中蘇論戰，在思想層面為革命實踐提供了行動綱領和理論支持。隨著中蘇論戰的進行，中國在理論研究、寫作和傳播等各個環節都體現了自身的獨特性。不同於資本主義的單向度傳播制度，中國在理論鬥爭中發展出來的傳播機制在政策制定、組織規劃、策略調整方面都致力於程式化道路的建構，體現出獨立自主的民主原則。在歷史意義方

面，中國在中蘇論戰中表現的理論睿智與政治果敢，也激發了同一時段世界各地民族國家追尋獨立自主道路的政治信心。在反抗帝國主義的框架下，受到中蘇論戰影響和鼓舞的「全球六十年代」左翼革命者逐步走上了獨立自主的鬥爭道路。

## 1.4　研究意義

### 1.4.1　理論意義

本書將借助於國際傳播和傳播政治經濟學理論框架，以傳播學為切入視角、敘事線索和討論範疇，對「中蘇論戰」重要文本（例如「九評」）的成文過程，文本在中共黨報黨刊的傳播過程及其與社會政治經濟結構、人民的主體性參與、意識形態再生產等因素的互動關係，以及對世界革命的影響這三個方面展開歷史和理論分析。

首先，之所以選擇國際傳播和傳播政治經濟學作為理論分析的切入點，是基於理論和歷史的雙重考量。作為「冷戰時期國際傳播史上的大事件」，這一歷史事實並沒有在中西國際傳播研究中得到徹底分析。這實際上與當代國際關係研究中的「國家利益衝突」學說不謀而合。因此，本書將從文本與意識形態層面，對辯論文本進行知識考古學和知識社會學分析，還原這一段國際共產主義運動中意識形態和理論交鋒的國際傳播史。

在理論意義上，本書將「反帝國主義的國際主義」和「獨立自主話語體系」重新調入傳播理論的分析框架，並試圖論證，傳播理論中「民族國家」主導框架在解釋國際共產主義運動內部傳播過程時的狹隘性和混亂性，正如「國家利益」學說並不能解釋意識形態論戰、傳播與社會關係、全球意識形態再生產的複雜過程。對政黨和國家關係的混同，抹去人民民主專政國家的政治屬性，以及無產階級先鋒黨的政黨性質的「民族國家」分析框架本身就是去歷史化的，無法解釋中蘇論戰中的政黨角色，更無法解釋從中蘇論戰到中蘇分裂，中蘇兩黨、兩國之間往復發生意見分歧的歷史豐富性。

其次，中蘇論戰被賦予了獨特的媒介呈現形式。這主要體現在兩個方面：

第一，文章的署名及其政治性質。經過毛澤東的修改，中國共產黨的文本署名均為「編輯部」，例如《關於無產階級專政的歷史經驗》題後被加上「這篇文章是根據中國共產黨中央政治局擴大會議的討論，由人民日報編輯部寫

成的」，而不是用社論的形式〔註56〕。這需要在中國新聞學理論的脈絡（包括媒體、政黨、人民之間的關係）中得到理解，本書將對此進行詳細闡述，藉此重新討論並豐富中國社會主義新聞學的理論思想。

　　第二，文本的傳播方式。需要注意的是，文本不僅通過《人民日報》、《參考資料》和《紅旗》等雜誌，也通過多種語言的廣播形式，在更廣闊的範圍內進行傳播。不僅發表中方文章，也發表蘇方文章。毛澤東對此批示，「好好研究，公開發表，以便將正、反兩種材料比對起來，才能做出比較正確的分析和批判」〔註57〕。這種在階級歷史視野、國際主義事業中展開的新聞實踐，無法用自由主義的新聞客觀性、中立性進行去歷史化地理解，需要放在特定的歷史語境中進行分析。

　　再次，中國將雙方論戰通過大眾媒介平等公開，一方面是交給人民來判斷，「以便讓自己的黨員和中國人民瞭解中共中央和蘇共中央雙方的觀點，進行比較和研究」〔註58〕，更重要的是，從主體層面說，中蘇論戰的公開化同時也是鍛造社會主義新人的過程，與「學哲學、用哲學」等運動一樣，論戰進入到「抓革命促生產」的社會主義建設中〔註59〕。意識形態再生產與物質勞動、社會關係的再造等發生了豐富的聯繫。對此，本書將試圖突破媒介中心主義的敘事框架，在媒介、文本、意識形態、勞動、社會關係等多重維度中分析中蘇論戰的文化政治意義。

　　第四，本書將從思想史路徑切入，分析中蘇論戰對「全球六十年代」政治的國際傳播史，考察社會主義道路的探索、獨立自主話語體系的再建構與國際主義在社會政治運動中的互動關係，以此分析反帝國主義、國際主義、獨立自主、自力更生等理論命題在特殊性與普遍性中的辯證關係，及其在「全球六十年代」範疇內的知識傳播過程。在這個意義上，中蘇論戰的傳播史研究將探討毛澤東時代的國際傳播和思想交流史，以及革命理論在國內和國際

〔註56〕吳冷西：《憶毛主席——我親身經歷的若干重大歷史事件》，北京：新華出版社，1995年。
〔註57〕中共中央文獻研究室：《毛澤東年譜（一九四九～一九七六）》第五卷，北京：中央文獻出版社，2013年。
〔註58〕中共中央文獻研究室：《毛澤東年譜（一九四九～一九七六）》第五卷，北京：中央文獻出版社，2013年。
〔註59〕周展安：《哲學的解放與「解放」的哲學——重探20世紀50～70年代的「學哲學、用哲學」運動及其內部邏輯》，《開放時代》，2017年第1期，111～126頁。

範疇中的深刻影響。例如在農村廣播網建設中，中國農民通過瞭解國際大事，不僅豐富了政治生活、確立了主體性意義上的主人翁意識，而且將這一精神的鍛造鎔鑄進社會主義建設進程中去〔註60〕；而在國際層面，正如近年來新冷戰史研究所顯示的，即使是在最「閉關鎖國」的時刻〔註61〕，中國也沒有放棄與世界的聯繫，世界也沒有斷絕與社會主義中國的交往〔註62〕。

## 1.4.2　現實意義

正如需要歷史化地對理論進行解讀和闡釋，理論與現實之間不是割裂的，或者是因果的、單向的指導與被指導的關係，而是相互建構、相互論證的辯證關係。對歷史的理論分析無法脫離於當代知識視野和社會結構，理論和現實之間也不是簡單的歷史和現代的線性關係。中蘇論戰所探討的理論問題，包括對社會主義道路的探索、對民族主義與國際主義關係的分析、對世界的想像，以及對獨立自主和平等政治的承諾，始終內在於對二十世紀中國與世界關係的辨認和想像中。這些問題在當代「一帶一路」、「人類命運共同體」、「中國夢」等政治命題的分析中，也佔據了中心位置〔註63〕。因此，中蘇論戰是歷史問題，同時也與當代問題休戚相關。

這一理論與現實的辯證關係，也體現在鄧小平對中蘇論戰的界定中。他在 1989 年 5 月會見時任蘇聯最高蘇維埃主席團主席、蘇共中央總書記戈爾巴喬夫時談到：

> 多年來，存在一個對馬克思主義、社會主義的理解問題。從一

---

〔註60〕殷之光：《國際主義時刻——中國革命視野下的阿拉伯民族獨立與第三世界秩序觀的形成》，《開放時代》，2017 年第 4 期，110〜133 頁。

〔註61〕筆者並不認為「閉關鎖國」是對中國社會主義建設十七年的全面論述。即使某種程度上中國在前十七年遭遇了「國際傳播瓶頸」，也需要在帝國主義意識形態封鎖的歷史語境中對這個封閉過程進行深入分析。同樣，「閉關鎖國」與「改革開放」不是二元對立的割裂關係，也不是線性的、替代性的歷史關係。

〔註62〕Buchanan, Tom. *East Wind: China and the British Left, 1925〜1976.* Oxford: Oxford University Press, 2012.

〔註63〕對於在「一帶一路」新的歷史條件下，中國與世界結構性的分析，參見李希光：《建設「一帶一路」文明圈（上）》，《經濟導刊》，2016 年第 1 期，66〜72 頁；李希光：《建設「一帶一路」文明圈（下）》，《經濟導刊》，2016 年第 2 期，88〜92 頁；汪暉：《兩洋之間的文明（上）》，《經濟導刊》，2015 年第 8 期，10〜21 頁；汪暉：《兩洋之間的文明（下）》，《經濟導刊》，2015 年第 9 期，14〜20 頁。

九五七年第一次莫斯科會談，到六十年代前半期，中蘇兩黨展開了
激烈的爭論。我算是那場爭論的當事人之一，扮演了不是無足輕重
的角色。經過二十多年的實踐，回過頭來看，雙方都講了許多空
話……在革命成功後，各國必須根據自己的條件建設社會主義。固
定的模式是沒有的，也不可能有。墨守成規的觀點只能導致落後，
甚至失敗……從六十年代中期起，我們的關係惡化了，基本上隔斷
了。這不是指意識形態爭論的那些問題，這方面現在我們也不認為
自己當時說的都是對的。真正的實質問題是不平等，中國人感到受
屈辱〔註64〕。

　　從方法論層面看，這一論述也指向了本書的現實意義。首先，鄧小平從
改革開放的歷史視野中重新回顧中蘇論戰，指出這一論戰在與 70 年代後期的
實踐相比較時，具有意識形態與經濟生產相斷裂的「空話」傾向。這既是基
於社會主義市場經濟等社會生產現實層面的分析，也從理論層面對意識形態
再生產和傳播分析提出了重要的分析框架。在這個意義上，傳播學研究無法
脫離於政治經濟語境，否則意識形態分析就會再次變成「空話」，墜落成為去
歷史化的「空想社會主義」；重訪中蘇論戰的意義也在於，從歷史與社會結構
層面，從「歷史共產主義」（historical communism）的運動視角，對當代媒介
傳播生態以及新聞與政治經濟文化之間的互動關係提供豐富的解釋。

　　其次，鄧小平批評教條主義和修正主義理解馬克思主義（即與社會現實
脫節）的認識論錯誤，說明需要在動態的層面、普遍性與特殊性辯證關係層
面理解和確認現實。筆者從意識形態理論分析、國際傳播與社會主體性、政
治經濟的互動關係，以及全球史三個層面對中蘇論戰進行分析，也正是基於
動態的、歷史的視角，同時關照了當代政治生態中宗教極端主義、建制派媒
體的權力重組、歐美右翼民粹主義、左翼階級政治與身份政治的博弈關係等
當代意識形態問題和國際傳播問題。

　　第三，正如鄧小平所說，從「現在」這一時刻，不認為「當時」的分析都
是正確的，這一方面為重新分析中蘇論戰打開了理論空間，另一方面也說明，
需要在歷史化語境中綜合分析問題。在與戈爾巴喬夫的談話中，鄧小平將中
蘇論戰放置於反帝國主義的歷史關係中進行論述，因此切中了問題的核心：

〔註64〕鄧小平：《鄧小平文選》第三卷，北京：人民出版社，1993 年。

中蘇論戰發生的實質是國際政治經濟和社會關係層面的「不平等」，帶來了意識形態和文化層面中國人的「受屈辱」感。

事實上，正如黃平、李彬等學者所指出，如果毛澤東時代解決挨打問題，鄧小平時代解決挨餓問題，習近平時代面臨的則是解決挨罵問題，即「政治正當性和合法性問題」〔註65〕。如果我們不對這一論述進行簡單化的、線性的解讀，就會發現中蘇論戰中的問題意識，鄧小平所切中的中蘇論戰的實質，實際上正指向了當代的核心關切。

當然，本書目的不在於浪漫化地解讀歷史，而是試圖在歷史材料、理論學說與社會現實層面建立聯繫。正如下文所分析的，當代對於中蘇論戰充滿差異，甚至是觀點相反的解讀，都需要從文本、理論與歷史的辯證關係中進行重新梳理。

另外一方面，正如當代後現代主義理論〔註66〕、後殖民主義理論〔註67〕、批判傳播學等理論所啟示的，如果單從反帝國主義的國際主義這一階級分析模式出發，國際傳播理論視野或許會因為過於單一而失去解釋活力，因此，需要在更為複雜的多維度的分析比對層面，展開進一步探討。

在國內思想界，崔之元教授就曾在這一方面嘗試理論突破。他在《第二次思想解放與制度創新》中分析了毛澤東思想的創新與侷限。他認為，西方主流現代性深刻的內在矛盾在於它追求人的解放的同時，要求人必須按照規律和理性來解放，「正統馬列是西方現代性矛盾的一個突出體現，而並不是對

〔註65〕參見：黃平：《中國道路：經驗，特色與前景》，《經濟導刊》，2017 年第 1 期，第 14～20 頁；黃平：《中國道路：實現中國夢的偉大歷程》，《紅旗文稿》，2015 年第 18 期，第 13～15 頁；李彬：《試談新中國新聞業中的「十大關係」》，《山西大學學報（哲學社會科學版）》，2014 年第 3 期，85～118 頁。

〔註66〕在當代新聞傳播學討論中，後現代主義思想主要以「後真相」、「假新聞」等核心問題出現。對「後真相」等後現代主義理論的分析，參見史安斌：《「後真相」衝擊西方輿論生態》，《理論導報》，2017 年第 11 期，63～64 頁；史安斌，楊雲康：《後真相時代政治傳播的理論重建和路徑重構》，《國際新聞界》，2017 年第 9 期，54～70 頁。對「假新聞」與民主制度的分析，參見 Fenton, Natalie., Freedman, Des. Fake Democracy, Bad News. *Socialist Register*, 2018: 130～149。

〔註67〕後殖民主義理論對現代性的反思，對於我們理解社會主義「反現代性的現代性」——這一與資本主義現代性相對立的理論範疇——具有重要的啟發意義。參見 Mignolo, Walter. Delinking: The Rhetoric of Modernity, the Logic of Coloniality and the Grammar of De-coloniality, *Cultural Studies*, 2007 (21): 449 ～514.

這矛盾的解決」。毛澤東文革理論的核心，就在於用「大民主」和「生產資料公有制」的結合來突破正統馬列主義，他的失誤在於「未能充分擺脫馬列教條的約束，未能創造出新的適合『大民主』制度建設的『話語結構』」，他的「黨內走資派」、「資產階級就在共產黨內」等說法，沒能與馬列教條「舊話語結構」脫鉤，常在實際運動中被誤用，與其初衷相違背〔註68〕。

　　本書對中蘇論戰中獨立自主話語體系的考察，同樣可以放置在這一框架中。反帝國主義的行動主義及其政治綱領的提出，同樣不能外在於中國對理性主義和現代性方案的選擇。在這個意義上，中蘇論戰的理論辯論內在於現代性的認識論前提，因此也無法擺脫現代性本身的歷史侷限性。

---

〔註68〕崔之元：《第二次思想解放與制度創新》，香港：牛津大學出版社，1997年。

# 第 2 章　研究綜述：重現國際主義時刻

## 2.1 「中蘇論戰」研究綜述

　　中蘇論戰對國際傳播史研究的重要性毋庸諱言，放置於更寬廣的知識視野，中蘇論戰也是現當代中國史、國際共運史以及世界史研究繞不開的議題。正如這一歷史事件本身就是一場曠日持久的理論辯論，在中蘇論戰學術研究中，也持續存在著明顯的認識論分歧。分歧主要集中在以下問題：20世紀50年代起始的中蘇論戰以及中蘇分裂，是雙方的意識形態和理論衝突，還是基於地緣政治的考量[註1]？

　　在自由主義者看來，答案顯然在於後者[註2]。但是經過初步的文獻和歷史梳理，筆者認為，無法簡單地從二分法層面對這一問題作出回答。學界之所以有不同的解讀，是因為基於對史料的詮釋、對歷史觀的把握，以及政治立場和預設前提的差異。甚至可以進一步反思，這一問題的提出，本身就是基於二元對立的預設。

---

〔註 1〕Farley, Robert. Was the Sino-Soviet Split Borne of Ideology or Geostrategic Consideration?. *The Diplomat*, March 6, 2017. https://thediplomat.com/2017/03/was-the-sino-soviet-split-borne-of-ideology-or-geostrategic-consideration/.

〔註 2〕例如早期的吉丁斯（John Gittings）和扎戈里亞（Donald Zagoria）等學者。但相反的觀點認為，意識形態分歧在中國政府外交政策中起重要作用。參見：Gittings, John. Survey of the Sino-Soviet Dispute: A Commentary and Extracts from the Recent Polemics 1963～1967. Oxford: Oxford University Press, 1968; Schram, Stuart. *The Thought of Mao Tse-Tung*. Cambridge: Cambridge University Press, 1989.

　　考慮到學術分歧從史論部分就已經發生，本書也將首先回到歷史材料本身，簡要梳理近年來重要的歷史文獻；其次，通過提煉出關於中蘇論戰的研究中主要的認識論框架，進而從宏觀層面把握現有的學術成果；第三，在釐清論戰史研究學術脈絡的同時，筆者也將對既有研究進行分析和評價。

## 2.1.1　當代「中蘇論戰」研究史料綜述

　　在中蘇論戰史研究中，重要的史料包括：論戰材料及對事件的公開報導材料、國家領導人講話和訪談錄、事件當事人回憶錄，以及近年來披露的冷戰時期蘇聯、美國歷史檔案等。其中，中蘇論戰中的重要文本包括：蘇共的《給蘇聯各級黨組織和全體共產黨員的公開信》，中共的《關於國際共產主義運動總路線的建議》、《關於無產階級專政的歷史經驗》以及「九評」文章等。雙方論戰材料都被《人民日報》以及中國地方報刊登載〔註3〕。

　　國家領導人講話和訪談錄包括：以文選形式出版的《鄧小平文選》（1993），以年譜形式出版的《毛澤東年譜》（2013）、《周恩來年譜》（2007）、《劉少奇年譜》（1996）、《朱德年譜》（2006）等，其中最新出版的《毛澤東年譜》（第五卷）不僅詳細記錄了論戰文稿的成文過程，並且通過編年的形式，可以從社會歷史進程總體把握中蘇論戰的歷史過程，及其與勞動生產、國際關係、新聞出版等各個領域的互動關係，對於中蘇論戰研究具有重要的參考意義。

　　重要的當事人回憶錄包括：時任《人民日報》總編輯吳冷西的《十年論戰：1956～1966中蘇關係回憶錄》（1999）、《憶毛主席——我親身經歷的若干重大歷史事件》（1995），部分論戰文章的參與起草者崔奇所著的《我所親歷的中蘇大論戰》（2009），外事翻譯李越然回憶錄《中蘇外交親歷記》（2001）等。

　　近年來披露的歷史檔案材料包括：《毛澤東傳》（逄先知、金沖及，2013）、《美國中情局蘇聯分析檔案彙編：1947～1991》（Gerald Haines，Robert Leggett，2001）、《中蘇關係史綱》（沈志華，2007）、《俄羅斯解密檔案選編：中蘇關係》（沈志華，2015）、馬克思主義文庫（Marxists Internet Archive）「中蘇大論戰」

〔註3〕毛澤東曾說，「我們不怕登反對方面的意見，應該讓群眾知道反對方面的意見。這是為什麼？因為我們不怕，我們相信我們的意見多少接近真理。當然我們也並不是說我們的意見完全反映了客觀真理。要認識事物，需要一個過程」。參見：中共中央文獻研究室：《毛澤東年譜（一九四九～一九七六）》第五卷，北京：中央文獻出版社，2013年。

檔案〔註4〕、威爾遜中心數字檔案部「國際歷史解密文件」（International History Declassified, Digital Archive, Wilson Center）中關於中蘇歷史的檔案材料〔註5〕等。

## 2.1.2　從階級撤退？：「民族國家」框架中的「中蘇論戰」研究

　　近年來，關於中蘇論戰、中蘇分裂研究的一個流行視角是，以民族國家為框架，拆解國際共產主義運動史的正統敘事。例如，早期的約翰·吉丁斯（John Gittings）和唐納德·扎戈里亞（Donald Zagoria）認為，赫魯曉夫提出同西方求和的修正主義政策，導致中蘇雙方對國家安全的不同解讀和擔憂，最終導致了社會主義陣營的分裂〔註6〕。

　　這一邏輯在當代進一步發展。例如，沈志華和夏亞峰將中蘇論戰置於大躍進、人民公社運動中，從中蘇對中國政治經濟生態的觀察和反饋，分析中蘇論戰爆發的導火線，即中蘇領導人的認知差異：「在毛澤東看來，中國不僅需要在經濟發展方面超越蘇聯，也需要在生產關係的改進方面實現超越」〔註7〕。與此相對應，馬蘭吉（Céline Marangé）也通過援引外交檔案，指出中蘇論戰除了意識形態層面的分歧，實際上基於爭奪世界共產主義運動、爭取亞非拉等第三世界國家，以及領土和國家戰略等更宏大的利益考量〔註8〕。另外一方面，中蘇論戰則被相應地矮化為官僚主義的、機械化的、失去政治戰鬥

〔註4〕The "Great Debate": Documents of the Sino-Soviet Split. https://www.marxists.org/history/international/comintern/sino-soviet-split/index.htm

〔註5〕例如 Memorandum of Conversation, "Comrade Abdyl Kellezi with Comrade Zhou Enlai", April 20, 1961, History and Public Policy Program Digital Archive, Central State Archive, Tirana, AQPPSH-MPKK-V. 1961, L. 13, D. 6. Obtained by Ana Lalaj and translated by Enkel Daljani. http://digitalarchive.wilsoncenter.org/document/111817. 參見 digitalarchive.wilsoncenter.org。

〔註6〕Gittings, John. *Survey of the Sino-Soviet Dispute: A Commentary and Extracts from the Recent Polemics 1963～1967*. Oxford: Oxford University Press, 1968; Zagoria, Donald. *Sino-Soviet Conflict, 1956～1961*. Princeton: Princeton University Press, 1962.

〔註7〕Shen, Zhihua., Xia, Yafeng. The Great Leap Forward, the People's Commune and the Sino-Soviet Split. *Journal of Contemporary China*, 2011, 20 (72), 861～880; Shen, Zhihua., Xia, Yafeng. *Mao and the Sino-Soviet Partnership, 1945～1959: A New History*. Lanham, MD: Lexington Books, 2017.

〔註8〕Marangé, Céline. Une Réinterprétation des Origines de la Dispute Sino-Soviétique d'après des Témoignages de Diplomates Russes [A Reinterpretation of the Origins of the Sino-Soviet Dispute According to the Testimonies of Russian Diplomats]. *Relations Internationales*, 2011 (4), 17～32.

力的文本生產過程〔註9〕。在此援引一段代表性論述：

> （在20世紀50年代末期）儘管毛澤東與赫魯曉夫都意識到，中蘇在基本利益方面存在共同之處，兩國的同盟關係相當重要，雙方也都認為對方的錯誤能夠得到糾正。但毛澤東考慮的是，如何（讓中國）成為世界社會主義國家——特別是在趕超資本主義與帝國主義方面——的領袖，同時讓中國成為國際社會主義運動中的主導示範。然而，莫斯科將這次基於理論的攻擊視為對由蘇聯領導的社會主義陣營的挑戰〔註10〕。

這些研究成果通過挖掘例如蘇聯官方檔案等新解密的歷史材料，重寫冷戰時期中蘇論戰的政治動態，一定程度上重述了歷史本身的曲折性和複雜性。

其次，這些研究將中蘇論戰這一單一歷史事件放置於國家經濟建設、國際形勢變化等複雜歷史過程中進行分析〔註11〕，對於本書來說具有重要的參考意義。

第三，基於民族國家的分析方法也反映了國際共運史的制度面向，在一定的敘事範疇內也有其理論貢獻。正如時任《人民日報》總編輯吳冷西在回憶錄中談到，中蘇論戰不僅僅是紙上談兵式的意識形態論爭，也與中國社會主義道路的探索密切相關，「（毛主席）說，發表這篇文章（《關於無產階級專政的歷史經驗》），我們對蘇共20大表示了明確的但也是初步的態度。議論以後還會有。問題在於我們自己從中得到什麼教益」，最重要的是「要獨立思考，把馬列主義的基本原理同中國革命和建設的具體實際相結合」〔註12〕。

此外，在《關於無產階級專政的歷史經驗》完成後不久，毛澤東發表了著名的《論十大關係》講話；《再論》完成之後，他又發表了《關於正確處理

---

〔註9〕陳小平：《20世紀50至60年代「中蘇大論戰」的背後——評吳冷西的〈十年論戰（1956～1966）——中蘇關係回憶錄〉》，《當代中國研究》，2002年第3期。

〔註10〕Shen, Zhihua., Xia, Yafeng. The Great Leap Forward, the People's Commune and the Sino-Soviet Split. *Journal of Contemporary China*, 2011, 20 (72), 861～880.

〔註11〕例如，沈志華和夏亞峰指出，「毛澤東認為，中國不僅應該在經濟發展層面超越蘇聯，也應該在生產關係的調整方面領先對方」。參見 Shen, Zhihua., Xia, Yafeng. The Great Leap Forward, the People's Commune and the Sino-Soviet Split. *Journal of Contemporary China*, 2011, 20 (72), 861～880.

〔註12〕吳冷西：《憶毛主席——我親身經歷的若干重大歷史事件》，北京：新華出版社，1995年。

人民內部矛盾的講話》，都證明了中蘇論戰不僅僅是文本層面的理論博弈，更需要納入到更廣闊的政治經濟範疇進行分析。

　　但是，「民族國家」的敘事邏輯也存在理論侷限：它遮蔽了國際共產主義運動發生的歷史背景（即俄國革命和中國革命是建立在反資、反帝的世界形勢下發生的）。在《1950 年代毛澤東和中國與超級大國的關係》一文中，作者將冷戰時期的蘇聯、美國和中國的對抗，放置於國家利益競賽這一看似程序平等的、去政治化的框架內，用民族國家之間的權力博弈，解釋社會主義中國的國家建設及其政治訴求，進而引申至對政治人物權力欲望的道德批判〔註 13〕。

　　這一研究路徑以史料切入，試圖以歷史化，同時去階級化的視角重新介入歷史敘事。但是，這並不是從階級撤退，而是另一種政治化的表現。呂新雨教授用「翻案史學」概括這一過程：「中國意識形態的主戰場正發生在歷史與大眾傳媒的交合地帶，並催生出一種可被稱為『翻案史學』的媒體現象，它特別集中在國際共運史和中國革命史的範圍內」。翻案史學突出表現為「用單一民族國家或國家利益的框架剪裁和重新敘述蘇俄（聯）、共產國際與中國革命的關係，用狹義的民族主義去取代社會主義與國際主義的視野」，以及「無視與否定二十世紀以來社會主義、民主主義與民族主義的複雜歷史脈絡，以及國際共產主義實踐內與外的路線鬥爭和階級鬥爭，及其在不同歷史語境下的發生」〔註 14〕。

　　這不是當代特有的現象，源頭是 20 世紀 60 年代美國的區域研究及亞洲研究。例如保守主義政治學者、蘭德公司顧問托馬斯・羅賓遜（Thomas Robinson）在 1967 年基於冷戰意識形態的需要，對中蘇關係展開的國家利益分析〔註 15〕。

　　實際上，需要進一步反思的問題是，國家利益與國際主義之間到底是什麼樣的關係？呂新雨認為，「蘇聯解體之後公布的檔案，只是證明了歷史過

---

〔註 13〕Sheng, Michael. Mao and China's Relations with the Superpowers in the 1950s: A New Look at the Taiwan Strait Crises and the Sino-Soviet Split. *Modern China*, 2008 (34), 477～507.

〔註 14〕呂新雨:《大眾傳媒、冷戰史與「列寧德奸案」的前世今生》，http://www.guancha.cn/LvXinYu/2014_12_14_303277_s.shtml。

〔註 15〕Robinson, Thomas. A National Interest Analysis of Sino-Soviet Relations. *International Studies Quarterly*, 1967 (11), 135～175.

程的複雜與曲折，並不能構成對曾經扮演了重要國際主義內涵的社會主義之否定」〔註16〕。在經典馬克思主義中，資本主義的廢除指向「無產階級的自我廢除，而不是無產階級的自我實現」〔註17〕。在這個意義上，對國家利益的爭取的必要性在於，它是共產主義運動的過程，但不是終點，不是最高利益。

僅僅依靠自上而下的歷史檔案主導敘述，在將民族國家利益前景化的同時，也遮蔽了中國社會主義「大民主」在特殊性和普遍性層面上的歷史正義，模糊了中蘇論戰在國際傳播層面上，與社會政治經濟、生產勞動和人民主體性塑造的互動關係〔註18〕。

## 2.1.3 民族主義與國際主義的辯證：作為歷史共產主義的「中蘇論戰」

如果說以民族主義、民族國家的框架分析中蘇論戰具有歷史觀層面的侷限性，那麼在「國際主義」與「民族主義」的辯證關係中展開的論述，不能被看作是對前者的補充或者對立，而是一種理論接管和替代。

1983年，薩米爾・阿明（Samir Amin）在《毛主義的未來》（*The Future of Maoism*）中比較中國國民生產總值（GNP）從1952年到1978年的變化，發現即使在1960～1961年中蘇關係最微妙的時刻，在蘇聯從中國正在運行的項目中突然撤回技術和物質資料，中國重工業、輕工業和農業年增長率分別退到-46.6%、-21.6%以及-2.4%的時刻，中國依舊在1957～1965年間保持了4.7%的GNP年增長率。此外，阿明也注意到中蘇論戰的一個關鍵問題：如何看待工業生產中的社會關係？當蘇聯推行「馬鋼憲法」（Magnitogorsk Charter）、「一長制」（cadre decide everything）之時，中國卻

---

〔註16〕呂新雨：《大眾傳媒、冷戰史與「列寧德奸案」的前世今生》，http://www.guancha.cn/LvXinYu/2014_12_14_303277_s.shtml。

〔註17〕普殊同：《馬克思與現代性》，汪暉、王中忱（編）：《區域：亞洲研究論叢（第二輯）：重新思考二十世紀》，北京：清華大學出版社，2012年。

〔註18〕哈佛大學法學教授昂格爾（Roberto Unger）將政治定義為兩個範疇，狹義政治指「政府機構及其權力配置」，廣義政治指「統領於社會生活、個人生活所有方面的組織形式和交往方式」。其中包括國際傳播的參與性政治過程。汪暉認為，中國六十年代向七十年代的轉型是「去政治化」的過程。這也可以以「廣義政治」、「狹義政治」的角度進行理解。參見：Unger, Roberto. *Politics: The Central Texts*. London: Verso, 1997；汪暉：《去政治化的政治、霸權的多重構成與六十年代的消逝》，《開放時代》，2007第2期，5～41頁。

在推動更加社會主義的方案，即工人、幹部、黨組織協同發展的「鞍鋼憲法」（Anshan Charter）。這是理論辯論的核心問題。事實上，這也從側面回答了「民族主義」敘事框架的侷限性，即社會主義國家的意義，在於恢復和確立工人階級的平等地位；自上而下的單向灌輸模式、權力模式恰恰是社會主義中國所反對的〔註 19〕。

實際上，多伊徹（Issac Deutscher）早在 20 世紀 60 年代就對中國政治經濟作過理論分析：正是由於 1954～1958 年的「國際主義」因素，中國能夠在突破基礎設施瓶頸以及變革勞動關係的基礎上，快速實現工業化。蘇聯政策的突變和對國際主義的背叛，說明了國際主義不能從官僚主義層面，而應該從階級層面理解〔註 20〕。這也是他批判赫魯曉夫的和平演變政策是虛妄的「古拉什共產主義（goulash communism）」、背離馬克思主義的原因〔註 21〕。革命的國際主義正是列寧主義和毛澤東思想的重要理念〔註 22〕。20 世紀 50～60 年代中國對越南革命與非洲民族解放運動的支持，也需要在這一脈絡中得到理解〔註 23〕。

民族國家與國際主義的辯證視角，也是當代歷史學家論述中蘇論戰的重要切口。例如弗里德曼（Jeremy Friedman）指出，中蘇論戰中，中國懷疑蘇聯背叛了無產階級國際主義和反帝國主義，而蘇聯則視中國為削弱「和平共存」

---

〔註 19〕 Amin, Samir. *The Future of Maoism*. Trans. Finkelstein, Norman. New York: Monthly Review Press, 1983.

〔註 20〕 這並不是說無需對社會主義國家內部展開檢討，齊澤克對斯大林時代蘇聯社會中出現的集權主義作出過分析。事實上，正如《共產黨宣言》所說，「至今一切社會的歷史都是階級鬥爭的歷史」。參見：馬克思、恩格斯：《共產黨宣言》，《馬克思恩格斯文集》第 2 卷，北京：人民出版社，2009 年；斯拉沃熱‧齊澤克：《有人說過集權主義嗎？》（宋文偉譯），南京：江蘇人民出版社，2005 年。

〔註 21〕 Deutscher, Issac. The Failure of Khrushchevism. *The Socialist Register*, 1965, 11～29.

〔註 22〕 參見 Deutscher, Issac. Maoism—Its Origins, Background, and Outlook. *The Socialist Register*, 1964, 11～37; Deutscher, Issac. Ideological Trends in the USSR. *The Socialist Register*, 1968, 9～21; Lew, Roland. Maoism and the Chinese Revolution. *The Socialist Register*, 1975, 115～159；呂新雨：《列寧主義與中國革命——重新理解馬克思主義中國化的歷史視角》，《毛澤東鄧小平理論研究》，2015 年第 3 期，57～65 頁。

〔註 23〕 Latham, Michael. The Cold War in the Third World. In *The Cambridge History of the Cold War (Vol 2)*, ed. Leffler, Melvyn and Westad, Odd Arne. Cambridge: Cambridge University Press, 2012.

原則的危險存在〔註24〕。

　　林春將這一獨特的社會主義道路探索過程稱為「歷史共產主義」：中國對社會主義道路的探索和辯論，基於特定的歷史空間和社會政治體系。儘管道路的識別過程受到中蘇分裂等現實衝擊，但這並不妨礙中國發展出一套獨特的、社會主義的國際主義外交政策以及「三個世界」理念〔註25〕。《劍橋冷戰史》（The Cambridge History of the Cold War）認為，這一探索過程恰恰在中蘇論戰的理論辨析過程中得到了鍛造〔註26〕。亞歷山德羅・魯索（Alessandro Russo）進一步指出中蘇論戰對「全球六十年代」的開創性意義〔註27〕。

　　在汪暉看來，中國的六十年代是「去政治化的政治」前的大民主時刻〔註28〕：首先，中蘇論戰以「一種理論鬥爭的形勢展開，顯示了國際社會主義運動內部對於政黨與國家及社會主義方向的不同理解」；第二，「中國的六十年代與中蘇論戰及毛澤東對社會主義國家和共產黨自身的演變的擔憂密切相關」；第三，六十年代後期中蘇關係的變化，「直接起源於蘇聯的霸權訴求〔註29〕和

〔註24〕 Friedman, Jeremy. *Shadow Cold War: The Sino-Soviet Competition for the Third World*. Chapel Hill: The University of North Carolina Press, 2015.

〔註25〕 Lin, Chun. *China and Global Capitalism: Reflections on Marxism, History, and Contemporary Politics*. London: Palgrave Macmillan, 2013.

〔註26〕 Latham, Michael. The Cold War in the Third World. In *The Cambridge History of the Cold War (Vol 2)*, ed. Leffler, Melvyn and Westad, Odd Arne. Cambridge: Cambridge University Press, 2012.

〔註27〕 Russo, Alessandro. The Sixties and us. in *The Idea of Communisim 3*, ed. Lee, Taek-Gwang and Zizek, Slavoj. London: Verso, 2016.

〔註28〕 汪暉：《去政治化的政治、霸權的多重構成與六十年代的消逝》，《開放時代》，2007 第 2 期，5～41 頁。

〔註29〕 需要指出的是，在論戰中，中共將蘇聯表述為「大國沙文主義」，而不是帝國主義。可以從三個方面分析：首先，政黨與國家的關係，無產階級政黨的代表性以及國家的人民民主專政性質等問題，需要從古典自由主義國家理論的反面進行分析，即人民民主專政的國家制度以及新型的黨國關係是在反資本主義和帝國主義的歷史條件下產生的，但是這不意味著對社會主義國家主體性的否定；第二，在經典馬克思主義理論中，「帝國主義」是資本主義在特定歷史階段的表現形式（例如列寧《帝國主義是資本主義的最高階段》），對蘇聯「沙文主義」（而不是帝國主義）的指認，說明了首先需要在國際共產主義範疇內部展開對中蘇論戰的分析。但是，這並不代表中蘇論戰僅僅是理論層面「兩種馬克思主義」的交鋒，也不能僅僅從兩國對國家利益爭奪的意識形態鬥爭角度理解——對國家利益的表述，一旦脫離了不平等的社會歷史語境，本身就是去政治化的政治——而是在社會主義陣營中，對內部存在的修正主義與社會主義辯證關係的分析（例如「九評」對赫魯曉夫「修正主義」的批判）；第三，這一論戰不僅是雙方對於自我和

中國對於國家主權的捍衛，但這一衝突不能一般地放置在國家間關係的範疇內進行解釋，因為衝突本身突顯了兩國共產黨之間的政治對立和理論分歧」〔註30〕。

　　這一歷史關係需要被納入到「亞洲的六十年代」和「西方的六十年代」這對既存在聯繫，又存在差異〔註31〕的「空間／時間」範疇內理解：後者是歐美社會內部對戰後黨國體制（party-state 或者 parties-state）及其內外政策的激烈批判；前者則是亞洲人民在反帝國主義霸權的國際關係中，通過武裝鬥爭、社會運動等方式，謀求獨立自主的社會改造、經濟發展以及新型的黨國體制和政黨—國家關係的革命鍛造過程〔註32〕。

　　這一判斷直接指出「民族國家」框架的侷限：當亞洲六十年代的武裝革命、軍事鬥爭已經從人們對這一時代的記憶和思考中消失，「跨國主義」取而代之成為西方知識分子想像力的支配性框架時，六十年代亞洲獨立運動和黨國建設研究就失去了它的重要意義〔註33〕。

## 2.2　國際傳播與「中蘇論戰」的知識譜系

　　在展開國際傳播與中蘇論戰的理論梳理之間，需要釐清「反帝國主義的國際主義」概念內涵。首先需要指出，在馬克思主義理論和社會主義實踐中，「國際主義」與國家是辯證的關係。列寧在《國家與革命》中論斷：

> 　　從前，問題的提法是這樣的：無產階級為了求得自身的解放，應當推翻資產階級，奪取政權，建立自己的革命專政……現在，問題的提法已有些不同了：從向著共產主義發展的資本主義過渡到共產主義社會，非經過一個「政治上的過渡時期」不可，而這個時期

　　　　對方的認知和想像，它也是在特定的政治經濟關係和冷戰世界格局的基礎上形成的。

〔註30〕參見汪暉：《去政治化的政治、霸權的多重構成與六十年代的消逝》，《開放時代》，2007 第 2 期，5～41 頁；汪暉：《十月的預言與危機——為紀念 1917 年俄國革命 100 週年而作》，《文藝理論與批評》，2018 年第 1 期，6～42 頁。

〔註31〕產生差別的前提，恰恰是兩者發生了政治、經濟、文化、意識形態等多層面的聯繫。

〔註32〕汪暉：《去政治化的政治、霸權的多重構成與六十年代的消逝》，《開放時代》，2007 第 2 期，5～41 頁。

〔註33〕汪暉：《去政治化的政治、霸權的多重構成與六十年代的消逝》，《開放時代》，2007 第 2 期，5～41 頁。

的國家只能是無產階級的革命專政。〔註34〕

在無產階級革命理論中，國際主義不是超國家、超歷史的、對國家制度的否定，而是需要在反帝國主義霸權的歷史關係中，通過建立人民民主專政的國家達成。共產主義國際主義是在社會主義革命和建設中展開的，是動態和變化的，而不是本質主義的。反帝國主義和國際主義也內在於社會主義國家的傳播實踐。

考慮到下文主要分析國際共產主義陣營的國際傳播歷史，因此筆者將從「左邊」梳理國際傳播、傳播政治經濟學理論的知識譜系〔註35〕。但是這並不意味著對資本主義論述的缺失，因為左翼的國際主義理論本身就是在對自由主義理論的批判中展開的。同樣，筆者也不僅限於對西方國際傳播和傳播政治經濟學知識譜系的梳理，而是以中國的社會主義歷史探索為主體，對理論進行知識社會學意義上的歷史分析。

筆者從中國社會主義革命和建設史切入傳播議題的分析，進而在普遍與特殊的辯證關係中勾畫傳播史的發生脈絡。另一方面，筆者也將避免陷入中國中心主義、本質主義窠臼，而是「再歷史化」地分析普遍性與歷史性命題，進而為後文即中蘇論戰在中國的發生史提供理論鋪墊。

## 2.2.1 現代性及其批判：西方傳播研究、冷戰與中蘇論戰

在西方對中蘇論戰的傳播研究中，最主要的取向是意識形態分析。這一研究路徑從較早期的斯圖爾特·施拉姆（Stuart Schram）的《論毛澤東思想》

---

〔註34〕列寧：《國家與革命》，《列寧專題文集：論馬克思主義》，北京：人民出版社，2009 年。

〔註35〕借用迦石爾（Mike Gasher）的分析，漢姆林克（Cees Hamelink）和馬特拉（Armand Mattelart）在國際傳播史研究中採用了典型的兩種範式：前者關注國際傳播研究中的「人權」問題，即人在世界傳播政治體系中的角色，後者則更加側重傳播體系在全球化過程中的社會和政治成份，因此關注國際傳播中的國際軍事問題、發展問題和文化關係問題。但是，正如迦石爾所論證的，漢姆林克的分析中實際上缺少了動態的、歷史的社會關係視野，並沒有對真正的社會人的關注。事實上，社會關係視野、階級視野是分析中蘇論戰的重要視野，這也是筆者在梳理國際傳播理論脈絡時，重點從後者，而不是前者切入的原因。參見：Gasher, Mike. Mapping World Communication. *Canadian Journal of Communication*, 1996, 21 (1). http://www.cjc-online.ca/index.php/journal/article/view/931/837; Hamelink, Cees. *The Politics of World Communication*. Thousand Oaks: Sage Publications, 1994; Mattelart, Armand. *Mapping World Communication: War, Progress, Culture*. Minneapolis: University of Minnesota Press, 1994.

（*The Thought of Mao Tse-Tong,* 1989），一直延續到當代文安立（Odd Arne Westad）的《戰火兄弟：中蘇同盟的興起與衰落，1945～1963》（*Brothers in Arms: The Rise and Fall of the Sino-Soviet Alliance,* 1998）、《冷戰：檔案與親眼見證的歷史》（*The Cold War: A History in Documents and Eyewitness Accounts,* 與 Jussi Hanhimäki 合著，2004），陳兼的《毛澤東的中國與冷戰》（*Mao's China and Cold War,* 2001），羅倫慈・魯迪（Lorenz Lüthi）的《中蘇分裂：共產主義世界的冷戰》（*The Sino-Soviet Split: Cold War in the Communist World,* 2008），以及希爾吉・萊契克（Sergey Radcheko）的《天上有兩個太陽：中蘇對領導權的爭奪，1962～1967》（*Two Suns in the Heavens: The Sino-Soviet Struggle for Supremacy, 1962～1967,* 2009）等〔註36〕。

在《牛津冷戰手冊》（*The Oxford Handbook of the Cold War*）中，澀沢尚子（Naoko Shibusawa）對冷戰意識形態和文化史進行分析，並指出，馬克思主義與自由主義學說都是基於經濟和政治層面的問題，因而同屬於啟蒙主義的線性邏輯。這一線性邏輯直接導致了蘇聯與美國在「歷史終結論」這一敘事的共識（即便蘇聯認為社會主義是現代性的完成，而美國堅持歷史終結於資本主義）〔註37〕。

但是，如果將國際共產主義運動僅僅理解為社會主義與資本主義的論戰，而不是將社會主義置於消滅資本主義生產關係的革命史中，就涉及到一個重要問題：如何看待社會主義國家、人民民主專政的政治屬性，如何看待民族解放與國際主義的關係，以及社會主義運動自我賦予的使命感？杜贊奇（Presenjit Duara）從帝國主義與民族國家的互動關係中，對這一問題作出了回應。他認為，帝國主義對民族主義的捆綁，以及對去殖民主義、文化多元

---

〔註36〕參見 Schram, Stuart. *The Thought of Mao Tse-Tung.* Cambridge: Cambridge University Press, 1989; Westad, Odd Arne. (ed). *Brothers in Arms: The Rise and Fall of the Sino-Soviet Alliance, 1945～1963.* Redwood City: Stanford University Press, 1998; Hanhimäki, Jussi., Westad, Odd Arne. *The Cold War: A History in Documents and Eyewitness Accounts.* Oxford: Oxford University Press, 2004; Chen, Jian. *Mao's China and the Cold War.* Chapel Hill: The University of North Carolina Press, 2001; Lüthi, Lorenz. *The Sino-Soviet Split: Cold War in the Communist World.* Princeton: Princeton University Press, 2008; Radcheko, Sergey. *Two Suns in the Heavens: The Sino-Soviet Struggle for Supremacy, 1962～1967.* Redwood City: Stanford University Press, 2009.

〔註37〕Shibusawa, Naoko. Ideology, Culture, and the Cold War. In *The Oxford Handbook of the Cold War*, eds. Immerman, Richard and Goedde, Petra. Oxford: Oxford University Press, 2013.

主義和主體性鍛造等現代性理念的把持，正是冷戰雙方及其霸權主義思想共享的「認識論框架」〔註38〕。對認識論裁剪的意識形態過程，剝奪了第三世界對替代性政治經濟關係的想像，以及探索未來的可能性。這是中蘇論戰爆發的重要背景和意義所在。

其次，傳播研究也從制度層面考察中蘇論戰、中蘇分裂以及冷戰傳播史。這一研究取向不是脫離於意識形態的，而是將意識形態注入地緣政治學和地緣文化學的範疇中，例如伊可柯倫慈（Jan Ekecrantz）曾指出，「蘇聯解體的地緣政治和地緣文化、信息傳播技術革命，已經改變了『國際』的通行定義，並引發了學術界思考『空間議題』的理論轉向」，以及媒介研究對方法論民族主義（methodological nationalism）的反思〔註39〕。

例如，阿芒·馬特拉（Armand Mattelart）在《連接世界，1794～2000》（Networking the World, 1794～2000）中，從地緣政治展開國際傳播史的論述〔註40〕：1948年維納（Norbert Wiener）通過「控制論」的闡釋，指出人類將以新的「信息社會」控制形式代替二戰的荷槍實彈；五角大樓為亞洲戰爭不斷投入的經費，不僅幫助IBM1959年開發出第一批晶體管電子計算機，也通過軍事和工業化生產合謀完成洲際網絡的搭建；1957年蘇聯「伴侶號」（Sputnik）衛星發射成功，艾森豪威爾隨即成立美國國家航空航天局應對，開啟了冷戰國際通信傳播的「空間」競賽；美蘇通過心理戰、廣播戰、媒體戰和宣傳戰的形式，以「發展主義」和「現代性」話語攻勢，開展對中東、拉美等第三世界國家的意識形態爭奪。

儘管這一論述在一定程度上體現了冷戰期間東西陣營意識形態對抗的現

---

〔註38〕 Duara, Presenjit. The Cold War and the Imperialism of Nation-States. In *The Oxford Handbook of the Cold War*, eds. Immerman, Richard and Goedde, Petra. Oxford: Oxford University Press, 2013.

〔註39〕 Ekercrantz, Jan. Media and Communication Studies Going Global. In *The Handbook of Political Economy of Communications,* eds. Wasko, Janet., Murdock, Graham., and Sousa, Helena. West Sussex: Blackwell Publishing, 2011. 英國社會學家安東尼·史密斯（Anthony Smith）對方法論民族主義作出過具體論述。參見 Smith, Anthony. *Nationalism in the Twentieth Century*. Oxford University Press, 1979. 西方現代性總框架下的方法論民族主義，也被詬病為「玫瑰色的唯心主義改良學說」（rosy-idealist evolutionism）。參見 Alexander, J. Modern, Anti, Post, Neo, *New Left Review*, March-April 2005 (2), p. 210.

〔註40〕 Mattelart, Armand. *Networking the World, 1794～2000*. Trans Carty-Libbrecht, Liz and Cohen, James. Minneapolis: University of Minnesota Press, 2000.

實，以及媒體在其中的關鍵作用，但是一旦訴諸於「媒體戰」的表述，也就喪失了對誰控制媒體，誰代表媒體以及媒體所在的結構性系統等代表性問題和權力關係的深入分析。另一方面，對東西陣營的指認固然有其現實的一面，但是當我們以社會主義陣營作為主體進行討論時，就會發現，這一論述實際上遮蔽了社會主義內部史的複雜性：例如萬隆會議、中蘇論戰等第三世界民族獨立運動，在美蘇冷戰的同一時刻，也對社會主義內部政治經濟和文化傳播的不平等結構發起了挑戰。

從這個角度看，中國新聞實踐應該被納入到人民戰，而不是媒體戰的範疇。這個歷史事實在當代最生動的版本是，當 2010 年廣東佛山本田企業工人罷工時，工人以「高唱國歌」的傳播形式，重新召喚工人階級在國家中的歷史主體性地位〔註 41〕。這種將革命與國家建立直接聯繫的政治傳播實踐，區別於當代資本主義世界工人運動中的工聯主義、無政府主義和試圖顛覆政權的政治烏托邦。對這一獨特關係的歷史分析，由於媒介中心主義和西方中心主義的遮蔽，恰恰在西方主流傳播史敘述中失蹤了。

這種西方中心論更為典型的體現是世界體系理論。它一定程度上也對應了當代西方傳播學者克里斯蒂安・福克斯（Christian Fuchs）所描繪的「世界傳播體系」〔註 42〕。福克斯用馬克思在《資本論》第二卷中提出的貨幣流通公式分析全球傳播產業制度，繪製出了從非洲金屬原料礦山、全球南方裝配生產線和服務鏈到美國矽谷科技城的傳播產業地圖。在論述全球傳播的制度和系統性方面，這一路徑有其理論洞見，但是它無法解釋為什麼在中國的產業工人尋求歷史正義時，他們恰恰訴諸於國家，而不是否定國家〔註 43〕。

可以回到世界體系理論源頭，重新認識這一問題。1980 年，社會學者彼

---

〔註 41〕馮象：《國歌賦予自由》，《北大法律評論》，2014 年第 15 卷第 1 輯，234～245 頁。

〔註 42〕Fuchs, Christian. *Reading Marx in the Information Age: A Media and Communication Studies Perspective on Capital Volume 1*. London: Routledge, 2016.

〔註 43〕需要指出，全球傳播與國際傳播是有不同現實關照的學術概念。國際傳播概念的提出，基於民族國家框架和冷戰意識形態格局，全球傳播概念則強調信息、符碼和意識形態跨越民族國家邊界的共時性流動。福克斯討論的全球傳播，也建立於全球資本和信息跨體系流動的框架。參見：史安斌：《全球傳播出現新變局》，《社會科學報》，2013 年 5 月 9 日，第 5 版。

得・沃思利（Peter Worsley）對安德烈・弗蘭克（André Frank）、沃勒斯坦（Immanuel Wallerstein）和阿明（Samir Amin）的世界體系論展開批判，並指出其理論侷限：第一，商業體系決定論的一元論思想，將社會主義政治經濟實踐正常化和去階級化，進而納入到單一的資本主義世界體系論述中，忽略了其中組織、文化和政治整體層面的實質差異；第二，將對資本主義的定義和批判從經典馬克思的生產資料私有制，轉移到世界市場的商業關係中〔註44〕；第三，對無產階級概念的擴大化，例如將非洲大陸的自耕農也納入到世界體系的階級關係中分析；第四，目的論和宿命論，淡化反資陣營的歷史能動性和內部史的豐富性（例如北美原住民的後殖民主義，以及社會主義陣營內部的分歧），因此是不充分的結構主義〔註45〕。

目力所及，在西方主流的傳播研究中，對於中蘇論戰及其相關議題的分析，僅僅停留在淺層的、去歷史化層面，僅有達拉斯・斯邁思（Dallas Smythe）等少數學者對這一傳播過程及其理論意義有著歷史化的分析和考察〔註46〕。

## 2.2.2 國際主義的座標：批判傳播研究的反思

在批判傳播學研究中，一個重要的問題是，如何理解「國際主義」、國際傳播與中國新聞實踐的關係。國際主義既是歷史共產主義的過去時，在世界傳播秩序和權利不斷重組的當代，它依然是理解和分析中國國際傳播實踐、重構「國際體系敘事」、「國家敘事」和「議題敘事」，重新關照「人民性」和「群眾路線」等新聞實踐的理論武器〔註47〕。史安斌指出，將中國對外傳播實踐主體定位為「以歐美為中心的西方精英群體和意見領袖」本身就存在「由於價值觀和意識形態的根本分歧，實際收效有限」的弊病。

---

〔註44〕這一點需要特別注意，因為它模糊了社會主義市場經濟與資本主義市場經濟在生產資料所有制層面的本質區別。

〔註45〕Worsley, Peter. One World or Three? A Critique of the World-System Theory of Immanuel Wallerstein. *The Socialist Register*, 1980, 298～338.

〔註46〕史安斌、盛陽：《追尋傳播的「另類現代性」：重訪斯邁思的〈中國檔案〉》，即將發表。

〔註47〕參見史安斌、廖鰈爾：《國際傳播能力提升的路徑重構研究》，《現代傳播》，2016年第10期，25～30頁；史安斌、李彬：《回歸「人民性」與「公共性」——全球傳播視野下的「走基層」報導淺析》，《新聞記者》，2012年第8期，3～7頁；史安斌、楊雲康：《後真相時代政治傳播的理論重建和路徑重構》，《國際新聞界》，2017年第9期，54～70頁。

中國當代國際傳播需要「向東看」（即關注亞非拉發展中國家和不發達國家的人民）、「向下看」（關注西方國家的人民群眾、全球社會運動以及非政府組織）、關照「西方路燈光影以外的世界」，以及深入到西方國家普通民眾中去〔註48〕。

正如前文（西方國際傳播理論綜述）所展示的，從國家主義視角切入國際傳播史研究，存在巨大的偏頗。例如，「民族國家」框架很難從技術政治層面，深入解釋當代通信傳播領域數字資本主義複雜的發生過程，以及為什麼在互聯網通信技術的爭奪史中，蘇聯完敗於美國。塔爾薩大學傳播學者本傑明・彼得斯（Benjamin Peters）摒棄了冷戰社會科學的二元論思想，在《如何不連接一個國家：蘇聯因特網失敗史》（*How Not to Network a Nation: The Uneasy History of the Soviet Internet*）中作出如下解釋：正是通過集體主義的協作方式、以及充足的國家津貼，美國在互聯網軍備設計中打敗了因內部競爭、官僚主義而戰鬥力渙散的蘇聯互聯網研究所。可以說，冷戰社會科學對共產主義／資本主義與特定民族國家的綁定是僵化的，因為在傳播技術競賽中，恰恰是「社會主義化」的美國戰勝了「資本主義化」的蘇聯〔註49〕。

由此可見，傳播研究對「民族國家」分析框架的突破，在於取消特定民族國家與資本主義／社會主義之間教條主義的掛鉤。資本主義和社會主義本身就是基於生產關係的、歷史的、動態的，以及互構的存在。例如，王洪喆重新解讀了阿連德時代智利的「賽博協同工程」：社會主義經濟民主的思想對數字空間和資本主義勞動關係的改造，勾勒出在艱難的反帝國主義現實下，智利社會主義政府對控制論技術的把握和超越〔註50〕。奧斯卡・桑切斯-司博奈（Oscar Sanchez-Sibony）通過對蘇聯的政治經濟學考察，挑戰了「兩極爭霸」的冷戰敘事：赫魯曉夫時代，成為中等收入國家後的蘇聯非但沒有變成世界經濟的推動力量，反而淪落為全球資本主義經濟生產鏈底端。儘管蘇聯主動尋求進入全球化進程，並為其注入紅色血液，但這並沒有妨礙它進一步逐漸淪落為發達資本

---

〔註48〕參見史安斌：《加強和改進中國政治文明的對外傳播：框架分析與對策建議》，《新聞戰線》，2017 年第 7 期，29～32 頁；史安斌：《「後真相」衝擊西方輿論生態》，《理論導報》，2017 年第 11 期，63～64 頁。

〔註49〕Peters, Benjamin. *How Not to Network a Nation: The Uneasy History of the Soviet Internet*. Cambridge, MA: The MIT Press, 2016.

〔註50〕王洪喆：《阿連德的大數據烏托邦——智利互聯網考古》，《讀書》，2017 年第 3 期。

主義國家被動的資源供應商，以及全球南方的商業同伴〔註51〕。

在傳播研究中，印度裔學者維賈伊‧普拉薩德（Vijay Prashad）提供了「第三世界」的視角，這為分析中蘇論戰的國際傳播史打開了更生動和複雜的框架。他的《更黑暗的國家：第三世界的人民史（*The Darker Nations: A People's History of the Third World*）》一書指出，從萬隆會議到20世紀60年代，雖然中蘇兩黨之間存在嚴重的認識分歧，各自黨內也存在不同觀點的交鋒，雙方也從不同方面為第三世界提供革命的路徑，但是，蘇聯提出的「民族民主國家」概念與中國提出的「無產階級、農民、小資產階級與民族資產階級聯合」的新民主主義理論，都從民族團結和階級革命的角度，為第三世界國家的民族資產階級興起創造了空間〔註52〕。

汪暉對「民族自決權」問題作出過更為系統的分析。他在《十月的預言與危機——為紀念1917年俄國革命100週年而作》一文中指出，「現代中國革命的總的進程是將民族自決作為反抗帝國主義的獨立要求來理解的，後者正是探索建立朝向社會主義過渡的新民主主義國家的基本前提」，中國工農紅軍「從未將自己視為地方性和社群性的代表，恰恰相反，在它的政治藍圖中，中國革命從來都是全民族的革命，同時也是世界革命的一個有機部分。中國革命的國際主義和此後提出的第三世界範疇，也都是沿著這一路線展開的」〔註53〕。國際主義不是去歷史化的階級分析，而是在反帝國主義的歷史視野下，民族解放和階級解放的辯證統一。分析國際傳播史中的「國際主義時刻」，也需要考慮到這一歷史事實。

殷之光從愛國主義和國際主義的辯證關係中進一步分析了這個問題：新中國成立後的新時期，中國共產黨人意識到在社會各階層中間樹立新的愛國主義的意義，社會鬥爭以「和平民主運動」為基調，這種愛國主義與進步的國際主義相一致。「在這個政治表述中，反帝這種對抗性的『爭取解放的革命運動』，與爭取團結、互相尊重的『和平民主運動』相互關聯，共同形成了新中國對國際主義精神理解的內涵。這一以『建設』為主要任務的『和平民主

---

〔註51〕 Sanchez-Sibony, Oscar. *Red Globalization: The Political Economy of the Soviet Cold War from Stalin to Khrushchev*. Cambridge: Cambridge University Press, 2014.

〔註52〕 Prashad, Vijay. *The Darker Nations: A People's History of the Third World*. New York: The New Press, 2008.

〔註53〕 汪暉：《十月的預言與危機——為紀念1917年俄國革命100週年而作》，《文藝理論與批評》，2018年第1期，6～42頁。

運動」進程，是新中國人民『文化翻身』的重要組成部分，也成為新中國理解『國際主義』和『愛國主義』辯證關係的基礎」〔註54〕。

例如《人民日報》從 1947 年開闢的「讀報辭典」欄目，專門對報紙上出現的社會科學、政治、地理、經濟等新名詞進行簡單解答。包括翻身農民和城市工人群眾等社會主義新人們不僅參與到物質生產實踐，也在對國際大事的知識獲取、文化實踐中改變了政治思想面貌，提高了政治覺悟，建立了新的世界觀〔註55〕。這需要聯繫中國新聞業「通訊員—讀報組」的社會主義民主傳播制度〔註56〕，以及農村廣播網運動等傳播實踐進行理解。

在《再論無產階級專政的歷史經驗》討論會上，毛澤東再次提到「國際主義」的意義。他說，「文章的題目可以考慮用『全世界無產者聯合起來』，這是馬克思、恩格斯在《共產黨宣言》中提出的口號，現在仍有重大現實意義。我們的目的是加強全世界工人階級和共產黨人的團結」〔註57〕。對於工人階級領導的、工農聯盟、人民民主專政的社會主義中國，以及全世界的進步人類來說，中國在論戰中展開的對於世界格局的結構化判斷，對於發展和革命理論的辯證分析，無論何時都具有重大的現實意義。

〔註54〕殷之光：《國際主義時刻——中國革命視野下的阿拉伯民族獨立與第三世界秩序觀的形成》，《開放時代》，2017 年第 4 期，110～133 頁。

〔註55〕殷之光：《國際主義時刻——中國革命視野下的阿拉伯民族獨立與第三世界秩序觀的形成》，《開放時代》，2017 年第 4 期，110～133 頁。

〔註56〕李海波：《新聞的公共性、專業性與有機性——以「民主之春」、延安時期新聞實踐為例》，《新聞大學》，2017 年第 4 期，8～17 頁。

〔註57〕吳冷西：《憶毛主席——我親身經歷的若干重大歷史事件》，北京：新華出版社，1995 年。

# 第 3 章　建構反帝國主義的國際傳播機制：中蘇論戰再回顧

## 3.1　引論

　　中蘇論戰是國際共產主義運動中的重要事件。在已有論述中，中蘇論戰的重要性被概括為「歷史感」和「未來感」兩個方面：其一，它是 20 世紀國際共產主義陣營內部前所未有的，以跨國家、跨民族、跨政黨的組織形式展開的政治論戰和路線鬥爭；其二，它是以公開文本的形式展開的理論交鋒：不僅勇敢揭示了地緣政治體系的內部裂痕，大膽挑戰了社會主義體系的思想地基，並以此「為東方集團內部提供了重新思考社會主義未來和世界性的霸權構造的空間」〔註1〕。通過對歷史共產主義運動普遍性觀念的重新提取和賦值，中蘇論戰開啟了對現實政治和理論思想的雙重撬動〔註2〕。

　　本章將論證，如果從中國的經驗出發，這場論戰的意義則不僅停留在歷史感和未來感等思想史和政治學層面：對於中國而言，中蘇論戰是一場極具有社會主義「現代感」的思想傳播運動，這一現代感不僅體現在基於程序正義，將論戰直接訴諸於廣播和政黨報刊的現代傳播形式，更體現在中國對蘇

〔註1〕汪暉：《去政治化的政治、霸權的多重構成與六十年代的消逝》，《開放時代》，
　　　　2007 第 2 期，5〜41 頁。
〔註2〕約翰・布萊克摩爾（John Blackmore）在一篇短評中也提及中國革命的「歷史
　　　　性」和「未來性」問題。他認為，「相對於歷史面向而言，中國社會更多的是
　　　　未來面向（dominated by the future），即便有時會冠以傳統之名展開革命」。
　　　　Blackmore, John. The Chinese View of their Place in the World, *New Left Review*,
　　　　November-December, 1964.

論戰的實質行動中，對中國傳統革命知識分子思想的內化，以及將「理論性」不斷鑄入大眾傳播的「政治化」過程。

在世界革命的意義上，作為傳播運動的中蘇論戰不僅是狹義的宣傳戰，相反，中國共產黨正是吸納了中國革命的論辯傳統，通過組織層面的精密安排和人員調動，在思想層面對帝國主義的重新鑒別和論述，將反帝國主義理想注入獨立自主的傳播實踐探索，構建了有別於冷戰霸權格局的、獨立自主的國際傳播機制，並以此展開了具有世界革命意義的反帝反霸權運動。正是通過大眾傳媒和辯證法理論的不斷接合（articulation）和相互塑造，中蘇論戰獲得了理論和行動層面的雙重意義。

章節安排方面，本章第二節將中蘇論戰置於中國革命及其論辯傳統的歷史脈絡中，從中國社會革命內部考察思想論戰的歷史起源。這一論述旨在從中國革命史中挖掘中蘇論戰思想分歧的根源。後文將要論證，在從中國革命到中蘇論戰的明線之外，暗含著另一條從反帝反封建到反大國沙文主義、國際主義的理論線索，這有助於理解中國為何認定蘇聯的大國沙文主義才是造成思想分歧的最核心和最本質原因〔註 3〕：正是由於蘇聯的大國沙文主義和民族主義，才會逐步產生修正主義、理論分歧乃至公開論戰的發生。

第三節以中國為論述的出發點，歸納梳理中蘇論戰的發展過程。本節將接續第一節中從反帝反封建主義到反大國沙文主義的線索，進一步論證：修正主義是中國共產黨人重新論述和鑒別帝國主義的重要環節，它不僅是政治經濟問題，更是理論問題。需要進入理論範疇中對其進行徹底清理，不能簡單地用國家主權、爭奪國際領導權等權力話語，解釋中國參與中蘇論戰的動機。

第四節分析論戰過程中，中國反帝國主義的傳播機制和傳播觀念的形成。以傳播為中心，本節詳細梳理在國際傳播實踐中，中國對蘇論戰的組織形式、實踐方式和理論意義，並進一步論證，中國共產黨人在對蘇論戰的過程中，通過重新構建獨立自主的國際傳播機制，不僅將革命理論納入到傳播實踐，理論論戰本身也賦予了中國傳播實踐以「理論性」，即中國社會主義的傳播實踐本身就是反帝國主義革命運動的重要環節。

第五節對本章進行系統總結和理論提煉。

---

〔註 3〕吳冷西：《十年論戰——1956～1966 中蘇關係回憶錄》，北京：中央文獻出版社，2014 年，第 555 頁。

## 3.2　從中國革命到中蘇論戰：傳播史的視角

　　理論論戰在國際共運史上並不罕見，例如第一國際中馬克思、恩格斯與巴枯寧派、蒲魯東派和布朗基派等派別的鬥爭；俄國社會民主工黨時期，布爾什維克與孟什維克的鬥爭；這些論戰為後人留下了例如《哥達綱領批判》、《反杜林論》、《戰爭與俄國社會民主黨》等重要論述。

　　在傳播研究領域，法國批判傳播學者阿芒・馬特拉（Armand Mattelart）在其重要著作《圖繪全球傳播：戰爭、進步與文化》（*Mapping World Communication: War, Progress, Culture*）中，也對 1874 年第一國際，即國際工人協會（International Association of Workers）中，無政府主義、馬克思主義和改良主義就「傳播」（Communication）問題的辯論展開過論述。與 20 世紀 60 年代中蘇兩黨的基本辯題相似，在這場近百年前關於鐵路、郵政、電報與公路系統等傳播與公共服務體系的政治辯論中，革命者也逐漸分化為支持社會變革的改良主義，以及信奉武裝革命，暴力奪取工業資產階級國家政權的革命主義〔註4〕。

　　作為思想辯論的中蘇論戰，起源於雙方對馬列主義當代表述的不同理解。從中國的視角出發，這一現象的出現不僅僅需要在理論論戰內部展開靜態分析，還需要考慮兩個重要的歷史背景：其一，實踐理論化和思想辯論是想像和安排當代中國政治變革的重要前提；其二，馬克思列寧主義不僅賦予社會主義中國以政治合法性，更為社會主義中國所接納和內化〔註5〕。對此，呂新雨曾在《列寧主義與中國革命——重新理解馬克思主義中國化的歷史視角》

---

〔註 4〕Mattelart, Armand. *Mapping World Communication: War, Progress, Culture*. Trans. Emanuel, Susan., Cohen, James. Minneapolis: the University of Minnesota Press, 1994. pp.48～50.

〔註 5〕道路的選擇與宣傳輿論之間也有複雜的關聯，1919 年蘇俄政府第一次對華宣言《加拉罕宣言》經由輿論傳播，逐漸改變了布爾什維克革命在中國的形象，在「威爾遜時刻」之後出現了「列寧時刻」，對中國友俄、聯俄，以致走上社會主義革命道路的選擇，產生了「直接而巨大的推動作用」。此外，王維佳也討論了近代中國的現代性啟蒙與傳播實踐的關聯問題，例如在世紀之交的資產階級新聞實踐中，「善於運用傳播媒介宣傳啟蒙和變革思想的知識分子先是完成了一個『無須資本家打造資本主義』的過程，隨後又參與建立了一個以經濟資本和資本主義生產方式為主導的現代社會」。參見：周月峰：《「列寧時刻」：蘇俄第一次對華宣言的傳入與五四後思想界的轉變》，《清華大學學報（哲學社會科學版）》，2017 年第 5 期，第 113～128 頁；王維佳：《作為勞動的傳播——中國新聞記者勞動狀況研究》，北京：中國傳媒大學出版社，2011 年，第 53 頁。

中指出，「在十月革命一聲炮響給中國送來馬克思列寧主義的經典表述之外」，還應看到俄國革命、列寧主義與中國革命還在思想傳播中發生了巧妙的對話，在理論和實踐中「彼此影響」，「共同探索和改變」〔註6〕。在中蘇論戰——這段發生在 20 世紀 50～60 年代社會主義體系內部——對理論重新識別的過程中，前者為中國共產黨人奠定了明確而又強烈的思想主體意識，後者則源源不斷地為其提供思想探索的行動指南。

中國近代革命史同時也是中國「努力向外探求真理」的歷史。無論中蘇論戰這一事件在多大程度上具有不可複製性，作為思想論戰的中蘇論戰之所以得以展開，需要在革命的、反帝國主義的世界史〔註7〕脈絡中進行理解：這並不意味著中蘇論戰是漫長的歷史邏輯的再現（representation），恰恰相反，思想論戰是特定歷史條件和社會結構在思想領域的反映（reflection），需要在歷史脈絡中檢視這一特定的歷史條件。

## 3.2.1 中國革命及其對世界秩序的想像

政論報刊、革命救國、思想傳播是 20 世紀中國革命中相互交織的基本元素〔註8〕。在西方資本主義以帝國主義的形式席捲東方的世紀之交，面對兵連禍結、滿目瘡痍的現狀，中國知識界逐漸產生了一股「以報刊為媒介」探討如何安身救國的社會思想氛圍〔註9〕。以「託古改制或全盤西化」等形式展開的改良與革命道路辯論，自 1895 年起進入他們的政治議程〔註10〕。以革命黨人章太炎為例。從 1897 年開始到 1936 年辭世，他擔任過十家報刊編輯，五家報刊主編，共為海內外 87 家報刊撰寫過近 800 篇政論文章〔註11〕。他常常

---

〔註6〕呂新雨：《列寧主義與中國革命——重新理解馬克思主義中國化的歷史視角》，《毛澤東鄧小平理論研究》，2015 年第 3 期，第 57～65，92 頁。

〔註7〕周展安：《馬克思主義理論在中國扎根的邏輯與特質——從中國近代史的內在趨勢出發的視角》，《毛澤東鄧小平理論研究》，2015 年第 3 期，第 77～80 頁。

〔註8〕李金銓：《報人報國》，香港：香港中文大學出版社，2013 年。

〔註9〕汪暉：《現代中國思想的興起》（下卷第一部），北京：生活·讀書·新知三聯書店，2015 年，第 1011 頁。

〔註10〕孫中山及其同盟會陸續在日本、美國和新加坡等海外國家創辦《民報》、《大同日報》、《光華日報》。這被視為中國近代國際傳播事業的發端。參見：北京市地方志編纂委員會：《北京志·新聞出版廣播電視卷·報業·通訊社志》，北京：北京出版社，2006 年，第 409 頁。

〔註11〕方漢奇：《章太炎與近代中國報業》，《新聞史的奇情壯彩》，北京：華文出版社，2000，第 158 頁。

從古文經學、唯識佛學、基督教義、古希臘哲學、民族主義、國家主義、無政府主義等宏大磅礴的理論命題切入，展開關於中國政治制度的基本討論。

以理論論戰介入制度安排的知識政治運動，被認為是救亡圖存的重要渠道。魯迅在《關於太炎先生二三事》中回憶，章太炎視「用宗教發起信心，增進國民的道德；用國粹激勵種性，增進愛國的熱腸」為最緊要任務，而「戰鬥的文章」，則是他「一生中最大，最久的業績」〔註12〕。

近代中國知識分子對政治問題的理論化思考及其辯論，首先是全球政治經濟急遽變化的產物。從《新民叢報》、《清議報》、《國民報》、《直報》，到《民報》、《天義》，近代中國知識分子普遍希望借報刊論說的現代形式，以思想行動介入社會變革。在更廣泛的意義上，德國柏林自由大學歷史學者塞巴斯蒂安‧康拉德（Sebastian Conrad）將這一過程定義為「全球史中的啟蒙」（enlightenment in global history）。康拉德批評歐洲中心主義的「啟蒙擴散說」，認為「啟蒙」不僅僅是一種被傳播到世界各地——包括亞洲在內——的歐洲現象，而是共時性的條件下，世界各地的人們共同創造的結果，受到「世界經濟整合」、「民族國家的出現」以及「帝國主義發展」等三方面因素的影響〔註13〕。在帝國主義與反帝國主義鬥爭的歷史條件下，從梁啟超《論帝國主義之發達及二十世紀世界之前途》、嚴復《論世變之亟》、康有為《大同書》，再到劉師培和何震的《論種族革命與無政府革命之得失》，對世界秩序的想像也被納入到知識分子對於自身格局和政治命運的論述中，成為支配其政治制度辯論的重要參考。

其二，知識分子對世界秩序的想像，建立在對「對立關係」的識別之上。這種特定歷史條件下的對立關係，既建立在時間維度——對「清帝國」與「新世紀」的營造，也建立在空間維度——對「中華民族」與「西方帝國」的確認之上。其中，民族與帝國主義觀念是思想形成的重要條件。

本尼迪克特‧安德森（Benedict Anderson）在其討論民族主義問題的重要著作《想像的共同體》（*Imagined Communities: Reflections on the Origin and Spread of Nationalism*）中，將現代民族界定為「基於想像的政治共同體」，其中印刷資本主義（print capitalism）是民族觀念形成的重要條件。在東亞，中

〔註12〕魯迅：《關於太炎先生二三事》，《魯迅全集》（第六卷），北京：同心出版社，2014，第354～355頁。

〔註13〕塞巴斯蒂安‧康拉德：《全球史中的啟蒙：一種歷史學的批評》，熊鷹譯，《區域》，2014年第1輯，第81～101頁。

日甲午戰爭（1894～1895）、臺灣割據（1895）、日俄戰爭（1905）、朝鮮日據（1910）等現代戰爭都被巧妙地用宣傳術粉飾，並將保守的寡頭政權認定為日本自我想像的、具有代表性的、真正的民族。在此，日本民族主義具有「侵略性的帝國主義特徵」〔註14〕。汪暉將其總結為一種「世界性的想像」，即一種「在想像中被設定為有限的和享有主權的共同體」，並與「無限的帝國及其權力結構相對應」〔註15〕。

民族觀念的形成，激發了近代中國知識分子對「主體」問題的政治想像。他們普遍認為，正是由於清王朝與西方帝國主義在權力關係中的結構性置換，自我的認識發生了複雜的轉變：首先，這意味著一種全新的世界觀的形成，百廢待興的清王朝正處於西方帝國主義秩序的邊緣；其次，重新建構的「中心—邊緣」與傳統的「帝制中國」秩序截然不同〔註16〕。

因此，對於近代中國來說，民族不僅是一個人類學觀念，更是兼具壓迫和解放意義的政治學觀念，源自歐洲的現代民族思想一方面成為帝國殖民主義霸權的理論工具，另一方面也成為政治性的、可被徵用的反壓迫形式。在分析孫中山及其革命理論的一篇文章中，列寧也清晰地觀察到了這一點：

> 試問，孫中山有沒有用自己反動的經濟理論來捍衛真正反動的土地綱領呢？這是問題的全部關鍵所在，是最重要的一點，被掐頭去尾和被閹割的自由派假馬克思主義面對這個問題往往不知所措。
>
> 沒有，——問題也就在這裡。中國社會關係的辯證法就在於：中國的民主主義者真摯地同情歐洲的社會主義，把它改造成為反動的理論，並根據這種「防止」資本主義的反動理論制定純粹資本主義的、十足資本主義的土地綱領！〔註17〕

1912 年 4 月 1 日，在辭去中華民國臨時大總統一職的第二天，孫中山發

---

〔註14〕 Anderson, Benedict. *Imagined Communities: Reflections on the Origin and Spread of Nationalism*. London: Verso, 1991. pp. 96～97.

〔註15〕 汪暉：《現代中國思想的興起》（上卷第一部），北京：生活·讀書·新知三聯書店，2015 年，第 73 頁。

〔註16〕 參見 Duara, Prasenjit. History and Globalization in China's Long Twentieth Century. *Modern China*, January 2008, Vol. 34 (1), pp. 152～164；汪暉：《作為思想對象的二十世紀中國（上）——薄弱環節的革命與二十世紀的誕生》，《開放時代》，2018 年第 5 期。

〔註17〕 列寧：《中國的民主主義和民粹主義（1912 年 7 月 15 日〔28 日〕）》，《列寧全集》第 21 卷，中共中央編譯局編譯，北京：人民出版社，1990。

表了《在南京中國同盟會會員餞別會的演講》，闡述其民生主義和革命思想。
7 月，講稿以《論中國革命的社會意義》被轉譯為俄文，刊登於俄國《涅瓦明星報》第 17 期。在這份布爾什維克黨機關報的同一期上，列寧發表了上文《中國的民主主義與民粹主義》〔註 18〕。列寧在這篇其生平首次論述中國革命的論戰稿中，比對了孫中山的民主主義思想與馬克思主義、小資產階級社會主義和「自由派假馬克思主義」的異同，不僅將中國革命與俄國革命和歐洲資本主義關聯，用辯證法分析了中國革命對民族觀念和反霸權觀念的調動，也準確地預言了中國革命中即將被激發的馬克思主義理念。

從楊度《金鐵主義》提出「五族合一」、梁啟超《國家四項變遷異同論》、《新民說》對民族主義、民族帝國主義的辨認、孫中山提出「五族共和」論、章太炎《代議然否論》、《中華民國解》直接分析和探討中國可行的政治制度和組織架構，中國近代知識分子的論辯傳統，不僅為後續的政治變革源源不斷地提供思想資源，也某種程度上直接改變了近代中國的政治格局。正如一位學者指出的，「五族共和說的提出，與其說是孫中山個人民族觀與憲政觀的轉變，某種程度上更不如說是清末民初政治界、思想界在如何思考亂世危局中的國家憲政制度建構與民族治理轉型這一問題上進行的思想交鋒、對話後所達致的結果」〔註 19〕。

### 3.2.2　反帝國主義：創造性主體的顛倒

中國民族資產階級革命在帝國主義秩序中的侷限性及其蘊含的必然失敗，不僅沒有造成對主體探索和秩序界定等理論工作的停滯，反而進一步推動了革命的理論化。首先，這一理論化的過程與中國知識界對民族、帝國主義和世界的想像同步，同樣也圍繞著對這些核心觀念的思考和傳播。在 1919 年 7 月 14 日《湘江評論》創刊宣言的結語中，26 歲的毛澤東著重論述了革命、傳播與世界結構的關係問題。彼時，俄國十月革命傳來的捷報，以及馬克思列寧主義的有關學說，已經開始影響毛澤東從無政府主義轉向唯物主義〔註 20〕：

〔註 18〕呂新雨：《列寧主義與中國革命——重新理解馬克思主義中國化的歷史視角》，《毛澤東鄧小平理論研究》，2015 年第 3 期，第 57～65，92 頁。

〔註 19〕常安：《辛亥時期「五族共和」論的思想淵源》，參見 http://wen.org.cn/modules/article/view.article.php/article=2898。

〔註 20〕白冰：《五四時期毛澤東對多種社會思潮的比較與對馬克思主義的最終選擇》，《黨的文獻》，2015 年第 6 期，第 53～57 頁。

時機到了！世界的大潮卷的更急了！洞庭湖的閘門動了，且開了！浩浩蕩蕩的新思潮業以奔騰澎湃於湘江兩岸了！順它的生，逆它的死。如何承受它？如何傳播它？如何研究它？如何施行它？這是我們全體湘人最切最要的大問題，即是《湘江》出世最切最要的大任務。〔註21〕

　　相比於青年時代，毛澤東在 1940 年《新民主主義論》中對革命的具體執行形式展開了更為成熟的思考。首先，革命不是全盤西化，也不是純粹的託古改制。「形式主義地吸收外國的東西，在中國過去是吃過大虧的。中國共產主義者對於馬克思主義在中國的應用也是這樣，必須將馬克思主義的普遍原理和中國革命的具體實踐完全地恰當地統一起來」〔註22〕。

　　第二，區別於西方的馬克思主義革命理論，以建立於特定世界秩序觀下的中國革命為中心，革命理論的政治主體是反帝國主義，而不是帝國主義。如果說在馬克思「亞細亞問題」、霍布斯鮑姆（Eric Hobsbawm）「帝國的年代」、阿瑞基（Giovanni Arrighi）「漫長的二十世紀」等經典馬克思主義的論述中，世界史的斷代基本以歐洲資本主義工業化為切點，反帝國主義世界革命是帝國主義秩序下的產物〔註23〕，那麼在毛澤東等中國革命思想家的理論序列中，革命恰恰是斷定歷史的起點。「革命力量的形成」、「改變敵我條件的革命行動」、落後貧窮的經濟狀態以及薄弱的控制，都構成了自發創造「革命契機」的「薄弱環節」〔註24〕。換句話說，在中國革命的視野中，「帝國主義」與「反帝國主義」之間發生了「中心」與「邊緣」的顛倒，反帝反封建運動被認定為

〔註21〕毛澤東：《毛澤東早期文稿（一九一二年六月～一九二○年十一月）》，中共中央文獻研究室、中共湖南省委《毛澤東早期文稿》編輯組編，長沙：湖南人民出版社，2008 年。

〔註22〕毛澤東：《新民主主義論》，《毛澤東選集》（第三卷），北京：人民出版社，2009年，第 707 頁。

〔註23〕參見《馬克思恩格斯全集》第 31 卷，北京：人民出版社，1998 年，第 426頁；塗成林：《世界歷史視野中的亞細亞生產方式——從普遍史觀到特殊史觀的關係問題》，《中國社會科學》，2013 年第 6 期，第 21～37 頁；Hobsbawm, Eric. *The Age of Empire: 1875～1914.* London: Weidenfeld & Nicolson, 1987; Arrighi, Giovanni. *The Long Twentieth Century: Money, Power, and the Origins of Our Times.* London: Verso, 2010；汪暉：《作為思想對象的二十世紀中國（上）——薄弱環節的革命與二十世紀的誕生》，《開放時代》，2018 年第 5 期。

〔註24〕汪暉：《作為思想對象的二十世紀中國（上）——薄弱環節的革命與二十世紀的誕生》，《開放時代》，2018 年第 5 期。

創造歷史的起點，而革命也被注入了明確的創造性主體。「新民主主義的文化，就是人民大眾反帝反封建的文化」，這種文化「只能由無產階級的文化思想即共產主義思想去領導」〔註25〕。

　　第三，在不同的歷史階段，帝制形式及其相應的反帝國主義運動需要不斷地被重新界定。這也是中蘇論戰之所以在理論層面展開的重要條件。在《新民主主義論》中，毛澤東不僅論證了新民主主義階段，中國革命的歷史任務，也從理論上推導了新的歷史階段的政治任務，即農村社會主義教育問題：「當作國民文化的方針來說，居於指導地位的是共產主義的思想，並且我們應當努力在工人階級中宣傳社會主義和共產主義，並適當地有步驟地用社會主義教育農民及其他群眾」〔註26〕。

　　新中國成立後，在經歷了「百花齊放」（1956年夏～1957年夏）和以《關於正確處理人民內部矛盾的問題》（1957年2月）為主題的「整風運動」之後，20世紀50年代中後期發生的中蘇論戰，促使中國進一步認識到捍衛理論正統的重要性，「理論保衛戰」最終以農村社會主義教育運動（「四清運動」）的形式展開〔註27〕。共產主義理念及其實現，既是毛澤東在新民主主義革命、社會主義建國和社會主義建設中始終沒有放棄思考的現實問題，也是中國在社會主義建設時期對修正主義、民族主義、帝國主義的政治清算中不斷提及的理論問題。

　　從中國革命到中蘇論戰的歷史線索，同時也暗含著從反帝國主義到反大國沙文主義，再到獨立自主話語體系的理論線索。正如毛澤東反覆強調的，「中國革命是世界革命的一部分」〔註28〕。作為世界革命的組成部分，中國革命具有清晰的歷史條件、明確的政治主體、以及迫切的行動意識。對中蘇

〔註25〕毛澤東：《新民主主義論》，《毛澤東選集》（第三卷），北京：人民出版社，2009年，第698頁。

〔註26〕毛澤東：《新民主主義論》，《毛澤東選集》（第三卷），北京：人民出版社，2009年，第704頁。

〔註27〕毛澤東曾強調農村社會主義教育對防修反修的重要作用。不同於奈格里和哈特對「帝國」無邊界的論述，毛澤東指出，「出不出修正主義，一種是有可能，一種是不可能。從十中全會後，在農村進行社會主義教育，依靠貧下中農，然後團結上中農，這就可以挖修正主義的根子」。參見：逢先知、金沖及：《毛澤東傳》，北京：中央文獻出版社，2013年，第2237頁。

〔註28〕毛澤東：《新民主主義論》，《毛澤東選集》（第三卷），北京：人民出版社，2009年，第666頁。

論戰的理論分析，需要在中國革命和世界反帝國主義運動的脈絡中展開。這不僅因為論戰的問題意識，始終內在於中國革命知識分子對自身政治命運的思考，而且中蘇論戰的政治核心——民族主義和大國沙文主義問題——也始終內在於中國革命者對世界秩序、自我價值和行動方案的鑒定。

## 3.3 中蘇論戰再回顧：從中國出發

### 3.3.1 問題的起源：相同事件，兩種解讀

蘇中人民永久是兄弟，

兩個偉大民族團結緊，

淳樸的人民並肩挺起胸，

淳樸的人民歡唱向前進。

我們的友誼永在心，

永在心，永在心。

莫斯科北京！莫斯科北京！

人民在前進，前進！

為光輝勞動，

為持久和平，

在自由旗幟下前進！

伏爾加河邊聽到長江水聲，

中國人民仰望克里姆林紅星。

我們不怕任何戰爭威脅，

人民的意志是強大無敵。

全世界讚美我們勝利！

這首名為《莫斯科——北京》的歌曲在 20 世紀 50 年代紅遍中蘇兩國〔註29〕。當時正值中蘇兩國關係的最佳時期，這首曾獲得斯大林文藝獎的歌曲，是蘇聯廣播電臺中文廣播的開播曲〔註30〕，也是當時所有中蘇友好活動的必

---

〔註29〕劉亞丁：《俄羅斯的中國想像：深層結構與階段轉喻》，《廈門大學學報（哲學社會科學版）》，2006 年第 6 期，第 54～60 頁。

〔註30〕朱子奇：《詩的歡迎　歡迎的詩——憶毛主席訪蘇片斷》，《文藝理論與批評》，1991 年第 5 期，第 25～29 頁。

放歌曲〔註31〕。歌中描繪的中蘇友好場景，既是對現實情感的詩意刻畫，也反映了當時人們的美好願望。但是，從 1956 年開始，隨著中蘇兩黨在意識形態、國家戰略、革命理論和世界秩序界定等多種領域矛盾的加劇，曾經「並肩挺胸」、「友誼永在心」的中蘇兄弟關係逐漸走向破裂的邊緣。20 世紀 70 年代，中蘇分裂已是國際事務版圖中的基本格局〔註32〕。

　　中蘇論戰是這場政治變革在理論層面的展開。從 1956 年赫魯曉夫反斯大林秘密報告開始，中蘇兩黨從一開始的爭議擱置、內部討論，到共同協商、保留觀點，再到不指名批判，最後到公開論戰，就國際共產主義運動中的若干重要問題表達了各自意見〔註33〕。其中包括個人崇拜與領導權、國家性質

〔註31〕黨史信息報：《被毛澤東「解救」的蘇聯詩人》，http://dangshi.people.com.cn/ GB/85039/8977137.html。

〔註32〕Chen, Jian. *Mao's China and the Cold War*. Chapel Hill: The University of North Carolina Press. 2001, p. 49.

〔註33〕將中蘇論戰的邏輯起點建立在蘇共 20 大，是中國共產黨從理論論戰史角度作出的基本認定。1963 年 9 月發表的《在蘇共領導同我們的分歧的由來和發展：一評蘇共中央的公開信》，對此有著明確表述：

目前國際共產主義運動的分歧，當然不是現在才開始的。蘇共中央的公開信散佈一種說法，似乎國際共產主義運動的分歧，是從一九六〇年四月我們發表《列寧主義萬歲》等三篇文章而引起的。這是一個彌天大謊。

事實究竟是怎樣的呢？事實是，國際共產主義運動中的一系列原則分歧，早在七年多以前就開始了。具體地說，這是從一九五六年的蘇共第二十次代表大會開始的。

蘇共自 20 大起政治路線發生劇烈變化，是歷史研究中的主要看法。例如，「赫魯曉夫（在蘇共 20 大）作了中央委員會工作報告和批判斯大林個人迷信的秘密報告，完成了蘇共幾年來已經開始的思想政治路線的大轉折」。但是，當代中國學界卻出現了對中蘇論戰起點的不同界定，代表性觀點有：

一、「分歧起點滯後說」：中蘇兩黨對蘇共 20 大所提出的原則問題，特別是對斯大林的批判問題「並不存在根本分歧」，後期中蘇論戰中共對赫魯曉夫全盤否定斯大林的公開指責，「只能看做是針對蘇共 22 大路線而言的，與蘇共 20 大並沒有什麼關係」；

二、「分歧起點時段化」：「蘇共 20 大後，國際共運出現混亂，中國圍繞反修而進行的反右鬥爭，直至後來發動『文化大革命』，蘇聯國內對斯大林的看法的反覆以及在改革問題上躊躇不前，都同中蘇在思想意識的分歧存在錯綜複雜的關係」，「這一時期（建國初期到整個 50 年代）中蘇兩國在意識形態上的分歧進一步加深，尤其是蘇聯入侵捷克的『布拉格之春』發生後，中國更是將蘇聯斥之為『社會帝國主義』」。參見：人民日報編輯部，紅旗雜誌編輯部：《蘇共領導同我們的分歧的由來和發展：一評蘇共中央的公開信》，《人民日報》，1963 年 9 月 6 日；於洪君：《三十年來蘇聯共產黨的變化》，《蘇聯東歐問題》，1984 年第 6 期；沈志華：《赫魯曉夫秘密報告的出臺及中國的反應》，

與世界格局、民族解放運動、國際主義與和平共處、和平與戰爭、革命道路與議會道路等基本命題。

　　已有學者從國際共運史、中國內部變革、意識形態與思想史等角度，對中蘇論戰及其歷史意義作出了詳細分析〔註34〕。陳兼在《毛澤東時代的中國與冷戰》（*Mao's China and the Cold War*）中，從中國國內政治考察，提出毛澤東對中國政治的「定義」和「重新定義」，深入影響了北京對中蘇關係的態度走向：中國對蘇同盟政策始終是「毛澤東宏大的繼續革命計劃中的重要組成，這一計劃試圖對中國的國家、社會以及國際視野進行改造」〔註35〕。另一方面，美國政治學者理查德‧惠什（Richard Wich）在《中蘇危機政治：政治變革與傳播》（*Sino-Soviet Crisis Politics: A Study of Political Change and Communication*）中，則以「邊界爭端」為線索解釋了中蘇論戰〔註36〕。在《去政治化的政治、霸權的多重構成與六十年代的消逝》中，汪暉則對這一觀點提出挑戰，「中蘇關係的變化直接起源於蘇聯的霸權訴求和中國對於國家主權的捍衛，但這一衝突不能一般地放置在國家間關係的範疇內進行解釋，因為衝突本身突顯了兩國共產黨之間的政治對立和理論分歧」〔註37〕。達拉斯‧斯邁思（Dallas Smythe）在《你們相對於誰是中立的：論中國傳媒與社會價值》（Whom are you neutral against? Communications media and social values in China）中，也以理論分歧為關鍵原因，解釋兩國在意識形態與政策制定之間的差異〔註38〕。

《百年潮》，2009 年第 8 期；李鳳林：《序：中蘇關係的歷史與中俄關係的未來——寫在〈中蘇關係史綱〉出版前的幾句話》，沈志華（主編）：《中蘇關係史綱（1917～1991）》，北京：新華出版社，2007 年。

〔註34〕參見：沈志華主編：《中蘇關係史綱》，北京：新華出版社，2007 年；Chen, Jian. *Mao's China and the Cold War*. Chapel Hill: The University of North Carolina Press. 2001；汪暉：《去政治化的政治、霸權的多重構成與六十年代的消逝》，《開放時代》，2007 第 2 期，5～41 頁；Russo, Alessandro. The Sixties and us. in *The Idea of Communisim 3*, ed. Lee, Taek-Gwang and Zizek, Slavoj. London: Verso, 2016.

〔註35〕Chen, Jian. *Mao's China and the Cold War*. Chapel Hill: The University of North Carolina Press. 2001, pp. 49～50.

〔註36〕Wich, Richard. *Sino-Soviet Crisis Politics: A Study of Political Change and Communication*. Cambridge: Harvard University Press, 1980.

〔註37〕汪暉：《去政治化的政治、霸權的多重構成與六十年代的消逝》，《開放時代》，2007 第 2 期，5～41 頁。

〔註38〕Smythe, Dallas. Whom Are You Neutral Against? Communications Media and Social Values in China. 參見 "Whom Are You Neutral Against? Communications Media and Social Values in China, 1973"，西門菲莎大學檔案館（Simon Fraser University Archives），檔案號：F-16-6-1-176。

　　類似「程序正義」和「實質正義」之辯，學者們已經從政治訴求、歷史根源、現實指向等不同方面，對中蘇論戰的動因以及歷史意義作出了不同判斷。但是，這些分析中都忽略了「大眾傳媒」這一中蘇論戰的呈現形式。對大眾傳媒的不同運用，很大程度上表現了中蘇兩黨的政治取向。與蘇聯極為不同的是，在中蘇論戰進程中，中國共產黨不僅將中蘇雙方文章同時發表，將對立觀點同時展現，而且通過多語種廣播、翻譯出版展開國際傳播，體現出中國共產黨高度的理論自信、哲學大眾化的政治訴求，以及獨立自主的行動理念。

## 3.3.2　中蘇論戰的傳播史：1956～1966

　　在《新思想史詞典》（*New Dictionary of the History of Ideas*）「毛主義」（Maoism）詞條下，中蘇論戰（the great Sino-Soviet polemic debate）被如下表述：

> 在 20 世紀 50 年代中期，毛澤東已經指責赫魯曉夫——他努力地推行「去斯大林化方案」（de-Stalinization）——有放棄斯大林和列寧旗幟的危險。毛澤東也進一步批評赫魯曉夫的「和平共處」策略，認為它模糊了革命與反革命，共產主義與資本主義的基本區別。同時毛澤東聲稱，莫斯科已經長時間對中國施行「大國沙文主義」政策，並將莫斯科標記為中國主權與獨立的威脅。由此，毛澤東行之有效地將他對莫斯科的國際共產主義領導地位的挑戰，與確保中國國家安全利益的主題聯繫起來。〔註39〕

　　將中蘇論戰置於「國家主權」框架內的敘述方式，儘管合理地解釋了正是蘇聯在政治經濟層面的大國沙文主義，中蘇論戰的理論分歧進一步加深，中國主權與獨立受到威脅這一事實，但是該論斷並沒有對「國家主權」框架本身的合理性作出深入分析。在這一框架下，中國參與論戰的動機就被解釋為，中國基於國家主權和國際共產主義領導者地位而發動權力鬥爭。換言之，國家主權和國際領導地位是中國理論鬥爭的目的和實質，理論鬥爭是手段和表面。

　　但是，如果將「社會主義中國」界定為世界無產階級革命的組成部分，那麼，蘇聯大國沙文主義及其牽連的理論分歧，就不僅是對經典革命理論發起的衝擊，而且是對世界革命發起的挑戰。在這一範疇內，「將莫斯科標記為

---

〔註39〕Chen, Jian. Maoism. *New Dictionary of the History of Ideas*. Horowitz, Maryanne (eds). Farmington Hills: Thomson Gale, 2004, p. 1339.

中國主權與獨立的威脅」這句話就可以得出截然不同的解釋：將莫斯科標記為中國主權與獨立的威脅，而中國主權與獨立是共產主義革命、無產階級專政的重要成果，因此莫斯科真正威脅到的，不是基於國家主權和權力鬥爭考量的中國政權，而是社會主義國家的共產主義事業，資本主義國家的受壓迫群眾鬥爭，以及第三世界民族解放運動。在這個意義上，國家主權是推翻資產階級統治和壓迫的工具和手段，而不是目的。換句話說，自身利益不是中國參與中蘇論戰的最高目的。

　　根據相同的歷史材料，竟然得出完全相反的兩種結論。如何理解中國參與中蘇論戰的動機？如果國家主權框架成立，那麼如何解釋在中蘇論戰過程中，中國報刊對雙方意見毫不掩飾，悉數發表的傳播策略，而蘇聯只是選擇性刊登中國文章？理論論戰與爭奪國家主權和國際革命領導權之間有何關聯？筆者認為，需要將歷史過程「再歷史化」，即深入歷史事件的內部邏輯去理解歷史，才能將歷史主體重新解放。需要重訪中蘇論戰，才能對上述問題作出判斷。

　　關於中蘇論戰的歷史回顧與研究，已有吳冷西《十年論戰──1956～1966中蘇關係回憶錄》和《憶毛主席：我親自經歷的若干重大歷史事件判斷》、中共中央文獻研究室《毛澤東年譜（1949～1976）》（第 2 至第 5 卷）、閻明復《親歷中蘇關係：中央辦公廳翻譯組的十年（1957～1966）》、沈志華《俄羅斯解密檔案選編：中蘇關係》、孔寒冰《走出蘇聯：中蘇關係及其對中國發展的影響》、孫其明《中蘇關係始末》、陳立中《中蘇論戰與中國社會主義發展》、彼得・瓊斯（Peter Jones）和席安・科威爾（Sian Kevill）《中國與蘇聯，1949～84》（*China and the Soviet Union, 1949～84*），文安立（Odd Arne Westad）《戰火兄弟：中蘇同盟的興起與衰落，1945～1963》（*Brothers in Arms. The Rise and Fall of the Sino-Soviet Alliance, 1946～1963*）、《劍橋冷戰史》第二卷（*The Cambridge History of the Cold War*（*Vol 2*）），其他相關重要研究包括薩米爾・阿明（Samir Amin）《毛主義的未來》（*The Future of Maoism*）、伊薩克・多伊徹（Isaac Deutscher）《赫魯曉夫主義的失敗》（The Failure of Khrushchevism）、阿蘭・巴丟（Alain Badiou）《共產主義設想》（*The Communist Hypothesis*）等〔註40〕。根據已有研究和回

---

〔註40〕 參見：吳冷西：《十年論戰──1956～1966 中蘇關係回憶錄》，北京：中央文獻出版社，2014 年；吳冷西：《憶毛主席：我親自經歷的若干重大歷史事件判斷》，北京：新華出版社，1966；中共中央文獻研究室：《毛澤東年譜（1949～1976）》北京：中央文獻出版社，2013 年；閻明復《親歷中蘇關係：中央辦公廳翻譯組

顧，筆者詳細梳理了中蘇論戰的主要過程（附錄），並初步將其歸納為五個階段（表 3.1）。

表 3.1　中蘇論戰分期表（1956～1966）

| 序　號 | 時　　期 | 狀　態 | 結　　果 |
|---|---|---|---|
| 1 | 1956.02～1957.11 | 分歧初現 | 通過協商，擱置爭議 |
| 2 | 1958.07～1961.01 | 分歧頻發 | 通過協商，但分歧已公開化 |
| 3 | 1961.09～1963.07 | 分歧激化 | 未能協商，中國理論回應批判 |
| 4 | 1963.07～1964.10 | 公開論戰 | 理論論戰，《九評》發表 |
| 5 | 1964.11～1966.03 | 分歧持續 | 暗流湧動，走向分裂 |

### 3.3.2.1　階段一：分歧初現期（1956.02～1957.11）

該階段起始於赫魯曉夫在蘇共二十大發表的反斯大林秘密報告[註41]。

---

的十年（1957～1966）》，北京：中國人民大學出版社，2015 年；沈志華：《俄羅斯解密檔案選編：中蘇關係》，上海：東方出版中心，2015 年；孔寒冰：《走出蘇聯：中蘇關係及其對中國發展的影響》，北京：新華出版社，2011 年；孫其明：《中蘇關係始末》，上海：上海人民出版社，2002 年；陳立中：《中蘇論戰與中國社會主義發展》，北京：中央文獻出版社，2015 年；Jones, Peter., Kevill, Sian. *China and the Soviet Union, 1949～84*. Harlow: Longman, 1985; Westad, Odd Arne. (ed). *Brothers in Arms: The Rise and Fall of the Sino-Soviet Alliance, 1945～1963*. Redwood City: Stanford University Press, 1998; Latham, Michael. The Cold War in the Third World. In *The Cambridge History of the Cold War (Vol 2)*, ed. Leffler, Melvyn and Westad, Odd Arne. Cambridge: Cambridge University Press, 2012; Amin, Samir. *The Future of Maoism*. Trans. Finkelstein, Norman. New York: Monthly Review Press, 1983; Deutscher, Issac. The Failure of Khrushchevism. *The Socialist Register*, 1965, pp. 11～29; Badiou, Alain. *The Communist Hypothesis*, trans. Macy, David and Corcoran Steve. London: Verson, 2010.

[註41] 赫魯曉夫在蘇共 20 大發動的這場突襲式的政治變革，隨即激起了蘇聯境內外的輿論分裂。斯大林去世之後，由於「對其暴政的不滿立刻爆發」，赫魯曉夫又隨即作出了大刀闊斧的政治改革。他大幅度遣散斯大林時代的組織機構，放鬆言論審查，增加消費品投資，賦予集體農莊更多自主權，以及對意識形態理論指導來說極為重要的，宣布與資本主義的和平共處原則。
當年 4 月，克格勃報告赫魯曉夫的思想改造得到了民眾響應，例如不少地區的斯大林畫像和半身像被銷毀，甚至有黨員宣稱斯大林是「人民公敵」，應當將其遺體移出列寧斯大林墓。但反對聲浪則更為強烈。在斯大林的故鄉格魯吉亞，和平紀念斯大林逝世三週年的儀式激化為一場為期四天的反赫魯曉夫秘密報告的運動。六千名群眾手捧鮮花，聚集在第比利斯斯大林紀念碑前，手持斯大林畫像高喊「赫魯曉夫下臺！」「偉大的斯大林同志不朽！」「請莫洛托夫同志接管蘇聯！」等口號。當他們行徑到試圖佔領至廣播臺時，與進

其他重要的政治事件包括：同年 10 月波蘭危機和匈牙利反革命事件爆發〔註42〕，11 月鐵托發表反斯大林演講。

作為回應，中國分別於 1956 年 4 月、12 月發表《關於無產階級專政的歷史經驗》、《再論無產階級專政的歷史經驗》兩篇文章〔註43〕。其中，《關於》是中國首次對當代國際共運的重大問題「發表獨特意見」〔註44〕，作為對蘇

駐的軍事武裝部隊發生了激烈的流血衝突。參見：Anderson, Perry. 2010. Two revolutions. *New Left Review*, 61: 59～96. 中文翻譯版參見：佩里‧安德森：《兩種革命》(章永樂譯)，《中國：革命到崛起（思想 18）》，臺灣：聯經出版社，2011 年 6 月；Taubman, William. 2004. *Khrushchev: the man and his era*. New York: W. W. Norton & Company: 287.

〔註42〕沈志華：《中蘇關係史綱》，北京：新華出版社，2007 年，第 169～176 頁。

〔註43〕政治思想的變革使得蘇共從內部展開了政治調整。《真理報》刊發文章不具名批判部分黨內分子「造謠誹謗」、「試圖顛覆政黨」，並在 4 月 7 日重印了中共《關於無產階級專政的歷史經驗》文章，試圖重新號召黨內研讀學習斯大林著作等「歷史遺產」。赫魯曉夫也於同年 6 月 30 日在蘇共中央委員會決議中讓步，對個人崇拜問題重新定調：斯大林犯了「嚴重錯誤」，但同時高度肯定領袖的「列寧主義內核」——他們在斯大林去世後第一時間內就對個人崇拜問題展開了堅決鬥爭——並拒絕任何「試圖從蘇維埃社會體系中挖掘個人崇拜問題根源」的嘗試。但這些回應只能更加說明當時思想混亂和社會危機的程度。參見：Taubman, William. 2004. *Khrushchev: the man and his era*. New York: W. W. Norton & Company: 287；中共中央文獻研究室：《毛澤東年譜（1949～1976）》第二卷，北京：中央文獻出版社，2013 年，第 591 頁。

〔註44〕吳冷西：《十年論戰——1956～1966 中蘇關係回憶錄》，北京：中央文獻出版社，2014 年，第 20 頁。
此外，《關於》一文在中央內部經過了多次討論修改。根據檔案記載，4 月 3 日下午，劉少奇主持召開中共中央政治局擴大會議，討論《關於無產階級專政的歷史經驗》文稿。晚十一時，毛澤東同劉少奇、周恩來、彭真、鄧小平、陳伯達、胡喬木、胡繩，在中南海頤年堂修改文稿。4 月 3 日、4 日，中央對文稿又進行多次修改。在文章談到「鑒於教條主義的錯誤，中共中央在抗日戰爭時期，為了打敗日本侵略者」，提出「發展進步勢力、爭取中間勢力、孤立頑固勢力」的方針時，毛澤東加寫：「這裡所指的進步勢力，就是共產黨所領導和可能影響的工人、農民和革命知識分子的力量。這裡所指的中間勢力，就是民族資產階級、各民主黨派和無黨派的民主人士。這裡所指的頑固勢力，就是那些實行消極抗日積極反共的、以蔣介石為首的買辦封建勢力」。在文章講到「即使到共產主義社會，人們本身也還將有矛盾的地方」，毛澤東加寫：「還將有好人和壞人，還將有思想比較正確的人和思想比較不正確的人。因此，人們之間也還將有鬥爭，不過鬥爭的性質和形式不同於階級社會罷了」。毛澤東為文章加了題下說明：「這篇文章是根據中國共產黨中央政治局擴大會議的討論，由人民日報編輯部寫成的」。
4 月 4 日中午，毛澤東在中南海頤年堂召集劉少奇、周恩來、彭真、鄧小平、

共二十大的回應，《關於》展示出中國對斯大林革命路線的「篤定」（fidelity）〔註45〕。此外，中國在 1957 年於莫斯科召開的十月革命四十週年慶祝大典中，也對部分核心問題提出異議，最終以內部協商的形式，和其他參會國家共同發表了兩篇宣言。中國將其不同的意見總結成文，從內部向蘇聯提交了《關於和平過渡問題的意見提綱》。蘇聯注意到，1956 年 9 月召開的中共八大也創新性地提出了諸多理論問題（例如人民民主專政、多黨原則與無產階級專政問題、中國過渡時期特點、社會主義條件下唯心主義和唯物主義的矛盾等），《學習》、《新建設》等理論雜誌發表文章和資料予以解答和討論〔註46〕。

此外，蘇聯也觀察到中國「獨立自主」意識的變化。一份 1956 年 8 月致蘇共中央的報告提及，中國領導人在近半年內的講話中出現一種傾向：反對機械化照搬蘇聯經驗，反對忽視中國具體條件和形式，號召以批判態度利用蘇聯成果。1956 年中國派往資本主義國家代表團增多，1957 年從資本主義國家進口書籍計劃翻倍〔註47〕。

---

陳伯達、胡喬木、胡繩、吳冷西、田家英等開會，最後一次討論修改《關於無產階級專政的歷史經驗》稿。會上，毛澤東指明對蘇聯政治思想狀況的思考與中國社會主義建設之間的密切關係。他說：「發表這篇文章，我們對蘇共 20 大表示了明確的但也是初步的態度。議論以後還會有，問題在於我們自己從中得到什麼教益。最重要的是要獨立思考，把馬列主義的基本原理同中國革命和建設的具體實際相結合。民主革命時期，我們吃了大虧之後才成功地實現了這種結合，取得了新民主主義革命的勝利。現在是社會主義革命和建設時期，我們要進行第二次結合，找出在中國怎樣建設社會主義的道路。這個問題，我幾年前就開始考慮。先在農業合作化問題上考慮怎樣把合作社辦得又多又快又好，後又在建設上考慮能否不用或者少用蘇聯的拐杖，不像第一個五年計劃那樣搬蘇聯的一套，自己根據中國的國情，建設得又多又快又好又省。現在感謝赫魯曉夫揭開了蓋子，我們應該從各方面考慮如何按照中國的情況辦事，不要再像過去那樣迷信了。其實，我們過去也不是完全迷信，有自己的獨創。現在更要努力找到中國建設社會主義的具體道路」。參見：中共中央文獻研究室：《毛澤東年譜（一九四九～一九七六）》第二卷，北京：中央文獻出版社，2013 年：556～557 頁。

〔註45〕 Elliott, Gregory. *Althusser: The Detour of Theory*. London: Brill Academic Publishers, 2006, p. 3.

〔註46〕 沈志華：《No.21485，駐華使館的情報資料：中國社會與論對中共八大的反應》，《俄羅斯解密檔案選編：中蘇關係》（第七卷），上海：東方出版中心，2015 年，第 139～152 頁。

〔註47〕 沈志華：《No.09835，利哈喬夫致蘇共中央報告：毛澤東論十大關係》，《俄羅斯解密檔案選編：中蘇關係》（第六卷），上海：東方出版中心，2015 年，第 325 頁。

### 3.3.2.2　階段二：分歧頻發期（1958.07～1961.01）

這一階段，相繼發生了伊拉克革命、金門炮戰、西藏叛亂、中印邊界衝突、赫魯曉夫訪美、美英法蘇四國首腦會議流產等重要政治事件。在該階段早期，蘇聯提出了在中國建立長波電臺、核潛艇基地、中蘇共同艦隊，後期提出了撤走在華蘇聯專家等議題〔註48〕。鑒於特定的歷史條件以及中國當時薄弱的軍事基礎，中國海軍只能沿海防禦，沒有實力組建和參加聯合艦隊，蘇聯試圖「借聯合之名，行控制之實」〔註49〕，赫魯曉夫與毛澤東曾就此事在北京發生爭吵〔註50〕。

蘇聯大國沙文主義，使得國際共產主義陣營內部的分歧逐步加深。赫魯曉夫在蘇共21大影射攻擊中國內政，開創了「兄弟黨之間，由一個黨的總書記公開地、不指名地批評另一個黨的惡劣的先例」〔註51〕；他在1959年底提出社會主義國家「必須對表」，向莫斯科看齊，提出「實現沒有武器、沒有軍隊、沒有戰爭的世界」，「和平共處、和平競賽、和平過渡」理論〔註52〕。1960年底，中國共產黨等政黨在26國共產黨、工人黨起草委員會、秘書處會議、81國黨莫斯科大會中遭到激烈反對，蘇聯提前散發攻擊中國的信件。超過三分之二的政黨在發言中支持赫魯曉夫，此時國際共運內部的分歧可見一斑（圖3.1）。經過激烈討論和協商，最終通過81國黨會議聲明和《呼籲書》。會後，劉少奇訪問蘇聯，與蘇聯在人民公社、按勞分配和按需分配問題、宣傳問題等方面發表了不同意見〔註53〕。

---

〔註48〕根據戚本禹的回憶，中蘇關係的變化，也影響了盧山會議期間毛澤東對彭德懷的政治判斷。彭德懷對建立長波電臺和核潛艇基地的態度與毛澤東不同，赫魯曉夫在訪美期間（同時也是盧山會議時期）公開讚揚彭德懷。此外，據反映，在彭德懷訪蘇時，蘇聯曾繞過中方翻譯，與彭單獨會談。參見戚本禹：《戚本禹回憶錄》，香港：中國文革歷史出版社，2016年。

〔註49〕中國工人網：《國史（1949～1978）——中國人民對社會主義的偉大探索》，內部資料，第147頁。

〔註50〕沈志華：《No.11667，赫魯曉夫與毛澤東會談記錄：共同艦隊和長波電臺問題》，《俄羅斯解密檔案選編：中蘇關係》（第八卷），上海：東方出版中心，2015年，第127～143頁。

〔註51〕吳冷西：《十年論戰——1956～1966中蘇關係回憶錄》，北京：中央文獻出版社，2014年，第123頁。

〔註52〕中國工人網：《國史（1949～1978）——中國人民對社會主義的偉大探索》，內部資料，第148頁。

〔註53〕沈志華：《俄羅斯解密檔案選編：中蘇關係》（第九卷），上海：東方出版中心，2015年，第254～256頁。1961年9月，毛澤東在會見英國元帥蒙哥馬利時，

　　國際傳播方面，中國進一步調整國際傳播政策，整合傳播資源。1959 年，根據周恩來指示，時任人民日報總編輯的吳冷西主持成立「國際問題宣傳小組」，專門商議國際問題報導和評論。從 1960 年 4 月至 1962 年底，中蘇雙方開始了互不指名的論戰。其中，中國將矛頭指向「修正主義者」（revisionists）（包括南斯拉夫，以及親蘇聯的意共陶里亞蒂（Palmiro Togliatti）），蘇聯攻擊「教條主義者」（dogmatists）（主要指向阿爾巴尼亞，蘇阿雙方於 1961 年分裂）〔註 54〕。1960 年 4 月紀念列寧誕辰 90 週年之際，中國發表《列寧主義萬歲》、《沿著偉大列寧的道路前進》、《在列寧的革命旗幟下團結起來》三篇批判南斯拉夫「現代修正主義」文章，後翻譯成英、俄、德、日、法文公開發行。蘇聯《真理報》和《共產黨人》雜誌也發表影射攻擊中國的文章。中蘇分歧公開化「揭開了中蘇論戰的序幕」〔註 55〕。

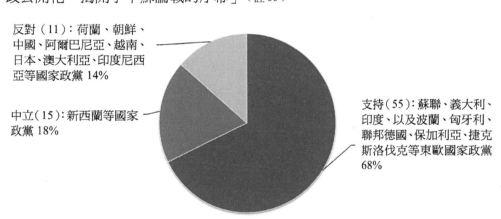

反對（11）：荷蘭、朝鮮、中國、阿爾巴尼亞、越南、日本、澳大利亞、印度尼西亞等國家政黨 14%

中立（15）：新西蘭等國家政黨 18%

支持（55）：蘇聯、義大利、印度、以及波蘭、匈牙利、聯邦德國、保加利亞、捷克斯洛伐克等東歐國家政黨 68%

圖 3.1　77 家黨代表對蘇態度（1960.11.10～11.20）〔註 56〕

也談到中國按勞分配問題。中國「是社會主義，按勞分配，這個階段可能要一個很長的時期，半個世紀到一個世紀」。參見：中共中央文獻研究室：《毛澤東年譜（1949～1976）》第五卷，北京：中央文獻出版社，2013 年，第 26 頁。

〔註 54〕Jones, Peter., Kevill, Sian. *China and the Soviet Union, 1949～84.* Harlow: Longman, 1985, pp. 17～25.

〔註 55〕閻明復：《親歷中蘇關係：中央辦公廳翻譯組的十年（1957～1966）》，北京：中國人民大學出版社，2015 年，第 7 頁。

〔註 56〕數據根據公開資料整理。參考：吳冷西：《十年論戰——1956～1966 中蘇關係回憶錄》，北京：中央文獻出版社，2014 年，第 237～290 頁；閻明復：《親歷中蘇關係：中央辦公廳翻譯組的十年（1957～1966）》，北京：中國人民大學出版社，2015 年，第 265～274 頁。

### 3.3.2.3  階段三：分歧激化期（1961.09～1963.07）

這一階段的主要政治事件包括：蘇共召開 22 大、伊塔事件爆發、中印邊境衝突、古巴導彈危機、東歐四國黨代表大會與國際共運論戰爆發等。中蘇兩國關係在這一系列事件中逐步惡化，理論分歧也被進一步激化。但此時中國對中蘇關係的基本判斷是，蘇聯還不會與中國破裂，更不可能發動戰爭，因此啟動了「與蘇聯展開地緣對抗的思想動員」〔註 57〕。

在這一階段，毛澤東提出了重要論斷，重新定義了中蘇理論分歧的「階級鬥爭」性質，即意識形態層面的階級鬥爭。1961 年 9 月，在中共中央常委會討論蘇共中央為 22 大準備的《蘇共綱領草案》時，毛澤東指出，先前的鬥爭沒有改變赫魯曉夫的基本立場，可見其代表了社會主義社會中的部分階層。《綱領草案》就是其思想的反映。毛澤東提出，中國「同赫魯曉夫的鬥爭是階級鬥爭，是在意識形態領域裏無產階級思想和資產階級思想的鬥爭，在國際關係上是國際主義和大國沙文主義的鬥爭」〔註 58〕。

國際傳播方面，中共對理論的傳播工作進行了戰略布局，取得了重大進展。這一時期，蘇聯方面刊登大量不指名反華的文章。中國方面，在 1961 年底至 1962 年初，中國集中力量處理國內工作，並沒有對批評作出強烈回應。在保加利亞八大、匈牙利八大、捷克斯洛伐克十二大、意大利十大和東德六大等東歐陣營發動反華運動後，意識形態和理論分歧逐步激化。共有 42 家政黨公開指責公共，另有朝鮮、印尼、新西蘭、委內瑞拉、馬來西亞、泰國、緬甸、越南、日本等左派政黨支持中國。對此，中共中央開始安排宣傳部、聯絡部、外交部等組成工作小組，負責收集和起草資料。1963 年 3 月，中共中央正式決定成立「中央反修文件起草小組」，專門起草論戰文章和信件。同時成立翻譯組〔註 59〕。起草小組直屬中央政治局常委，工作地點為釣魚臺 8 號樓。中國就國際共運總路線問題，向蘇聯提出反駁。

這一階段的外宣和理論論戰政策是，「力求做到不公開破裂，保持某種形式的團結」。具體而言，要加強對外宣傳、對外廣播、外文書籍出版和對左派

---

〔註 57〕牛軍：《1960 年代中國國家安全戰略轉變的若干問題再探討》，《華東師範大學學報（哲學社會科學版）》，2018 年第 5 期，第 46～62 頁。

〔註 58〕吳冷西：《十年論戰——1956～1966 中蘇關係回憶錄》，北京：中央文獻出版社，2014 年，第 298～299 頁。

〔註 59〕閻明復：《親歷中蘇關係：中央辦公廳翻譯組的十年（1957～1966）》，北京：中國人民大學出版社，2015 年，第 7 頁。

的工作〔註60〕。中國除了全文發表國際共運的反華言論外，也發表了 7 篇沒有公開指名蘇聯的重要反駁文章，並翻譯為俄、英、法、日、西班牙、阿拉伯等文字對外發表〔註61〕。分別為《全世界無產者聯合起來，反對我們的共同敵人》、《陶里亞蒂同志同我們的分歧》、《列寧主義和現代修正主義》、《在〈莫斯科宣言〉和〈莫斯科聲明〉的基礎上團結起來》、《分歧從何而來？》、《再論陶里亞蒂同志同我們的分歧》、《評美國共產黨聲明》。其中，《再論》共 11 萬字，明確指出當前各國共產黨人之間的論戰由現代修正主義者挑起。當前馬列主義同現代修正主義的論戰是馬克思主義發展史上的第三次大論戰；現代修正主義是帝國主義政策在「新條件」下的產物。此外，中國在國際傳播工作中也積極吸收外國專家的意見。愛潑斯坦就在《再論》英文版出版時，針對翻譯規範、引文準確性等提出了詳細意見〔註62〕。

### 3.3.2.4　階段四：公開論戰期（1963.07～1964.10）

這一階段開啟於 1963 年 7 月中蘇兩黨的正式會談。幾乎同一時間段，蘇美英三國簽訂了部分停止核試驗條約。中國認為此舉旨在鞏固三國核壟斷地位，蘇聯則批判中國「充滿失敗主義與悲觀主義之烏煙瘴氣」（reeking of hopelessness and pessimism）〔註63〕。

此外，引發公開論戰的直接導火索是，蘇聯《真理報》在會談期間發表了《給蘇聯各級黨組織和全體共產黨員的公開信》。這封公開信，是在違反會談期間不發表文章，不互相指責的協議的條件下，蘇聯對毛澤東等中國領導人的直接點名攻擊。蘇聯《真理報》在其國外版發表了雙方不同觀點，在其最主要的國內版只是單方面發表了蘇聯的意見〔註64〕。中蘇公開論戰自此以公開文本、直接點名和理論鬥爭的形式全面展開。

---

〔註60〕吳冷西：《十年論戰——1956～1966 中蘇關係回憶錄》，北京：中央文獻出版社，2014 年，第 346～349 頁。

〔註61〕閻明復：《親歷中蘇關係：中央辦公廳翻譯組的十年（1957～1966）》，北京：中國人民大學出版社，2015 年，第 7 頁。

〔註62〕參見 *"More on the differences between comrade Togliatti and us: some important problems of Leninism in the contemporary world"*，清華大學圖書館館藏，檔案號：D351.2.FH77。

〔註63〕Jones, Peter., Kevill, Sian. *China and the Soviet Union, 1949～84*. Harlow: Longman, 1985, pp. 45～46.

〔註64〕吳冷西：《十年論戰——1956～1966 中蘇關係回憶錄》，北京：中央文獻出版社，2014 年，第 396 頁。

　　自 1963 年 9 月 6 日至 1964 年 7 月 14 日，由吳冷西、喬冠華、姚溱、范若愚、王力等擔任主要起草負責人，反修文稿起草小組隨後開始研究並分類蘇共《公開信》論點，陸續發表了九篇評論文章。文章均由常委討論修改，毛澤東審定。每篇文章都經過反覆修改，例如《七評》修改了 18 稿。

　　「九評」共計 19.3 萬字，均以「人民日報編輯部」和「《紅旗》雜誌編輯部」共同署名，就理論分歧歷史、個人崇拜、國家性質、民族解放運動、帝國主義與核問題、和平共處與國際主義、現代修正主義、議會道路、全民黨與全民國家等問題，與蘇聯《公開信》展開了理論辯論，並提出了諸多重要的理論問題。

　　國際傳播方面，毛澤東對寫作文體提出了要求，要有中國氣派，即「評論有嚴肅的論辯，也有抒情的嘲諷，有中國風格和氣派，剛柔相濟，軟硬結合，可以寫得很精彩」〔註 65〕。「九評」在起草小組修改過程中，翻譯組也同時反覆修改譯文〔註 66〕。此外，不僅是中國答辯文章，中國也廣泛宣傳蘇聯的反華文章，並通過多語種廣播電臺、政黨報刊、外文手冊等廣泛傳播。1963 年 7 月，中國就採用英、俄、日、德、法五國語言，輪番廣播中國《關於國際共產主義運動總路線的建議》和蘇聯《公開信》兩篇文章，連續廣播了一個月。1964 年 10 月，赫魯曉夫倒臺，中國方面暫停對蘇聯的公開論戰〔註 67〕。

### 3.3.2.5　階段五：分歧持續期（1964.11～1966.03）

　　儘管蘇共中央替換了赫魯曉夫，但是並沒有在核心思想和根本路線上作出改變。蘇共依舊召開了沒有經過充分協商的兄弟黨會晤，堅持原本的理論路線，被中國認為是「沒有赫魯曉夫的赫魯曉夫主義」。

　　這一時期，中國作出了一個重要的理論判斷，將中蘇論戰的起源界定為蘇聯大國沙文主義。1964 年 11 月 4 日，在中共常委會上，毛澤東指出，「公開論戰當然包括許多意識形態的問題、理論問題、馬克思列寧主義的基本原則問題。其實，最根本的問題，就是赫魯曉夫、蘇聯領導集團的大國沙文主

〔註 65〕吳冷西：《十年論戰──1956～1966 中蘇關係回憶錄》，北京：中央文獻出版社，2014 年，第 415 頁。

〔註 66〕閻明復：《親歷中蘇關係：中央辦公廳翻譯組的十年（1957～1966）》，北京：中國人民大學出版社，2015 年，第 8 頁。

〔註 67〕關於赫魯曉夫辭職的具體過程，可參考：沃納·哈恩、何吉賢：《誰把赫魯曉夫趕下了臺？》，《國際共運史研究》，1991 年第 4 期，第 61～65 頁。

義、大俄羅斯主義」。「蘇聯領導搞大國沙文主義，這是中蘇關係中的核心問題，是要害所在」，這一問題既有思想根源，也有理論根源，可以一直追溯到沙俄彼得大帝，而其他例如意識形態問題、理論問題等，「本來是可以從長計議，從容討論，一時解決不了，可以擱置起來，求同存異，可以在內部繼續探討，不一定非要指著鼻子公開論戰不可」，「這並不是我們所願意看到的」〔註68〕。

　　國際傳播方面，1964 年 11 月 21 日，《人民日報》發表「紅旗雜誌社論」《赫魯曉夫是怎樣下臺的？》一文，論證赫魯曉夫被解除領導職務，表明現代修正主義的失敗。文章並沒有批判蘇聯新領導集體。同時，世界知識出版社繼續整理出版《赫魯曉夫言論集》。1965 年 3 月，《人民日報》發表人民日報編輯部和紅旗雜誌編輯部署名文章《評莫斯科三月會議》，論述了蘇聯大國沙文主義、美帝國主義、革命和反帝國主義等問題。1966 年 3 月，中共中央討論決定不參加蘇共 23 大。中蘇之間長達十年的理論論戰由此告一段落，兩國逐步邁向政治分裂。

　　筆者以《人民日報》發表的公開論戰文章為主要參考，統計整理了 1956～1966 年間中蘇論戰的主要公開文本（表 3.2）。特別指出：一，列表中「主體」部分的準確表述應為「蘇共中央」和「中共中央」，列表簡略表述為「蘇聯」和「中國」；二，《關於個人崇拜及其後果》為赫魯曉夫 1956 年 2 月所作的秘密報告，後由美國《紐約時報》獲取報告內容，於 1956 年 3 月 15 日、6 月 5 日分別發表報告綱要和報告內容；三，鑒於本書以中國作為研究主體，除特殊情況外，同時在中蘇報刊發表的蘇聯論戰文章，本書選錄中國報刊的發表時間。

表 3.2　中蘇公開論戰的主要文本（1956～1966）

| 時　間 | 主　體 | 署　名 | 公開文本 |
|---|---|---|---|
| 1956.02 | 蘇聯 | 赫魯曉夫 | 《關於個人崇拜及其後果》 |
| 1956.04.05 | 中國 | 人民日報編輯部 | 《關於無產階級專政的歷史經驗》 |
| 1956.12.28 | 中國 | 人民日報編輯部 | 《再論無產階級專政的歷史經驗》 |

〔註68〕吳冷西：《十年論戰——1956～1966 中蘇關係回憶錄》，北京：中央文獻出版社，2014 年，第 554～555 頁。

| 1960.04.22 | 中國 | 人民日報編輯部 | 《沿著偉大列寧的道路前進》 |
|---|---|---|---|
| | | 紅旗雜誌編輯部 | 《列寧主義萬歲——紀念列寧誕生九十週年》 |
| | | 陸定一 | 《在列寧的革命旗幟下團結起來——1960 年 4 月 22 日在列寧誕生九十週年紀念大會上的報告》 |
| 1960.06 | 蘇聯 | 蘇共中央 | 《蘇共中央 6 月 21 日致中共中央的通知書》 |
| 1960.11 | 蘇聯 | 蘇共中央 | 關於中共中央《答覆信》的答覆 |
| 1961.09 | 蘇聯 | 蘇共中央 | 《蘇共綱領草案》 |
| 1962.12.15 | 中國 | 人民日報社論 | 《全世界無產者聯合起來，反對我們的共同敵人》 |
| 1962.12.31 | 中國 | 人民日報社論 | 《陶里亞蒂同志同我們的分歧》 |
| 1963.01 | 中國 | 紅旗雜誌 | 《列寧主義和現代修正主義》 |
| 1963.01.27 | 中國 | 人民日報社論 | 《在〈莫斯科宣言〉和〈莫斯科聲明〉的基礎上團結起來》 |
| 1963.02.27 | 中國 | 人民日報社論 | 《分歧從何而來？》 |
| 1963.03 | 中國 | 紅旗雜誌編輯部 | 《再論陶里亞蒂同志同我們的分歧》 |
| 1963.03.08 | 中國 | 人民日報社論 | 《評美國共產黨聲明》 |
| 1963.04.04 | 蘇聯 | 蘇共中央 | 《蘇共中央三月三十日給中共中央的信》 |
| 1963.06.17 | 中國 | 中共中央 | 《關於國際共產主義運動總路線的建議——中國共產黨中央委員會對蘇聯共產黨中央委員會 1963 年 3 月 30 日來信的覆信》 |
| 1963.07.13 | 中國 | 人民日報社論 | 《我們要團結，不要分裂》 |
| 1963.07.14 | 蘇聯 | 蘇共中央 | 《給蘇聯各級黨組織和全體共產黨員的公開信》 |
| 1963.09.06 | 中國 | 人民日報編輯部 紅旗雜誌編輯部 | 《蘇共領導同我們分歧的由來和發展——評蘇共中央的公開信》 |
| 1963.09.13 | | | 《關於斯大林問題——二評蘇共中央的公開信》 |
| 1963.09.26 | | | 《南斯拉夫是社會主義國家嗎？——三評蘇共中央的公開信》 |
| 1963.10.22 | | | 《新殖民主義的辯護士——四評蘇共中央的公開信》 |

| 1963.11.19 | | | 《在戰爭與和平問題上的兩條路線——五評蘇共中央的公開信》 |
|---|---|---|---|
| 1963.12.12 | | | 《兩種根本對立的和平共處政策——六評蘇共中央的公開信》 |
| 1964.02.04 | | | 《蘇共領導是當代最大的分裂主義者——七評蘇共中央的公開信》 |
| 1964.03.31 | | | 《無產階級革命和赫魯曉夫修正主義——八評蘇共中央的公開信》 |
| 1964.04.27 | 蘇聯 | 塔斯社 | 《蘇共中央二月全會的反華決議》 |
| | | 蘇共中央 | 《蘇共中央二月全會的反華報告（關於蘇共為國際共產主義運動的團結而鬥爭）》 |
| | | 真理報社論 | 《蘇聯〈真理報〉四月三日的反華言論（對馬克思主義主義原則的忠誠）》 |
| 1964.07.14 | 中國 | 人民日報編輯部紅旗雜誌編輯部 | 《關於赫魯曉夫的假共產主義及其在世界歷史上的教訓——九評蘇共中央的公開信》 |
| 1964.11.21 | 中國 | 紅旗雜誌社論 | 《赫魯曉夫是怎樣下臺的？》 |
| 1965.03.23 | 中國 | 人民日報編輯部紅旗雜誌編輯部 | 《評莫斯科三月會議》 |

## 3.4　中蘇論戰再解讀：辯證法、理論性與大眾傳媒

### 3.4.1　迂迴與論戰：公開論戰的前夜

　　中蘇論戰中，赫魯曉夫激烈地批判毛澤東「東風壓倒西風」、人民公社、紙老虎、馬克思主義中國化等論斷，指責其為宿命論、冒險主義、民族共產主義、不戰不和的托洛茨基主義。但是在公開論戰之前，一個重要現象是，儘管思想分歧並沒有以指名的方式在大眾傳媒中表現，雙方分歧的核心問題就已經進入了中國的公共討論範疇。

　　在中國黨內最重要的理論陣地《紅旗》雜誌創刊號中，第二篇就發表了陳伯達的《南斯拉夫修正主義是帝國主義政策的產物》〔註69〕，著重論述修正主義（實名指向南斯拉夫，而不是蘇聯）與帝國主義秩序的關係問題。隨

---

〔註69〕陳伯達：《南斯拉夫修正主義是帝國主義政策的產物》，《紅旗》，1958 年第 1
　　　期，第 11～18 頁。

後又陸續發表《駁斥現代修正主義反動的國家論》（1958.02）、《美帝國主義在南斯拉夫的賭注》（1958.02）、《民族革命的新高漲》（1958.05）、《南斯拉夫點滴》（1958.06）、《紙老虎在研究「投降學」》（1958.07）、《美帝國主義的對外「援助」》（1959.13）等論述馬列主義革命理論的文章。與此同時，《紅旗》相繼發表了一批例如《蘇聯爭取共產主義勞動勝利的群眾運動》（1959.08）、《蘇聯人民為爭取提前完成七年計劃而奮鬥》（1959.15）等報導，反應蘇聯社會主義建設的煥發面貌。

此時，雖然兩黨之間的分歧並沒有在直接論述中展開，但真正的觀點和立場卻隱藏在文章的引申部分。在其 1959 年第 6 期刊登的《共產國際成立四十週年》指出，「具有偉大歷史意義的蘇聯共產黨第二十一次代表大會，制定了蘇聯全面展開共產主義建設的偉大綱領」，「赫魯曉夫同志在代表大會上的報告和結束語中，有力地駁斥了帝國主義和南斯拉夫修正主義者挑撥離間國際共產主義運動的團結和社會主義陣營團結的讕言」〔註 70〕。儘管文章對蘇共 21 大給予了政治肯定，但從理論角度出發，這段話實際上仍然指向對修正主義和帝國主義的批判。

刊登於同一年第 16 期，署名「於兆力」〔註 71〕的《和平競賽是大勢所趨》一文說，「和平共處和和平競賽，是蘇聯和其他社會主義國家一貫的對外政策」，「蘇聯和平外交政策的每一步勝利，都鼓舞了全世界人民贏得和平的信心。帝國主義製造任何緊張局勢，是嚇不到為和平而鬥爭的世界人民的」〔註 72〕。這篇文章表面上沒有批判蘇聯———一方面是因為理論分歧還沒有被沙文主義激化，另一方面是因為，和平競賽並沒有被定義為國際共運的總路線———但需要注意的是，無論社會主義理論內部的分歧如何表述，其矛盾的核心指向始終是資本主義和帝國主義。可以說，公開論戰前夜的中國理論文章，還是一種基於傳播術的迂迴展開。

在公開論戰爆發的前夜，迂迴輿論戰的使用既是策略層面的傳播術，同時也是理論較量的訓練場。1960 年，中國發表紀念列寧誕生 90 週年的文章

〔註 70〕程容：《共產國際成立四十週年》，《紅旗》，1959 年第 6 期，第 38～41 頁。
〔註 71〕「於兆力」是姚溱、喬冠華、王力三人合作的筆名，這三位黨內知識分子是中蘇公開論戰時期中央反修文稿起草小組成員，並主要參與了中共「九評」蘇聯公開信的執筆工作。
〔註 72〕於兆力：《和平競賽是大勢所趨》，《紅旗》，1959 年第 16 期，第 24～27 頁。

《列寧主義萬歲》，重新維護「反對個別人的」馬列主義正統，蘇聯則抓住列寧《共產主義運動中的「左派」幼稚病》(*"Left-Wing" Communism- An Infantile Disorder*)發表四十週年之機，「過分矯飾地從中抽取言論大肆反駁」(responded with fulsome extracts) 〔註 73〕。1961 年 10 月，赫魯曉夫在蘇聯黨內確立絕對統治地位後，在蘇共 21 大重提斯大林問題，主張與資本主義世界和平共處、和平競賽才是「貨真價實的共產主義人道主義」(true communist humanism) 和「新共產黨宣言」(*the New Communist Manifesto*) 〔註 74〕。

值得注意的是，蘇聯在提出理論轉向的同時，在產業政策和國際事務方面也作出了重大調整：在通信傳播領域，這表現為，美蘇通過軍費和資本扶持，展開技術競賽。例如 IBM 得到扶持內部扶持，壟斷了彈道導彈預警系統 (Ballistic Missile Early Warning System, BMEWS) 研發權，並因此於 1959 年開發出晶體管計算機；空間競賽中，蘇聯領先美國於 1957 年發射「伴侶號」(Sputnik) 人造衛星，1961 年蘇聯加加林 (Yuri Gagarin) 成為人類首位太空飛行員〔註 75〕。

有學者指出，對於社會主義陣營來說，所謂的「新共產黨宣言」代表了一種與 1957 年《和平宣言》「以鬥爭求和平」相牴牾的「和平鬥爭」戰略轉型。其目的是「保證蘇聯在工業和技術領域對美國的全面壓制」，以此論證社會主義的制度優越〔註 76〕。冷戰格局的形成，以及對冷戰兩極霸權現狀的確認是這一階段的典型特徵。在中國看來，這顯然是將美蘇之間的經濟競爭作為馬列主義革命鬥爭的主要形式，替代傳統的階級鬥爭，因此理論上意味著對第三世界民族解放運動的放棄，削弱資本主義國家內部進步運動的意義。

隨著理論交鋒的不斷深入，中國在理論發展和國際傳播運動兩方面加強組織動員和實踐引導，重新建構了一套基於獨立自主話語體系的理論傳播格局，從而對冷戰格局（或「冷戰話語」）發起了有力衝擊。

---

〔註 73〕Elliott, Gregory. *Althusser: The Detour of Theory*. London: Brill Academic Publishers, 2006, p. 4.

〔註 74〕Elliott, Gregory. *Althusser: The Detour of Theory*. London: Brill Academic Publishers, 2006, p. 4.

〔註 75〕Mattelart, Armand. *Mapping World Communication: War, Progress, Culture*. Trans. Emanuel, Susan., Cohen, James. Minneapolis: the University of Minnesota Press, 1994. pp.48～50.

〔註 76〕Elliott, Gregory. *Althusser: The Detour of Theory*. London: Brill Academic Publishers, 2006, p. 4.

### 3.4.2 中國社會主義的傳播實踐：重構獨立自主的國際傳播機制

在理論論戰的過程中，中國充分吸納了中國革命精神和進步知識分子的論辯傳統。以《人民日報》和《紅旗》雜誌為核心（此外還包括《新建設》、《學術研究》、《文匯報》等報刊雜誌）的大眾傳播平臺，充當了中國方面公開文本的理論戰場。其中，1963 年《紅旗》第三、四期合刊專載了《再論陶里亞蒂同志同我們的分歧——關於列寧主義在當代的若干重大問題》長文，標誌著這一段論戰的開啟。在該文發表前後，《紅旗》也陸續刊登了《列寧主義與現代修正主義》（1963.01）、《革命的辯證法和對帝國主義的認識》（1963.01）、《關於目前帝國主義矛盾發展的若干問題》（1963.05）、《詭辯論和辯證法的根本對立》（1963.05）、《列寧反對修正主義、機會主義的鬥爭》（「國際共運史資料」專欄，1963.07～08、1963.09、1963.10～11 連續三期刊載）等論戰文章，以及《印度尼西亞人民的革命鬥爭和印度尼西亞共產黨》（1963.10～11）等對左派政黨和革命理論的正面論述〔註77〕。

「九評」期間，《紅旗》也進一步發表了《考察戰爭問題不能背離馬克思列寧主義的階級鬥爭觀點》（1963.16）、《新「神聖同盟」的結局決不會比舊「神聖同盟」更好》（1963.17，同一期刊載《一評》）、《「不發達經濟學」是新殖民主義的「理論」》（1963.18）、《「靈活反應」戰略——一條緊勒著美帝國主義脖子的絞索》（1963.20）、《列寧斯大林論十月革命的道路》（1963.21）、《哲學社會科學工作者的戰鬥任務》（周揚在中科院社會科學學部委員會的講話，1963.24）、《破產了的伯恩施坦的修正主義經濟》（1964.06）、《學習理論的目的全在應用》（1964.10）、《實踐是檢驗真理的唯一的客觀標準》（1964.10）、《怎樣理解絕對真理、相對真理和實踐標準？》（1964.11）等一系列辯論文章，對「九評」的理論內涵和實際意義作出補充。

在系統性地發表理論文章，回應理論分裂問題的同時，中國匹配了一套快速有效的傳播機制。相較於意識形態二元對立，或者阿蘭·巴丟（Alain Badiou）意義上的「壓抑的」（repressive）冷戰傳播格局〔註78〕，中國重構和

〔註77〕 熊復：《印度尼西亞人民的革命鬥爭和印度尼西亞共產黨——慶祝印度尼西亞共產黨建黨四十三週年》，《紅旗》，1963 年第 10、11 期，第 1～18 頁。

〔註78〕 Badiou, Alain. The Communist Idea and the Question of Terror, in Zizek, Slavoj.ed. *The Idea of Communism 2*, London: Verso, 2013, p. 4；盧嘉、史安斌：《國際化·全球化·跨國化：國際傳播理論演進的三個階段》，《新聞記者》，2013 年第 9 期，第 36～42 頁。

激活了這套系統化、組織化和機動性的國際傳播機制（參見圖 3.2）。對於冷戰格局和「冷戰話語」而言，這一傳播機制極具突破意義。

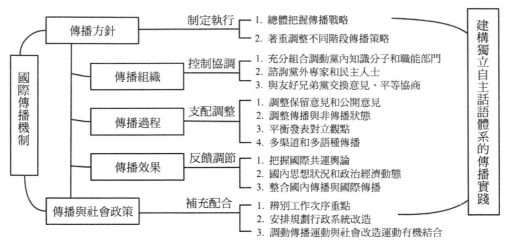

圖 3.2　中蘇論戰期間中國的國際傳播機制

這一國際傳播機制包括：

第一，傳播方針的制定執行。在總體把握「有理有利有節」的傳播戰略，根據不同階段、不同社會政治條件，具體調整傳播策略；

第二，傳播組織的控制協調。充分組合調動黨內知識分子和宣傳部、調查部、外交部、中聯部等職能部門，以及國際組織團體，就理論問題展開充分調研和資料收集整理，廣泛諮詢黨外專家和民主人士的不同意見，與友好兄弟黨交換意見、平等協商；

第三，傳播過程的支配調整。靈活調整保留意見和公開意見、調整傳播與非傳播狀態、平衡發表對立觀點、多渠道和多語種傳播模式（即毛澤東所言「替他們廣播」）；

第四，傳播效果的反饋調節。把握國際共運輿論、國內思想狀況和政治經濟動態、整合國內傳播與國際傳播；

第五，傳播與社會政策的補充配合。辨別工作重點次序、安排規劃行政系統改造、有機調動傳播運動與社會改造運動。

需要指出的是，筆者將這一系列傳播行動概括為「傳播機制」（communication improvision），而非「傳播體系」，主要有三方面原因：

其一，中國國際傳播制度的形成是一個複雜的歷史過程。國際傳播源自

抗日戰爭、解放戰爭時期的國際宣傳組織（例如 1937 年武漢中共中央長江局下設國際宣傳組，1938 年重慶中共中央南方局對外宣傳組）；建國後，伴隨國家行政體制的建設與變動，外宣管理體制也不斷調整（例如 1949 年中央人民政府政務院新聞總署下設國際新聞局，1952 年國際新聞局改組外文出版社，1955 年外交部情報司更名新聞司等），中蘇論戰是傳播制度形成過程的一部分，是傳播制度內部的組織機制；

其二，中蘇論戰是在理論分歧過程中執行的戰時傳播機制。儘管在中蘇論戰的高潮，中國在政策和權力分配方面對外宣制度作出了相應的調整，但在論戰中起到核心作用的起草小組、翻譯組等組織和團體都在公開論戰結束後逐漸解除職能，因此這一傳播行動更偏向於一種臨時性的、政治化的「戰時」機制，而不是傳播體系；

其三，根據理論邏輯，中蘇論戰是中國反帝國主義運動的一部分，是對西方帝國主義以及帝國主義秩序的突破，因此必然是動態的、基於戰略規劃和策略調整對立統一的傳播機制，機制的靈活性和可操作性特徵能夠保證對政治變革的敏感度，以便及時作出反饋。

這一傳播機制不僅在傳播方式上努力追尋獨立自主，而且在反帝國主義的政治視野下，有效地將獨立自主話語和國際主義原則結合起來。這一高度民主化的傳播機制本身也是確立獨立自主話語體系的反帝國主義實踐運動。

反思中蘇論戰的傳播實踐，繞不過對這一問題的追問：中國參與論戰的內部動力／動機是什麼？從中國的實踐出發，中蘇論戰是精工權謀之術的意識形態宣傳，還是試圖召喚某種獨特精神和意識的理論傳播運動？事實上，這一動態多變的理論論戰和傳播過程——同時也是反帝國主義的國際傳播機制的形成——本身就反映了中國的唯物辯證法理念。

首先，在傳播實踐層面，中國傳播機制的形成，與特定歷史條件和社會關係的相互磨合密不可分。如果將「宣傳」界定為塑造 20 世紀冷戰對立陣營的實用主義傳播策略〔註 79〕，從這場論戰在中國內部的發展看，儘管在傳播政策的具體執行過程中，不可避免地產生了窄化的宣傳實用主義——正如中國在與蘇聯論戰的過程及其在國際傳播中展現出的非凡自信（同時發表和多語種

---

〔註 79〕劉海龍：《宣傳：觀念、話語及其正當化》，北京：中國大百科全書出版社，2013 年，第 46 頁。

廣播雙方對立觀點）一樣——實用主義面向的宣傳術也在不斷被克服和改造。

　　在一項關於中國電視史的研究中，傳播學者郭鎮之描繪了中蘇論戰前後，中國電視業對蘇聯戲劇性的態度變遷：在中國電視史元年的 1958 年，北京電視臺還以專輯形式播出《蘇聯新聞》等新聞影片，隨著中蘇論戰爆發，「電視屏幕上便不再出現蘇聯及其東歐盟國的正面形象」〔註 80〕。另一項關於中國外宣史的研究，則展示了中國對實用主義宣傳術的克服：中蘇交惡後的 1966 年，在發現外宣刊物《中國建設》發表報導「自力更生：由我國工程技術人員和工人自行設計和建造的吉林化工廠正在建設中」抹去了蘇聯援建的事實後，宋慶齡並沒有掩蓋，而是直接指出了問題，而在更早的 1962 年，她在為《中國建設》的題詞中也提及傳播真實性問題：「我通過《中國建設》，始終不渝地報導祖國的真實情況，我們也同樣不遺餘力地報導世界人民為世界和平和社會主義而鬥爭的真實情況」〔註 81〕。

　　如果進入社會主義中國的歷史邏輯，無法從狹隘的、去階級的真實性理解這段話。中國傳播等政治實踐，從來都建立於階級和消滅階級的「正義基礎」上，有明確的行動主義指向〔註 82〕。因此，對宣傳術的克服不是基於真實性哲學的去政治化實踐，恰恰是政治化的，包含明確的政治動力（即宋慶齡所言的「真實」，是為了「支持世界人民的鬥爭」）。

　　其次，思想層面，中蘇論戰特殊的理論鬥爭情節，在客觀層面將鬥爭精神注入到中國傳播實踐過程中，具有強烈的鼓舞性、召喚力和行動主義色彩。根據一位地方電臺工作者的回憶，1949〜1966 年的「廣播及其之新聞媒介，是發動、引導運動，宣傳偉大成就的重要輿論工具」，「『廣播大會』更是運動中常用的形式」，「全國運動的規模、聲勢、氣氛，主要是通過廣播等新聞媒介的大力宣傳反映出來的」，在這一背景下，中蘇論戰「九評」等代表作「最完美地表現了戰爭年代所形成的播音傳統風格，是中國播音史上的里程碑」〔註 83〕。

---

〔註 80〕郭鎮之：《中國電視史略（1958〜1978）》，《現代傳播》，1989 年第 2 期，第 62，88〜93 頁。

〔註 81〕李宇：《宋慶齡與西方學者的交流策略》，《對外傳播》，2009 年第 5 期，第 28〜30 頁。

〔註 82〕強世功：《主權：政治的智慧與意志——香江邊上的思考之六》，《讀書》，2008 年第 4 期，第 28〜34 頁。

〔註 83〕曹海鷹：《我國播音風格初探》，《現代傳播》，1987 年第 4 期，第 66〜74 頁。

　　第三，政治經濟層面，國際傳播與社會化生產實踐和社會主義建設的實際過程相互關聯。在中蘇論戰的開端，毛澤東就判斷赫魯曉夫秘密報告既「揭了蓋子」，又「捅了婁子」〔註84〕。從中國的角度看，這意味著蘇聯不僅在政治層面「揭了蓋子」，將其國家政策和國際戰略凌駕於國際共產主義運動和反帝國主義世界革命，而且在思想層面「捅了婁子」，為革命體系內的不同行動主體重新打開了理論自主探索的空間。如果聯繫當時的政治經濟條件——即在1953年中國從新民主主義轉到社會主義過渡時期總路線，以及1958年從「國家資本主義」轉變為人民公社和自力更生路線——並以這兩場重大的戰略轉型為背景，中國在中蘇論戰中提出的獨立自主、反帝國主義和支持世界革命理念，不僅為中國共產黨的國民動員提供了意識形態條件〔註85〕，也為中國在這一時期對平等政治的探索提供了理論條件〔註86〕。

　　進一步說，中國通過對大眾傳媒、辯證法和「理論性」等機制和條件的充分調用，重新建構了一整套訴諸於國際主義的傳播機制〔註87〕。在1972年訪華調研社會主義傳播制度之後，達拉斯·斯邁思在《大眾傳播與文化革命：來自中國的經驗》（Mass Communications and Cultural Revolution: The Experience of China）中就敏銳地指出中國傳播體系異於西方理論之處，即不同於資本主義條件下的傳播所有權和單向度傳播：如果將「拉斯韋爾式（Lasswellian）的西方傳播學理論」套用到中國研究，得出的結論無非就是，中國共產黨依靠其「傳者」身份，在密合的傳播網絡中控制大部分中國「受眾」，並使其臣服。「這套傳播模型在分析西方資本主義國家如何進行文化管理和規訓國民心智時的確十分有效。但是，正如拉扎斯菲爾德（Paul Lazarsfeld）早就批判過的一樣，『行政範式』的傳播理論本身並不充分……而

---

〔註84〕中共中央文獻研究室：《毛澤東年譜（1949～1976）》第二卷，北京：中央文獻出版社，2013年，第545頁。

〔註85〕朱雲漢、溫鐵軍、張靜、潘維：《共和國六十年與中國模式》，《讀書》，2009年第9期，第16～28頁。

〔註86〕Amin, Samir. *The Future of Maoism*. Trans. Finkelstein, Norman. New York: Monthly Review Press, 1983.

〔註87〕呂新雨在2018年提出「中國特色社會主義公共傳播」，將傳播「公共性」與「人民性」對接，「促進整個經濟、政治、社會和文化決策過程中，普通人參與社會和文化價值建構的平等，以及最大程度的參與」。筆者提出的「訴諸於社會主義的民主傳播體系」受到了該觀點的啟發。參見：呂新雨：《試論社會主義公共傳播》，http://www.aisixiang.com/data/114784.html。

如事實佐證，傳統的『行政範式』也並不適用於中國」〔註88〕。

### 3.4.3　中國社會主義的傳播觀念：以「理論性」為核心

在這一傳播機制內，理論的大眾媒體化表達是其重要表現形式。中國共產黨人高度重視辯證法理論〔註89〕。其一，在其思想體系中，意識形態、上層建築、生產關係建設等理論話語的建構，被明確標識為實現解放生產力、提高生產力的途徑〔註90〕。它們既是社會主義革命、防止修正主義的重要組成部分〔註91〕，也是辨別世界秩序（「一分為二」、「三個世界」、「統一戰線」），指導支持世界反帝國主義運動的環節。

中國的理論話語在第三世界革命運動中獲得了廣泛認同，甚至諸多受到鼓舞的非洲兒童都取了毛澤東的名字〔註92〕。用佩里・安德森（Perry Anderson）的話說，這是在東方陣營無條件絕對服從蘇聯的政治秩序內，對「意識形態監察體系」（ideological police operation）的突破。在《英國馬克思主義的內部辯論》（*Arguments within English Marxism*）中，安德森指出，中蘇論戰是激發阿爾都塞（Louis Althusser）寫作《保衛馬克思》（*For Marx*）和《閱

〔註88〕斯邁思追溯「文化大革命」時期中國傳播體系的四個歷史條件，其中就包括中國對馬克思主義的吸納和改造，以及中蘇分裂、美國霸權對中國造成的政治經濟封鎖。參見 Dallas Smythe. Mass Communications and Cultural Revolution: the Experience of China, in L. Gross & W. Melody (eds), *Mass Communication Technology and Social Policy*, New York, NY: Wiley, 1973, pp. 441～465.

〔註89〕1963 年 12 月，毛澤東在一次問答中，回應了三大革命中的科學實驗是否包括社會科學的問題。他說，「主要是指自然科學。社會科學的研究不能完全採用實驗的方法。例如研究政治經濟學不能用實驗方法，要用抽象法，這是馬克思在《資本論》裏說的。商品、戰爭、辯證法等，是觀察了千百次現象才能得出理論概括的」。參見中共中央文獻研究室：《毛澤東年譜（1949～1976）》第五卷，北京：中央文獻出版社，2013 年，第 295 頁。

〔註90〕中共中央文獻研究室：《毛澤東年譜（1949～1976）》第五卷，北京：中央文獻出版社，2013 年，第 295 頁。

〔註91〕例如，在談到為什麼蘇聯出現修正主義問題時，毛澤東指出，「這是由於幾十年來斯大林領導的社會主義革命不徹底而產生的」，斯大林「過早地宣布蘇聯已經建成社會主義，強調上層建築同經濟基礎完全一致，從來不說有矛盾。他又不劃分社會主義社會的兩類矛盾，即一類是人民內部矛盾，一類是敵我矛盾」。中共中央文獻研究室：《毛澤東年譜（1949～1976）》第五卷，北京：中央文獻出版社，2013 年，第 302 頁。

〔註92〕中共中央文獻研究室：《毛澤東年譜（1949～1976）》第五卷，北京：中央文獻出版社，2013 年，第 347 頁。

讀資本論》（*Reading Capital*）的政治背景〔註93〕。這足以證明中蘇論戰的理論感召力，及其跨越地理格局的政治活性。

其二，儘管理論工作並不是中國社會主義體系中最急迫的工作〔註94〕，但理論傳播在社會主義政治經濟和價值體系再生產中也起到反作用，不僅需要靈活的政治安排，也需要精密的政治組織。根據蘇聯檔案，蘇共二十大後，毛澤東在於蘇聯駐華大使尤金會談時，就「懷著極大的興趣」談及哲學問題，包括唯心主義與唯物主義的鬥爭。毛澤東甚至不滿中國報刊「沒有意見的交鋒，沒有嚴肅的理論論戰」〔註95〕。1957 年在莫斯科 68 國黨代表大會發言中，毛澤東也特別提到辯證法問題，即「要講辯證唯物主義，要使哲學成為人民群眾的哲學」。這一建議後來在加入到集體宣言「在實際工作中運用辯證唯物論，用馬克思列寧主義教育幹部和廣大群眾，是共產黨和工人黨的迫切任務之一」：

> 在會議過程中，我想到一些問題，就是我們要講辯證法，要講哲學。哲學要走出哲學家的小圈子，到廣大人民群眾中間去。我有一個建議，希望各兄弟黨的政治局會議上、中央委員會的會議上，能夠談談怎麼運用辯證法的問題。〔註96〕

這一問題是毛澤東在與其他國家政黨交換意見時發現並強調的。根據吳冷西的論述，在一次與赫魯曉夫的談話中，毛澤東提議重視辯證唯物論，克服形而上學的思想方法，建議「各兄弟黨的中央委員會、政治局在開會的時候，討論一下辯證唯物論的問題」，「使幹部首先是高級幹部，然後到一般幹部，一直到人民群眾，能夠自覺地掌握這個思想武器」。蘇聯曾提出異議，認為「這是課堂裏講課的問題」，放在政治宣言中不合適〔註97〕。

---

〔註93〕 Anderson, Perry. *Arguments within English Marxism*. London: Verso, 1980, pp. 105～106.

〔註94〕 毛澤東稱其為無關大局的「筆墨官司」。參見：參見中共中央文獻研究室：《毛澤東年譜（1949～1976）》第五卷，北京：中央文獻出版社，2013 年，第 321～322 頁。

〔註95〕 沈志華：《No10461，尤金與毛澤東談話紀要：斯大林在中國問題上的錯誤》，《俄羅斯解密檔案選編：中蘇關係》（第六卷），上海：東方出版中心，2015 年，第 209 頁。

〔註96〕 吳冷西：《十年論戰——1956～1966 中蘇關係回憶錄》，北京：中央文獻出版社，2014 年，第 81 頁。

〔註97〕 吳冷西：《十年論戰——1956～1966 中蘇關係回憶錄》，北京：中央文獻出版社，2014 年，第 89 頁。

　　理論問題同樣反映到中國對傳播工作的指導中。1964 年 1 月，毛澤東在與吳冷西談《人民日報》宣傳問題時提出，「《人民日報》要注意發表學術性文章，發表歷史、哲學和其他的學術文章」，「現在報上政治新聞太多，盡是送往迎來」〔註 98〕。他還特別指出，「要抓哲學，要抓活哲學」〔註 99〕。在中蘇公開論戰最激烈的 6 月，毛澤東罕見地對《人民日報》提出批評，「《人民日報》對外講階級鬥爭，發表同蘇聯領導論戰的文章，對內不講階級鬥爭，對提倡鬼戲不作自我批評」，「《人民日報》的政治宣傳和經濟宣傳是做得好的，反修宣傳是有成績的，但在文化和藝術方面，《人民日報》的工作做得不好」，長期以來「不抓理論工作」〔註 100〕。

　　在《六評》發表後，毛澤東在閱讀中共中央辦公廳《群眾反映》材料——報告「目前農村的政治思想工作，雖然上面一般都有布置，但往往落實不到基層」——後批示，在生產隊裏設「政治委員」，「或者叫政治指導員，或者叫宣傳員，讓一個不脫離生產的小知識分子（高校畢業生有的是，初中生也可找到），把思想政治工作，在幾億農村人口中抓起來」〔註 101〕。在思想指導方面，除了需要作出「自上而下」的政治動員，還要從中央到各地「組織馬列主義隊伍」，不僅研究寫作政治文章，而且要涉及「各門社會科學」，培養一批知識分子〔註 102〕。

　　什麼是辯證法？在中國社會主義實踐中，辯證法如何展開？1958 年創刊的《紅旗》在其第二年開闢的「短論」等專欄中，就集中刊載過一批討論辯證法哲學的文章。例如《無限和有限的辯證法》（1959.04）、《主流和支流的辯證

---

〔註 98〕1964 年 2 月，毛澤東在給劉少奇、鄧小平的批示中說，「《人民日報》歷來不注重思想理論工作，哲學、社會科學文章很少，自然科學文章更少，把這個理論陣地送給《光明日報》、《文匯報》和《新建設》月刊。這種情況必須改過來才好」。參見中共中央文獻研究室：《毛澤東年譜（1949～1976）》第五卷，北京：中央文獻出版社，2013 年，第 312 頁。
〔註 99〕中共中央文獻研究室：《毛澤東年譜（1949～1976）》第五卷，北京：中央文獻出版社，2013 年，第 303～304 頁。
〔註 100〕中共中央文獻研究室：《毛澤東年譜（1949～1976）》第五卷，北京：中央文獻出版社，2013 年，第 364 頁。
〔註 101〕中共中央文獻研究室：《毛澤東年譜（1949～1976）》第五卷，北京：中央文獻出版社，2013 年，第 293 頁。
〔註 102〕中共中央文獻研究室：《毛澤東年譜（1949～1976）》第五卷，北京：中央文獻出版社，2013 年，第 326 頁。

法》（1959.06）、《困難的兩重性》（1959.06）、《試談局部和全局的辯證關係》（1959.08）、《治水工作的辯證觀點》（1959.12）、《批判的繼承和新的探索》（1959.13）。其中1959年第4期刊登了哲學家艾思奇的《無限和有限的辯證法》。這篇只有兩頁的哲學短文，對辯證法作出精闢的概括。以該文章為典型代表，在這一時期中國的理論論述中，辯證法是一門密切反應和反作用於社會主義生產建設、物質勞動等過程的「大眾化哲學」：

> 必須認真學會掌握辯證法，把有限和無限的對立統一規律應用到我們的生產和一切社會主義建設工作中。一方面要有藐視一切困難的衝天幹勁，一方面要有實事求是地根據客觀現實可能性來正確地規定工作任務，正確地組織和應用人民力量的科學精神。〔註103〕

周展安在考察1958年「學哲學、用哲學」運動時發現，「哲學運動」是一個政治經濟學概念，即呈現出「問題引導性」的特徵。對於工農兵群眾而言，他們不是出於哲學或理論興趣閱讀哲學，而是「因為自己在工作和生活當中遇到困難或者說苦惱」，這包括生產管理、技術提高、改進工作作風、破除迷信思想等等〔註104〕。這裡的辯證法，是汪暉所言「向下超越」的基層化過程（哲學被人民群眾掌握、為生產生活實踐所用），也是引導馬克思寫作《資本論》的重要基點——正是建立在對黑格爾精神哲學的否定性意義上，馬克思才從「觀念哲學」轉向對勞動價值論、貨幣與商品拜物教、生產關係與生產資料所有制等政治經濟學問題的討論，而不是轉向人道主義和唯心主義〔註105〕。

在《資本論》1873年第二版跋中，馬克思引用了一段讀者對他的批評：「既然意識要素在文化史上只起著這種從屬作用，那麼不言而喻，以文化本身為對象的批判，比任何事情更不能以意識的某種形式或某種結果為依據。

---

〔註103〕艾思奇：《無限和有限的辯證法》，《紅旗》，1959年第4期，第26～27頁。

〔註104〕周展安：《哲學的解放與「解放」的哲學——重探20世紀50～70年代的「學哲學、用哲學」運動及其內部邏輯》，《開放時代》，2017年第1期，第111～126頁。

〔註105〕人道主義馬克思主義不僅是西方馬克思主義的重要概念，在中蘇論戰中，赫魯曉夫也曾提出過蘇共二十二大是「貨真價實的共產主義人道主義文本」（a document of true communist humanist）。陳先達曾對人道主義馬克思主義展開過細緻的分析和批判。參見：陳先達：《走向歷史的深處——馬克思歷史觀研究》，北京：中國人民大學出版社，2016年；Elliott, Gregory. *Althusser: The Detour of Theory*. London: Brill Academic Publishers, 2006, p. 5.

這就是說，作為這種批判的出發點的不能是觀念，而只能是外部的現象」。馬克思沒有直接批判，反而表示同意這個說法，評論這「正是辯證方法」〔註 106〕。為此，他作出了如下解釋：

> 辯證法，在某種神秘形式上，成了德國的時髦東西，因為它似乎使現存事物顯得光彩。辯證法，在其合理形態上，引起資產階級及其空論主義的代言人的憎怒和恐怖，因為辯證法在對現存事物的肯定的理解中同時包含對現存事物的否定的理解，即對現存事物的必然滅亡的理解；辯證法對每一種既成的形式都是從不斷的運動中，因而也是從它的暫時性方面去理解；辯證法不崇拜任何東西，按其本質來說，它是批判的和革命的。〔註 107〕

正如馬克思將辯證法「政治化」為一種革命的手段，在中蘇論戰過程中，辯證法也被視為理論鬥爭的思想起點，同時也是理論辯論的焦點：辯證法被注入戰爭與和平、國際主義與修正主義、國際共運總路線等幾乎所有辯題的討論中，並以一種「理論性」的形式展開。所謂理論性，或者傳播學者李彬所說的「真問題」〔註 108〕，即通過重建一種總體性的分析框架，「以確定自身社會的位置，進而為行動提供動力、方向和意義」。汪暉對「理論性」問題有著深刻闡釋，理論性在對現實的分析、質疑與批判中生長：

> 單一社會的性質必須置於這一位置中加以重新界定，特定社會的行動需要置於全球和區域的總體關係之中加以論證，有關社會性質和政治行動的意義才能充分展示。20 世紀社會政治鬥爭的「理論性」正是在對於時代性質的持續質疑中誕生的。這一總體框架涉及的變量如此之多，各派政治力量圍繞這些變量而進行的理論的和實際的鬥爭如此激烈，理論爭論與政治實踐的關係如此密切，以致其實踐本身也具有高度的理論性。〔註 109〕

---

〔註 106〕 馬克思：《資本論》（第一卷），中共中央編譯局譯，北京：人民出版社，2004 年，第 21～22 頁。

〔註 107〕 馬克思：《資本論》（第一卷），中共中央編譯局譯，北京：人民出版社，2004 年，第 22 頁。

〔註 108〕 李彬：《新聞學若干問題斷想》，《蘭州大學學報》，2018 年第 1 期，第 117～123 頁。

〔註 109〕 汪暉：《作為思想對象的二十世紀中國（上）——薄弱環節的革命與二十世紀的誕生》，《開放時代》，2018 年第 5 期。

毛澤東對「抓哲學」，特別是「抓活哲學」的強調，強調的即是一種從「理論」到「理論性」的轉化：理論不能僅落腳於哲學層面的探討，而是需要被注入「理論性」，被「下放」到社會化生產、政治經濟關係、文化思想狀況中。理論介入革命、社會建設和文化生產的進程，同時也是「理論與實踐的循環往復的過程」〔註110〕。

中蘇論戰中的理論性，即在於發起一場基於獨立自主的國際主義與民族主義之間的理論決鬥。中蘇論戰的傳播意義正在於，在建構出完整的國際主義傳播機制的同時，充分利用這一機制，型塑一整套以「理論性」為核心的國際主義傳播觀念：通過重新論述帝國主義秩序、反帝國主義行動主體（社會主義者和民族革命者）的理論內涵，並經由大眾傳媒的廣泛傳播，革命理論在試圖激發社會主體革命熱情的同時，也不斷召喚和鼓舞革命主體，使其在世界觀、方法論和理論思想等各方面迅速成長。

## 3.5　小結

在世界革命的 20 世紀，中國語境下的中蘇論戰以公開文本、理論鬥爭和大眾傳播等特定形式展開。肇始於 1956 年的中蘇論戰，不能僅僅被理解為脫離歷史條件的意識形態和權力鬥爭。相反，它既內在於中國革命的政治鬥爭過程，在形式上融合了中國革命進步知識分子的論辯傳統（近代中國知識分子的論辯是其在理論上對政治經濟格局大變動的回應），也內在於中國革命者探尋自身發展道路建構反帝國主義行動主體的思想旅程，同時也與國際和國內雙重條件下的政治經濟鬥爭相互勾連。

中蘇的理論分歧起源於蘇共中央對馬克思列寧主義的改寫，並在國際共產主義運動中逐步內爆。期間，經歷了分歧初現、分歧頻發、分歧激化、公開論戰和分歧持續五個階段。中蘇兩黨間的思想分歧，也由最初的通過協商得到妥善擱置，逐步發展為以蘇共《給蘇聯各級黨組織和全體共產黨員的公開信》以及中共「九評」蘇共公開信為代表的公開論戰。

從 1956 年到 1966 年，兩黨圍繞如何界定帝國主義及其世界秩序，如何界定革命方式和國際主義行動，如何界定自身的歷史使命等問題展開了激烈

---

〔註110〕汪暉：《作為思想對象的二十世紀中國（上）——薄弱環節的革命與二十世紀的誕生》，《開放時代》，2018 年第 5 期。

論戰。中國發表了《關於無產階級專政的歷史經驗》、《列寧主義萬歲》、《關於赫魯曉夫的假共產主義及其在世界歷史上的教訓》等重要的理論文本。這些文本不僅重新提出和探討了諸多馬克思列寧主義的基本問題，並且在中國社會主義實踐中以不同面貌、不同方式發揮著重要影響，繼而深刻嵌入到中國對自身發展道路的質詢和探索之中。

在理論層面，中國共產黨人通過對赫魯曉夫修正主義、蘇聯大國沙文主義的歷史化界定，立足於中國革命的論辯傳統，從馬克思列寧主義經典理論內部重新挖掘和提取革命的現代意義，重新論述了西方帝國主義在新的歷史條件下的統治形式，以此試圖重新確立社會主義和世界反帝國主義的精神綱領，重新認識世界無產階級和民族革命以及自身社會主義建設的歷史座標。

在傳播實踐層面，中國共產黨人通過精密複雜的人員調動、資源調配和機構重組，建構了一套系統化、組織化和機動性的國際傳播機制以及傳播策略。在中蘇論戰中建構的中國國際傳播機制，既有自身的傳播戰略，而且根據不同歷史階段和不同社會政治條件，不斷調試自身的表達方式。在執行過程中，中國積極吸納來自國際社會、政黨和進步知識分子的意見，形成了有別於冷戰意識形態二元對立的國際傳播格局。中國共產黨人對蘇論戰本身也是反帝國主義運動的一部分。

民族主義、大國沙文主義是公開論戰和政治變革的根本原因，理論分歧和思想罅隙是不平等政治秩序的必然產物。儘管對中國參與理論論戰的基本動力和歷史意義存在不同解讀，但是可以確認：作為一項努力突破全球地緣權力格局及其思想瓶頸的傳播運動，中國的理論文本不僅重新論述了世界歷史和政治秩序，在辯證法、理論性和大眾傳媒相互建構的國際傳播實踐中，也開啟了對反帝國主義和獨立自主話語體系的歷史性探索。

# 第 4 章　獨立自主話語體系的想像：
　　　　　基於「九評」的文本分析

## 4.1　引論

　　圍繞著「和平共處」（peaceful coexistence）是否可以作為革命運動最高綱領的一系列理論分歧，是激發中蘇公開論戰的重要背景。正是由於和平共處原則直接涉及如何看待和應對「資本主義世界」（the capitalist world），這一問題也可以說是中蘇理論分歧的核心所在〔註1〕。

　　那麼，中蘇兩黨的核心分歧到底在哪裏？林春在《中國失落的國際主義世界》（China's Lost World of Internationalism）中對毛澤東時代中國的和平共處外交政策作出解讀：1949 年並非中國社會主義革命的結束，而是一個新的開始。國際主義內在於「國內民族政策」和「國際關係」這兩條交互交織的政策安排，「前者關心反大民族沙文主義（majority chauvinism）的民族平等，後者則關心國家主權和反帝國主義霸權的和平共處（peaceful coexistence against imperialist hegemony）」〔註2〕。與蘇聯提出的「和平共處」、「和平競賽」政策包含的對帝國主義的肯定（peaceful coexistence with imperialist hegemony）相反，中國和平共處的外交政策，恰恰建立在對帝國主義的否定（negation）之

---

〔註1〕Pollack, Jonathan. *The Sino-Soviet Rivalry and Chinese Security Debate*. Santa Monica: The Rand Corporation, 1982, p.1.

〔註2〕Lin, Chun. China's Lost World of Internationalism. In Wang, Ban. ed. *Chinese Vision of World Order: Tianxia, Culture, and World Politics*. Durham: Duke University Press, 2017, pp. 177～211.

上。正是在這個意義上，中國國內的民族團結政策，和國際層面對第三世界民族解放運動的支持政策才能被系統化理解。

1963 年，不斷積澱的理論分歧終於在「九評」中全面爆發。出於對蘇聯大國沙文主義的忌憚，擔憂其以民族主義和地緣政治等級論的形式重建帝國主義，斷送共產主義運動的未來，在 1963 年蘇聯發表公開信，點名譴責中國為「民族共產主義」之時，中國果斷發動了理論反攻。在用英、俄、日、德、法五國語言將蘇聯《公開信》和中國文章連續對外廣播一個月之後，中國迅速組織反修文稿起草小組，從 1963 年 9 月至 1964 年 7 月，陸續發表了九篇答辯文章。按照格里高利‧艾略特（Gregory Elliott）的說法，「九評」的發表，標誌著國際共產主義運動的「東方集團分裂」（Eastern schism）：中國拒絕蘇聯的「和平共處」觀念（放棄反帝國主義），嚴厲批判「和平過渡到社會主義」的修正主義觀念，認為這代表蘇聯放棄革命路線的社會主義國家戰略（raison de la révolution），轉而投奔非革命的國家建設（raison d'état）〔註3〕。

由於「九評」是中蘇論戰理論鬥爭最集中的體現，本章將基於對「九評」的文本分析，重新討論在中蘇論戰過程中，中國共產黨所傳達的革命理念、知識譜系及其內涵的轉變。本章將論證，建立在否定性意義上的帝國主義，在不斷拓展地緣秩序和思想邊界的同時，也造就了瓦解自身格局的因素。中國共產黨人對西方帝國主義的想像，是瓦解這一支配性格局的重要部分。隨著論戰的不斷深化，革命者們逐步完成了他們對於西方帝國主義的鑒別：帝國主義在不斷塑造全球政治經濟等級和文明梯度的同時，也在鍛造著消滅自身的主體；作為帝國主義的他者，反帝國主義在製造革命綱領、反思實踐行動的同時，也從邊緣走向歷史中心，從而發起對帝國主義秩序的政治挑戰。

隨著中國革命者完成對西方帝國主義的辨認，他們發現自身也無法自外於其重新論述和想像的支配性體系。在理論鬥爭的落幕之處，他們發現了一個與之銜接的更為重要的現實命題：自己不僅沒有外在於帝國主義構造，反而深諳其中。這帶來了更為嚴峻的現實挑戰：革命不是建立在對自身的鞏固之上，而是在對全球不平等秩序的反覆辨認，對系統性革命體系的不斷塑造和爭取，以及對自身格局的不斷打破等基礎之上。這意味著他們即將邁向自我革命的歷史路口。

---

〔註3〕Elliott, Gregory. *Althusser: The Detour of Theory*. London: Brill Academic Publishers, 2006, p. 7.

　　章節安排方面，本章第二節以傳播研究為線索，對中蘇論戰的理論譜系進行梳理，並總結出獨立自主政治原則的確立、馬克思主義理論的重新激活，以及國際傳播理論的形成三個論證焦點。儘管學者們從不同側面考察了中蘇論戰在以上三個方面的理論輻射和實質影響，並得出不同的結論，但已有研究都支撐這一論點：中蘇論戰打開了中國對世界秩序以及自我定位的想像空間。

　　第三節借助計算機輔助軟件，以「九評」為樣本進行詞雲和詞頻的文本分析，以此詳細梳理和圖繪中蘇論戰的理論命題。從中可以發現，隨著論戰的逐漸深化，中國根據論戰不同的理論語境和現實語境，逐步完成了對西方帝國主義及其帝國主義秩序的想像和建構。

　　第四節重新串聯和分析「九評」提出的理論命題，考察中國想像和解構西方帝國主義及其秩序的具體意涵，及其在不同語境下的概念變遷，同時，中國從革命者的視野出發，重新提出了對帝國主義秩序的解構以及反叛方式（辯證唯物主義）。

　　第五節對本章進行全面梳理和理論總結，並從歷史變遷的角度，對「九評」以及中國在中蘇論戰中提出的諸多理論問題作出整體評價。

## 4.2　中蘇論戰的理論譜系：傳播研究的知識考古

### 4.2.1　中蘇論戰傳播史的理論關切：研究綜述

　　在已有關於中蘇論戰傳播史的研究中，對其理論意義的討論主要集中在獨立自主政治原則的確立、馬克思主義理論的重新激活，以及國際傳播理論的形成三個相互交織的不同方面。

　　在其博士論文《論英國傳播研究——一種馬克思主義學術傳統的考察》中，曹書樂指出，中蘇論戰與中蘇關係破裂後，中國開始「獨立自主的社會主義建設，並且發展出與蘇聯不同的馬克思主義理論與實踐」〔註4〕。曠新年在論述中國「社會主義現實主義」文論時，也指出了中蘇思想分歧深刻影響了中國獨立自主文藝理論的提出：由於蘇聯自 20 世紀 50 年代中期開始的意

---

〔註 4〕曹書樂：《論英國傳播研究——一種馬克思主義學術傳統的考察》，清華大學博士學位論文，2009 年，第 23 頁。

識形態變化，中國在結束向蘇聯「一邊倒」的時代之後，一方面批判「修正主義文藝思想」，另一方面，開始擺脫蘇聯影響，建設發展自己的文藝理論，提出了新的理論口號〔註5〕。

在賀桂梅以「民族主義」和「國際主義」為關鍵詞，對革命理論的話語政治變遷的研究中，也可以看到馬克思理論在中蘇論戰後被政治性地重新激活。根據賀桂梅的論斷，「民族主義並不總是絕對正確的合法性意識形態，它總是與國際性的社會主義實踐聯繫在一起」，中蘇論戰之後，後者主導了中國革命的激進力量，「構造出一種以中國為中心的去民族化與去地域化的世界革命想像圖景」〔註6〕。

在《種族與關聯：南方之南的全球六十年代》（Race and Relation: The Global Sixties in the South of the South）中，史書美（Shu-mei Shih）進一步論述了中國自我「第三世界化」（third-worldized）的理論過程。中蘇論戰使得中國與第二世界共產主義陣營割裂，中國進而將自我定位為第三世界民族與種族革命的領袖。這一政治的選擇，使得20世紀80～90年代美國的「中國學」研究一直從屬於後殖民研究（postcolonial studies），而不是冷戰研究（Cold War studies）〔註7〕。

達雅·屠蘇（Daya Thussu）從冷戰媒體切入，指出了中蘇論戰對馬克思主義理論和傳播格局的突破。他在《多極化世界的全球傳播重構》（Reconfiguring Global Communication for a Multi-Polar World）中寫道，當代國際傳播研究一般囿於冷戰意識形態的桎梏，將世界劃分為「極權主義—自由主義」（authoritarian vs liberal）兩大陣營：由美國主導的資本主義西方，以及以莫斯科為中心的共產主義陣營。這忽略了國家關係的複雜多變性，例如1950年發生了中蘇分裂（Sino-Soviet rift）〔註8〕。

在一項討論左翼思想傳播的歷史研究中，蒂姆希·布朗（Timothy Brown）

---

〔註5〕曠新年：《「社會主義現實主義」在中國》，《文藝理論與批評》，2014年第5期，第71～85頁。
〔註6〕賀桂梅：《「民族形式」建構與當代文學對五四現代性的超克》，《文藝爭鳴》，2015年第9期，第34～49頁。
〔註7〕Shih, Shu-Mei. Race and Relation: The Global Sixties in the South of the South. *Comparative Literature*, 2016, 68:2, pp. 141～154.
〔註8〕達雅·屠蘇：《多極化世界的全球傳播重構》，盛陽譯，《全球傳媒學刊》，2019年第4期，第92～102頁。

也觀察到類似現象，中國革命理論因為對蘇維埃共產主義理論的「脫離」（deformations）而在 1960 年代法國左翼知識界中迅速傳播〔註9〕。佩里‧安德森、格里高利‧艾略特（Gregory Elliott）、趙一凡、陳光興、金寶瑜、蔣洪生、汪暉、孫歌等諸多學者的研究也都在不同側面支持這一觀點〔註10〕。

　　思想史研究普遍認為，中蘇論戰在思想及其國際傳播層面重新確立了獨立自主話語體系的確立，進而重新激活了馬克思主義理論的政治屬性。與此不同，在中國的國際傳播組織制度研究方面，學者們卻得出了更為複雜的結論。

　　在一項關於中國國際傳播制度的研究中，雲國強分析了中蘇論戰後中國國際傳播理論的形成，這一形成過程也內在於中國自力更生的政治經濟格局：冷戰催生了中國國際傳播話語系統的建立，即基於美／蘇、共產主義／資本主義、國際主義／民族主義、唯意志論／控制論等對立結構上的意識形態話語、革命話語和國際主義話語；中蘇破裂則造就了新的「以民族主義、獨立自主、和平共處等概念為核心，真正稱得上中國特色的國際傳播理論」〔註11〕。

　　在另一項關於中國電視國際傳播史的研究中，常江重新討論了獨立自主話語在國際傳播中的定位：在「九評」發表後，借助「出國片」剛開始打開國際交流格局的中國電視業「再次遭遇重大挫折，被迫走上『光榮孤立』的道

〔註 9〕 Brown, Timothy Scott. The Sixties Then and Now. *European History Quarterly*, 2013, 43 (1): 107～117.

〔註 10〕 參見 Anderson, Perry. Two revolutions. *New Left Review*, 2010, 61: 59～96; Elliott, Gregory. *Althusser: The Detour of Theory*. London: Brill Academic Publishers, 2006；趙一凡：《阿爾都塞與話語理論》，《讀書》，1994 年第 2 期，第 92～101 頁；陳光興：《臺灣毛派先行者的視野：金寶瑜訪談》，《人間思想》，2017 年 8 月，第 5～45 頁；蔣洪生：《法國的毛主義運動：五月風暴及其後》，《文藝理論與批評》，2018 年第 11 期，第 12～29 頁；汪暉：《「毛主義運動」的幽靈》，《馬克思主義研究》，2016 年第 4 期，第 134～142 頁；孫歌：《中國革命的思想史意義》，《開放時代》，2013 年第 5 期，第 126～142 頁。

〔註 11〕 根據作者的論述，意識形態話語指「在理論建構上以共產主義和資本主義的意識形態對立為理論化基礎，較少利用現實的國際關係分析」；革命話語指「相信隨著全球革命浪潮的到來，發達資本主義世界和亞非拉世界將普遍進入共產主義，共產主義終將在全世界贏得勝利」；國際主義話語指「基於冷戰中資本主義集團的壓力以及對爆發新的世界大戰的判斷，要求社會主義國家集團之間形成穩固的、兄弟般的團結」，但是隨著國際主義在實質上「淪為蘇聯霸權的粉飾，中國國際傳播理論中的國際主義熱忱逐漸消褪」。參見：雲國強：《歷史與話語模式：關於中國國際傳播研究的思考》，《新聞大學》，2015 年第 5 期，第 87～94 頁。

路」〔註12〕。這與雲國強在同一期刊的一篇文章中，對 1949～1965 年中國國際傳播「高度政治化」、「沒有自主性」的判斷相似〔註13〕。

早在 1973 年，斯邁思就觀察到了理論辯論內部的複雜性，中蘇論戰的理論辯論已經投射在中國黨內關於國家政策的辯論中。在一項關於中國社會主義傳播技術與社會政策的研究中，斯邁思指出，中國在 1952～1962 年間持續不斷的政策辯論，集中於對經濟領域國家發展模式的探討，並且深刻嵌套在對國際問題與切身關係的思考之中。其中包括蘇聯的發展走向，美國對印度支那和臺灣的政治干擾和經濟威脅等。

在這場內外因素不斷湧現和角力的政策辯論中，辯論雙方各執其詞。其中一方主張「漸進」的發展模式（gradualistic model）。他們論證在重工業、電子和交通部門大規模投資的優勢，但是這也意味著在仰仗大規模的技術出口，從而拉動經濟增長的同時，不可避免地走上行政規劃、物質激勵和市場控制機制的依附道路，「這一政策模式建立在蘇聯經驗之上」。這一方的理論對手們則主張「群眾路線」（mass line）。他們支持管理權為工農所掌握的去中心化政治模式，以及以人民為導向的去中心化經濟模式。他們不斷追問「為何發展？」「如果實踐的對象是社會主義人民，依附道路是否是最優選擇？」等經濟發展的政治問題。他們論證，如果階級政治隨著生產資料公有制的建立而相應退場，那麼蘇聯就不會出現僅僅由官僚代替資產階級充當管理者，而並沒有徹底取消支配性社會關係的狀況。因此，他們認為社會主義應該是每一個人可以參與思考和辯論的，人民民主的社會運行方案。〔註14〕

## 4.2.2 如何界定西方帝國主義？：問題的提出

儘管對政策、理論及其現實輻射之間的相互關聯有不同的理解，以上研

---

〔註12〕常江：《初創期中國電視傳播的國際語境》，《北大新聞與傳播評論》，2013 年，第 183～199 頁。

〔註13〕值得注意的是，作者在文中將 1949～1965 年的中國界定為政治化運作已經「嵌入」到社會、文化、生活各個領域的全民國家，將中共界定為全民黨。而這是中共在中蘇論戰對蘇共的批判核心。雲國強：《理解國際傳播的雙重視界——基於當代中國國家與社會關係的歷史性分析》，《北大新聞與傳播評論》，2013 年，第 56～70 頁。

〔註14〕Smythe, Dallas. Mass Communications and Cultural Revolution: the Experience of China, in L. Gross & W. Melody (eds), *Mass Communication Technology and Social Policy*, New York, NY: Wiley, 1973, pp. 441～465.

究都指向了一個共同的理論前提：無論中蘇論戰在理論和行動主義之間發生了如何的關聯／脫離，在思想和理論層面，論戰都集中在對世界秩序以及自身座標的界定（獨立自主、國際主義、國際傳播），並在論戰中不斷發展和完成對特定秩序的想像。

已有的中蘇論戰傳播史研究，為重新打開中蘇論戰的理論譜系創造了可能：在馬克思主義理論的重新激活、獨立自主政策原則的重新確立，以及中國國際傳播機制的形成之間，革命理論如何得到完整敘述，西方帝國主義和反帝國主義的秩序如何得到界定？這些相互聯繫，又彼此對立的理論又如何發生勾連？在歷史與現代、中國與世界相互穿插、不斷變化的思想格局中，中國共產黨人如何提煉出自己獨特的革命理論體系，同時又如何向對立觀點作出回應並發起挑戰？

筆者根據史料，以每半年為時間單位，對中蘇論戰期間中蘇主要的公開論戰文本數量進行統計（圖 4.1）。根據圖表可以初步觀察到，中蘇論戰從 1956 年開始，在 1963 年達到論戰頂峰——「九評」。為系統性考察中國在論戰中所呈現的理論體系（對西方帝國主義的想像），筆者將以「九評」為樣本，對公開論戰的理論體系進行梳理總結。

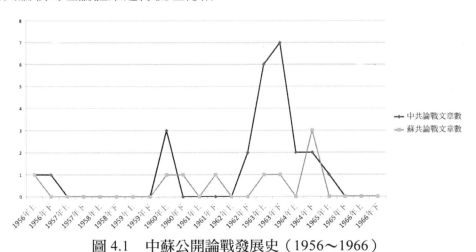

圖 4.1　中蘇公開論戰發展史（1956～1966）

# 4.3 「九評」的理論脈絡

## 4.3.1 「九評」概況

中共「九評」，英文為 "nine comments" 或 "nine letters"，是中國共產黨

1963 年 9 月 6 日至 1964 年 7 月 14 日相繼發表的，答覆蘇共中央 1963 年 7 月《公開信》的九篇文章，共計 19.3 萬字。儘管「九評」的寫作和發表由中共中央直接組織和領導，但中國考慮要留有餘地，「九評」因此署名為「人民日報編輯部和紅旗雜誌社編輯部」，而不是中共中央。這也開啟了中國以「兩家編輯部」名義評論重大事件的傳播傳統。

「九評」由當年成立的中央反修文件起草小組起草，吳冷西（人民日報總編輯）、喬冠華（外交部）、姚溱（中宣部副部長）、范若愚（《紅旗》雜誌副總編輯）、王力（中聯部副部長）擔任文章主要起草負責人。「九評」均由常委討論修改，毛澤東審定。

具體而言，「九評」分別為《蘇共領導和我們分歧的由來和發展——評蘇共中央的公開信》、《關於斯大林問題——二評蘇共中央的公開信》、《南斯拉夫是社會主義國家嗎？——三評蘇共中央的公開信》、《新殖民主義的辯護士——四評蘇共中央的公開信》、《在戰爭與和平問題上的兩條路線——五評蘇共中央的公開信》、《兩種根本對立的和平共處政策——六評蘇共中央的公開信》、《蘇共領導是當代最大的分裂主義者——七評蘇共中央的公開信》、《無產階級革命和赫魯曉夫修正主義——八評蘇共中央的公開信》、《關於赫魯曉夫的假共產主義及其在世界歷史上的教訓——九評蘇共中央的公開信》。

筆者初步統計整理了「九評」文本字數，並借助計算機輔助軟件，統計整理了九篇文章的關鍵詞（根據高頻詞和權重統計）。考慮到「九評」在當時主要以報刊和廣播的形式傳播（《人民日報》頭版發表），總體字數一定程度上決定了文章版面和廣播時長，因此一定意義上也體現了理論的重要程度。根據圖 4.2 可知，「九評」階段的中蘇論戰總體而言已經十分激烈（其中雖然《二評》1.1 萬字，字數最少，但考慮到「九評」均由人民日報頭版發表，這一數字仍然十分可觀），並且呈不斷升級的狀態。

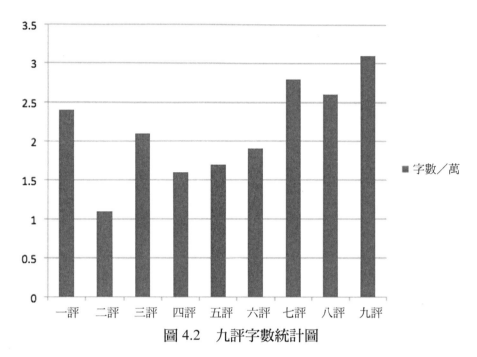

圖 4.2　九評字數統計圖

此外，筆者根據計算機輔助軟件，計算統計了每篇文章的詞頻和權重排比，並統計了「九評」的總關鍵詞（表 4.1），由此可以直觀看到「九評」的論戰主題。其中「馬克思主義」（106）、「蘇共」（731）、「社會主義」（700）、「革命」（691）、「無產階級」（625）、「帝國主義」（477）是「九評」的論戰關鍵詞，體現出強烈的政治對抗性（例如「無產階級」與「帝國主義」）和理論性。

表 4.1　九評關鍵詞列表

| 序號 | 發表日期 | 標　題 | 字數（萬） | 關鍵詞 |
|---|---|---|---|---|
| 1 | 1963.09.06 | 蘇共領導和我們分歧的由來和發展——評蘇共中央的公開信 | 2.4 | 蘇共領導；兄弟；錯誤；馬克思列寧主義；代表大會 |
| 2 | 1963.09.13 | 關於斯大林問題——二評蘇共中央的公開信 | 1.1 | 斯大林；錯誤；領導；馬克思主義；赫魯曉夫 |
| 3 | 1963.09.26 | 南斯拉夫是社會主義國家嗎？——三評蘇共中央的公開信 | 2.1 | 鐵托（集團）；南斯拉夫；社會主義；資本主義；工人 |
| 4 | 1963.10.22 | 新殖民主義的辯護士——四評蘇共中央的公開信 | 1.6 | 民族；帝國主義；革命；殖民主義；領導 |
| 5 | 1963.11.19 | 在戰爭與和平問題上的兩條路線——五評蘇共中央的公開信 | 1.7 | 戰爭；帝國主義；和平；世界；人民 |

| 6 | 1963.12.12 | 兩種根本對立的和平共處政策——六評蘇共中央的公開信 | 1.9 | 和平共處；社會主義（國家）；政策；帝國主義；壓迫 |
| 7 | 1964.02.29 | 蘇共領導是當代最大的分裂主義者——七評蘇共中央的公開信 | 2.8 | 馬克思主義；蘇共（領導）；兄弟；無產階級；修正主義 |
| 8 | 1964.03.31 | 無產階級革命和赫魯曉夫修正主義——八評蘇共中央的公開信 | 2.6 | 革命；馬克思主義；無產階級；修正主義；列寧；資產階級 |
| 9 | 1964.07.14 | 關於赫魯曉夫的假共產主義及其在世界歷史上的教訓——九評蘇共中央的公開信 | 3.1 | 無產階級；社會主義；赫魯曉夫；資產階級；專政 |
| 10 | | | 字數總計 19.3 | 馬克思主義；蘇共（領導）；社會主義；革命；無產階級；帝國主義 |

## 4.3.2 「九評」的文本分析

　　「詞雲分析」（word cloud analysis）是文本分析的一種研究方法〔註15〕。借助計算機輔助軟件，詞雲分析以「視覺再現」（visual representation）的形式，通過統計分析大樣本量文本的關鍵詞詞頻，直觀展示文本的核心構成以及主題綱要（synopsis），從而為描述性文本分析提供數據參照〔註16〕。作為一種新興的計算機輔助量化研究方法，詞雲分析已經在應用統計學、媒體研究、政治傳播研究等學科中得到了廣泛運用〔註17〕。

　　本節通過計算機輔助軟件 picdata.cn，對中共「九評」文本進行詞雲和詞

---

〔註15〕 Atenstaedt, Rob. Word Cloud Analysis of the *BJGP*. *British Journal of General Practice*, 2012 Mar, 62 (596): 148.

〔註16〕 Atenstaedt, Rob. Word Cloud Analysis of the *BJGP*: 5 Years On. *British Journal of General Practice*, 2017 May, 67 (658), pp. 231～232.

〔註17〕 參見 Zhou, Zhipeng., Mi, Chuanmin. Social responsibility research within the context of megaproject management: Trends, gaps and opportunities. *International Journal of Project Management*, 2017 Oct, 35 (7), pp.1378～1390; Kabir, Ahmed Imran., Karim, Ridoan., Newaz, Shah., Hossain, Muhammad Istiaque. The Power of Social Media Analytics: Text Analytics Based on Sentiment Analysis and Word Clouds on R. *Informatică economică*, 2018 Jan, Vol.22 (1), pp.25～38; Holland, Lynda. Student reflections on the value of a professionalism module. *Journal of Information, Communication and Ethics in Society*, 2013 Feb, Vol.11 (1), pp.19～30；杭敏：《國際貿易議題報導中的數據與思考》，《新聞戰線》，2019 年第 1 期，第 98～101 頁。

頻分析，並結合文本，詳細梳理和總結九評的理論脈絡、內涵及其發展，為下文綜合對中國在中蘇論戰中的理論取向、政治動能以及政治立場的分析提供鋪墊。

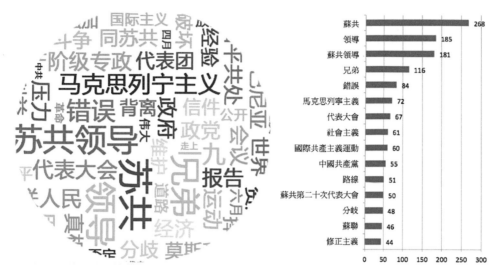

**圖 4.3　《一評》的詞雲分析和詞頻統計**

《蘇共領導和我們分歧的由來和發展——評蘇共中央的公開信》是中共九評蘇共公開信中的首篇文章。根據詞頻統計數據（圖 4.3），「蘇共」（268）、「蘇共領導」（181）、「兄弟」（116）、「錯誤」（84）、「馬克思列寧主義」（72）等是《一評》主要關鍵詞。中共與蘇共（蘇共領導）在馬克思列寧主義理解方面的分歧是本文主要討論的議題。

在《一評》中，中國將公開論戰的思想分歧源頭歷史性地追溯至 1956 年蘇共二十大，並開宗明義地指出理論分歧的實質。目前國際共運的分歧，以及中蘇兩黨分歧，圍繞著對馬列主義及其當代表現形式（國際主義問題、革命與帝國主義問題、階級團結問題）的不同理解而展開。其中，爭論的兩個焦點是，借反個人迷信全盤否定斯大林，以及通過議會道路過渡到社會主義問題。中國提出，將「和平共處」作為蘇聯對外政策的總路線是錯誤的。它否定了十月革命的普遍意義，抹去了社會主義國家之間的互助合作，以及對第三世界民族革命鬥爭支持的決定性意義。

《一評》將蘇聯修正主義路線描述為從產生、形成到發展和系統化的過程。1958 年軍事和政治分歧、1959 年蘇聯斷絕國防技術協議、共產主義陣營分裂等將思想分歧擴大化的事件，都進一步反映在理論分歧上（在理論層面，

體現在實質性的對帝國主義和反帝國主義運動、無產階級專政、無產階級政黨的理解分歧）。中國因此將修正主義界定為「保存和恢復資本主義」，「向帝國主義投降的路線」，是馬列主義和無產階級國際主義的反面。

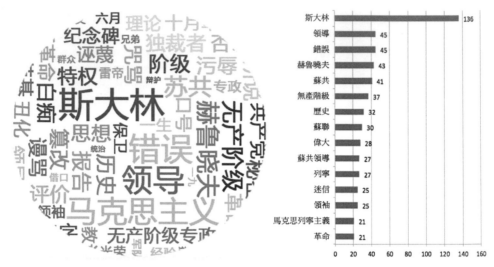

圖4.4 《二評》的詞雲分析和詞頻統計

《關於斯大林問題》是九評系列的第二篇文章。從詞頻統計數據（圖4.4）可以直觀看到，本文以「斯大林」（136）、「領導」（45）、「錯誤」（45）、「赫魯曉夫」（43）、「蘇共」（41）、「無產階級」（37）為關鍵詞，提出了如何看待蘇共二十大提出的反斯大林主義和個人崇拜問題，並將其提煉為馬克思主義學說中的，如何處理無產階級政黨、革命領袖、階級和群眾的關係問題。

中國在《二評》中回應蘇聯的批判，即「個人迷信維護者和斯大林錯誤思想的傳播者」，認為如何認識和對待斯大林，不僅是對革命領袖的個人評價問題，更是涉及到整體歷史的問題，即無產階級專政、國際共運的歷史經驗問題。其二，這一問題是人民內部矛盾，而不是敵我矛盾，解決方式是黨內批評和自我批評，即從團結的願望出發，經過批評鬥爭，達到新的團結。

從總體上，《二評》對斯大林的社會主義革命路線給予了肯定，但是也提出和嚴格區分了其在工作方法和理論原則上的錯誤，同時給出分析和評價斯大林的歷史條件，即無產階級專政還沒有任何先例。理論原則上，中國對斯大林的批評主要集中在三個方面：一，在一些問題上陷入形而上學和主觀主義，離開了辯證唯物主義，脫離群眾；二，沒有正確處理人民內部矛盾和敵我矛盾，造成肅反擴大化；三，對無產階級民主集中制和社會主義陣

營協商平等的疏忽。

反斯大林既是行動意義上中蘇論戰的開端，也是思想分歧的開端。蘇聯反斯大林，被中國定義為是蘇聯修正主義路線的起點，也是其改造馬列主義關於帝國主義、戰爭與和平、無產階級專政、殖民地半殖民地、無產階級政黨等理論的起點。

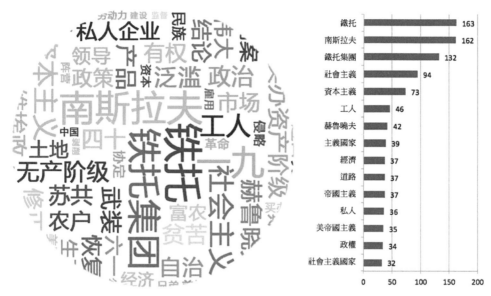

圖 4.5　《三評》的詞雲分析和詞頻統計

《南斯拉夫是社會主義國家嗎？》是九評系列的第三篇文章。根據詞頻統計數據（圖 4.5）可以發現，《三評》的關鍵詞包括「鐵托」（163）、「南斯拉夫」（162）、「鐵托集團」（132）、「社會主義」（94）、「資本主義」（73）、「工人」（46）。本文將理論批判矛頭指向南斯拉夫，從社會主義與資本主義的政治經濟框架中，對國家性質、國家道路等問題展開分析，並提出了工人貴族、「無產階級專政條件下的國家資本主義」等重要理論。

中蘇兩黨對國家性質和國家道路的辯論，內在於對西方帝國主義的界定。中蘇兩黨的分歧是，國家政權對資本主義經濟成分應當採取何種態度（採取利用、限制、消滅或是改造政策，還是放縱、扶持以及鼓勵政策），這也是判斷國家道路的重要依據。中國提出，南斯拉夫的工人自治，不是無產階級專政條件下的國家資本主義，而是蛻化的，官僚買辦資產階級專政條件下的國家資本主義。工人自治在經典馬克思主義中是無政府工團主義。

《三評》從政治經濟學層面界定修正主義與帝國主義的關係──依附關

係，修正主義是帝國主義政策的產物，在地緣政治中演變為半殖民地。在帝國主義秩序中，社會主義國家並沒有消除資本主義復辟的可能。

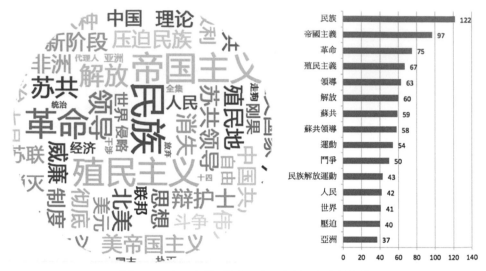

圖4.6　《四評》的詞雲分析和詞頻統計

　　《新殖民主義的辯護士》是九評系列的第四篇文章。筆者經過詞頻統計（圖4.6）研究發現，《四評》的高頻詞為「民族」（122）、「帝國主義」（97）、「革命」（75）、「殖民主義」（67）、「領導」（63）、「解放」（60）等，體現出強烈的理論性。《四評》著重探討了帝國主義秩序與反抗條件下，民族解放運動與世界革命問題。

　　《四評》清晰界定了現代修正主義在帝國主義秩序中的座標，即反民族解放運動的帝國主義和殖民主義，及其機會主義的辯護士。這一論斷，建立於對帝國主義（由美國資產階級主導）在戰後以軍事基地、培植政治代理、經濟援助以及文化侵略等為多種變體的辨認。與蘇聯和平競賽的觀點不同，中國認為，當代所有政治、經濟、軍事、文化、思想鬥爭，都集中表現為政治鬥爭。解放是自我解放，而不是被解放，更不是被大國沙文主義、民族利己主義者解放。

　　與蘇聯提出的社會主義國家單向度地支持民族解放運動相反，《四評》在反帝國主義的結構下，提出民族解放運動對無產階級反帝國主義運動的理論意義：一，亞非拉民族解放運動削弱了帝國主義和新老殖民主義統治基礎，因而被納入到當代無產階級世界革命中；二，民族解放運動是全局性問題，而不是區域性問題；三，亞非拉是世界矛盾中心，同時也是帝國主義統治的

薄弱環節，其解放事業是當代最重要的給予帝國主義直接打擊的力量。因此，民族問題被定義為反帝國主義鬥爭的問題〔註18〕。

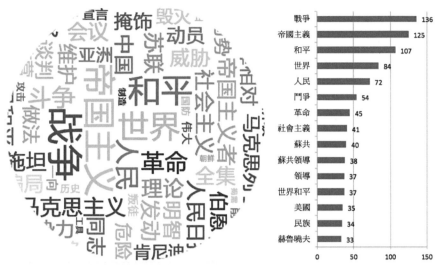

圖 4.7　《五評》的詞雲分析和詞頻統計

　　《在戰爭與和平問題上的兩條路線》是九評中的第五篇文章。根據詞頻統計表（圖 4.7）研究發現，本文的高頻詞為「戰爭」（136）、「帝國主義」（125）、「和平」（107）、「世界」（84）、「人民」（72）、「鬥爭」（54）等，這些詞彙共同構成了文本的現實面向，即如何界定帝國主義，以及在這一特定的歷史條件下，如何將自身轉化為有效的行動主體等反帝國主義的戰略政策問題。

　　與先前論戰文章不同的是，中共從《五評》開始，逐步援引和論證毛澤東思想，不僅提出了美國和社會主義陣營之間存在中間地帶〔註19〕，還重新

〔註18〕「亞非拉是帝國主義最薄弱地區」這一觀點，是毛澤東在中蘇論戰時期多次提出、反覆強調的基本觀點。參見：逄先知、金沖及：《毛澤東傳》，北京：中央文獻出版社，2013 年，第 2257 頁。

〔註19〕1963 年 9 月，即《二評》和《三評》發表期間，毛澤東在聽取蘇聯政府關於停止論戰的聲明之後，提出了兩個中間地帶的問題：在核威懾的冷戰霸權秩序下，中間地帶分別是亞非拉和歐洲。毛澤東曾在 1954 年 8 月論述過中間地帶與帝國主義秩序的問題，在 1962 年論述過中間地帶國家性質的問題，在 1964 年 1 月和 7 月，又分別深入論述了兩個中間地帶的問題。參見：逄先知、金沖及：《毛澤東傳》，北京：中央文獻出版社，2013 年，第 2254～2255 頁；中華人民共和國外交部、中共中央文獻研究室：《毛澤東外交文選》，北京：中央文獻出版社、世界知識出版社，1994 年，第 158～162、485～489、506～509 頁。

解釋了毛澤東在國際階級條件下提出的「東風壓倒西風」理論：「東風」指代所有社會主義陣營、國際工人階級及其先鋒黨、被壓迫人民與民族、愛好和平的人民和國家；「西風」則「只限於」帝國主義和反動派戰爭勢力。

《五評》指出，蘇聯將鬥爭矛頭指向社會主義陣營，而不是世界和平的敵人，削弱了保衛世界和平的核心力量。中國認為，世界戰爭根源是帝國主義及其依靠和尋求的剝削制度，這一根源並不隨著核武器等軍事技術、和平競賽等政治條件改變。世界和平需要靠人民爭取，以統一戰線和鬥爭求和平，而不是向帝國主義乞討。《五評》由此提出了歷史的辯證法理論，即人民鬥爭是帝國主義埋葬自己的掘墓人。

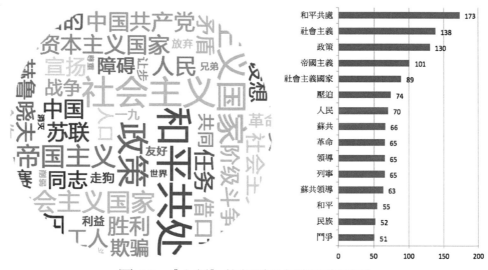

圖 4.8 《六評》的詞雲分析和詞頻統計

《兩種根本對立的和平共處政策》是九評系列的第六篇文章。根據詞頻統計數據（圖 4.8），《六評》高頻詞包括「和平共處」（173）、「社會主義」（138）、「政策」（130）、「帝國主義」（101）、「壓迫」（74）、「人民」（70）等，著重討論了國際主義和「國際帝國主義」理論問題，以及對全球權力中心的判定問題：根據執政階級劃分的社會主義和資本主義（帝國主義），需要通過列寧主義式的革命，以顛倒權力關係為途徑，才能最終實現權力的消滅。

《六評》援引列寧主義理論，提出與蘇聯針鋒相對的社會主義國家對外政策原則——無產階級國際主義，同時引述毛澤東思想，進一步闡述中國革命中的國際主義原則，團結社會主義國家、亞非拉國家、愛好和平的國家和人民、帝國主義國家中的人民，同時也要在國際貿易層面爭取與這些國家和平共處。

　　《六評》提出社會主義國家對外政策的總目標，即「以社會主義陣營和國際無產階級為核心，團結一切可以團結的力量，建立反對美帝國主義及其走狗的廣泛的統一戰線」。這一立場，建立在以反帝國主義為主體的政治視角。

　　《六評》重新論述了作為國際階級鬥爭的冷戰，帝國主義是冷戰制定者和發動者，社會主義陣營只能是反冷戰主體，推翻冷戰體系：帝國主義對社會主義國家進行冷戰，社會主義國家進行反冷戰鬥爭。

　　在資本主義國家向社會主義過渡問題中，《六評》提出，只能經過本國無產階級革命和無產階級專政，而不是和平共處，也不是「被赤化」的結果。

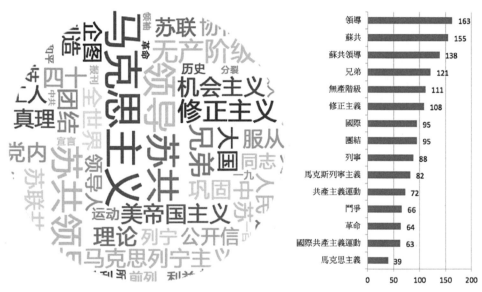

圖 4.9　《七評》的詞雲分析和詞頻統計

　　《蘇共領導是當代最大的分裂主義者》是九評系列的第七篇文章。根據詞頻統計（圖 4.9）可以發現，《七評》高頻詞為「領導」（163）、「蘇共」（155）、「蘇共領導」（138、「兄弟」（121）、「無產階級」（111）、「修正主義」（108）等。本文主要從國際共運歷史演進的角度，論述馬列主義與修正主義論戰的歷史過程。

　　政治鬥爭方面，《七評》在總結從馬克思、恩格斯開始的國際共運史時，提出了一分為二、對立統一等重要理論。無產階級對資產階級的鬥爭，不可避免會反映到共產主義隊伍；國際工人運動發展的辯證法，在於從團結到鬥爭（甚至分裂），再到新基礎上的團結。

　　理論分析方面，《七評》指出機會主義、修正主義、分裂主義、宗派主義

的理論關係：前兩者是後兩者的思想和政治根源，後兩者是前兩者在組織上的表現。修正主義是敵我關係的顛倒，它的社會化根源來自兩個方面，一，國內資產階級，二，帝國主義政策（美帝國主義核訛詐政策、和平演變政策），修正主義同時為這兩方面服務，因此真正反蘇的，恰恰是以赫魯曉夫為首的蘇共領導。

國際關係方面，《七評》批判蘇聯在社會主義陣營提出的國際分工體系，反對他國獨立自主發展經濟和工業化，成為依附於蘇聯體系的原料基地和剩餘產品供銷地。大國沙文主義轉化為資產階級民族主義。

《七評》也回應了蘇聯批判中國爭奪領導權的問題：一，國際共運不存在誰領導誰，而是協商一致、爭取共同目標、共同行動，同時各政黨根據自身條件，履新不同程度的國際主義義務；二，迫切的問題不是誰領導誰，而是保衛馬列主義和國際主義，還是屈從於修正主義和分裂主義的問題；三，修正主義在政黨內部可能會篡奪領導權；四，公開論戰是修正主義者發動的，馬列主義者有必要展開理論鬥爭，以促進在馬列主義和國際主義基礎上的團結，將馬列主義與各國的具體實踐結合。

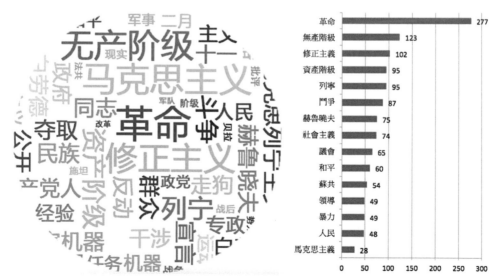

圖 4.10 《八評》的詞雲分析和詞頻統計

《無產階級革命和赫魯曉夫修正主義》是九評系列的第八篇文章。根據詞頻統計數據（圖 4.10）可得知，「革命」（277）、「無產階級」（123）、「修正主義」（102）、「資產階級」（95）、「列寧」（95）、「鬥爭」（87）是《八評》

的高頻詞，其中「革命」是最核心的關鍵詞。《八評》主要討論十月革命道路和議會道路問題。

《八評》援引列寧對考茨基議會道路論的批判，就赫魯曉夫提出的，建立議會形成的、無產階級的人民國家體制改良主義展開了理論論戰。《八評》針對美帝國主義組織軍事集團、簽訂軍事條約、調動武裝部隊等政治現實，提出「帝國主義輸出反革命」、「用革命的暴力回擊反革命的暴力」等理論論斷。中國對革命的階級性質（體現在生產關係和國際階級關係）作出詳細分析，並認為議會鬥爭無法成為最高的、決定性的、支配性的鬥爭形式，進而提出鍛造革命的主觀力量，即群眾鬥爭。

《八評》也明確了無產階級政黨的革命目標，團結所有可能團結的力量，組成「高舉反美的民族旗幟，把群眾鬥爭的主要打擊針對美帝國主義，也針對出賣民族利益的壟斷資本集團和國內其他反動勢力」的統一戰線。這一論斷，建立在無產階級（對立於資產階級）的歷史主體地位，而不是無產階級和資產階級之間協調共存的主體定位，後者被認為是對革命的反叛。

《八評》引用列寧的論斷，將修正主義界定為傳播資產階級思想的行動主體，即「資產階級的政治隊伍和傳播者」，以及「資產階級在工人運動中的代理人」。只要社會上還存在資本主義、階級，就會產生修正主義。

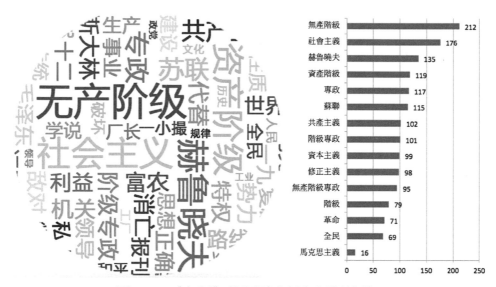

圖 4.11　《九評》的詞雲分析和詞頻統計

《關於赫魯曉夫的假共產主義及其在世界歷史上的教訓》是九評中的最

後一篇文章。根據詞頻統計數據（圖4.11），「無產階級」（212）、「社會主義」（176）、「赫魯曉夫」（135）、「資產階級」（119）、「專政」（117）、「蘇聯」（115）、「共產主義」（102）是《九評》的高頻詞，也是該文的核心議題。《九評》著重從無產階級專政的角度，批判了赫魯曉夫提出的全民國家理論，並提出興無滅資、民主的階級性、黨性是階級性的集中體現、政治是經濟的集中表現等重要論點。

《九評》從理論上提出了社會主義社會的歷史定位，是從階級社會向無產階級社會過渡的重要歷史時期，其中生產數據公有制、對勞動人民民主、對剝削者專政、工業國有化、農業集體化都是實現方式。但是，社會主義社會只是共產主義社會初級階段，工農之間、城鄉之間、體力勞動和腦力勞動之間仍存在巨大差別，同時還存在資產階級法權問題（即「按勞分配」問題），國際階級鬥爭也會反映到社會主義國家內部。在此基礎上，《九評》提出了社會主義社會在政治、經濟、思想、文化教育領域的長期鬥爭，不僅可能走向共產主義，還可能復辟為資本主義的重大問題。

《九評》指出了修正主義的國內根源和國外根源，即資產階級影響的存在、資產階級社會基礎（「特權階層」），以及對帝國主義壓力的屈從。該文引用毛澤東《關於正確處理人民內部矛盾的問題》，反對蘇聯提出的「國內已經不存在彼此對抗的階級」（把資本主義復辟可能性，僅僅看成與「國際帝國主義的武裝進攻」相關的問題），論證了社會主義社會、無產階級政黨中矛盾的統一和鬥爭依然存在，政治戰線、經濟戰線、思想文化戰線的社會主義革命仍然具有必要性。

《九評》還引用《哥達綱領批判》和列寧《馬克思主義論國家》，提出國家是階級鬥爭的工具，不可能存在超階級的國家，只有無產階級的社會主義國家（從資本主義過渡到共產主義的國家形式），否定了蘇聯「共產主義國家」的說法（資產階級社會主義的變種）。與之相同，民主也被界定為和專政一樣是階級概念。列寧的「發展辯證法」論證了這一過程：專制制度──資產階級民主──無產階級民主──沒有任何民主（共產主義高級階段）。

《九評》對蘇聯按照生產原則分割為工業黨、農業黨的政策提出批判。蘇聯認為在社會主義條件下，經濟重於政治，這違反了列寧「政治是經濟的集中表現」的論斷，即階級通過對政治統治的維持，才能解決生產任務。需要從理論、政策、組織和具體工作上，展開反修正主義、防止資本主義復辟的鬥爭。

在論證具體鬥爭形式時，《九評》援引毛澤東思想，提出了諸多辯證法觀點：

第一，矛盾的對立統一是唯物辯證法最根本的規律；

第二，正確處理敵我矛盾、人民內部矛盾與無產階級專政的關係；

第三，經濟戰線上生產資料所有制的社會主義革命，需要得到政治戰線和思想戰線上社會主義革命的鞏固；

第四，無產階級專政由工人階級領導，以工農聯盟為基礎，在人民內部實行民主集中制；

第五，社會主義革命和建設，必須堅持群眾路線。群眾路線是中國共產黨一切工作的根本路線；

第六，社會主義革命和建設，必須解決依靠誰、爭取誰和反對誰的問題，無產階級及其先鋒隊政黨需要對社會做階級分析；

第七，開展城市和鄉村社會主義教育運動，提高人民群眾的思想覺悟，同時與反對派開展針鋒相對的鬥爭，將他們中的大多數將改造為新人；

第八，社會主義陣營是國際無產階級和勞動人民鬥爭的產物（第三世界民族解放運動對社會主義革命的意義），因此不僅屬於社會主義各國人民，而且屬於國際無產階級和勞動人民。社會主義國家之間應當建立獨立自主的、平等的、國際主義相互扶持、相互援助的原則基礎，而不是實行民族利己主義，與帝國主義共謀瓜分世界。

《九評》重新提出在中國展開「階級鬥爭、生產鬥爭、科學實驗」，培養「革命事業的接班人」等問題，確保避免官僚主義、修正主義、教條主義等分歧，進一步論證了中蘇論戰與中國社會主義革命建設的內部關聯。同時，中國共產黨人徹底的無產階級立場，還體現在《九評》「社會主義和資本主義之間的兩條路線的鬥爭，可以成為推動社會向前發展的動力」的論斷中，即理論和政治路線鬥爭，能夠在思想、組織、行動等各個方面，促進社會主義事業走向共產主義。這也進一步論證了《九評》以及中蘇論戰的歷史意義。

## 4.4　反西方帝國主義：革命者的構想

### 4.4.1　反帝國主義的困境：第三世界的視角

根據解密檔案，蘇聯政府 1953 至 1963 年（中蘇公開論戰前夕）在支持

民族解放運動方面作出過大量工作〔註 20〕。包括在聯合國廣泛發表了捍衛桑給巴爾、肯尼亞、斯威士蘭、貝專納（博茲瓦納）等非洲自治領地，索馬里、新幾內亞、喀麥隆、多哥、太平洋諸島嶼等被託管地區民族利益的演說；組建莫斯科人民友誼大學（People's Friendship University），培養第三世界革命理論家〔註 21〕；聲援近東和中東、非洲、亞洲、拉丁美洲的反殖民主義民族解放運動、反種族歧視鬥爭、反帝國主義鬥爭和國有化（埃及蘇伊士運河公司）進程〔註 22〕。

　　儘管蘇聯始終堅決反對把和平共處理解為「維持國家內部原狀」、「拒絕支持民族解放運動」，就此赫魯曉夫也曾發表廣播和電視演講〔註 23〕，一項來自美國政治學者的新冷戰史研究卻顯示，與其宏大、充滿正義感的政治方案相比，蘇聯外交政策在執行過程中，還要應對自身更為複雜的現實問題。在《投影冷戰：第三世界的中蘇角逐》（*Shadow Cold War: The Sino-Soviet Competition for the Third Word*）中，哈佛大學傑瑞米・弗里德曼（Jeremy Friedman）證明了在 20 世紀 60 年代，相比蘇聯及其東歐盟友，中國更願意支持非洲的反帝國主義武裝運動。

　　1960 年，安哥拉人民解放運動（The People's Movement for the Liberation of Angola, MPLA）和幾內亞及佛德角獨立黨（PAIGC）代表在訪問莫斯科遇

---

〔註 20〕沈志華：《No. 24295，庫茲涅佐夫致波諾馬廖夫報告：蘇聯援助民族解放運動問題》，《俄羅斯解密檔案選編：中蘇關係》（第十卷），上海：東方出版中心，2015 年，第 245～259 頁。

〔註 21〕該校於 1960 年 2 月由赫魯曉夫政府成立，後紀念剛果被刺殺的首任總理盧蒙巴，改名為盧蒙巴友誼大學（Patrice Lumumba Friendship University）。建校初衷是在第三世界培養共產主義力量。在與西方列強（Western powers）就新興國家（emerging states）的經濟援助和國家制度設計論爭中，蘇聯發現如果不在教育培訓──科學技術、政策計劃以及社會主義理論──方面加大投入，光有貨幣和工廠投資也於事無補。人民友誼大學 1961 年春季學期首次招收 2671 名學生，其中 550 名來自發展中國家。參見：Friedman, Jeremy. *Shadow Cold War: The Sino-Soviet Competition for the Third World*. Chapel Hill: The University of North Carolina Press, 2015, pp. 47～48.

〔註 22〕沈志華：《No. 24295，庫茲涅佐夫致波諾馬廖夫報告：蘇聯援助民族解放運動問題》，《俄羅斯解密檔案選編：中蘇關係》（第十卷），上海：東方出版中心，2015 年，第 245～259 頁。

〔註 23〕沈志華：《No. 24295，庫茲涅佐夫致波諾馬廖夫報告：蘇聯援助民族解放運動問題》，《俄羅斯解密檔案選編：中蘇關係》（第十卷），上海：東方出版中心，2015 年，第 255 頁。

冷之後，在中國受到了熱情招待。此時的安哥拉人民解放運動並不壯大，國內也還未爆發武裝鬥爭，因此他們關於馬克思主義、武裝游擊戰、反帝國主義的論述並沒有得到赫魯曉夫的反饋。相反，中國十分重視意識形態和反帝國主義運動——在安哥拉的第三世界領導人看來，這些國際問題並沒有得到蘇東陣營應有的關注——的推進，不僅正式禮遇了外國友人，還在遭遇經濟困難的當年，義務支持兩個政黨各兩萬美金、武器裝備以及 10 名士兵軍事訓練〔註 24〕。

在阿爾及利亞民族解放運動的鼓舞下，民族獨立、武裝革命的意識形態被越來越多的非洲民族主義者接受，並在當時的比屬剛果、喀麥隆、安哥拉、毛里塔尼亞、乍得、肯尼亞不斷蔓延。馬克思主義和毛澤東著作「每天都在廣泛流傳」。在英國的非洲青年學生也開始認真討論「矛盾論」、「紙老虎」、「武裝鬥爭」等與蘇聯馬克思主義敘述背道而馳的中國革命理論。有些學生甚至提出中國道路是非洲的未來〔註 25〕。

第二，種族問題也是蘇聯支持第三世界繞不開的問題。儘管種族問題在任何跨語境傳播機制中都難以避免——例如 1960 年代中國教育部在處理非洲留學生逃課，或者生活抗議（例如食物不可口、宿舍狹窄、沒有晨浴）等問題時，往往會尋求階級話語解決問題，「中非人民在反帝國主義和反殖民主義的統一戰線方面有著深厚的友誼」——非洲人民在蘇聯遭遇的情況更加嚴重和複雜。因此弗里德曼認為，「種族問題成為蘇聯人處理亞非事務的阿喀琉斯之踵（an Achilles' heel），在那裡中國的開拓顯得更加得心應手（readily exploit）」〔註 26〕。

從第三世界視角出發的敘事表明，在處理現實政治和支持第三世界反帝國主義運動之時，社會主義陣營的政治決斷如果沒有基於主體立場的轉換和重新確立——即從第三世界立場出發，無論其政治訴求如何具有正義色彩和道德合法性，其政治安排和理論訴求，只會導向思想分歧和行動分裂。換句話說，在跨文化、跨區域和跨民族語境中，基於地緣政治考量的所有政治決

---

〔註 24〕Friedman, Jeremy. *Shadow Cold War: The Sino-Soviet Competition for the Third World*. Chapel Hill: The University of North Carolina Press, 2015, pp. 54～55.

〔註 25〕Friedman, Jeremy. *Shadow Cold War: The Sino-Soviet Competition for the Third World*. Chapel Hill: The University of North Carolina Press, 2015, p. 56.

〔註 26〕Friedman, Jeremy. *Shadow Cold War: The Sino-Soviet Competition for the Third World*. Chapel Hill: The University of North Carolina Press, 2015, p. 56.

策如果喪失特定的「階級民族」（class nation）視野〔註27〕，以及階級團結（和與之相互論證的階級鬥爭）的政治決心，都極易淪為非解放性的、保守的民族沙文主義。相反，以反帝國主義為中心的，對帝國主義秩序的辨認和革命性的聲討，同時也是思想共同體不斷形成的過程。

顯然，在 20 世紀 50～60 年代的世界政治運動中，中國在理論層面上取得了勝利。在其著名的《多民族資本主義時代的第三世界文學》（Third-World Literature in the Era of Multinational Capitalism）中，美國馬克思主義學者詹明信（Fredric Jameson）就將魯迅和中國革命作為第三世界文學的代表〔註28〕。在他看來，「第三世界」論斷本身就是對美蘇格局的突破，在這個意義上，美國和蘇聯的立場甚至是高度統一的〔註29〕。無論其出於何種政治立場和知識背景，詹明信的判斷至少證明了，中國共產黨人基於階級話語的政治判斷和理論訴求，在當時的第三世界革命中是鼓舞人心、極具代表性的政治武器。這一論斷也證明了重新打開中蘇論戰時期中國革命理論的現實必要。

## 4.4.2　秩序與顛倒：中國革命者的視角

如果對其高度提煉，「九評」與中蘇論戰的總辯題是：如何定義西方帝國主義？將總辯題進一步拆分可以發現，中蘇兩黨的論戰圍繞以下問題展開：「和平共處」對帝國主義是否定性的，還是肯定性的指稱？如果是否定性的，那麼和平共處是否能夠作為革命運動的最高綱領？如何界定帝國主義秩序，以及自身在秩序中的定位？對西方帝國主義的想像中，帝國主義（思想、政治和地緣）的邊界在哪裏，以什麼樣的理論形式表現？如何界定社會主義陣營之間的國際主義、相互扶持，以及與第三世界民族解放運動、帝國主義和

〔註27〕 Lin, Chun. China's Lost World of Internationalism. In Wang, Ban. ed. *Chinese Vision of World Order: Tianxia, Culture, and World Politics*. Durham: Duke University Press, 2017, pp. 177～211.

〔註28〕 Shih, Shu-Mei. Race and Relation: The Global Sixties in the South of the South. *Comparative Literature*, 2016, 68:2, pp. 141～154.

〔註29〕 參見 Jameson, Fredric. Third-World Literature in the Era of Multinational Capitalism. *Social Text*, 1986, 15, pp. 65～88；對於詹明信第三世界文化理論的分析，參見姜飛、馮憲光：《馬克思主義與後殖民主義批評》，《外國文學研究》，2001 年第 2 期，第 10～16 頁；此外，有學者提出中國學界對詹明信理論、20 世紀 60 年代西方毛主義理論與中國社會主義理論之間的關係存在錯位和誤讀，參見劉康：《西方理論在中國的命運——詹姆遜與詹姆遜主義》，《文藝理論研究》，2018 年第 1 期，第 184～201 頁。

資本主義國家內部的進步運動的關係？如何將自身轉化為歷史的行動主體？

　　對九評總體的詞頻統計和詞雲分析（圖 4.12）可知，中蘇論戰的理論分歧圍繞帝國主義、修正主義、社會主義、無產階級、人民、鬥爭等既相互對立，又相互統一的關鍵詞展開。中國在論述這些核心問題的同時，也回應了和平與戰爭、政黨領導與無產階級革命等基本政治問題。可以說，在中蘇論戰中，平等政治、階級政治、革命政治、階級意識形態等理論和觀念問題，以及革命思想的實踐方式和行動綱領，是中國最為關心的現實問題。這一系列問題以對西方帝國主義的鑒別為中心，同時也以對帝國主義秩序的突破（通過建構「無產階級」「鬥爭」等話語）為依歸。

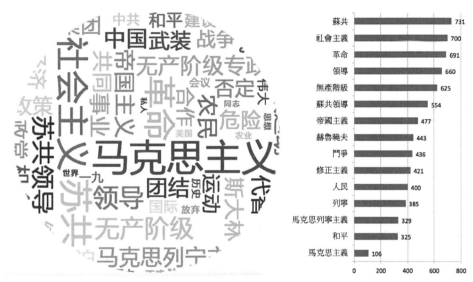

圖4.12　九評總體詞雲分析和詞頻統計

　　筆者借助計算機輔助軟件，計算並繪製出文本高頻詞的權重曲線圖（圖4.13）。從圖中可以直觀地看到：

　　第一，除了在《六評》論述和平共處政策的兩種面向，即帝國主義面向和社會主義面向之外，帝國主義和修正主義在文本中呈現出一定的理論關聯。

　　在蘇聯的論述中，與帝國主義的和平競賽意味著兩個方面，其一，在社會主義陣營建立一套以蘇聯為中心的社會秩序，以蘇聯抗衡美國，其二，向第三世界輸送共產主義思想，扶持革命運動。

　　在中國的論述中，與帝國主義的和平競賽同樣意味著兩個方面，其一，在社會主義陣營重新製造民族主義的等級關係，是修正主義，而不是反帝國

主義；其二，忽略了第三世界民族革命運動本身的主體性，民族資產階級解放不應該由外部的共產主義陣營主導，而應該是自我解放，在反帝國主義的框架下，民族解放運動創造了獨特的歷史意義。

這說明在「九評」的理論序列中，修正主義與帝國主義具有一定的關聯度，帝國主義通過建構支配性的世界秩序，試圖將社會主義國家改造為帝國主義的附庸。修正主義和帝國主義之間存在相互交織的複雜關係，需要進一步展開論述；

第二，國際主義和馬克思主義之間既相互替換，又相互論證。這表明在中國共產黨的思想體系中，當代馬克思主義最核心的表達方式是國際主義；

第三，帝國主義和反帝國主義（馬克思主義、國際主義）之間相互關聯，是中國革命理論中兩條相互對應的線索。

下文將圍繞這兩條線索，從修正主義、帝國主義、反帝國主義三個概念的理論變遷中深入挖掘論戰的分歧實質。

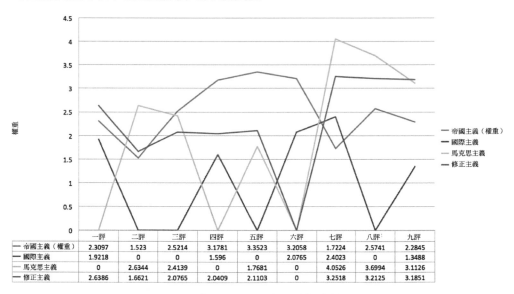

| | 一評 | 二評 | 三評 | 四評 | 五評 | 六評 | 七評 | 八評 | 九評 |
|---|---|---|---|---|---|---|---|---|---|
| 帝國主義（權重） | 2.3097 | 1.523 | 2.5214 | 3.1781 | 3.3523 | 3.2058 | 1.7224 | 2.5741 | 2.2845 |
| 國際主義 | 1.9218 | 0 | 0 | 1.596 | 0 | 2.0765 | 2.4023 | 0 | 1.3488 |
| 馬克思主義 | 0 | 2.6344 | 2.4139 | 0 | 1.7681 | 0 | 4.0526 | 3.6994 | 3.1126 |
| 修正主義 | 2.6386 | 1.6621 | 2.0765 | 2.0409 | 2.1103 | 0 | 3.2518 | 3.2125 | 3.1851 |

**圖 4.13 「九評」高頻詞權重曲線圖**

### 4.4.2.1 重新論述「修正主義」

圍繞著對修正主義的論述，「九評」對西方帝國主義的想像不斷漸進和深入。修正主義也經歷了四次內涵拓展。在中蘇公開論戰的開端，修正主義的產生、形成、發展和系統化過程被界定為是思想分歧擴大到國家關係的結果，而修正主義本身則是保存和恢復資本主義、向帝國主義投降的路線，是馬列

主義、無產階級國際主義的對立面（《一評》）。此時的修正主義還沒有被明確界定為帝國主義秩序的一部分，而是從社會主義思想體系和政治體系中腐敗和分離出的雜質。在中國對蘇聯的定義中，反斯大林主義是修正主義的表現形式。因此，反斯大林主義被認定為思想分歧的開端，同時也被標注為蘇聯修正主義路線的起點（《二評》）。

這一論點在隨後發生了第一次轉變：修正主義被納入到帝國主義秩序範疇。修正主義逐漸被界定為一種政治經濟學概念，是帝國主義政策的產物，並且依附於帝國主義，在地緣政治中表現為半殖民地的產生（《三評》）。在這一框架下，中國提出重要論點：受制於政治經濟結構和歷史條件，社會主義國家存在著資本主義復辟的潛在危機，即現代修正主義。在思想上，現代修正主義表現為反民族解放運動，以及帝國主義和殖民主義的機會主義辯護士（《四評》），在組織上，它表現為社會主義陣營內部的分裂主義、宗派主義和敵我關係的顛倒（《七評》）。

這意味著對修正主義「逐漸內部化」的第三次定義：其社會化根源不僅僅是外部帝國主義，而是來自內部和外部兩方面，即國內資產階級和帝國主義政策（「真正反蘇的，恰恰是蘇共領導」）。更重要的是，修正主義也表現為霸權秩序的重新建構：社會主義國際分工體系，取消了民族國家獨立自主、發展經濟和工業化進程，營造一種對社會主義陣營內部霸權國家工業和思想的依附體系，大國沙文主義表現為內部的資產階級民族主義（《七評》）。

此時的修正主義已經被界定為傳播資產階級思想的行動主體：不僅是「資產階級的政治隊伍和傳播者」，更是「工人運動中的資產階級代理人」（《八評》）。對社會主義體系內部修正主義的重新論述，指向了修正主義在政黨內部篡奪領導權的理論危機，在這個意義上，中國為自己辯護：中國共產黨人參與中蘇論戰，並不是在權力鬥爭意義上對領導權的爭奪（國際共運沒有領導權，而只有協商一致、統一戰線和國際主義的互相扶持），而是以理論論戰和傳播運動的形式保衛馬列主義，促進革命陣營在馬列主義和國際主義基礎上的團結（《七評》）。

隨著理論逐漸指向內部，中共理論體系第四次重新論述了修正主義：逐步確立了內因的決定性作用，即資產階級影響、資產階級社會基礎（蘇聯繫統內的「特權階層」），以及外部對帝國主義壓力的屈從。這一定義，不僅在複雜性程度上超過了初始定義，隨著理論的深入，中國也逐漸將文本層面的

理論鬥爭轉向對自我體系的重新診斷（《九評》）。

### 4.4.2.2　重新論述「帝國主義」

在《帝國的話語政治：從近代中西衝突看現代世界秩序的形成》中，劉禾提出「主權想像」對分析帝國政治和殖民地政治的重要意義，只有對「主權想像」歷史過程的充分剖析，才能理解「殖民地和後殖民地人群的特殊經歷，進而更好地回答這些人群的心理情結為什麼與國家主權這一類大問題有密切的關聯」〔註30〕。在「九評」中，中國對主權的想像，同樣也回應了帝國主義在現實和觀念層面對其發起的挑戰。同時，這一「主權想像」的模式本身也充滿了理論想像力，與現代世界中「已成為考驗一切獨立、自由、尊嚴和交互邏輯的界限」的國家主權理念不同〔註31〕，「九評」對國家主權的想像，指向國家主權的政治性以及歷史性：一方面，對國家主權的爭取是在階級秩序的不平等政治條件下展開的；另一方面，國家主權內部也包含了國際主義成份，對國家主權的肯定，同時也暗含著對國家主權本身的否定。

在主權想像的過程中，中國開始警惕革命主體內部可能出現的修正主義。對修正主義不斷深入的剖析，也是對帝國主義及其帝國主義秩序的不斷確定和重構。西方帝國主義從社會主義陣營、第三世界民族解放運動的他者，創造社會主義陣營「國際階級不平等」的外因（《一評》），逐步被指認為一種統攝性的政治力量。它不僅依靠強大的軍事、經濟和政治手段，而且通過思想圈地和帝國主義政策，將社會主義修正主義思想納入到霸權秩序。

不僅如此，在修正主義被定義為一種新型的政治經濟和文化霸權之後，帝國主義就不再外在於社會主義陣營，而成為根植於內部的，需要不斷展開理論檢討和政治清理的「自我」。連同修正主義，帝國主義被建構為一套穿越意識形態陣營的政治經濟和文化統攝工程：帝國主義不僅制定和發動冷戰（《六評》）、輸出反革命（《八評》）、開展國際帝國主義武裝進攻（《九評》），而且在維護霸權格局、製造共產主義運動內部的思想鬥爭和組織分裂方面，和修正主義組成了統一戰線。

---

〔註30〕劉禾：《帝國的話語政治：從近代中西衝突看現代世界秩序的形成》，楊立華等，譯，北京：生活・讀書・新知三聯書店，2009 年，第 2 頁。

〔註31〕劉禾：《帝國的話語政治：從近代中西衝突看現代世界秩序的形成》，楊立華等，譯，北京：生活・讀書・新知三聯書店，2009 年，第 236 頁。

### 4.4.2.3　重新論述「反帝國主義」

對西方帝國主義及其秩序的想像和判定，同時意味著對現實革命問題的思考，即重新思考「如何在不斷變化的帝國主義秩序內界定自身」、「如何將自我提煉、鍛造和組織為有效的行動者」、「如何通過理論鬥爭，規劃、部署和介入革命運動」。這一思考也是將反帝國主義「反客為主」的主體顛倒過程。

革命理論轉化為有效的政治行動，首先需要建構一套完整的整體史觀，明確帝國主義與革命運動的結構性關係（《二評》）。其次，在帝國主義秩序下，先鋒政黨統一領導、無產階級專政有其必要性，工人自治等政治烏托邦則必然失敗。這也是經典馬克思主義對無政府主義、工聯主義的批判，「無產階級專政條件下的國家資本主義」極易經過工人貴族階級再生產，蛻化為「官僚買辦資產階級專政條件下的國家資本主義」（《三評》）。再次，解放不僅是階級意義上的解放，還是行動主體意義上的自我解放。在國際主義反面的民族利己主義和大國沙文主義無力都促成主體意識和主體行動的形成，反而成為進步運動的組織鉗制（《四評》）。

對獨立自主和自我主體性的確認，同時也意味著重新敘述第三世界民族解放運動與共產主義運動的關係：兩者之間不是單向的革命輸出，民族解放運動對共產主義運動也有重要的理論意義。它削弱了帝國主義、殖民主義基礎，在世界矛盾中心給予帝國主義直接打擊。因此民族問題是反帝國主義鬥爭的階級問題（《四評》）。同樣，在揭開冷戰不斷夯實帝國主義秩序的實質之後，社會主義陣營只能將自己轉化為推翻這一體系的反冷戰主體，而不是加入這一帝國主義秩序，才能獲得解放（《六評》）。

從《五評》開始，中國將論述中心逐步轉向「如何界定帝國主義秩序及反帝國主義行動戰略」，「如何在特定的歷史條件下，將自身轉化為有效的行動主體」等問題，並開始援引和論證毛澤東思想和中國革命經驗：中間地帶、東風壓倒西風、世界人民統一戰線、以鬥爭求和平（《五評》）、國際帝國主義、國際主義和反帝國主義的和平共處內涵（《六評》）、一分為二、對立統一（《七評》）、革命暴力回擊反革命暴力（《八評》）等辯證法理論，以及鍛造革命主體和區別於議會道路的無產階級專政的革命目標（《九評》）。

在與蘇聯全民黨、全民國家的論辯中，理論最後推向了社會主義發展的普遍性問題：工業化和現代化帶動了工農、城鄉、體力勞動和腦力勞動差異、資產階級法權、國際階級鬥爭在內部思想中反應等。因此，不能把帝國主義

危機界定為「他者」的武裝進攻，相反，社會主義社會、無產階級政黨內部矛盾的統一和鬥爭依然存在，只有抬高政治鬥爭——「階級鬥爭、生產鬥爭、科學實驗」、城鄉社會主義教育和培養革命接班人等——才能發展和解決生產任務。這一體系中，政治內在於政治經濟結構和社會化生產，但同時也統領政治經濟，是辯證關係；同時，政治鬥爭、路線鬥爭被寄予了推動社會主義事業發展的厚望，體現了中國共產黨人徹底的無產階級唯物主義立場，同時也再一次論證了中國參與中蘇論戰理論鬥爭的歷史意義：作為 19 世紀以來國際主義挑戰民族帝國主義的最後高潮，中國將國際主義付諸於獨立自主話語體系的理論和實踐建構。獨立自主話語體系的想像與建構，為中國社會主義建設的實踐開拓和政治發展打下了理論基石。

本尼迪克特‧安德森在《想像的共同體》一書中指出，對馬克思主義理論而言，民族主義「已經證明是一個令人不快的異常現象；並且，正因如此，馬克思主義理論常常略過民族主義不提，不願正視」〔註 32〕。如果說安德森從「文化的人造物」角度，重新分析了民族主義的發展過程——因為殖民母國對殖民地移民的制度性歧視，美洲殖民地歐裔移民的社會和政治流動被限定於殖民地範疇內，進而發展出他們對殖民地祖國和民族的最初想像——進而打破了西歐作為民族主義發源地的理論陳見，中共「九評」則通過對帝國主義、帝國主義秩序、修正主義、民族主義、國際主義等概念的重組和整合，從馬克思主義內部直接回應了民族主義的定位問題。在反帝反資反封建的話語建構中，基於「三個世界」形勢的整體判斷，中國提出的反帝國主義理論、獨立自主話語體系中，自然包括了對第三世界民族解放運動（即帶有民族主義性質的民族資產階級革命運動）的階段性支持。值得一提的是，對民族資產階級的支持，並非與反帝反資綱領相牴牾；恰恰相反，對民族資產階級及其革命運動的有限支持和主體性的認同，被限定於特定的空間（第三世界）中。這能夠阻斷帝國主義秩序的建立，繼而能夠對帝國主義給予直接打擊。

## 4.5　小結

已有的中蘇論戰傳播史研究表明，中蘇論戰的理論意義主要體現在獨立

〔註 32〕參見：本尼迪克特‧安德森：《想像的共同體：民族主義的起源與散佈》，吳叡人譯，上海：上海世紀出版集團，2011 年，第 3 頁。

自主話語的確立、對馬克思主義理論的重新激活，以及國際傳播理論的形成三個方面。儘管不同觀點之間存在差異，但這些研究都基於一個共同的分析前提，即對世界秩序以及自身座標的界定是論戰雙方的核心議題。

　　對冷戰中的帝國主義及其統治形態的關注與思考，是中國參與並展開中蘇論戰的重要條件。在中蘇論戰的進程中，隨著對帝國主義及其對社會主義陣營的影響等認識的不斷深入，中國共產黨人逐漸完成了他們對於西方帝國主義的想像：帝國主義和反帝國主義的對立，不僅體現在生產關係和地緣政治層面，也反映在思想層面，表現為激烈的理論分歧。在社會主義陣營中，帝國主義思想衍變為大國沙文主義、民族主義和修正主義。通過思想殖民，社會主義也存在被納入到帝國主義霸權秩序的可能性。

　　在這一霸權秩序中，修正主義主要表現為四種形態：首先，從社會主義思想體系和政治體系分離的異端；其次，帝國主義政治經濟體系的依附思想；再次，由社會主義陣營內部資產階級和外部帝國主義政策共同加持的霸權思想體系；最後，由內因主導，即資產階級社會基礎、資產階級思想影響，同時受到外因激發，即屈從於帝國主義壓力的思想形態。

　　相應地，帝國主義從社會主義和世界民族解放運動的他者，逐步被認定為一種統攝性、支配性的政治力量，從而不再外在於社會主義陣營，而是根植於內部，成為一套完整的政治經濟和文化統攝工程。換言之，帝國主義不僅制定和發動冷戰、輸出反革命、開展國際帝國主義武裝進攻，而且和修正主義在維護霸權格局、製造共產主義運動思想鬥爭和組織分裂方面組成了「統一戰線」，因此需要將修正主義與革命事業作出嚴格區分。

　　帝國主義在不斷塑造全球政治經濟的支配格局、文化意識形態等級秩序，拓展思想殖民地的同時，也鍛造了消滅自身的行動主體。對帝國主義秩序的想像與判定，同時也意味著重新定義自我身份的開啟。自我身份問題包括兩個方面：其一，如何將自身轉化為有效的政治行動者；其二，如何通過適當的形式達成革命目標。中國通過對工聯主義、無政府主義、修正主義、工人貴族、官僚買辦資產階級等革命運動分化的不同現象展開理論批判，逐步確立了黨性原則、無產階級專政原則和群眾路線原則。

　　隨著中國將論述中心從對西方帝國主義的鑒別，切入到對反帝國主義政治主體的辨認，世界革命被賦予了新的歷史意義。共產主義運動與民族解放運動之間，不是支持和被支持的關係，民族解放運動從根本上來說是自我解

放，而不能由大國沙文主義支配。民族解放運動的主體性，同時也體現在它對共產主義運動的推動作用：民族解放運動削弱了帝國主義、殖民主義的統治基礎，瓦解了帝國主義建立的統攝性秩序，並在世界矛盾中心給予帝國主義直接打擊。

在對蘇論戰的過程中，中國也在不斷反思和界定自身與帝國主義、修正主義以及冷戰霸權之間的關係，並創造性、系統性地提出了中間地帶、東風壓倒西風、一分為二、群眾路線與群眾運動、資產階級法權等理論命題，提出了「階級鬥爭、生產鬥爭、科學實驗」、城鄉社會主義教育、培養革命接班人等政治命題。通過對馬克思主義理論當代命題的逐步探索，中國將國際主義和民族主義納入到結構性的反帝國主義理論體系，不僅為革命的政治行動注入理論內涵，也造就了 19 世紀以來國際主義挑戰民族帝國主義的最後高潮。通過將國際主義付諸於獨立自主話語體系的理論和實踐建構，中國在論戰中逐步完善了世界革命的行動綱領，為社會主義建設的實踐開拓和政治發展打下了理論基石。

# 第5章 獨立自主話語體系的興起：
## 傳播政治經濟學的視角

## 5.1 引論

在中蘇論戰的外部影響下，對獨立自主、反帝國主義和國際主義理論原則的追求，逐步以內部動力的形式，體現在中國對經濟、政治、法律、文藝以及傳播秩序的規劃調整中。本章將以中國的國際傳播機制、策略和影響為核心，重新展現這一宏大政治規劃的複雜過程。之所以選擇對傳播秩序進行考察，是因為經由中蘇論戰的國際傳播，獨立自主話語體系也逐步落實為行動方案。傳播在中蘇論戰過程中發揮了雙重作用：傳播機制的政治活性恰恰在於「成為」傳播機制的過程，對技術手段的打磨，不僅促進了政治理念的傳播，而且反過來也直觀體現了中國社會主義政治理念中的獨立自主和平等原則。

本章將批判性地借鑒和吸收傳播政治經濟學對傳播過程和意識形態再生產的理論框架，對中國的傳播機制、傳播策略以及世界史影響等不同議題展開討論。通過論述中國的國際傳播機制在中蘇論戰中的磨合重組過程，本章將論證，中國傳播實踐在政治原則、組織機制和指導綱領方面體現出的獨立自主，不僅區別於西方對冷戰霸權秩序的構造，而且以推翻這一霸權秩序為自身的政治訴求。中蘇論戰在全球思想史層面的意義，不在於革命理論和政治原則的跨國輸出，而在於政治運動者對獨立自主原則的自我內化以及自我解放。

　　章節安排方面，第二節從「知識政治學」的角度，梳理傳播政治經濟學的知識體系及其與社會歷史語境的互動過程。本節將從傳播工業、傳播與社會兩個基本框架中論述傳播政治經濟學的核心理論，以傳播與資本主義、傳播與意識形態再生產兩個核心問題為線索，引出對共產主義傳播運動的理論反思。

　　第三節根據傳播政治經濟學的傳播工業框架，分析中蘇論戰的文本生產、翻譯和傳播過程。本節以「程式化道路」的建構為線索，串聯並討論中央反修文稿起草小組、翻譯組、對外廣播和理論出版等傳播環節的動態整合、政治原則和運作方式。不同於資本主義的單向度信息輸送，中國由中蘇論戰中發展出來的傳播制度在政策制定、組織規劃、策略調整方面都體現了社會主義獨立自主的民主原則。

　　第四節以獨立自主話語體系的理論傳播為線索，討論中蘇論戰的世界史意義。本節將對受到中蘇論戰影響和鼓舞的「全球六十年代」展開全景掃描，並以斯邁思訪華及其對傳播理論的批判性思考為個案，從宏觀和微觀兩個角度，分析中蘇論戰在意識形態和傳播層面的歷史意義。第五節將對本章作出梳理和總結。

# 5.2　傳播政治經濟學在西方：理論框架

## 5.2.1　知識地圖：以馬克思主義理論及其實踐為線索

　　與批判法學運動（critical legal studies movements）、社會學批判學派在冷戰社會科學中異軍突起相似，傳播政治經濟學是西方現代知識體系的重要組成部分。傳播政治經濟學的出現和發展與三個複雜的歷史背景相關：其一，20 世紀 30～40 年代反法西斯主義理論及其實踐；其二，20 世紀 50 年代包括中國在內的反帝國主義運動、第三世界民族解放運動、去殖民化運動，以及西方體系內部的激進運動對社會不平等關係的挑戰；其三，傳播業在發達資本主義國家的迅速擴張，及其在全球資本積累和意識形態再生產過程中發揮日益核心的作用〔註1〕。

─────────────

〔註 1〕莫斯可和丹·席勒傾向於以技術為線索，從傳播技術、技術政治和技術政治經濟學三個層面分析北美傳播政治經濟學的發展語境。他們認為，傳播政治經濟學在北美的出現，有三個歷史背景：其一，「多元化的傳播產業在發達資

　　從學術源頭看，它直接發端於政治經濟學對歐洲「啟蒙運動」觀念的回應和批判。這場誕生於歐洲資本主義工業化背景下的思想革命運動，逐步發展出了三種建立於「公私」二元論前提上的核心主張：即「基於實證主義，並通過理性化的理論體系話語表達的，關於自然與社會世界」的闡釋方式，替代獨斷專行的封建王權、基於公民身份、政治辯論和公共決策的統治體系，以及去宗教化的道德行為準則，以此在個人利益與公共需求之間建立平衡。在這個現代社會的思想啟蒙中，傳播工業扮演了雙重核心角色，它既是一種限定於「自身權利範圍的工業體系」，也是一種「令政治辯論得以再現和開展的重要平臺」，「關於總體系的想像和論證則貫穿其中」〔註 2〕。

　　古典政治經濟學和馬克思主義政治經濟學都對資本主義在日常運作中「如何置入剝削與非正義，生產不平等，以及削弱關聯性和團結性」等問題展開了實證考察。亞當・斯密（Adam Smith）、大衛・李嘉圖（David Ricardo）、約翰・穆勒（John Stuart Mill）等古典政治經濟學家認為，需要發展良善社會、組織經濟生活、平衡市場與國家干預等理論，以此全面認識資本主義革命，回應「三大主張」思潮〔註 3〕。另一方面，正如其《資本論》的副標題「政治經濟學批判」所表明的，馬克思認為，建立自由平等的政治經濟秩序，首先

---

本主義國家尤其是美國的迅速擴張」；其二，傳播產業「隨後的跨國發展」，及其在強勁的去殖民化社會背景下引發的「其他國家對這一發展趨勢的政治回應」；其三，信息和傳播在全球整個資本主義積累過程中發揮的日趨核心的關鍵作用。此外，莫斯可在《傳播政治經濟學：再思考與再更新》中也特別提到政治經濟對傳播過程的影響因素對傳播研究的推動作用，這有助於我們更好地理解技術發展與政治經濟之間的密切聯繫。他在論述傳播政治經濟學的發展時指出，「商業與國家勢力的增長，有助於西方核心國家推展他們的權威到世界各地並造成動亂，如此激使政治經濟研究對媒介帝國主義議題進行熱烈辯論」。參見：丹・席勒：《傳播理論史：回歸勞動》（馮建三、羅世宏譯，王維佳校譯），北京：北京大學出版社，2012 年，第 5 頁；Vincent Mosco：《傳播政治經濟學：再思考與再更新》（馮建三、程宗明譯），臺北：五南圖書出版公司，1998 年，第 117 頁。

〔註 2〕 Wasco, Janet. Murdock, Graham. Sousa, Helena. Introduction: The Political Economy of Communications: Core Concerns and Issues. In *The Handbook of Political Economy of Communications*, eds. Wasko, Janet., Murdock, Graham., and Sousa, Helena. West Sussex: Blackwell Publishing, 2011.

〔註 3〕 Wasco, Janet. Murdock, Graham. Sousa, Helena. Introduction: The Political Economy of Communications: Core Concerns and Issues. In *The Handbook of Political Economy of Communications*, eds. Wasko, Janet., Murdock, Graham., and Sousa, Helena. West Sussex: Blackwell Publishing, 2011.

需要廢除資本主義〔註4〕。

　　基於批判政治經濟學理論發展而成的傳播政治經濟學，可以被界定為考察現代勞動分工關係中的傳播生態及其權力關係的理論體系。傳播政治經濟學主要有整體性、歷史性、倫理性和實踐性四個基本分析框架。從學術發展史的脈絡看，戈爾丁（Peter Golding）和默多克（Graham Murdock）在 20 世紀 70 年代最早討論了批判傳播研究的方法論問題。他們指出，批判傳播學在與社會建構的有機互動中，不斷發展出整體性和實踐性的研究取向。在其 1996 年的《傳播政治經濟學：再思考與再更新》（*The Political Economy of Communication: ethinking and Renewal*）中，莫斯可將這一脈絡系統化。2011 年的《傳播政治經濟學手冊》則提綱挈領地概括出了這一框架〔註5〕，包括：

　　第一，傳播政治經濟學首先認為，經濟議題是「整體性」議題，它不是排外的、被圈限的領域，而是需要被納入到政治組織和整體結構中的社會性生產實踐；

　　第二，權力變遷是「漫長的」議題，權力結構及其中心轉移的問題需要在歷史性、長時間段的矛盾及其傳播中得到理解；

　　第三，理論包含了明確的道德判斷和政治訴求，文化傳播過程、政治組織方式和良善社會構成等都內在於理論的核心關切；

　　第四，批判理論介入創造社會性變革的實踐行動，批判傳播學者致力於成為和培養參與公共思考和政治辯論的「獲知的公民」（informed citizens）〔註6〕。

　　隨著傳播政治經濟學研究的逐漸深入，該領域內出現了一批聲名卓著的學者，包括：從學科先驅達拉斯・斯邁思（Dallas Smythe）、赫伯特・席勒（Herbert

---

〔註4〕馬克思：《資本論（第一卷）》，北京：人民出版社，2004 年，第 892 頁。

〔註5〕參見：Murdock, Graham., Golding, Peter. For a Political Economy of Mass Communications, *Socialist Register*, 1974, pp. 205～234; Golding, Peter., Murdock, Graham. Theories of Communication and Theories of Society, *Communication Research*, 1978 Vol 5 (3), pp. 339～356；文森特・莫斯可：《傳播政治經濟學：再思考與再更新》（馮建三、程宗明譯），臺北：五南圖書出版公司，1998 年；Wasco, Janet. Murdock, Graham. Sousa, Helena. Introduction: The Political Economy of Communications: Core Concerns and Issues. In *The Handbook of Political Economy of Communications*, eds. Wasko, Janet., Murdock, Graham., and Sousa, Helena. West Sussex: Blackwell Publishing, 2011.

〔註6〕Wasco, Janet. Murdock, Graham. Sousa, Helena. Introduction: The Political Economy of Communications: Core Concerns and Issues. In *The Handbook of Political Economy of Communications*, eds. Wasko, Janet., Murdock, Graham., and Sousa, Helena. West Sussex: Blackwell Publishing, 2011.

Schiller），到阿芒・馬特拉（Armand Mattelart）、卡拉・諾頓斯登（Kaarle Nordenstreng）、羅伯特・麥克切斯尼（Robert McChesney）、丹・席勒（Dan Schiller）、珍妮・瓦斯科（Janet Wasco）、格雷厄姆・默多克（Graham Murdock）、文森特・莫斯可（Vincent Mosco）、邱林川和克里斯蒂安・福克斯（Christian Fuchs）等。他們都在不同程度上繼承、豐富和發展了馬克思主義的理論學說。在後工業理論家提出「後工業社會」、「信息社會」等說法時，批判的政治經濟學者們則針鋒相對地提出了「文化帝國主義」（cultural imperialism）、「受眾商品論」（audience as commodity）、「數字化斷鏈」（digital disconnect）、「數字化衰退」（digital depression）等基於馬克思主義政治經濟學的傳播理論。

　　可以從兩個方面理解以馬克思主義為線索的傳播政治經濟學理論發展：

　　首先，借助於馬克思主義學說，西方傳播研究得以從理論內部發展。與其英國新左派同儕試圖「重新考察馬克思主義思想體系，挖掘共產主義理論的內部替代性傳統」、重新發現基於人道主義的「青年馬克思」不同，傳播政治經濟學者們通常以社會化分工、剩餘價值、資本積累和勞動力再生產等馬克思主義政治經濟學的基本概念，切入當代傳播議題，開拓和發展了馬克思主義的理論和政治空間〔註7〕。這些議題包括但不限於：國際傳播政策制定權與資源分配、無線電波頻、電信、郵政與互聯網傳播勞動、信息與全球資本主義等。

　　以英國學者福克斯（Christian Fuchs）為例。作為首位「社交媒體學教授」（Professor of Social Media），福克斯在 2016 年出版的《在信息時代閱讀馬克思》（*Reading Marx in the Information Age*）中，從傳播學和媒體研究的視角，重新解讀馬克思《資本論》第一卷。值得一提的是，他借助《資本論》第二卷中貨幣流通公式的思想，繪製出從非洲金屬礦山、全球南方裝配生產線和服務鏈到美國矽谷科技城的傳播體系流通公式地圖，並論證，美國矽谷通信勞工的優沃報酬和高福利待遇，一方面是勞工不斷抗爭的結果，另一方面是全球產業格局下，全球物質勞動的剩餘價值不斷流入美國福利「基金」的結果〔註8〕。

　　其次，以馬克思主義革命理論為行動綱領的 20 世紀社會主義實踐，直接

---

〔註 7〕 盛陽：《漸進的馬克思主義者：雷蒙・威廉斯學術思想評述》，《全球傳媒學刊》，2017 年第 1 期，第 52～69 頁。

〔註 8〕 Fuchs, Christian. *Reading Marx in the Information Age: A Media and Communication Studies Perspective on Capital Volume 1*. London: Routledge, 2016.

促使批判傳播學者不斷反思和重建自身的理論根基。值得一提的是，來自社會主義中國的傳播實踐給深入體察共產主義陣營的部分學者帶來了深入人心的精神震撼，並在冷戰意識形態對立、「寧死不紅」（better dead than red）的西方反共思潮下，引發了學科內部的激烈鬥爭。這在實際結果上也促進了傳播政治經濟學的理論發展。

以傳播政治經濟學奠基人斯邁思為例。在反共氛圍十分尖銳的冷戰年代，斯邁思就因為他的一篇向聯合國教科文組織（UNESCO）提交的，關於吸納中國等第三世界國家智慧，修訂「國際信息與傳播新秩序」（New World Information and Communication Order，簡稱「NWICO」）的報告，觸動了意識形態對立陣營的底線，而被逐出由美國政府主導的聯合國教科文組織後續所有的相關活動〔註9〕。

儘管斯邁思的學術生涯因這份名為《反思跨國傳播研究計劃》（*Reflections on Proposals for an International Programme of Communications Research*）的報告而遭遇重大挫折，但文中提出的「商品意識形態屬性」、「技術非中立性」、「文化檢視」（cultural screening）等在當時看來頗為大膽的概念，現在已成為傳播政治經濟學研究的關鍵詞。更重要的是，借用阿瑞基（Giovanni Arrighi）的判斷，在國際傳播秩序變革和權力重組的「漫長的二十世紀」，在文化、藝術和大眾傳媒產品被當做「貯存」剩餘資本的擴張手段時，斯邁思當年提出的這些傳播政治經濟學問題，恰恰成了今天學術界亟待回應的重要命題〔註10〕。

無獨有偶，法國批判傳播學者馬特拉也曾如此評價中國的傳播實踐：

> 儘管是最粗淺的，或許只有偶然的靈光一現，但這也是打破黨／群二元對立，挑戰社會支配規則——包括基於社會和技術性的勞動分工——以及建立獨立自主、自力更生原則的重要實踐。這些原則挑戰了西方工業化發展道路，從 70 年代開始，它們帶來的進步和發展鼓舞了無數外圍國家尋找他們自主的社會主義轉型道路。自

---

〔註9〕 斯邁思在與其學生托馬斯‧古拜克（Thomas Guback）談話時說，就是這篇報告使他「被斷絕」了在 UNESCO 的活動機會。Smythe, Dallas. *Counterclockwise: Perspectives on Communication*. Thomas Guback (eds). Boulder: Westview Press, 1994: 215.

〔註10〕 傑奧瓦尼‧阿瑞基：《漫長的 20 世紀》（姚乃強、嚴維明、韓振榮譯），南京：江蘇人民出版社，2011 年。

力更生是這些發展策略中的關鍵詞。〔註11〕

　　這段話是馬特拉在向西方學界引介上世紀 70 年代中國工人學哲學運動時寫下的。當時，上海工人和技術員組織了一場討論電子計算機與技術民主的座談會，會議紀要 1974 年在《自然辯證法雜誌》發表後，1975 年被西方學者翻譯成法語發表，其中「技術群眾路線」的思想引起了馬特拉的強烈興趣，英文版收錄於其編著的《傳播與階級鬥爭》（*Communication and Class Struggle*）〔註12〕。

　　儘管當代西方的傳播政治經濟學仍然恪守經典馬克思主義關於勞動價值論、剩餘價值論以及貨幣流通公式的基本假說，但這一理論脈絡的主流已經缺乏對歷史化的國家性質的辯證思考，以及對政治權力等統治單位的複雜判斷，因而在弱化「先鋒黨」理論（Vanguardism）的同時，給予工聯主義和無政府主義以理論優先權。因此，如果不加反思地套用西方傳播政治經濟學理論，分析從毛澤東時代、改革開放到新時代的中國社會主義實踐過程，則有造成理論誤讀的危險。例如，在批判傳播學重要期刊《傳播、資本主義與批判》（*Communication, Capitalism & Critique*, 簡稱 "TripleC"）2018 年馬克思紀念專刊的三十篇文章中，沒有一篇嚴肅討論中國社會主義建設的問題〔註13〕。

　　即便如此，鑒於西方傳播政治經濟學已經為經典馬克思主義重新注入了理論活力，對於資本主義中心的傳播勞動、政策發展、商品化和跨國資本化過程具有強大的闡釋力，且在很大程度上對政策制定和行業變革產生了實質影響，有必要在更為細緻的學科譜系圖中，批判性地借鑒其理論成果。

---

〔註11〕Mattelart, Armand. Introduction: For a class and group analysis of popular communication practices. In Armand Mattelart & Seth Siegelaub (eds). *Communication and Class Struggle 2. Liberation, Socialism*, New York: International General, 1980: 38.

〔註12〕在該書英文版的注釋中，介紹「此文最初發表於 1975 年」，但文章實際上最初發表於 1974 年。中文版參見：編輯部：《獨立自主、自力更生 大力發展電子計算機——關於電子計算機座談會紀要》，《自然辯證法雜誌》，1974 年第 4 期。法語版發表於法國雜誌《干擾》（Interferences）1975 年秋季號，英文版由大衛·布克斯頓（David Buxton）翻譯，收錄於馬特拉與賽格拉伯（Seth Seigelaub）編輯的《傳播與階級鬥爭》（第 2 卷）。參見 Armand Mattelart & Seth Siegelaub (eds). *Communication and Class Struggle 2. Liberation, Socialism*, New York: International General, 1980。

〔註13〕史安斌、盛陽：《開創國際傳播能力建設的新局面、新理念、新形式》，《電視研究》，2018 年第 11 期，第 4～7 頁。

## 5.2.2　傳播工業：資本主義的最高階段？

　　正如列寧在《帝國主義是資本主義的最高階段》（*Imperialism, the Highest Stage of Capitalism*）這篇重要論述的標題中傳達的，無論是基於「保衛列寧主義」、捍衛獨立自主話語的中蘇論戰，還是其同時代（或早先年代）的共產主義理論，革命學說都將資本壟斷和金融資本主義判定為資本主義在當時的最後形態〔註14〕。中國共產黨人更是以列寧學說「帝國主義是社會主義革命的前夜」作為對蘇論戰的立論基礎，在重新論述帝國主義秩序的同時，系統性地提出了獨立自主話語體系，將自身轉化為有效的行動主體。

　　但是，傳播政治經濟學者卻另闢蹊徑。他們指出，以帝國主義形式不斷變幻的資本主義，不僅沒有到達自身發展的極限，反而因為本身所具有的社會延展性，在突破思想邊界的同時，不斷尋覓新的資本化場所：它不僅極力將文化傳播轉化為資本積累和意識形態再生產的全新場域，而且常常依靠國家戰略的強力推動，尋找並俘獲新的技術和資本積累載體。

　　在這一基本框架下，傳播政治經濟學逐步發展出一脈專注於傳播工業（the communications industry）的政治經濟學路徑〔註15〕。這一路徑中備受關注的議題和代表學者包括：冷戰電報法案與無線電波頻分配（達拉斯·斯邁思、諾頓斯登、阿芒·馬特拉）〔註16〕、新自由主義與電信互聯網產業政策（麥克切斯尼、詹內特·阿貝特（Janet Abbate）、丹·席勒、洪宇）〔註17〕、

〔註14〕列寧：《帝國主義是資本主義的最高階段》，《列寧專題文集：論資本主義》（中共中央編譯局編），北京：人民出版社，2009年，第97～213頁。

〔註15〕霍爾（Stuart Hall）在1958年就注意到傳播工業的出現。他說，「隨著近年來技術的飛速發展，產生了所謂的『傳播工業』（the communications industry），這個巨型的產業快速集聚了大量勞動力，並使其迅速擴張」。Hall, Stuart. A Sense of Classlessness, *Universities & Left Review*, 1958 (5), pp. 26～31.

〔註16〕參見 Smythe, Dallas. *Counterclockwise: Perspectives on Communication*. Thomas Guback (eds). Boulder: Westview Press, 1994; Smythe, Dallas. F-16-4-0-0-16, Telegraph employees under the Fair Labor Standards Act, 1940; F-16-4-0-0-19, Labour market data, 1942; F-16-5-2-0-10, Labor in international communications common carriers, Simon Fraser University Archives; Nordenstreng, Kaarle. *The Mass Media Declaration of UNESCO*, Westport: Praeger, 1984; Mattelart, Armand. *The Invention of Communication*, (trans) Emanuel, Susan. Minneapolis: University of Minnesota Press, 1996; Mattelart, Armand. *Transnationals & the Third World*, (trans) Buxton, David. South Hadley: Bergin & Garvey, 1983.

〔註17〕參見 McChesney, Robert. *Digital Disconnect: How Capitalism is Turning the Internet Against Democracy*, New York: New Press, 2013; Abbate, Janet. *Inventing the Internet*, Cambridge: MIT Press, 1999; Schiller, Dan. *Digital Depression:*

傳播勞動及其社會化過程（文森特・莫斯可、邱林川、恩達・布羅菲（Enda Brophy）、姚建華）〔註18〕、媒體產業政策與政治經濟學（戴斯・弗里德曼（Des Freedman）、詹姆斯・科倫（James Curran）、讓・西頓（Jean Seaton））〔註19〕。他們以勞動價值論為理論前提，致力於對傳播產業政策的政治決策及其效果、傳播勞工與勞動社會化、經濟與勞動力再分配等問題的研究。

在其梳理西方傳播研究史的經典著作中，美國傳播學者丹・席勒就以「勞動」為核心概念展開論述。他認為，勞動不僅是物理生產或形體勞役，更是人類自我活動的特殊能力，其中言談與思索、行動與活力等等，都是勞動不可或缺的部分，「唯有從生產性勞動（productive labor）這個概念，也就是從人的自我活動具有兼容並蓄及整合的性質來構成自身的認知出發，傳播研究才能開始發展」〔註20〕。

在其早年供職於美國聯邦通信委員會（US Federal Communications Commission）時，彼時作為經濟學者的達拉斯・斯邁思就曾發表過《國際傳播承運過程中的勞工問題》（*Labor in international communications common carriers*, 1945）專門研究。在更早的 1938～1944 年，斯邁思也於美國勞工部任職之際，展開過一系列關於傳播業勞工狀況的調查，並撰寫了《〈公平勞動標準法案〉下的電報雇工》（*Telegraph employees under the Fair Labor Standards Act*, 1940）、《勞工市場數據》（*Labour market data*, 1942）等調研報告，詳細分

---

*Information Technology and Economic Crisis*, Urbana: University of Illinois Press, 2014; Schiller, Dan. *Telematics and Government*, Norwood: Ablex Publishing Corporation, 1982; Schiller, Dan. *How to Think About Information*, Urbana: University of Illinois Press, 2007; Hong, Yu. *Networking China: The Digital Transformation of the Chinese Economy*, Urbana: University of Illinois Press, 2017.

〔註18〕參見 Mosco, Vincent. *Becoming Digital: Toward a Post-Internet Society*. Bingley: Emerald Publishing, 2017; Mosco, Vincent., Mckercher, Catherine. *The Laboring of Communication: Will Knowledge Workers of the World Unite*? Lanham: Lexington Books, 2008; Qiu, Jack Linchuan. *Goodbye iSlave: a Manifesto for Digital Abolition*, Urbana: University of Illinois Press, 2016; Brophy, Enda. *Language Put to Work: The Making of the Global Call Centre Workforce*, London: Palgrave Macmillan, 2017; Yao, Jianhua. *Knowledge Workers in Contemporary China: Reform and Resistance in the Publishing Industry*, Lanham: Lexington Books, 2017.

〔註19〕參見 Freedman, Des. *The Politics of Media Policy*, Cambridge: Polity, 2008; Curran, James., Seaton, Jean. *Power without Responsibility: Press, Broadcasting and the Internet in Britain*, London: Routledge, 2010.

〔註20〕丹・席勒：《傳播理論史：回歸勞動》（馮建三，羅世宏譯，王維佳校譯），北京：北京大學出版社，2012 年。

析了美國傳播通信行業的雇傭勞動和經濟分配狀況〔註21〕。

在數字化時代，傳播政治經濟學進一步調動馬克思主義理論，拓展資本主義體系的傳播工業研究。在莫斯可與默克徹（Catherine Mckercher）2008年出版了題為《傳播的勞動化：全世界知識勞工能否聯合起來？》（*The Laboring of Communication: Will Knowledge Workers of the World Unite ?*）的論著，從其副標題就足以可見該領域在多大程度上受到了馬克思主義的影響〔註22〕。在《數字化：走向後互聯網社會》（*Becoming Digital: Toward a Post-Internet Society*）中，莫斯可詳細論述了傳播工業參與資本主義體系建構的過程：全球勞動分工體系激烈轉型的當代，資本集團通過發展自動化與人工智慧技術，不僅對傳統傳播業及其勞工發起衝擊，而且對新興的數字勞工勞動過程展開嚴密的控制和剝削，進而推動新的資本積累〔註23〕。

在另一項更為宏大的，關於尼克松時代電信傳播業的歷史研究中，丹·席勒指出，互聯網重要的成就在於產生了「數字資本主義」，將資本主義的矛盾現代化。「在任何將資本視作支配性社會力量的危機解決方案中，數字資本主義的興起意味著新的網絡系統和服務將會在其中扮演重要的角色」，如何將網絡系統和服務利潤導入數字資本主義，已經替代對經濟再分配的直接訴求，成為「全球政治經濟的核心」〔註24〕。

數字資本主義是資本主義的最高階段嗎？進入數字傳播業驅動的新全球化時代，這一問題變得更加複雜難解。傳播政治經濟學對傳播工業的最新研究表明，現在就作出判斷，還為時過早：正是對有別於西方數字資本主義的獨立自主方案的堅持和應用，中國才能夠在秩序森嚴的全球信息產業體系中異軍突起，成為具有潛力制衡和改造世界秩序的力量，但同時資本主義體系及其固有矛盾也在積極尋找「再現代化」的方案。

在根據其2016年在北京大學的講座稿修訂而成，題為《信息資本主義的興

---

〔註21〕參見 Smythe, D. F-16-4-0-0-16, Telegraph employees under the Fair Labor Standards Act, 1940; F-16-4-0-0-19, Labour market data, 1942; F-16-5-2-0-10, Labor in international communications common carriers, Simon Fraser University Archives.

〔註22〕Mosco, Vincent., Mckercher, Catherine. *The Laboring of Communication: Will Knowledge Workers of the World Unite*? Lanham: Lexington Books, 2008

〔註23〕Mosco, Vincent. *Becoming Digital: Toward a Post-Internet Society*. Bingley: Emerald Publishing, 2017.

〔註24〕丹·席勒：《信息資本主義的興起與擴張——網絡與尼克松時代》（翟秀鳳譯，王維佳校譯），北京：北京大學出版社，2018年，第170、185頁。

起與擴張：網絡與尼克松時代》（*Networks and the Age of Nixon*）的前述著作中，丹·席勒特別論述了當代全球體系的信息產業競爭下，中國如何通過「一帶一路」、「互聯網+」和十三五規劃，尋求獨立自主的發展勃興，「儘管美國領導人試圖通過鼓勵中國加入美國主導的多邊體系，以限制中國作為獨立的全球政治經濟力量發揮作用，但是中國領導人也同樣決心擴大中國的自主權」〔註 25〕。

　　這是西方傳播政治經濟學的傳播工業研究帶來的理論啟示：全球資本主義體系中「自主權」話語的崛起，一方面證明了中國共產黨人在中蘇論戰時就著重確立的獨立自主話語，在社會主義革命建設和改革開放中均得到了不同程度的繼承和發展，並在新時代的國家方案中得到進一步確認；另一方面，也直接說明正是因為中國堅持和發展了一套有別於西方資本主義道路的、追尋獨立自主的產業發展模式，才能在複雜的依附體系中獲得矚目成就和巨大潛力，進而引發競爭對手的焦慮不安。

## 5.2.3　傳播與社會：意識形態終結論？

　　隨著戰後西方資本主義表現形式的不斷變化，對身份、主體、情緒、階級意識等意識形態及其變化的考察，重新成為文化和傳播研究的主要脈絡。早在社會主義思想陣營不斷分化的 1958 年，英國新左派學者斯圖亞特·霍爾（Stuart Hall）就提出了工人階級「去階級化」的意識形態問題，這預示了以「文化唯物主義」和「青年馬克思主義」為理論來源的英國文化研究的興起。在當年《大學與左翼評論》（*Universities & Left Review*）秋季號上，霍爾發表了題為《無階級感的意識》（A Sense of Classlessness）。在這份後期發展為《新左翼評論》（*New Left Review*）的學刊中，霍爾敏銳地觀察到了一個與經典馬克思主義論述相顛倒的現象：「大眾」（mass）並沒有被「無產階級化」（proletarianised）——或馬克思所說的「向下拋落」（downwards towards minimum wage level）——而是在生活方式中「上升」為中產階級〔註 26〕。

　　霍爾認為，這種「無產階級的資本主義化」（the capitalism of the proletariat）給工人階級帶來了悲劇式的衝突：無產階級的自我解放，只是意味著他們重新被捲入一種新的「奴役狀態」（enslavement）。這不僅僅是由於雇傭關係發

---

〔註 25〕丹·席勒：《信息資本主義的興起與擴張——網絡與尼克松時代》（翟秀鳳譯，王維佳校譯），北京：北京大學出版社，2018 年，第 215 頁。

〔註 26〕Hall, Stuart. A Sense of Classlessness, *Universities & Left Review*, 1958 (5), pp. 26 ～31.

生了「私人企業的公司化」（corporate private property）轉型，每一種能夠改變受眾態度的媒介傳播都發揮了各自的作用。媒體不是「經濟基礎」的邊陲，而是經濟基礎的一部分〔註27〕。在理論方面，需要將《1844年經濟學哲學手稿》和《德意志意識形態》提出的「異化」問題重新前景化，將意識形態問題升級為首要考慮的現實問題。這一顛覆性的論斷，從內部瓦解了經典馬克思主義的政治經濟學根基。

對意識形態的不同理解，引發了媒介研究領域傳播政治經濟學和文化研究的「盲點辯論」。1977年，在讀過漢斯‧恩森斯伯格（Hans Magnus Enzensberger）反馬克思主義政治經濟學的著作《意識工業：文學、政治與媒介》（*The Consciousness Industries: On Literature, Politics and the Media*）後，達拉斯‧斯邁思隨即寫作了《傳播：西方馬克思主義的盲點》（Communications: Blindspot of Western Marxism），對文化研究的基本論點提出反駁〔註28〕。

《意識工業》提出，馬克思主義者並不理解意識形態工業，他們只看到資產階級和資本主義的陰暗面，沒有看到其中的社會主義可能，「馬克思主義者對媒介不充分的理解，及其值得商榷的媒介分析，使得非馬克思主義設想和實踐源源不斷地填補了西方工業國家的思想真空」〔註29〕。斯邁思則指出，西方馬克思主義對意識形態的研究，「忽略了大眾傳媒系統本身就是嵌套在社會生產結構中的權力組織」，「廣告、市場調查、公共關係和包裝設計，都與消費者意識、需求、閑暇時間的打發、商品拜物教、勞動以及異化息息相關」。他認為，先前馬克思主義對「意識工業」問題的忽略，恰恰需要從勞動價值論開始彌補〔註30〕。

---

〔註27〕Hall, Stuart. A Sense of Classlessness, *Universities & Left Review*, 1958 (5), pp. 26～31.

〔註28〕Smythe, Dallas. *Counterclockwise: Perspectives on Communication*. Thomas Guback (eds). Boulder: Westview Press, 1994.

〔註29〕Enzensberger, Hans Magnus. *The Consciousness Industry: On Literature, Politics and the Media*. New York: Seabury Press, 1974.

〔註30〕斯邁思在該文的注釋中詳細解釋了他所批判的西方馬克思主義盲點。他認為，西方馬克思主義的盲點在於，後者忽視了傳播在政治經濟的結構性層面對意識形態產生了影響，因此從「反作用」意義上的意識形態角度對傳播問題的分析是不徹底的，需要從政治經濟學對傳播機制本身作出分析。斯邁思甚至犀利地指出，葛蘭西、法蘭克福學派經典作家（阿多諾、霍克海默、馬爾庫塞等），雷蒙‧威廉斯、普蘭查斯（Nicos Poulantzas）、阿爾都塞，以及薩米爾‧阿明、克萊夫‧托馬斯（Clive Thomas）等關注發展中國家的馬克思主義學者，他們都沒有從「需求管理」（demand management）、廣告與大眾傳

　　一般而言，傳播政治經濟學認為意識形態（及其傳播流動）不僅由思想和文化本身塑造，塑造意識形態和政治議程的大眾傳媒也是社會權力的一部分，因此意識形態無所不在地受制於整體性的、結構性的政治經濟條件制約，並反作用於這一複雜的權力體系。傳播政治經濟學者們往往從媒介所有權、國際傳播制度、帝國主義與反帝國主義運動的動態博弈、帝國主義內部的激進媒體運動、跨文化傳播政治經濟學，以及意識形態的政治經濟學等層面展開論述〔註 31〕。

　　洛克・法拉內（Roque Faraone）在《經濟、意識形態與廣告學》（Economy, Ideology and Advertising）中，論述了媒介與意識形態的關係。這一論斷具有一定的代表性。法拉內首先將意識形態分為兩種：第一種是「總體性的、組織化的思想觀念」（an organized group of ideas），記為意識形態 A，第二種是「對現實的誤判」（false or mistaken image of reality），記為意識形態 B〔註 32〕。他指出，媒介並不是在干預介入的意義上置入意識形態（意識形態 B），它在議題選擇、分析視角、敘事方式、描述詞彙以及影像圖片揀選方面都深度參與了意識形態（意識形態 A）的建構〔註 33〕。

　　在《無階級感的意識》中，霍爾將其意識形態分析的合法性建立在對英國文化政治變遷的細緻觀察之上。但如果從傳播政治經濟學的角度看，這一分析

播的經濟過程等角度，對壟斷資本主義帝國的意識形態工業作出基於歷史唯物主義立場的分析，這是西方馬克思主義的盲點。參見 Smythe, Dallas. Communications: Blindspot of Western Marxism, *Canadian Journal of Political and Social Theory*, 1977, Vol. 1 （3）, pp. 1～27.

〔註 31〕參見 Smythe, Dallas. *Counterclockwise: Perspectives on Communication*. Thomas Guback (eds). Boulder: Westview Press, 1994；赫伯特・席勒：《大眾傳播與美利堅帝國》（劉曉紅譯），上海：上海世紀出版集團，2006 年；Hepp, Andreas. *Transcultural Communication*. London: Wiley Blackwell, 2015；姜飛：《跨文化傳播的後殖民語境》，北京：中國人民大學出版社，2005 年；Downing, John. *Radical Media: Rebellious Communication and Social Movements*, London: Sage Publications, 2001; Boyd-Barrett, Oliver (eds). *Communications Media, Globalization and Empire*, Eastleigh: John Libbey, 2006; Thomas, Pradip., Nain, Zaharom (eds). *Who Owns the Media? Global Trends and Local Resistances*, London: Zed Books, 2004.

〔註 32〕Faraone, Roque. Economy, Ideology and Advertising, in *The Handbook of Political Economy of Communications,* eds. Wasko, Janet., Murdock, Graham., and Sousa, Helena. West Sussex: Blackwell Publishing, 2011, p. 194.

〔註 33〕Faraone, Roque. Economy, Ideology and Advertising, in *The Handbook of Political Economy of Communications,* eds. Wasko, Janet., Murdock, Graham., and Sousa, Helena. West Sussex: Blackwell Publishing, 2011, pp. 202～203.

顯然放大了作為世界秩序「中心」的資本主義國家內部工人階級的文化生態，忽略了依附性的、失落的「邊陲國家」的工人階級，後者的意識形態再生產不僅無法迴避其自我的政治經濟身份，意識形態的傳播和接收過程也始終受到帝國主義把控。儘管媒介文化研究被劍橋大學當代社會學家瑟爾伯恩（Göran Therborn）稱為「最有創造力」的理論發展〔註34〕，霍爾在《無階級感的意識》中作出的結論並沒有對社會主義革命的解放性給予充足的理論關照：

> 馬克思認為，只有在自由完全充斥到社會各個方面時，人類的異化問題才會得到解決。在我看來——儘管我願意重申，在先前曾提到的不同區域和不同產業中，無階級感的判斷並沒有放之四海皆準——我們處於某種特殊的歷史時刻。（部分國家與他國的鴻溝無疑是我們時代人類面臨的最大挑戰；但這需要單獨細緻分析。）在工業化國家內，那些實現人類完全自由——這種自由能夠使人類發展真正的個性、自我意識和個人潛能——的物質和技術手段，幾乎已經唾手可得〔註35〕。

與霍爾對英國工人階級解放的考察遙相呼應，在《國際傳播政治經濟學》（The Political Economy of International Communications）中，麥克切斯尼論述了美國媒介帝國的全球化過程，從而抨擊美式新聞自由話語與意識形態的幻象〔註36〕。赫伯特·席勒在《大眾傳播與美利堅帝國》中進一步論述了美國建構冷戰意識形態霸權的政治經濟過程。在書中，他通過詳實的案例，梳理了美國無線電廣播、國家通信衛星系統、電影工業等輻射狀的傳播體系，如何憑藉電子學和經濟學強大的理論背書，以及國家不遺餘力的軍事和行政推動，躋身為打造後殖民時代「美國世紀」（the American Century）——一項致力於意識形態擴散的國家戰略——的關鍵機構〔註37〕。

如果說席勒對「美利堅帝國」在傳播領域的統攝過程作出了全盤分析，那麼，阿芒·馬特拉與賽格拉伯在《傳播與階級鬥爭》（第二卷）中收錄的哥斯達

---

〔註34〕 Therborn, Göran. *From Marxism to Post-Marxism?* London: Verso, 2018, p. 104.

〔註35〕 Hall, Stuart. A Sense of Classlessness, *Universities & Left Review*, 1958 (5), pp. 26 ～31.

〔註36〕 McChesney, Robert. The Political Economy of International Communications, in Thomas, Pradip., Nain, Zaharom (eds). *Who Owns the Media? Global Trends and Local Resistances*, London: Zed Books, 2004, pp. 3～22.

〔註37〕 赫伯特·席勒：《大眾傳播與美利堅帝國》（劉曉紅譯），上海：上海世紀出版集團，2006 年。

黎加大眾傳媒調查《最終報告：大眾傳媒》（Final Paper: Mass Communications），
則從動態的政治博弈角度，論證了帝國主義和反帝國主義運動在後殖民主義國
家傳播領域的激烈鬥爭。這份最初發表於哥斯達黎加 1972 年「拉美變革社會
中大眾媒體的社會政治作用」（El Papel Sociopolitico de los Medios de
Comunicacion Collectiva para la Sociedad de Cambio en America Latina）研討會的
報告，不僅指明了帝國主義寡頭政治連同其國際精英盟友在斷絕拉美社會經濟
發展、原始資本積累和生產體系維持等過程中的決定性作用，而且提出拉美國
家在尋求獨立發展（authentic development）的建設與復興中，大眾傳媒的國有
化對反擊帝國主義意識形態、塑造主權意識的重要作用〔註 38〕。

　　西方傳播體系的資本主義化，代表意識形態終結了嗎？如果在世界範圍
內看，包括中蘇論戰、傳播政治經濟學的「盲點辯論」，以及拉美媒體國有化
運動在內的所有理論抗爭，都證明了意識形態論爭的未完成。

　　傳播政治經濟學將傳播過程同時建構為兩種模式：社會化生產的政治經
濟體，以及社會政治經濟結構中的權力因子，因而對資本主義傳播工業，及
其對社會意識形態的塑造作出了細緻的理論分析。需要注意，儘管學科得以
發展的冷戰背景，使得傳播政治經濟學者直言不諱地批判和解構資本主義權
力結構，但同樣囿於冷戰對立的歷史條件以及「冷戰話語」本身，傳播政治
經濟學將批判靶心對準「權力結構」，而不是「資本主義」，這極大限制了學
者們對社會根源矛盾的徹底反思。

　　筆者將批判性地吸收、借鑒傳播政治經濟學對傳播過程的分析框架，從
作為傳播事業的中蘇論戰，以及作為建構世界思想史的中蘇論戰兩個方面，
論述中國參與中蘇論戰的過程及其影響，進而探討在傳播和意識形態建構過
程中，中蘇論戰的理論命題對獨立自主話語體系的建構作用。

## 5.3　作為傳播事業的中蘇論戰

### 5.3.1　「程式化道路」：理解傳播的建制化

　　中蘇論戰的波動，與中蘇經濟交往和政治互動存在密切關聯。中蘇論戰

---

〔註 38〕Anon. Final Paper: Mass Communication. Armand Mattelart & Seth Siegelaub
(eds). *Communication and Class Struggle 2. Liberation, Socialism*, New York:
International General, 1980, pp. 235～237.

涉及的理論問題不僅內在於共產主義陣營內部，而且與中國社會主義政治、經濟和文化的總體建設休戚相關。如圖 5.1 所示，中蘇論戰的高潮（1960～1964），同時也是中國——在受到蘇聯經濟技術封鎖、工業化過程受挫、償還大量債務——國民生產總值的低谷〔註39〕。因此組織機制及其政策規劃，是中蘇論戰傳播研究的必要議題。基於傳播政治經濟學對於傳播議題的分類，筆者將首先從「傳播事業」為刻度，詳細論述中國處理和應對論戰的傳播過程。

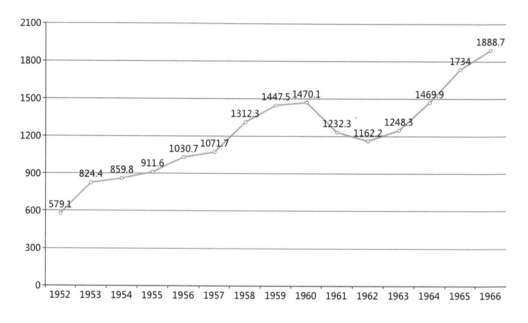

－○－ GDP／億元

**圖 5.1　中國國內生產總值（1952～1966）**

不同於西方傳播政治經濟學對資本主義霸權結構內部「傳播勞動」的工業化及其「建制化」過程的批判，筆者認為，中國社會主義的傳播實踐不僅沒有拋棄和否定「建制化」，恰恰相反，在不斷升溫的論戰氛圍中，中國發展

---

〔註39〕數據來源：國家統計局國家數據（http://data.stats.gov.cn）。對這一階段的中蘇
　　　關係和政治經濟學交叉研究，參見：Amin, Samir. *The Future of Maoism*. Trans.
　　　Finkelstein, Norman. New York: Monthly Review Press, 1983；關於這一階段的
　　　國內政治經濟研究，參見：Tsui, Sit., Qiu, Jiansheng., Yan, Xiaohui., Wong,
　　　Erebus., Wen, Tiejun. Rural Communities and Economic Crises in Modern China,
　　　*Monthly Review*, 2018 (9)；溫鐵軍：《八次危機：中國的真實經驗》，上海：東
　　　方出版社，2013 年。

出了一套追尋獨立自主話語體系的傳播機制，及其配套的傳播策略〔註 40〕。
這套傳播機制由文稿起草與寫作、翻譯、廣播與出版等環節構成，中國在組
織安排傳播過程中，逐漸形成了包括中央反修文稿起草小組、翻譯組、國際
廣播和理論出版在內的理論傳播系統，並且憑藉靈活機制，充分實現組織調
動、人事安排和政策規劃調整。

　　與傳播政治經濟學主流對「信息社會是資本主義的最高階段」的簡單認
定（或否定）不同，筆者認為，正是試圖將理論原則輸入傳播文本及其傳播
的全部流程，中國在第三世界國際主義和反帝國主義的認識框架下，展開了
更為複雜的思想解放和獨立自主的社會主義傳播實踐。

　　在全景化展現中蘇論戰的傳播過程之前，筆者首先引入一個重要的學術
概念──「程式化道路」（the programmatic path）。這個概念由政治學者昂格
爾（Roberto Unger）和崔之元在 1994 年提出。在《俄國鏡象中的中國》（China
in the Russian Mirror）中，他們提出這一概念來論證和強調 1990 年代中國市
場化改革中社會主義成份的重要意義：程式化道路體現在經濟和政治領域，
建立在自身特色（peculiarities）和創造性（inventions）上的創新民主化，以
及給予市場經濟和政治民主較西方霸權國家（leading Western powers）遠為激
進的「實驗主義形式」（experimentalist forms）。兩位學者同時指出，程式化道
路之所以值得期待，是因為它不是脫離實際的「未來主義」空想，而是早就
內在於中國社會政治實踐，並以「民族解放」和「大眾賦權」形式出現的歷史
事實〔註 41〕。

　　程式化道路可以被理解為在磨合調試的基礎上，對既有組織機制的建制
化。可以說，中蘇論戰正是中國傳播機制不斷調試的外部動力。在「去殖民
主義運動」（decolinization）和蘇聯「去斯大林化」的雙重語境下，毛澤東開
始通過中蘇論戰，系統性地思考世界秩序下中國革命的特殊形式，及其與普
遍性原則之間的複雜關聯〔註 42〕。作為建構獨立自主話語體系來實踐反帝國

---

〔註 40〕王維佳曾對西方媒體建制化的結構性困境作出詳細分析，參見王維佳：《媒體
　　　　建制派的失敗：理解西方主流新聞界的信任危機》，《現代傳播》，2017 年第
　　　　5 期，第 36～41 頁。
〔註 41〕Unger, Roberto Mangabeira., Cui, Zhiyuan. China in the Russian Mirror, *New Left
　　　　Review*, 1994 (208), pp. 78～87.
〔註 42〕Bourg, Julian. The Red Guards of Paris: French Student Maoism of the 1960s,
　　　　*History of European Ideas*, 2005 (31), pp. 472～490.

主義的行動主體，中國正是在不斷磨合的論戰氛圍下，發展出了具有實驗主義性質的傳播機制和傳播策略。

## 5.3.2 起草小組

隨著中蘇論戰的政治衝突和理論分歧日益升級，中國傳播機制及其傳播策略也逐漸成型。在這一傳播機制的理論生產中，中央反修文稿起草小組（簡稱「起草小組」）起到了關鍵作用。雖然起草小組是在 1963 年 2 月的中共中央工作會議上才被正式命名的，但是早在四年前，起草小組的寫作班底（其前身國際問題宣傳小組、《列寧主義萬歲》反修文章寫作小組）就已經初步成型，1962 年就已經開展系統化的理論研究工作。

1956 年中國組織寫作「兩論」，回應蘇共二十大報告時，還沒有就理論研究和起草展開傳播機制和傳播策略的專門部署。4 月 5 日《人民日報》發表的《關於無產階級專政的歷史經驗》，初稿由陳伯達執筆，新華社、中宣部協助起草，之後根據鄧小平的指示，由陸定一、胡喬木、胡繩、吳冷西討論修改，中央政治局、中央書記處會議討論修改定稿。當年年底發表的《再論無產階級專政的歷史經驗》，則由毛澤東指定，胡喬木、吳冷西、田家英起草初稿，政治局全體會議、政治局擴大會議討論修改定稿。

儘管此時並沒有部署相應的研究機制和宣傳組織，理論傳播的範圍、步驟和程度等策略問題已經納入中國的考量。鑒於 1956 年中蘇還沒有在政治決策和路線方針方面產生公開分歧，在 12 月 23、24 日的政治局擴大會議中，毛澤東決定暫時刪去《再論》關於和平過渡問題——中蘇兩黨當時的主要分歧——的論述。

隨著國際局勢的複雜化，中央開始決定重新組織宣傳和理論研究團隊，正面回應國際輿論。1959 年 4 月，為應對西藏問題引發的國際反華輿論，毛澤東決定展開宣傳反擊。他指派《人民日報》寫作並發表關於西藏叛亂的社論，闡明西藏事件的具體情況。當月 14 日，根據周恩來指示，人民日報社總編輯吳冷西主持成立「國際問題宣傳小組」。宣傳小組每週在人民日報社集中一次，商議討論國際問題的報導和評論，重要報導和評論由周恩來審定。小組成員包括喬冠華、張彥、姚溱、浦壽昌等。

1960 年 4 月 22 日，中國發表了人民日報社論《沿著偉大列寧的道路前進》、紅旗《列寧主義萬歲——紀念列寧誕生九十週年》和陸定一講話《在列

寧的革命旗幟下團結起來》三篇反修文章。文章均經由中央書記處會議（鄧小平主持），中共中央政治局常委會（毛澤東主持）審議修改通過。具體執行方面，人民日報社論由胡喬木負責，吳冷西協助；紅旗文章由陳伯達負責，《紅旗》雜誌社副總編輯協助；陸定一講話由中宣部負責〔註43〕。

之後，負責起草《列寧主義萬歲》系列文章的原班人馬逐漸組成了系統性的馬克思主義理論寫作班底，組成了中國國際傳播體系內的理論宣傳和組織機制雛形。當年 7 月至 8 月期間，參與起草三篇反修文章的黨內知識分子受命赴北戴河會議，在鄧小平主持下，負責起草中蘇答覆文件，逐步形成了後期的反修文稿起草小組。這個初步形成的工作班底由胡喬木、陸定一和康生負責具體主持工作。主要人員包括吳冷西、姚溱、熊復、鄧力群、胡繩、許立群、王力、張香山、范若愚、喬冠華、余湛、伍修權、劉寧一、孔原、馮鉉等。

同時，中國組織安排國家部委和熟悉國際事務的社工團體，全力配合寫作班底收集案例材料。參加材料收集工作的單位包括外交部、中央聯絡部、中央宣傳部、中央調查部、新華社、人民日報社、馬恩列斯編譯局、《紅旗》雜誌社、中華全國總工會、中國共產主義青年團、全國婦聯等。

這一階段，傳播機制和傳播策略主要發生了三點重要的戰略調整，中國強化了獨立自主、自力更生的工作原則，逐步發展出了基於實驗主義和延續性的程式化道路。首先，中央—地方的權力關係和職能部署發生重大變化。1960 年 8 月 10 日，鄧小平在北戴河會議上宣布，全國劃分為六大區域，並成立中央局代行中央職權，同時加重地方責任，以便中央著重考慮全局性、世界性問題。劉少奇在會上指出國際修正主義思想具有客觀的物質基礎，蘇聯已經發生了階級內部的階層分化，因此提倡國內幹部要參加勞動，每年進行一次整風，堅持馬列主義，保證經濟發展〔註44〕。

第二，跨部委組織聯動的理論研究與傳播機制，在後期得到了進一步延續和強化。在 1962 年 4 月，寫作小組就和專門成立的部委班子共同收集 1960 年莫斯科會議、蘇共 22 大以後，蘇聯方面違反 81 黨會議聲明的材料，以及

---

〔註43〕吳冷西：《十年論戰——1956～1966 中蘇關係回憶錄》，北京：中央文獻出版社，2014 年，第 166 頁。

〔註44〕吳冷西：《十年論戰——1956～1966 中蘇關係回憶錄》，北京：中央文獻出版社，2014 年，第 202～220 頁。

攻擊阿爾巴尼亞和中國的材料。1963 年 3 月，在起草小組正式成立並準備中蘇兩黨會談文稿和專題發言稿的同時，中央也積極動員聯絡部、宣傳部、調查部、外交部、新華社、人民日報社、編譯局等單位準備論戰材料，並熟悉馬恩列理論著作。

1963 年夏，由中宣部統一部署，調集全國哲學社會科學知識精英，組成文藝學、史學、哲學等學科與「蘇修」展開理論鬥爭的反修組。中科院近代史研究所黎澍奉命組建「批判修正主義歷史學小組」，主辦內刊《外國史學動態》，翻譯並研究蘇聯「修正主義」史學資料等〔註45〕。1964 年 7 月，中央書記處決定成立文化革命五人小組，由彭真擔任組長，成員包括陸定一、康生、周揚和吳冷西，負責「貫徹執行黨中央和毛澤東關於文藝和哲學社會科學問題的指示」〔註46〕。

第三，這一階段中國與社會主義陣營、國際共產主義運動的多數國家和政黨關係空前緊張，中央開始有意識地強化宣傳工作的戰略部署，進行外文收集整理工作，以備作出理論反駁。這一戰略規劃激發了中國黨內獨立自主的理論思考和理論發展，直接促成了反修文稿起草小組的正式成立。1962 年11 月至 1963 年 1 月，中國剛剛經歷了保加利亞、匈牙利、捷克斯洛伐克、意大利和東德五國黨代表大會上對中國和阿爾巴尼亞的政治圍攻。除了朝鮮、印尼、新西蘭、委內瑞拉、馬來西亞、泰國、緬甸、越南、日本等少數左派政黨之外，先後有 42 家政黨也公開指責中國。中國認為這「說明在重大原則、基本觀點等理論問題中已經分裂。應該力求做到不公開破裂，保持某種形式的團結」，並安排由宣傳部、聯絡部、外交部等組成工作小組，專門收集、整理、研究各代表大會報告內容，起草電報、修改發言稿、籌備中國代表團抗議聲明。

因此，中國決定調動機關部委和黨內知識分子，專門負責理論研究和文本起草工作。在 1963 年 2 月召開的中共中央工作會議上，除了討論「四清」運動等國內政策（馬克思主義理論教育）外，還重點討論了反駁策略和國際傳播問題。毛澤東的意見是，國內媒體要全部發表兄弟黨的反華決議、聲明、

〔註45〕趙慶雲：《中蘇論戰背景下的史學「反修組」初探》，《中共黨史研究》，2013
年第 5 期，第 45〜54 頁。
〔註46〕方海興：《建國以來中央諸辦事小組考述》，《前沿》，2008 年第 7 期，第 197
〜200 頁。

講話和文章，再發表幾篇文章後，可以暫停觀望形勢；兄弟黨不發表中國答辯文章，是因為無法從理論駁倒。鄧小平傳達中共常委決定，作出全面部署：

第一，在完成計劃發表的文章後，組織黨內知識分子集中力量寫作理論手冊，論述哲學、政治經濟學、社會主義、國際工人運動、民族解放運動等議題，全面闡述馬列主義基本原則，系統性批判現代修正主義；

第二，加強對外宣傳、國際廣播、外文書籍翻譯出版和團結國際左派的工作；

第三，國內防修，全面調整國民經濟的同時，做好黨的建設。

在高度組織化的國際傳播戰略背景下，文本起草的「程式化道路」正式形成。在這次工作會議上，中共中央作出決定，正式成立「中央反修文件起草小組」——工作小組在得到正式命名前被稱為「釣魚臺寫作班子」〔註 47〕——全面負責理論文章研究和寫作。起草小組直屬中央政治局常委，由鄧小平主持，工作地點為釣魚臺八號樓。康生任工作組組長，吳冷西任副組長。小組主要成員為姚溱、喬冠華、王力、熊復，其他成員還包括廖承志、伍修權、劉寧一、章漢夫、孔原、許立群、范若愚、胡繩。胡繩和熊復不久因病退出。此外，陳伯達主要承擔國內方面的文件起草工作，有時參加起草小組工作。

至此，起草小組正式開展系統性的理論研究和國際傳播工作。1963 年 7 月，毛澤東召開會議，確定由康生負責組織寫作針對蘇共中央公開信的評論文章，其他書記處成員負責敦促工業生產〔註 48〕。1963 年 8 月，反修文稿起草小組從莫斯科中蘇兩黨會談返京後，啟動對蘇聯《公開信》的研究、分類整理和論戰起草工作。由吳冷西、喬冠華、姚溱、范若愚、王力擔任起草的主要負責人。文章均由常委討論修改，毛澤東審定，開啟了中共「九評」蘇聯《公開信》的戰略傳播。在毛澤東的指示下，九評遵循「既有嚴肅論辯，也有抒情嘲諷，剛柔並濟，中國風格和氣派」的論述原則，以「戰略反攻」的方式發起了對蘇共理論路線的強勢反擊〔註 49〕。

〔註 47〕閻明復：《親歷中蘇關係：中央辦公廳翻譯組的十年（1957～1966）》，北京：中國人民大學出版社，2015 年，第 319 頁。

〔註 48〕參見：逢先知、金沖及：《毛澤東傳》，北京：中央文獻出版社，2013 年，第 2251 頁。

〔註 49〕吳冷西：《十年論戰——1956～1966 中蘇關係回憶錄》，北京：中央文獻出版社，2014 年，第 414～415 頁。

起草小組成員居住和辦公地點在釣魚臺八號樓大會議室。1963 年 5 月，鄧小平和彭真也搬到釣魚臺，分別居住在 11 號和 10 號樓。班底每天上午、下午組織會議討論，晚上起草成員加班，逐字逐句加工修改文稿〔註50〕。起草小組系統化的集體寫作工作，一直持續到 1966 年 5 月「文革」爆發之前才結束。

在籌備寫作 1963 年 6 月《關於國際共產主義運動總路線的建議》時，中共中央組織中聯部、中宣部、中央編譯局、中央黨校、調查部、新華社、人民日報社等機關單位，收集整理了大約 400 萬字材料，翻譯出版了多部馬恩列論無產階級專政、馬恩列斯論無產階級革命和無產階級專政書籍，以及專題文獻〔註51〕。文章成稿後，中國還徵求新西蘭、朝鮮（專門派出朝鮮黨內理論家）、越南、緬甸、馬來西亞、泰國等政黨負責人，以及中聯部顧問艾德勒、柯弗蘭意見，進行修改補充。公開論戰期間，起草小組承擔了包括 1962～1963 年七論國際共運、1963～1964 年九評蘇共公開信、1965 年《評莫斯科三月會議》〔註52〕等重大理論文稿和論戰文章的研究和寫作工作。

### 5.3.3　翻譯組

除了直接寫作論戰文稿的起草小組之外，中蘇論戰中另一個執行外事對接和國際傳播任務的組織機構是中共中央辦公廳翻譯組。20 世紀 50 年代末，國務院外交部、中共中央聯絡部和中共中央辦公廳翻譯組（簡稱「中辦翻譯組」）並駕齊驅，共同執行了中蘇論戰的國際傳播和翻譯通事工作。

翻譯組成立於 1957 年 1 月，接替中國原俄文翻譯師哲，負責中共中央領導的俄文翻譯和外事工作。翻譯組主要職能為，翻譯中蘇兩黨來往信件，擔任毛澤東等中央領導出訪或接見外賓的口譯員。翻譯組由閻明復擔任組長，小組成員為朱瑞真和趙仲元，國務院外事辦李越然在後期也參加協助工作〔註53〕。

---

〔註50〕吳冷西：《十年論戰——1956～1966 中蘇關係回憶錄》，北京：中央文獻出版社，2014 年，第 366 頁。

〔註51〕吳冷西：《十年論戰——1956～1966 中蘇關係回憶錄》，北京：中央文獻出版社，2014 年，第 383 頁。

〔註52〕1965 年 3 月 19 日，毛澤東邀請美國專家愛潑斯坦、柯弗蘭，英國專家艾德勒和一些亞洲黨代表座談，徵求對文章的意見。參見吳冷西：《十年論戰——1956～1966 中蘇關係回憶錄》，北京：中央文獻出版社，2014 年，第 601 頁。

〔註53〕參見：李越然：《回憶毛主席第二次出訪蘇聯》，《蘇聯東歐問題》，1989 年第 4 期，第 89～93 頁；李越然：《我為毛澤東作俄語翻譯的日子》，《炎黃春秋》，1997 年第 8 期，第 65～68 頁。

　　作為直接對接中蘇兩黨往來互通的一線部門，翻譯組是中國國際傳播組織機制系統化的重要步驟。延安革命時期，中共中央與共產國際、蘇共中央的來往電函基本由任弼時擔任翻譯。1943 年起，官方文件由師哲翻譯初稿，任弼時擔任校對。師哲參與了 1949 年毛澤東訪蘇談判《中蘇友好同盟互助條約》、1952 年周恩來、陳雲赴莫斯科商談一五計劃、1956 年劉少奇、鄧小平赴蘇討論波蘭、匈牙利事件的俄文翻譯工作。

　　1957 年，中共中央辦公廳組織調動中華全國總工會的閻明復、中央辦公廳警衛局的朱瑞真，以及中央編譯局的趙仲元組建「中辦翻譯組」，專門負責中俄文的集中翻譯，由時任中辦主任楊尚昆直接領導，隸屬於中央書記處研究室，辦公地點位於中南海居仁堂後樓。翻譯組訂閱了蘇聯政黨報刊《真理報》、《消息報》、《新時代》、《布爾什維克黨》、塔斯社《每日電訊》以及文藝刊物〔註 54〕。

　　具體工作方面，翻譯組自正式成立之後隨即開展政治文本的中俄文互譯活動。在兩黨的往來信函中，中共中央給蘇共中央的每一份函件均提供中文正式文本，並另附俄文文本，蘇共中央的發函只有俄文正本，沒有中文譯本。因此，日常翻譯工作中的中俄互譯均由翻譯組承擔，楊尚昆審批，交由中辦機要室打字員流水作業後分送中央領導辦公室。1957 年 2 月 27 日，毛澤東在最高國務會議上發表《關於正確處理人民內部矛盾的問題》講話，提出了區別矛盾的不同性質等新的理論觀點。中共中央隨即安排組織翻譯，並邀請新華社蘇籍俄文專家審改譯文，由新華社發稿。

　　此外，翻譯組還承擔了黨史材料翻譯整理工作。1957 年 2 月，翻譯組開始整理蘇共中央移交給中共中央的 30 箱共產國際時期的中共檔案文件。檔案文件存放在中央檔案局。經過一個多月的時間，翻譯組整理出了簡要目錄。共產國際時期的檔案文件包括：陳獨秀、瞿秋白、李立三等原中共中央領導人自 20 世紀 20 年代起致共產國際的報告信件、中共各省市委致中共中央的報告文件複印件、中國革命時期各地武裝起義的準備計劃、共產國際對中國形勢的分析和對中共中央的指示，以及莫斯科中共六大的會議文件〔註 55〕。

〔註 54〕閻明復：《親歷中蘇關係：中央辦公廳翻譯組的十年（1957～1966）》，北京：
　　　　中國人民大學出版社，2015 年，第 3 頁。
〔註 55〕閻明復：《親歷中蘇關係：中央辦公廳翻譯組的十年（1957～1966）》，北京：
　　　　中國人民大學出版社，2015 年，第 4 頁。

這一年開始，中蘇雙方領導人互訪增多，中蘇兩黨之間相互通報的信函也逐漸增多。其中翻譯組承擔了外事溝通的執行工作。兩黨之間的溝通流程一般為：先由蘇聯駐華使館致電中共翻譯組，提出蘇共中央通報要事或申請協商的委託；翻譯組報告楊尚昆，再由楊尚昆辦公室向毛澤東或劉少奇（毛澤東不在北京時）上報；中共中央作出決定，由毛澤東親自出面，或委託其他的中共中央領導接見蘇聯大使，之後，楊尚昆辦公室再將決定轉達翻譯組，由翻譯組與蘇聯駐華使館聯絡對接。根據閻明復的回憶，20世紀50年代初期，蘇聯大使的通報大多由毛澤東親自處理和接見。1956年後，隨著中蘇論戰的逐漸開始，毛澤東也減少了接見次數，有時直接委託劉少奇或周恩來代為處理。1960年，隨著中蘇關係的惡化，中國接見蘇聯大使的規格再次降低，就連劉、周也都很少出面，而是由鄧小平或彭真會見。1963年中蘇公開論戰後，接見規格直接降為委託中聯部副部長伍修權代辦〔註56〕。

作為中國國際傳播系統的重要構成，翻譯組的工作特色主要體現在三方面：

第一，馬克思主義理論和政策學習強化。經楊尚昆批准，翻譯組成員獲得了接觸使用與中蘇兩黨相關的政治文件的權限。在楊尚昆批閱後，小組成員可以閱讀有關中國與蘇聯和東歐國家關係的中共中央文件和電報、毛澤東及其他中央領導接見外國使節、外賓、政黨代表的會議談話記錄，也可以在中辦文件陳列室閱讀中央各部委文件，以及地方黨委、政府呈報中共中央的文件。

翻譯組成員還被委託由時任中央書記處研究室群眾工作組組長章澤指導，開展政治理論學習。同時，楊尚昆也向翻譯組親自講授中蘇關係史論。根據閻明復的回憶，楊尚昆講述的內容包括了中國黨史、中蘇關係中的重大事件（例如1928年莫斯科中共六大的情況，莫斯科中山大學、東方勞動者共產主義大學的發展情況、瞿秋白與米夫、王明路線鬥爭史，蘇聯情報組在延安與毛澤東等中共中央領導的接觸史等〔註57〕。

第二，堅持黨內政治原則。翻譯組在執行翻譯任務時，即時對文本和理論表述存在不同見解，還是需要接受政治原則與組織紀律的磨合。在一次與王稼祥和師哲討論「Культ Личности」、中共八大二次會議文件「多快好省地建設社

〔註56〕閻明復：《親歷中蘇關係：中央辦公廳翻譯組的十年（1957～1966）》，北京：中國人民大學出版社，2015年，第4頁。
〔註57〕閻明復：《親歷中蘇關係：中央辦公廳翻譯組的十年（1957～1966）》，北京：中國人民大學出版社，2015年，第2頁。

會主義」等全新理念的翻譯問題時，翻譯組提出了不同意中央表述的想法，王稼祥和師哲則認為還是「應該在原文的框架內把譯文表述得更圓滿些」，「儘量少出漏洞」，「少授人以柄」以致被攻擊。師哲也曾指出了劉少奇和毛澤東對於個人迷信、個人崇拜翻譯方面的理解分歧，並對毛澤東的觀點持不同意見〔註58〕。劉少奇認為「Культ Личности」應該翻譯成貶義的「個人迷信」〔註59〕，毛澤東則認為，應該譯成「個人崇拜」，因為個人崇拜分為正面和負面兩類。

　　第三，根據組織安排，隨時作出配合。1960 年 4 月《列寧主義萬歲》三篇文章發表後，中共中央十分重視文章的宣傳工作，指定翻譯組和新華社共同把文章譯成俄文，經中央編譯局姜椿芳、翻譯組閻明復定稿後正式發表。《列寧主義萬歲》由外文出版社印製成專門文冊，通過中國駐外使領館、新華社等駐外機構在蘇聯和東歐國家散發。1962～1963 年為回應蘇聯在歐洲五國黨代會中的理論攻擊，中國發表了七篇答辯文章，文章隨後被翻譯成俄、英、法、日、西班牙、阿拉伯等文字對外發表，翻譯組參加了俄文文本的翻譯和定稿工作。

　　中央反修文件起草小組成立後，為把論戰文章和信件翻譯成俄文，與起草小組相互配合的翻譯班底相應成立〔註60〕。翻譯班底以翻譯組為基礎，先後借調何長謙、歐陽菲等參加工作。在翻譯「九評」時，翻譯組擴大為俄、英、法、西、日五個語種，搬到西皇城根華北飯店（中直招待所）工作〔註61〕。起草小組寫作和修改「九評」文稿時，翻譯組同步修改譯文，一般經歷七八稿才定稿。1966 年 3 月 22 日，中共中央覆信蘇共中央，拒絕派團參加蘇共 23 大。翻譯組參與了對蘇覆信的翻譯工作，這同時也是翻譯組在解散前執行的最後一項任務〔註62〕。作為傳播機制的重要組成部分，翻譯組在政治紀律、思想原則和業務工作方面不斷調試磨合，參與了傳播組織「程式化道路」的建構。

---

〔註58〕閻明復：《親歷中蘇關係：中央辦公廳翻譯組的十年（1957～1966）》，北京：中國人民大學出版社，2015 年，第 6 頁。

〔註59〕吳冷西：《十年論戰——1956～1966 中蘇關係回憶錄》，北京：中央文獻出版社，2014 年，第 13 頁。

〔註60〕閻明復：《中蘇關於國際共產主義運動總路線之爭》，《百年潮》，2008 年第 2 期，第 25～29 頁。

〔註61〕閻明復：《親歷中蘇關係：中央辦公廳翻譯組的十年（1957～1966）》，北京：中國人民大學出版社，2015 年，第 320 頁。

〔註62〕閻明復：《親歷中蘇關係：中央辦公廳翻譯組的十年（1957～1966）》，北京：中國人民大學出版社，2015 年，第 9 頁。

### 5.3.4　對外廣播

除了以《人民日報》、《解放軍》、《紅旗》等政黨報刊為理論陣地廣泛展開論戰之外，中國還以前所未有的方式，全面整合重組中外文廣播機制，組織調動理論翻譯和出版事業，建構了一套獨立自主的國際傳播機制。

首先簡要回顧 20 世紀 50～60 年代中蘇論戰期間中國的國際傳播發展狀況。傳播政策及其制度規劃方面，中國自 1950 年開始改組外宣機構，以「統一對外新聞口徑，管理對外新聞報導」，擴展對外傳播事業版圖〔註63〕。1949 年 10 月，中國政府成立新聞總署，下設國際新聞局，負責對外新聞報導以及外國在華記者管理工作。1952 年機構調整，新聞總署撤銷，國際新聞局改組為外文出版社，新聞處劃歸新華社外文廣播編輯部。中宣部成立國際宣傳處，負責外宣報導工作方針、重大宣傳業務指導。此後，中央外事小組也成立了宣傳組。

這一階段的外宣方針包括如下關鍵詞：宣傳中國社會主義建設和中國人民生活，支持民族獨立運動與帝國主義國家人民鬥爭，增加中國與各國人民的合作與友誼，保衛世界和平等〔註64〕。毛澤東在 1955 年 12 月向新華社提出「要把地球管起來」，「盡快做到在世界各地都能派有自己的記者，發出自己的消息，讓全世界都能聽到我們的聲音」，直觀地表達了中國共產黨的傳播理念。中國認為，建立獨立自主（自己的消息，自己的聲音）的國際傳播機制，對於包括中國在內的社會主義國家的建設和發展，以及第三世界民族解放運動均有重要意義〔註65〕。

1956～1965 年，新華社駐外分社迅速拓展到 51 家，在海外建立 24 個出稿站，聘請外國報導員〔註66〕。繼英文廣播後，新華社在該時段又相繼開通俄語、法語、西語、阿語專線廣播，經由國際專用通訊線路或無線電，定向發送廣播文稿，同時向 70 多個國家和地區航寄特稿，向 200 多家機構提供照片。中國駐外使館根據新華社消息，同步編印《新聞公報》，供當地政府機構和工作

---

〔註63〕申唯佳：《新中國成立以來對外傳播中的國家角色設定》，《河南大學學報（社會科學版）》，2019 年第 1 期，第 139～144 頁。

〔註64〕北京市地方志編纂委員會：《北京志·新聞出版廣播電視卷·報業·通訊社志》，北京：北京出版社，2006 年，第 411 頁。

〔註65〕中共中央文獻研究室：《毛澤東年譜（一九四九～一九七六）》第二卷，北京：中央文獻出版社，2013 年：504～505 頁。

〔註66〕吳冷西：《在世界性通訊社的征途上》，載新華社新聞研究所編：《歷史的足跡：新華社 70 週年回憶文選》，北京：新華出版社，2001 年，第 8 頁。

人員閱讀。1966 年，新華社「初步成為中國對內對外的消息總匯」〔註 67〕。

　　這一時期的對外宣傳出版物包括英文版《人民中國》（1951 年 1 月創辦，由國際新聞局主辦）、英文版《中國畫報》、世界語《人民中國報導》（後改名《中國報導》）以及多語種的《北京週報》（1958 年 3 月 4 日創辦）等〔註 68〕。

　　傳播區域方面，根據《北京志・市政卷・電信志》、《北京志・新聞出版廣播電視卷・報業・通訊社志》、《廣播電視志》等地方志和檔案材料，這一階段，中國在亞非拉以及西歐主要國家逐步建構了一套對外廣播網絡。根據資料，筆者梳理和繪製出中蘇論戰前後，新華社對外廣播的覆蓋地圖（見圖 5.2），一定程度上可以反映出這一階段中國的國際傳播情況〔註 69〕。

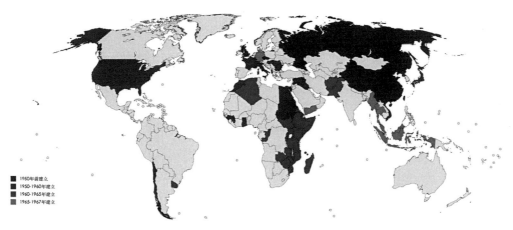

圖 5.2　中蘇論戰期間的新華社對外廣播地圖

---

〔註 67〕北京市地方志編纂委員會：《北京志・新聞出版廣播電視卷・報業・通訊社志》，北京：北京出版社，2006 年，第 411 頁。

〔註 68〕北京市地方志編纂委員會：《北京志・新聞出版廣播電視卷・報業・通訊社志》，北京：北京出版社，2006 年，第 412 頁。

〔註 69〕需要指出：一，本圖深色區域為 1949～1968 年期間正式建立國際廣播合作業務和直接傳播機制，開通和覆蓋短波頻率的區域，不包括寄送專題節目、文藝節目的傳播區域；二，筆者根據國際傳播建立時間，按照顏色深淺給予區分；三，其中標注的美國地區於 1953～1954 年短暫開通；四，中國國際傳播的輻射範圍事實上遠超過圖例，例如，1950 年中國國際廣播電臺就收到除圖中國家聽眾來信以外，來自愛爾蘭、印度、瑞典、挪威、澳大利亞、新西蘭等國聽眾來信，1957 年國際廣播電臺增加對拉美廣播，收到西班牙、葡萄牙、阿根廷、烏拉圭、巴西等國聽眾來信。參見北京市地方志編纂委員會：《北京志・市政卷・電信志》，北京：北京出版社，2004 年，第 164～165 頁；北京市地方志編纂委員會：《北京志・新聞出版廣播電視卷・廣播電視志》，北京：北京出版社，2006 年，第 257～258 頁。

　　具體而言，1949 年 3 月 25 日，新華通訊社、廣播電臺和人民日報社隨中共中央、中央軍委、中國人民解放軍總部由平山縣遷往北平〔註 70〕。北平電信局於同日開始辦理新華社國際新聞文字廣播，正式開放對歐美短波英文文字廣播，7 月 1 日開放對莫斯科短波華文文字廣播，12 月 31 日由北京電信局正式接辦新華社國際新聞文字廣播業務。

　　與國內建立工人廣播小組、工廠廣播站，發展對工廣播、對農廣播等傳播機制的新中國社會主義改造同步〔註 71〕，1951 年 6 月，隨著北京國際電臺中央發信臺的落成，中國逐步搭建了社會主義的對外新聞廣播網絡。

　　1952 年，北京電信局為中新社開放口語記錄新聞廣播業務，主要面向東南亞華僑，1953 年承擔中央廣播事業局對美國口語廣播業務，1954 年停開。1956 年北京無線電管理處相繼承擔新華社對越南河內、朝鮮平壤短波英文文字廣播，對埃及開羅閉報文字廣播（後因信號干擾，改用抗干擾能力更強的移頻調制信號），對匈牙利布達佩斯、羅馬尼亞布加勒斯特俄文文字廣播，1957 年 5 月起，播發新華社對開羅英文文字廣播、對東歐俄文文字廣播、對日本東京日文文字廣播、對中東阿拉伯文字廣播。1958 年 9 月，烏魯木齊國際轉播臺相繼開通轉播新華社對保加利亞索菲亞俄文電傳廣播、對日內瓦、羅馬和巴黎的英文電傳聯播。

　　北京短波遙控、烏魯木齊短波自 1959 年開始轉播新華社對非洲幾內亞科納克里、加納阿克拉、蘇丹喀土穆、摩洛哥拉巴特、埃及開羅，對南美洲智利聖地亞哥，對歐洲阿爾巴尼亞地拉那、捷克布拉格，對亞洲伊拉克巴格達、敘利亞大馬士革新聞廣播，1964 年轉播的新華社廣播開放對地拉那西語文字廣播電路 2 條、對東非電傳等廣播業務，1965 年開通新華社對巴基斯坦、阿爾及利亞、剛果、阿富汗以及烏拉圭的新聞廣播。

　　1967 年，北京長途電信局承擔北京遙控、烏魯木齊轉播的新華社對也門薩那阿拉伯語、地拉那二路、柏林、大馬士革電傳廣播業務。1968 年，北京

〔註 70〕建國前，新華社 1944 年正式開創英文廣播，1947 年新華社總社在太行開闢英語口語廣播。1948 年成立香港分社和倫敦分社，並在布拉格成立工作組（後於年底改為布拉格分社）。倫敦分社印發《新華社新聞稿》，每週一期，系統介紹解放區情況和中共政策主張、毛澤東理論觀點等，發行量為四百五十份，訂戶分布於東歐、西歐、美洲和亞洲地區。參見：劉雲萊：《新華通訊社發展史略（四）》，《新聞研究資料》，1986 年第 1 期，第 127～149 頁。

〔註 71〕北京市地方志編纂委員會：《北京志·新聞出版廣播電視卷·廣播電視志》，北京：北京出版社，2006 年，第 134～136 頁。

遙控、上海轉播中新社對菲律賓馬尼拉、印尼雅加達、越南西貢、緬甸仰光、泰國曼谷、馬來西亞的口語廣播系統〔註72〕。

　　根據《廣播電視志》記載，中央人民廣播電臺的國際廣播編輯部（對外呼號「北京廣播電臺」）也得到了快速發展。1950年供國際廣播專用的短波發射臺建成，國際廣播編輯部（也稱對外廣播編輯部）成立，英語節目延長至1個小時，主要面向東南亞地區聽眾。朝鮮戰爭爆發後，英語廣播增加至每天1小時50分鐘，英語稿件仍由新華社直接供稿，其他語種稿件根據新華社電訊稿編譯播發。

　　1951～1955年的國際廣播主要播發國內新聞，包括國民經濟恢復、土改運動、一五計劃、婚姻法實施、憲法頒布，社會主義改造期的過渡時期總路線、「大躍進」、人民公社運動，以及社會主義建設期人民群眾獨立自主、自力更生、謀求發展等新聞。其次為國際新聞，包括中蘇友好合作、中朝抗美、印支抗法、亞太和平會議和萬隆會議等〔註73〕。

　　1956年，內部成立了中心編輯部、對亞洲、歐洲、蘇聯和人民民主國家廣播部，用14種語言，每天播音超過20小時，工作人員達215人。1966年增加至27種外國語，每週播音687小時，工作人員750人，編輯140人，翻譯319人，播音員119人，外國專家56人，外籍工作人員9人，領導行政107人。20世紀60年代初，英國廣播公司年度報告稱中國國際廣播已超過英國，僅次於蘇聯和美國，成為世界第三大國際廣播電臺〔註74〕。

　　儘管無法從政策辯論的內部角度就對外傳播的發展歷程展開更為細節化的刻畫，但是就理論傳播的外部輪廓，已經可以從總體把握中蘇論戰時期中國國際傳播的戰略意義：中國的國際傳播網絡並非「自上而下」的僵化格局，而是試圖通過「多向互動」和「實驗主義」的方式，打破單向度的傳播機制，建立傳播渠道的程式化道路。20世紀50年代起，國際廣播開辦《聽眾信箱》、《為您服務》、《聽眾之友》、《來信摘播》欄目，介紹中國社會主義政策，回答聽眾提出的問題，「與世界人民建立最直接的交流」。例如，

〔註72〕北京市地方志編纂委員會：《北京志・市政卷・電信志》，北京：北京出版社，2004年，第164～165頁。

〔註73〕北京市地方志編纂委員會：《北京志・新聞出版廣播電視卷・廣播電視志》，北京：北京出版社，2006年，第97～98頁。

〔註74〕北京市地方志編纂委員會：《北京志・新聞出版廣播電視卷・廣播電視志》，北京：北京出版社，2006年，第40～42頁。

俄語廣播《聽眾信箱》1959 年收到蘇聯聽眾來信超過萬封，1961 年逾 2.6 萬封〔註75〕。1963 年下半年，國際廣播編輯部正式成立聽眾工作部，召開聽眾工作會議，編發《聽眾工作參考》和《國外聽眾反映》等輿情內參，供中央領導部門參考〔註76〕。

　　中蘇論戰期間，從《關於無產階級專政的歷史經驗》開始，所有理論文章均由中外文廣播同時播出，同時廣播重要消息、評論、文件資料。1963 年 7 月，蘇聯發表點名批判中共的《公開信》之後，中國使用英、俄、日、德、法五國語言輪番廣播中蘇文章，連續廣播時長一個月〔註77〕。1963 年下半年至 1964 年，與國內廣泛開展理論學習廣播運動相同〔註78〕，中共發表「九評」期間，國際廣播各語言節目均使用大部分時間播出全文〔註79〕。論戰期間，中國國際廣播電臺收到聽眾來信也從 1963 年開始激增（達到前一年的三倍），足以證明公開論戰國際傳播帶來的思想衝擊（見圖5.3）。

---

〔註75〕《聽眾信箱》形式多樣，充分反應了民情民意。例如，對華僑廣播的《聽眾信箱》回答華僑政策、僑鄉土改等問題，還曾邀請何香凝專門廣播講解政策；英語廣播聽眾分布廣泛，來信提問包括中國如何選舉領導人、國民經濟五年計劃、糧食自給問題；日語廣播《聽眾信箱》1965 年還收到一位日本聽眾請編輯、記者為他即將出生的孩子起名的請求，這位熱心聽眾 1975 年還特地帶著孩子在日本機場迎接國際電臺訪日記者；東非國家人民還流行通過北京電臺廣播，向其各地的親友發送問候，《聽眾問候》1982 年開播一年，就收到聽眾來信 6000 封。據統計，1957 年收到 76 個國家和地區 2.93 萬封來信，1962 年增加到 112 個國家和地區 6.64 萬封，1965 年達到 135 個國家和地區 28.6 萬封，「創造了對外廣播歷史紀錄」，「在全世界，特別是第三世界產生了巨大影響」。參見：北京市地方志編纂委員會：《北京志·新聞出版廣播電視卷·廣播電視志》，北京：北京出版社，2006 年，第 203～204、258 頁。

〔註76〕北京市地方志編纂委員會：《北京志·新聞出版廣播電視卷·廣播電視志》，北京：北京出版社，2006 年，第 154～155 頁。

〔註77〕廣播論戰雙方的文章，目的是為了「讓自己的黨員和中國人民瞭解中共中央和蘇共中央雙方的觀點，進行比較和研究」。毛澤東強調，之所以廣播蘇共中央公開信，是因為「這是一篇奇文」，「一篇絕妙的反面材料」，「奇文共欣賞，疑義相與析」。參見：逢先知、金沖及：《毛澤東傳》，北京：中央文獻出版社，2013 年，第 2250 頁。

〔註78〕例如，中央電臺廣播 1964 年 5 月開辦《哲學、社會科學講話》欄目，1965 年 11 月改為《理論學習》，每週廣播 3 次，每次半小時，介紹學習馬列主義、毛澤東著作的心得經驗。參見：北京市地方志編纂委員會：《北京志·新聞出版廣播電視卷·廣播電視志》，北京：北京出版社，2006 年，第 122 頁。

〔註79〕北京市地方志編纂委員會：《北京志·新聞出版廣播電視卷·廣播電視志》，北京：北京出版社，2006 年，第 99 頁。

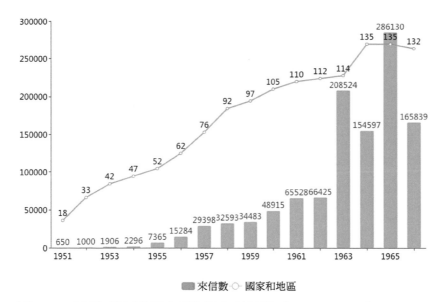

圖 5.3　中國國際廣播電臺聽眾來信統計（1951～1966）〔註80〕

　　這一期間，蘇聯試圖對中國對外廣播發動波頻干擾。1964 年 7 月 30 日，蘇聯對北京電臺（Radio Peking）俄語頻道展開信號干擾，播放音樂覆蓋北京電臺的論戰廣播。莫斯科電臺（Radio Mosco）也將蘇聯國內頻道調節至北京電臺對歐洲廣播的無線電頻率，對其發動同頻干擾，使北京電臺的信號接收性能下降〔註81〕。

　　1965～1966 年越南戰爭期間，國際廣播電臺播發《戰鬥中的越南》、《援越抗美》等政治文藝和時事政治節目，報導了各國人民支持越南人民反對美國侵略的活動、各國聽眾團體的意見聲明、國際報刊評論、北京百萬人示威、瀋陽、西安 150 萬人示威聲援越南人民的錄音報導等。僅 1965 年 3 月 15 日至 5 月 14 日，共有 31 種語言節目播出越南消息、報導、評論文章共 1.46 萬條，專稿 1577 篇，占總播出時間的 51.5%〔註82〕。中國廣播聲援反帝國主義

〔註80〕數據來源：北京市地方志編纂委員會：《北京志·新聞出版廣播電視卷·廣播電視志》，北京：北京出版社，2006 年，第 260 頁。
〔註81〕同時段，蘇聯與美國推動了文化交往，美國新聞署（US Information Agency, USIA）也藉此著力增強美國之聲（VOA）在中國的信號，試圖抬高其對發展中國家的意識形態戰爭。參見：Cull, Nicholas. *The Cold War and the United States Information Agency: American Progapanga and Public Diplomacy, 1945～1989*, Cambridge: Cambridge University Press, 2008, p. 237.
〔註82〕北京市地方志編纂委員會：《北京志·新聞出版廣播電視卷·廣播電視志》，北京：北京出版社，2006 年，第 100 頁。

的民族獨立運動，引起了強烈反響，僅日語組就收到 600 封聽眾來信〔註83〕。

### 5.3.5 理論出版

在中蘇論戰期間的理論出版方面，中國也在試圖擺脫支配性的知識權力關係，從經典馬列主義內部重新挖掘理論的現代內涵，奠定了獨立自主的理論探索基礎。在《列寧主義萬歲》發表的 1960 年 4 月 22 日，中國掀起宣傳列寧，出版和學習列寧著作的熱潮。中宣部和中央編譯局重新編輯整理《列寧選集》四卷本，由人民出版社出版。四卷本共發行精裝本一萬冊，普及本由新華書店分發零售〔註84〕。此前，中央編譯局已出版《列寧全集》三十八卷，共一千多萬字。這部《列寧選集》收錄了列寧在 1894～1923 年各個鬥爭時期發表的 205 篇著作，是中國首部自己選編的列寧選集〔註85〕。同時，中宣部發出通知，圍繞中蘇理論分歧，編選相應列寧專題言論集，以人民日報編輯部名義從 4 月中旬在《人民日報》起刊載，再由人民出版社彙集出版〔註86〕。

這一時期還陸續出版了文稿、單行本、書信集、專題文集和言論彙編等馬列理論著作。1962 年 8 月，中央編譯局整理了蘇聯公開發表的 1934 年後的斯大林著作，編譯《斯大林文選》（1934～1952），由人民出版社出版。1963 年 5 月，中宣部擬定幹部選讀馬恩列斯著作的 30 本書（包括馬恩著作 11 本、列寧著作 11 本、斯大林著作 5 本、普列漢諾夫著作 3 本），譯文重新校訂，由人民出版社組織出版重印〔註87〕。

《列寧選集》涉及了帝國主義與殖民主義、戰爭與和平問題、無產階級專政、社會主義建設等中蘇論戰的核心問題，同時也是馬列主義的基本問題。《選集》收錄了《怎麼辦？》、《國家與革命》、《什麼是「人民之友」以及他們如何攻擊社會民主主義者？》、《無產階級革命和叛徒考茨基》等經典文本，

---

〔註83〕北京市地方志編纂委員會：《北京志・新聞出版廣播電視卷・廣播電視志》，北京：北京出版社，2006 年，第 131 頁。

〔註84〕佘君：《中蘇論戰與馬克思主義在中國的傳播》，《安徽師範大學學報（人文社會科學版）》，2019 年第 1 期，第 16～22 頁。

〔註85〕章宏偉：《雪泥幾鴻爪 苔庭留履痕——新中國 60 年出版大事記》，《編輯之友》，2009 年第 9 期，第 137～176 頁。

〔註86〕佘君：《中蘇論戰與馬克思主義在中國的傳播》，《安徽師範大學學報（人文社會科學版）》，2019 年第 1 期，第 16～22 頁。

〔註87〕章宏偉：《雪泥幾鴻爪 苔庭留履痕——新中國 60 年出版大事記》，《編輯之友》，2009 年第 9 期，第 137～176 頁。

以及《亞洲的覺醒》、《落後的歐洲和先進的亞洲》等關於東方民族解放運動的論述，不僅在理論上，而且在精神上給予帝國主義邊陲地帶的人民革命以「極大的鼓舞」〔註88〕。

馬列主義著作的集中出版，充分反映了當時中國共產黨「理論為人民所掌握」的高度自信和論戰決心。1960 年《哲學研究》的一篇書評就恰如其分地表達了當時出版《列寧選集》對於中國的現實意義，「正當我們向帝國主義和現代修正主義進行堅決鬥爭的時候」，「列寧在這些問題上保衛了馬克思主義，擊退了修正主義的進攻，並且全面地創造性地發展了馬克思主義」〔註89〕。

在中蘇論戰期間，中國還翻譯出版了大量供研讀參考的「反面教材」。隸屬於北京市人民委員會的北京編譯社受命翻譯了包括《赫魯曉夫言論》（已出 15 冊）等理論書籍和資料。1960 年至 1964 年期間，編譯社還翻譯了大量俗稱為「灰皮書」「黃皮書」的西方社會科學和文學文藝著作，由世界知識出版社和商務印書館出版，作為「反帝反修」的反面教材在內部發行，供高層幹部以及學術研究參考。包括《艾登回憶錄》（1960）、《大策略家——赫魯曉夫發跡史》（1963）、《中央情報局內幕故事》（1963）、《美國在世界舞臺上》（1964）、《印度的共產主義運動》（1964）等〔註90〕。

這一時期，中國逐漸意識到了獨立自主話語體系在反擊民族主義和帝國主義話語中的重要意義，與此對應，中國在傳播戰略方面作出了調整，集中出版發行關於中國社會主義理論實踐的報刊書籍〔註91〕。1958 年，在作家

---

〔註88〕林揚：《學習〈列寧選集〉》，《讀書》，1960 年第 8 期，第 2～4 頁。

〔註89〕顧錦萍：《〈列寧選集〉簡介》，《哲學研究》，1960 年第 Z1 期，第 108 頁。

〔註90〕黃鴻森、宋寧、郭健、徐式谷：《北京編譯社對我國翻譯出版事業的貢獻》，《出版發行研究》，2017 年第 6 期，第 107～111 頁。

〔註91〕在工人群眾學習理論並積極應用到實踐的過程中，出現了許多典型成果，例如時任北京第三建築公司木工青年突擊隊隊長李瑞環通過學習毛澤東理論「矛盾論」，在業務實踐中採取不同階段不同解決方案的工作方法，取得了重大突破。1962 年 7 月在學習毛澤東理論的社會高潮時期，北京市副市長、歷史學家吳晗為全國總工會幹部學校師資培訓班作報告，講解說明對工人進行中國近代革命史教育的意義、史與論之間的關係、如何聯繫工人思想實際給工人講課等問題。試點成果表明，工人接受中國近代史教育，可以「認識帝國主義和反動派的本質和必然失敗的歷史命運，增強戰勝帝國主義和反動派的信心」。參見：北京市地方志編纂委員會：《北京志·人民團體志·工人組織志》，2005 年，第 455～456 頁。

出版社出版毛澤東警衛員陳昌奉所著的《跟隨毛主席長征》後，外文出版社又先後出版和對外發行了 16 種外文譯本，《跟隨》一書成為了當時出版文字種數最多的文學作品。1959～1965 年，外文出版社先後出版了英、法、印尼、荷蘭語四種版本的《毛澤東詩詞十九首》，法、西、印尼三種文本的《毛澤東詩詞二十一首》，六種外文和漢英對照版《三十九首》，以及日文、泰文版《四十二首》。1960 年，《毛澤東選集》第四卷中文版出版，《人民日報》和《紅旗》配發書評文章進行解讀〔註 92〕。根據周恩來指示，由伍修權、姜椿芳負責，抽調中央部委翻譯幹部組成翻譯班子，1961 年 5 月出版《毛選》第四卷英文版，1965 年 12 月出齊一至四卷。法、西、俄、日四種版本也陸續翻譯出版〔註 93〕。

需要強調的是，與對外廣播系統相同，這一時期的出版體系並非簡單的「自上而下」的政治理論動員，而是十分重視總結和提煉工人群眾的實踐經驗，提出老工人帶動青年工人，「平行」、「自下而上」、「從內而外」地提高工人群眾的政治思想和業務能力。1964 年，北京市總工會宣教部派幹部參加掏糞勞動，根據老工人時傳祥的工作經驗寫成的長篇報導《讓無產階級革命精神代代相傳》發表在《工人日報》，隨後全國超過 30 家報紙轉載，工人出版社出版單行本，發行數量達 180 萬冊〔註 94〕。

中蘇論戰的國際傳播性質，進一步促使中國在國際出版中作出了加速理論傳播，推動「國際反修」的戰略調整。1963 年 2 月 16 日，國務院外事辦向鄧小平和中共中央報送《關於加強外文書刊出版發行工作的報告》，建議將外文出版社從對外文化聯絡委員會的下屬企業單位改為國務院直屬行政單位，業務方針由國務院外事辦直接領導，政治理論書籍出版發行受中宣部和中聯部領導。5 月，全國人大常委會根據國務院決定，批准設立外文出版發行事業局（外文局），為國務院直屬局。1963 年 9 月，外文局正式成立，下屬圖書編輯部和雜誌編輯部改編，確定外文圖書出版方針：以政治理論書籍為重點，重點出版毛澤東、劉少奇等中共中央領導著作，黨政重要文獻和

〔註 92〕佘君：《中蘇論戰與馬克思主義在中國的傳播》，《安徽師範大學學報（人文社會科學版）》，2019 年第 1 期，第 16～22 頁。

〔註 93〕章宏偉：《雪泥幾鴻爪　苔庭留履痕——新中國 60 年出版大事記》，《編輯之友》，2009 年第 9 期，第 137～176 頁。

〔註 94〕北京市地方志編纂委員會：《北京志・人民團體志・工人組織志》，2005 年，第 457 頁。

國際鬥爭重要文章、手冊外文版〔註95〕。

　　雖然防修反修的氣氛使得國內新出版物數目銳減，例如1965年全國出版的一般書籍新書只有8536種，僅為1956年（16751種）的一半，但馬列主義理論文獻的宣傳工作仍然持續進行。1964年，外文出版社用21種文字出版毛澤東著作、政治理論讀物等圖書341種。語種包括：英、法、西、德、俄、日、越、緬、泰、印尼、印地、波斯、瑞典、土耳其、阿拉伯、烏爾都、意大利、葡萄牙、塞爾維亞、斯瓦西里和世界語〔註96〕。這一時期，中國的理論出版事業通過對文本選擇和理論研究的獨立探索，尋求和建構獨立自主的話語體系，走上了傳播機制的程式化道路。

## 5.4　作為反霸權運動的中蘇論戰

### 5.4.1　地緣政治與解放政治：世界史的兩種面向

　　地緣政治和解放政治是理解20世紀政治運動的兩種主要框架。如果說地緣政治分析內在於對冷戰構造及其話語體系的確認，解放政治則通過再造獨立自主的主體話語，實現社會關係及其世界觀的再造。在分析中蘇論戰的世界史意義之前，有必要對這兩種面向進行區分。

　　地緣政治不僅是一套學術觀念，而且內在於冷戰霸權及其對世界構造的敘述。一份1960年2月26日的法國外交檔案顯示，當時的法國政府已經注意到社會主義陣營內部蘇聯與中國的分歧：與西方國家對社會主義中國的發展恐慌相同，蘇聯認定中國為製造危險的「黃禍」。這是基於民族主義的政治判斷〔註97〕：

　　　　在共產黨的推動下，中國實力增長迅速，中國的發展為世界帶
　　　來了一個相對重要的新問題，因而應當引起所有「西方」國家的注

〔註95〕章宏偉：《雪泥幾鴻爪　苔庭留履痕──新中國60年出版大事記》，《編輯之友》，2009年第9期，第137～176頁。

〔註96〕章宏偉：《雪泥幾鴻爪　苔庭留履痕──新中國60年出版大事記》，《編輯之友》，2009年第9期，第137～176頁。

〔註97〕其民族主義的性質，同樣表現在這份報告的另一段話中：「受到最近蘇聯在複雜武器方面取得成功的影響，公共輿論更傾向蘇聯與西方展開一場和平競賽，蘇聯並不想為了滿足中國的易怒，冒險進行武裝衝突」。參見邱琳、呂軍燕、王玨、唐璐、李東旭編：《法國外交文件選譯（二）》，《近現代國際關係史研究》，2018年第2期，第329頁。

意……如果說「黃禍」這個詞甚至曾經引發笑聲，那麼在今天，面對中國這個亞洲強國帶來的危險，所有的諷刺都不復存在……中華人民共和國是一個擁有十多億受過教育的、智慧的、守紀律的、貧窮人民的國家，擁有被西方低估的驕傲心態。這樣一個國家在短期內會給世界帶來嚴重問題，這種設想並不是悲觀主義。同時，如果說蘇聯已經明確地意識到了這些問題，也是合理的。〔註98〕

在地緣政治的理論框架下，國家即正義。根據地緣政治劃分的國際關係在現象學層面具有一定的闡釋力，正如這份新近披露的檔案分析，中蘇兩黨的政治影響力在不同地區各占優勢，「沒有證據表明中國和蘇聯對世界其他國家的政策目的是為了傳播共產主義，而不是為增強兩國實力」。與中國在南亞和東南亞地區國際廣播的廣泛覆蓋相吻合，在支持印度支納半島、柬埔寨、老撾和越南共產主義運動方面，中國更勝一籌；在中東、伊拉克和阿富汗，蘇聯影響力超過中國；日本因為與蘇聯有領土紛爭，同時中國是其工業的傳統市場，因而更加接近中國；印尼因為忌憚國內華人的經濟實力及其與北京的聯繫，反而倒向蘇聯〔註99〕。

同時，地緣政治的邏輯在一定程度上解釋了冷戰社會科學的崛起。以傳播學為例，「第三世界現代化與經濟發展對美國的潛在威脅」是麻省理工學院國際研究中心（接受中情局、福特基金會資助）整個20世紀50年代的研究重點，美國政府很快就接納來自學界的政治倡導，並冠以「國家建設」（nation building）的旗號開展全球輿論宣傳、情報培訓和軍事行動；從朝鮮戰爭開始，密歇根大學社會研究所就與中央情報局展開「學術政治聯姻」，專門從事「對戰俘行為及其心理崩潰的研究」、分析在戰俘審訊中採用藥物、電擊、暴力等強制方法的相對有效性；「擴散理論」最早來源於由美國空軍秘密出資，在朝鮮戰爭中對空投傳單，測量反共宣傳有效性的傳播效果研究；「兩級傳播」、「意見領袖」理論則起源於「美國之音」在中東的傳播行為調查，並在美國對菲律賓的反共政治宣傳中加以運用〔註100〕。基於地緣政治考量，無論其在

〔註98〕邱琳、呂軍燕、王玨、唐璿、李東旭編：《法國外交文件選譯（二）》，《近現代國際關係史研究》，2018年第2期，第325頁。
〔註99〕邱琳、呂軍燕、王玨、唐璿、李東旭編：《法國外交文件選譯（二）》，《近現代國際關係史研究》，2018年第2期，第330～331頁。
〔註100〕許靜：《「心理戰」與傳播學——美國冷戰時期傳播學研究的一大特色》，《國際政治研究》，1999年第1期，第128～136頁。

何種程度上參與了反人道和非正義的政治謀劃，傳播研究的冷戰起源都可能因為愛國主義的話語修辭而得到最大程度的諒解，甚至被賦予正義性。在美國，「冷戰鬥士」與「愛國主義」就在施拉姆（Wilbur Schramm）身上被巧妙結合〔註101〕。

儘管地緣政治原則的確有助於帝國主義建立和維護自身的統治結構，地緣政治的分析方法在解釋以反帝國主義、國際主義和獨立自主為訴求的反抗主體時就會顯得捉襟見肘：這一分析框架使得基於社會主義原則建立的、試圖注入國際共運總路線的反帝國主義話語體系的合法性被不斷降低，在實際層面也不能充分解釋在例如也門、阿爾及利亞，以及非洲地區，中國所獲得的廣泛影響力〔註102〕。

其次，國際共運內部的關係重組，也不僅僅基於地緣政治這個單一的政治變量。例如越南勞動黨中央在 1960 年 11 月莫斯科會議後就發生了明顯的態度轉變，他們「對赫魯曉夫錯誤的認識正在轉變」，雖然囿於擔心公開反蘇而遭到蘇聯制裁，越南還是從贊成蘇聯轉向支持中國；周恩來在 1961 年 7 月老撾內戰期間接見蘇發努馮時，著重強調了外部援助的有限性：「援助只能是幫助的性質，主要還是靠自己，今後要逐步自力更生」〔註103〕。

因此，對反抗主體的分析，需要進入到主體的邏輯內部進行。中國的世界史敘事，一直都內在於對帝國主義、反帝國主義和獨立自主解放話語的鑒別，並最終以中蘇論戰的極端形式，將理論辨析推向了最高潮。

---

〔註101〕施拉姆 1951 年受到美國中央情報局邀請，前往韓國漢城（首爾）展開共產主義宣傳的輿論調查，被稱為「徹頭徹尾的愛國冷戰鬥士」。韋爾伯‧施拉姆：《美國傳播研究的開端：親身回憶》（王金禮譯），北京：中國傳媒大學出版社，2016 年，第 160 頁。

〔註102〕東歐集團也認識到這一問題。在 1969 年匈牙利社會主義工人黨政治局會議中，匈牙利黨中央國際部的部分代表對東歐陣營在第三世界展開反華宣傳的決策提出質疑，認為這一決策缺乏對複雜現實的全面關照：中國針對白人沙文主義的仇恨在第三世界和拉丁美洲產生的影響，「無疑不同於在歐洲國家的影響」，「在拉丁美洲的影響也不同於在發達國家中的影響」，需要重新考慮「對中國的積極力量怎樣做更有效，是通過鬥爭與之分裂還是尋求合作」。參見詹姆斯‧赫什伯格、謝爾蓋‧拉琴科：《蘇聯集團國家有關中國和對華國際文件節選（1966～1987）》（王俊逸、王大為選編，羅曦譯，毛升校），《冷戰國際史研究》，2012 年第 2 期，第 309～310 頁。

〔註103〕牛軍：《安全的革命：中國援越抗美政策的緣起與形成》，《冷戰國際史研究》，2017 年第 1 期，第 1～55 頁。

　　基於解放政治的邏輯，毛澤東對美蘇對立的政治緩解、反殖民主義運動和意識形態陣營內部的政治鬆動等變化做出了系統性分析，提出了包括「冷戰共處」、「中間地帶」、「獨立自主」、「自力更生」等理論論斷。這些革命理念不僅在政策執行中逐漸轉變為中國對外戰略的指導原則〔註104〕，而且在傳播學的意義上對帝國主義邊緣國家的反霸權運動起到了精神鼓舞和理論支撐的作用。

　　學界已對這一問題展開過深入分析。根據北京大學政治學者牛軍的研究，越南勞動黨機關雜誌《學習》1964 年發表的長篇反修理論文章，不僅正面肯定了毛澤東思想和中國經驗是列寧主義的繼承與發展，而且提出亞非拉是「一個革命的烘爐」、「正確的世界革命戰略是政治上的戰略進攻」，與中共「九評」在「觀點、邏輯、語言」上高度一致，其關鍵句「不能把和平共處當作社會主義國家對外政策的總路線」，「幾乎是複製中共中央的核心觀點」。這強有力地證明了反帝國主義理論的傳播影響力，以及在反帝國主義框架下，特殊性理論的普遍性意義。

　　在更為宏觀的層面，中國在論戰中提出的理論命題深刻影響了全球政治版圖的變革。2014 年由美國歷史學家亞歷山大・庫克（Alexander Cook）編輯出版的《毛澤東的小紅書：一段全球史》（Mao's Little Red Book: A Global History），就詳細記錄了中國社會主義理論的「精神原子彈」在全球範圍的傳播史，以及對包括坦桑尼亞、印度、秘魯、蘇聯、阿爾巴尼亞、意大利、南斯拉夫、東德和西德等世界各地造成的思想衝擊〔註105〕。

　　這些研究從不同側面對中蘇論戰以及中國革命理論的世界史意義作出了闡發。如果重新回到傳播政治經濟學對「意識形態終結論」的理論提問，就會清晰地看到不斷割裂的世界秩序中反抗鬥爭的複雜和艱難。本書將以獨立自主話語體系為思想線索，梳理和串聯中蘇論戰在傳播學層面的世界史意義。

## 5.4.2　從中國社會主義到全球六十年代

　　在《六十年代與我們》（The Sixties and Us）中，意大利學者亞歷山德羅・

---

〔註104〕例如在「九評」期間，中國推動亞非國家關係的外交行動進入高潮，相繼提出「阿拉伯國家和非洲國家關係的五項原則」、「對外經濟技術援助的八項原則」，推廣中國革命經驗。參見牛軍：《安全的革命：中國援越抗美政策的緣起與形成》，《冷戰國際史研究》，2017 年第 1 期，第 45 頁。

〔註105〕Cook, Alexander (eds). *Mao's Little Red Book: A Global History*, Cambridge: Cambridge University Press, 2014.

魯索（Alessandro Russo）提出了政治組織的結構性矛盾問題：如何打破不斷封閉的組織機制，如何靈活地調動政治主體性，不僅是中國社會主義在帝國主義秩序下必須面臨的理論問題，其中蘊含的普遍性色彩，使得這些問題成為鏈接中國社會主義與「全球六十年代」的思想線索。其中，普遍性色彩體現在對獨立自主話語體系的建構：中蘇論戰中提出的反帝國主義和國際主義，在獨立自主話語體系中民族解放運動被賦予的政治動能和理論意義，打破了自上而下，從中心到邊緣的權力結構，史無前例地將政治議程的決策和執行權交給人民主體。

　　儘管毛澤東在 1975 年最後的政治論斷是，「共產黨內會出現資產階級復辟」，但魯索和意大利漢學家鮑夏蘭（Claudia Pozzana）認為，應該用「倒裝」的方式重新理解這一命題。他們認為，「共產黨本身就內在於資本主義環境」，這是「全球六十年代」（the Global Sixties）左翼政治不可避免的存在形式〔註 106〕。在他們看來，正是中國《關於無產階級專政的歷史經驗》，而不是赫魯曉夫在蘇共二十大的報告拉開了革命的「全球六十年代」的序幕。與秘密報告漠視社會主義衰落的政治性質，僅僅將其歸咎於粗淺的個人崇拜問題不同，《關於無產階級專政的歷史經驗》對工人階級政治存在的組織形式、現代平等政治的可能方式展開了理論探索〔註 107〕。如同理論的幽靈，中國提出的革命理念不斷遊弋、塑造、支撐和激勵著全球不甘於霸權支配的反叛運動。

　　在海峽對岸，儘管陳映真早已輾轉臺北牯嶺街，熟稔左翼學說和理論論述，廣泛閱讀了魯迅、巴金、老舍、矛盾的文學、艾思奇《大眾哲學》、蘇聯《聯共黨史》、《政治經濟學教程》、《馬列選集》、埃德加·斯諾《中國的紅星》，以及出版於抗戰時期、紙質粗糙的毛澤東論文冊（《論持久戰》、《論人民民主專政》、《關於正確處理人民內部矛盾》）等革命學說〔註 108〕，但是 20 世紀 60 年代的中蘇論戰還是直接給他造成了思想衝擊。

　　在陳映真看來，中蘇論戰不僅在觀念意識層面建構了獨立自主的話語體

〔註 106〕 Russo, Alessandro. The Sixties and us. in *The Idea of Communisim 3*, ed. Lee, Taek-Gwang and Zizek, Slavoj. New York: Verso. 2016: 139.

〔註 107〕 Russo, Alessandro. The Sixties and us. in *The Idea of Communisim 3*, ed. Lee, Taek-Gwang and Zizek, Slavoj. New York: Verso. 2016: 142～143.

〔註 108〕 陳映真：《後街──陳映真的創作歷程》，《陳映真文選》，北京：生活·讀書·新知三聯書店，2009 年，第 20 頁。

系，而且在傳播層面實踐了獨立自主的民主原則〔註 109〕。「中國竟把這理論鬥爭訴諸大陸全民」，「將針鋒相對往返中共中央和蘇共中央的、嚴肅而決不易讀的論文，一日數次透過電臺廣播」。身在臺灣的陳映真則「必一日數次躲在悶熱的被窩裏偷偷地、仔細地收聽這些把中蘇共理論龜裂公諸於世的、於他為驚天動地的論爭」〔註 110〕，「這九篇評論對全世界的共產黨人都產生了極大的震撼，給未來各個國家的共產運動指出了方向」〔註 111〕。

在菲律賓，中國在中蘇論戰時期提出的獨立自主話語激勵國家內部平權運動的興起。中國提出的獨立自主話語體系提醒他們，革命需要統一思想，需要共同的革命綱領和政黨：從左翼的菲律賓共產黨、從事游擊戰的新人民軍（New Peoples' Army），到「新愛國聯盟」（New Patriotic Alliance，簡稱 Bayan），包括工人、農民、教師、新聞工作者、都市貧困群體、原住民、漁民、婦女等超過百萬人的群眾團體都被組織起來，圍繞統一戰線、獨立自主等原則展開社會主義實踐〔註 112〕。

獨立自主話語體系賦予了政治主體以「主體性」。主體性的鍛造，首先必須在去語境化和再語境化的雙重歷程中展開。菲律賓左翼運動領袖、新共產黨創始人希松（Jose Maria Sison）深受毛澤東影響。他根據毛澤東對中國社會所做的「半封建半殖民地」性質分析，對菲律賓社會性質也展開歷史分析，並寫作了《菲律賓社會與革命》。這部著作不僅為菲律賓新愛國聯盟提供了統一思想的文本，而且也指出了政治組織和統一行動在革命運動中的重要性。1993 年，希松組建的荷蘭社會研究中心（Center for Social Studies）與德國馬列主義共產黨（Marxist Leninist Communist Party）——從西德共產黨「變修」後脫離政黨重新組建而成，黨員主要為工人——合辦了一場「毛澤東百年誕辰——毛澤東思想研討會」。亞非拉的毛派共產黨領導人齊聚德國蓋爾森基興

---

〔註 109〕 賀照田：《當信仰遭遇危機……——陳映真 20 世紀 80 年代的思想湧流析論（一）》，《開放時代》，2010 年第 11 期。

〔註 110〕 陳映真：《我在臺灣所體驗的文革》，《亞洲週刊》，1996 年 5 月 26 日，第 50～51 頁。

〔註 111〕 陳光興：《臺灣毛派先行者的視野：金寶瑜訪談》，《人間思想》，2017 年 8 月，第 5～45 頁。

〔註 112〕 例如菲律賓左派組織農民大會，邀請天主教的主教站在農民立場反對大地主。統一戰線的原則使得在菲律賓革命運動把反動力量變成進步力量。參見：陳光興：《臺灣毛派先行者的視野：金寶瑜訪談》，《人間思想》，2017 年 8 月，第 5～45 頁。

（Gelsenkirchen）〔註 113〕，報告了他們積極領導國家革命的過程，以及他們所理解的毛澤東思想如何直接影響到世界各地的革命運動〔註 114〕。超過一千人參加了這場會議，與會人員來自阿根廷、奧地利、孟加拉、比利時、加拿大、中國、埃及、英國、美國、法國、希臘、印度、秘魯、南非、坦桑尼亞、烏拉圭等國家〔註 115〕。

在南亞，印度共產黨在 20 世紀 60 年代發生了兩次大分裂，第一次是 1964 年圍繞對國大黨的態度分歧，印共分裂成印度共產黨和印共（馬），第二次則是因為中蘇論戰的爆發，中國在論戰中帶動的對革命理論主體性的思考，引發了印共（馬）內部的再次分裂。1969 年，印共（馬）內部因為圍繞中蘇論戰展開了政治辯論，其中毛主義者脫離了原有的政黨，組成了印共（馬克思列寧主義者），並領導了著名的毛式農民武裝鬥爭「納薩爾巴里運動」（Naxalite movement）。革命實踐在印度一直持續至今，在當代印度政府對農民和原住民運動暴力鎮壓的同時，印度叢林中還有頑強不屈的游擊戰士，村莊中還活躍著發而奮起保衛土地的西孟加拉邦農民〔註 116〕。

在北美，尋求獨立自主的中國革命不僅給黑人運動提供了政治信心，而且給他們帶來了精神鼓舞。馬克思主義女權主義者加文（Victoria Ama Garvin）於 20 世紀 60 年代在北京和上海生活六年回到美國後，直言「見證了中國人民為了解放受壓迫人民而重建國家的過程」。中國獨立自主的革命道路讓她「重新受到鼓舞」，她「相信美國也能走相似的革命道路」〔註 117〕。金寶瑜回憶她在 1976 年去美國瑪麗格羅夫學院（Marygrove college）教書時，一個黑人學生對她說：「我很難過毛爸爸（Daddy Mao）過世了，教堂裏有神職的人要我叫他們神父，他們又不是我的父親，我才不肯叫他們神父

---

〔註 113〕 Sharma, Hari. Materials from the International Seminar on Mao Zedong 100th Birth Anniversary Celebration in Gelsenkirchen, Germany, SFU 檔案，檔案號：F-251-4-3-17.

〔註 114〕 陳光興：《臺灣毛派先行者的視野：金寶瑜訪談》，《人間思想》，2017 年 8 月，第 5～45 頁。

〔註 115〕 Sharma, Hari. Materials from the International Seminar on Mao Zedong 100th Birth Anniversary Celebration in Gelsenkirchen, Germany, SFU 檔案，檔案號：F-251-4-3-17.

〔註 116〕 汪暉：《「毛主義運動」的幽靈》，《馬克思主義研究》，2016 年第 4 期，第 134～142 頁。

〔註 117〕 Frazier, Robeson Taj. *The East is Black: Cold War China in the Black Radical Imagination*, Durham: Duke University Press, 2014.

呢！但是毛是跟我們受苦的人站在一起，為我們說話的，所以他是我的毛爸爸」〔註118〕。

在拉美，《人民日報》和《紅旗》在中蘇論戰時期發表的一系列文章，使得巴西共產黨開始意識到分歧的嚴重性，中蘇論戰「不光涉及中國和蘇聯兩黨」，「而是馬克思列寧主義同現代修正主義之間的一場具有歷史意義的鬥爭」〔註119〕；今天，巴西貝洛哈利桑塔（Belo Horizonte）工人仍在社區活動中心牆上掛著毛澤東打著補丁講文藝要為人民服務的海報；里約熱內盧（Rio de Janeiro）的工農群眾在「切·格瓦拉道路」失敗後選擇「毛澤東道路」；因為中蘇論戰而成立的阿根廷革命共產黨（Partido Comunista Revolucionario de la Argentina），組織和領導原住民以「農民」的政治身份反抗大地主，而不是在「傳統／現代」二分法中被剝奪革命的階級主體性；同時，阿根廷工廠的工人也在反對政府的軍事鎮壓和私有化。他們都從中國與蘇聯辯論的經驗中學會獨立批判，鍛造了自身的戰鬥組織能力〔註120〕。

在法國，中蘇論戰激發了黨內外對民主政治和獨立自主的理論想像。在法國共產黨內，鑒於與蘇聯結盟的法共中央在帝國主義、種族問題、反殖民主義問題上的模糊立場，黨內在 1967 年 12 月發生分裂，組建成新的毛主義主導的法國馬克思—列寧主義共產黨（Marxist-Leninist Communist），直到 1976 年還在嚴格執行列寧主義原則〔註121〕。在中蘇論戰劍拔弩張的 20 世紀 60 年代，法國社會中的激進知識分子也敏感地發現了左翼思想的內部緊張。作為「共產主義的不同詮釋者」（dissident communism），毛澤東思想為法國哲學家，特別是巴黎高等師範學校的師生所獲，他們中不少後來變成了重要的理論家。這份漫長的頂尖思想家清單包括了鼎鼎大名的阿爾都塞（Louis Althusser）、讓·盧克·戈達爾（Jean-Luc Godard）、茱莉亞·克里斯蒂娃（Julia Kristeva）、薩特（Jean-Paul Sartre）、菲利普·索萊斯（Philippe

---

〔註118〕陳光興：《臺灣毛派先行者的視野：金寶瑜訪談》，《人間思想》，2017 年 8 月，第 5～45 頁。

〔註119〕人民日報：《答赫魯曉夫　巴西共產黨中央委員會決議》，《人民日報》，1963 年 9 月 4 日，第 5 版。

〔註120〕陳光興：《臺灣毛派先行者的視野：金寶瑜訪談》，《人間思想》，2017 年 8 月，第 5～45 頁。

〔註121〕朱利安·布爾格：《主要矛盾：法國毛主義的興盛》（梁長平編譯），《毛澤東研究》，2017 年第 6 期，第 114～122。

Sollers），以及阿蘭‧巴丟（Alain Badiou）〔註 122〕。

當其 1964 年於巴黎高師授課馬克思主義理論時，阿爾都塞就與學生成立了毛派「圈子」（Maoist circle），信仰反殖民主義和「第三世界主義」（Third-Worldism）。1966 年 12 月，該學生團體正式與法共決裂，成立「馬克思主義—列寧主義共產主義青年聯盟」（the Union of Marxist-Leninist Communist Youth）〔註 123〕。在創建的同時，青年聯盟也創辦了期刊《馬克思主義—列寧主義筆記》（Marxist-Leninist Notebooks）。薩特、福柯，還有包括阿爾都塞的學生阿蘭‧巴丟等當代法國最重要的哲學家，都曾經在毛主義核心或邊緣發動政治和思想運動。阿爾都塞本人十分同情中國在中蘇論戰時的立場，還在《筆記》第 14 期還匿名發表了《論文化革命》（On the Cultural Revolution）的重要論述〔註 124〕。

中國在中蘇論戰時提出的群眾路線和調查研究，在巴黎 1968 年五月風暴前就已經深入人心。它們指引巴黎高師的毛主義者深入工廠和農場，並在後期福柯的「監獄情報小組」（the Prison Information Group）的研究中被重新確立。20 世紀 60 年代，《毛澤東選集》和《毛主席語錄》通過正式出版（北京外文出版社、法國瑟伊（Seuil）出版社）、當地左翼報刊推薦（例如《北京信息》（Pékin Information）週刊和《世界報》（Le Monde）），以及地下翻譯等不同方式湧現在歐美市場。1967 年 1 月，四千本「紅寶書」複印本在巴黎銷售一空，2 月，英文版在美國售罄〔註 125〕。

儘管這一舉措在當時被視為極具危險性的政治異端，在中蘇論戰最激烈的時刻，阿爾都塞還是發表了兩篇文章，明確地表達了他對毛澤東《矛盾論》的「完全擁護」。這兩篇文章——《矛盾與多元決定》（Contradiction and Overdetermination, 1962）和《關於唯物辯證法》（On the Materialist Dialectic,

---

〔註 122〕 Bourg, Julian. Principally Contradiction: The Flourishing of French Maoism, in Cook, Alexander (eds). *Mao's Little Red Book: A Global History*, Cambridge: Cambridge University Press, 2014, pp. 225～226.

〔註 123〕 Bourg, Julian. Principally Contradiction: The Flourishing of French Maoism, in Cook, Alexander (eds). *Mao's Little Red Book: A Global History*, Cambridge: Cambridge University Press, 2014, p. 227.

〔註 124〕 朱利安‧布爾格：《主要矛盾：法國毛主義的興盛》（梁長平編譯），《毛澤東研究》，2017 年第 6 期，第 114～122。

〔註 125〕 朱利安‧布爾格：《主要矛盾：法國毛主義的興盛》（梁長平編譯），《毛澤東研究》，2017 年第 6 期，第 114～122。

1963）——後來收錄到他 1965 年與人道主義馬克思主義論戰的著作《保衛馬克思》（*For Marx*）中。

中蘇論戰中釋放出來的獨立自主的話語幽靈，就像馬克思所說的「哲學的貧困」，通過將理論哲學交還給勞動者的方式，使人民民主政治的重建成為可能。在 2018 年 11 月一次紀念陳映真的演講中，汪暉重述了中蘇論戰對於世界史的歷史意義：

> 阿蘭‧巴丟曾經將歐洲哲學傳統追溯到柏拉圖，最重要的理想是每個人都成為哲學家，每個人都有自己思考的能力，都能夠參與重要問題的思索。人類漫長的歷史中，哲學對於自己的夢想——所有的人能夠成為哲學家的夢想——是從蘇格拉底時代就已經產生的最偉大的夢想。思想與尊嚴、行動、世界的誕生有密切關係。從中蘇論戰所有人學理論的狀態中，（我們也可以）看到最古典的哲學理想。這種理想一定程度上是幼稚的、不成熟的，但是陳映真和巴丟卻在幼稚的形式中看到了真正的新穎性。這是人類歷史上從來沒有過的時刻，普普通通的人都能夠去思考和想像世界。〔註 126〕

重新回到傳播政治經濟學提出的問題，從亞洲到非洲，從美洲到歐洲，中蘇論戰所激發的政治活力和思想勃興，無論如何都證明了意識形態鬥爭、理論探索、社會化實踐和歷史都沒有真正意義上的「終結論」。

### 5.4.3　個案研究：斯邁思的中國研究筆記

中國在對蘇論戰中建構的獨立自主話語體系，不僅在宏觀思想史層面影響了全球六十年代左翼運動的興起，在微觀層面也影響了西方左翼理論的發展脈絡。本節將以斯邁思訪華及其對傳播學的批判思考為個案，對此予以介紹。

斯邁思是傳播政治經濟學理論奠基人。近年來，在李彬、郭鎮之、劉海龍、王洪喆等中國學人的引介下，斯邁思及其受眾商品論、技術政治批判等論說已為中國學界所熟知〔註 127〕。但在國內傳播研究中，尚未出現關於斯邁

---

〔註 126〕2018 年 11 月 29 日，於清華大學「那一段曲曲彎彎的山路——陳映真作品報告會暨誦讀會」。

〔註 127〕參見李彬：《傳播學引論》，北京：高等教育出版社，2013 年；郭鎮之：《傳播政治經濟學理論泰斗達拉斯‧斯麥茲》，《國際新聞界》，2001 年第 5 期；李彬、劉海龍：《20 世紀以來中國傳播學發展歷程回顧》，《現代傳播》，2016 年第 1 期；達拉斯‧斯邁思：《自行車之後是什麼？——技術的政治與意識

思與中國的專門論述。事實上，斯邁思對中國問題的好奇，內在於他對資本主義制度的清醒認識，以及對有別於蘇聯道路的中國社會主義建設的理論敏感。本節以斯邁思訪華及其對傳播研究的批判性反思為例，梳理中國的獨立自主話語體系對西方學術界的理論影響。

在西方學術界，加拿大學者達拉斯·斯邁思（Dallas Smythe, 1907～1992）是最早對新中國展開實地調查和系統性研究的傳播學者〔註 128〕。在 1971～1972 年和 1979 年，他不僅兩度造訪中國，在訪問期間積累了大量日記、手稿、調研筆記和報刊資料。此外，他也真誠地以一名社會主義者和國際主義者的身份，與中國的知識分子、駐外人員和普通群眾保持著交流〔註 129〕。

作為曾供職於美國聯邦通訊委員會（Federal Communications Commission）的經濟學家和傳播問題專家〔註 130〕，斯邁思對中國的關注，並非西方傳播研究的例外。相反，在傳播研究興起的冷戰年代，無論是出於對馬克思主義的認同與追求，或是資本主義的反共意識形態需要，亦或是政治經濟取向的權力驅動，中國議題從來沒有脫離西方傳播學的議程清單。但是對於斯邁思來說，造訪中國，調研中國文化政策和傳播制度有其獨特的意義，

形態屬性》（王洪喆譯），《開放時代》，2014 年第 4 期；姚琳：《再論批判學者的社會實踐——以傳播政治經濟學先驅達拉斯·斯邁茲為例》，《新聞大學》，2010 年第 2 期；Colin Sparks、盛陽、曹書樂：《馬克思主義與媒體研究在西方》，《全球傳媒學刊》，2017 年第 3 期。

〔註 128〕達拉斯·斯邁思：《自行車之後是什麼？——技術的政治與意識形態屬性》（王洪喆譯），《開放時代》，2014 年第 4 期。

〔註 129〕斯邁思在訪華的基礎上撰寫了包括《你們相對於誰是中立的：論中國傳媒與社會價值》（Whom are you neutral against? Communications media and social values in China, 1973）、《藝術與科學領域的社會主義與資本主義現實主義系統論》（Socialist and capitalist realism in the arts and sciences: a systemic view, 1976）、《蒙古講義》（Lecture on Mongolia, 1979）、《傳播「技術」與第三世界》（Communications "technology" and the Third World, 1982）等多部相關論著。參見："Publications and presentations, 1936～1992", Simon Fraser University Archives（以下簡稱「SFU 檔案」），檔案號：F-16-6-1。

〔註 130〕斯邁思在一篇自述手稿中說，「當時我還在美國聯邦政府工作（1937～1948 年），研究領域為農業、勞工以及傳播通訊。其中最後六年擔任聯邦通訊委員會首席經濟學家。有證據表明，直到 1948 年，我無法再在美國政府工作了。冷戰已經開始，政治左傾的雇員都遭到了清洗，我也遭到麥卡錫主義（HUAC）的攻擊，並被美國聯邦調查局盯梢」。參見："Counterclockwise, 1936～1965"，SFU 檔案，檔案號：F-16-1-6-1；"China-notes 1/2, 1969～1976"，SFU 檔案，檔案號：F-16-8-3-11。

即在於尋找不同於西方資本主義的「獨立自主」方案。

　　一篇他所收藏的文章便是明證。這篇發表於 1972 年《檀香山廣告人》
（*Honolulu Advertiser*）的文章《中國革命能夠成為他國範本嗎？》（Can the
Chinese revolution be a model for other nations）中，作者說，中國經驗以及取
得的成就，從本質上來說就是依靠其建立在領導權和群眾支持基礎上的「獨
立自主」（self-reliance）〔註 131〕。1971 年 12 月，斯邁思在訪華行前中的一份
聲明中寫道：「……報紙、電影、電視、廣播、電話和電報……這些技術大多在
資本主義條件下發展——也作為資本主義現實的一部分——並被按照有利於
資本主義發展的方向設計。沒有技術是政治中立的。（我想知道）中國做出過
哪些努力，以及中國還能夠做些什麼，以便恰當利用這些技術——用毛主義
的話說——為人民服務？」〔註 132〕

　　在這位西方的國際主義者看來，中國代表了一種政治經濟制度的「未來
感」：中國不僅不是落後國家，而是列寧意義上的「先進的亞洲」。1972 年 7
月 21 日，在致中國駐加使館文化專員的信中，他寫道：「真希望我們能夠在
中國再多待一段時間。我們這次調研太過緊湊——整整一個月，一天都沒有
休息。當我們離開大陸，回到香港後，我們生出一種巨大無比的震撼感：就
像從未來穿越回了過去。我在香港賓館待了足足三天，才緩過來」〔註 133〕。

　　對中國傳播制度的理論關注，當然離不開中蘇論戰這個基本的理論背景，
斯邁思本人也對中蘇論戰的核心論題保持敏銳。例如，他對於施拉姆等人編
寫的《傳播學手冊》（*Handbook of Communication,* 1973）對國際共產主義傳播
運動的判斷就極不贊同，在中國之行的筆記中將這一問題「畫了重點」〔註
134〕。《手冊》的作者在比對中蘇意識形態的章節中這樣寫道：「蘇聯和中國均
聲稱其效忠於和平共處理念，但在蘇共二十三大之後，蘇聯人直接將和平共
處確立為『國際共產主義運動基本路線』」〔註 135〕。這種對社會主義國際傳

〔註 131〕參見："China-notes 2/2, 1969～1976"，SFU 檔案，檔案號：F-16-8-3-12。
〔註 132〕Dallas Smythe. Statement of Interests for Visit to China, December, 1971. 參見：
　　　　"China-lectures, 1972～1977"，SFU 檔案，檔案號：F-16-8-3-13。
〔註 133〕參見："China-correspondence, 1970～1979"，SFU 檔案，檔案號：F-16-8-3-14。
〔註 134〕參見："China-notes 2/2, 1969～1976"，SFU 檔案，檔案號：F-16-8-3-12。
〔註 135〕William Griffith. Communist Esoteric Communications: Explication de Texte, in
　　　　Ithiel Pool, Frederick Frey, Wilbur Schramm, Nathan Maccoby & Edwin Parker
　　　　(eds), *Handbook of Communication*, Chicago: Rand McNally College Publishing
　　　　Company, 1973, p. 518.

播史過於灰暗單調的分析，在斯邁思看來不過是西方學者的「隔靴搔癢」〔註 136〕。事實上，中國共產黨人對「和平共處」原則問題有著極為深入的討論，同時也是中蘇論戰的基本命題，斯邁思也在《大眾傳播》一文中對其展開過詳細分析〔註 137〕。

從 1971 年 4 月開始，經過與中國駐加使館的多次溝通後〔註 138〕，時任薩斯喀徹溫大學經濟學教授、社會研究系主任的斯邁思於當年 12 月 5 日～1972 年 1 月 5 日第一次造訪中國。這段為期一個月的行程，也是他同年 7 月起持續十個月的海外調研的一部分。他一共走訪了中國、智利、匈牙利、日本、英國和南斯拉夫等六個國家，主要目的為調研「各國的傳播政策與結構」，考察其「與國家／意識形態之間的關聯」。這項調研計劃得到了加拿大藝術理事會（Canada Council）的資助〔註 139〕。

在家人的陪同下，他以遊客的身份訪問中國。在從香港登陸後的五周內，依次走訪了廣州、上海、南京、北京、武漢等城市及周邊地區，完成了 39 次採訪，包括傳播領域工作的管理者和從業者，宣傳、電信、郵政以及電子工業系統的高級幹部等〔註 140〕。此外，他還觀看了一些文藝演出和影視作品〔註 141〕。並走訪了各地的工廠、公社、學校，還拜訪了清華大學錢偉長、北京大學周培源等知名學者〔註 142〕。

斯邁思為此次調研制定了詳細的採訪提綱。根據檔案，他此行主要關注

---

〔註 136〕類似分析參見：Simpson, Christopher. 1996. *Science of coercion: Communication research & Psychological warfare, 1945～1960.* Oxford: Oxford University Press.

〔註 137〕Dallas Smythe. Mass Communications and Cultural Revolution: the Experience of China, in L. Gross & W. Melody (eds), *Mass Communication Technology and Social Policy,* New York, NY: Wiley, 1973, pp. 441～465.

〔註 138〕參見："China-correspondence, 1970～1979"，SFU 檔案，檔案號：F-16-8-3-14。

〔註 139〕Dallas Smythe. Brief note on a visit to 800 million people, July 1972. 參見："China-notes 1/2, 1969～1976"，SFU 檔案，檔案號：F-16-8-3-0-11。

〔註 140〕斯邁思調研部門包括廣播電視（例如北京電視臺、武漢電視臺）、電影（例如上影和珠影）、無線電技術以及新聞出版（例如新華社、《人民日報》《解放日報》《湖北日報》《南方日報》）等機構。Dallas Smythe. Brief note on a visit to 800 million people, July 1972. 參見："China-notes 1/2, 1969～1976"，SFU 檔案，檔案號：F-16-8-3-0-11。

〔註 141〕Dallas Smythe. Brief note on a visit to 800 million people, July 1972. 參見："China-notes 1/2, 1969～1976"，SFU 檔案，檔案號：F-16-8-3-0-11。

〔註 142〕Dallas Smythe. Brief note on a visit to 800 million people, July 1972. 參見："China-notes 1/2, 1969～1976"，SFU 檔案，檔案號：F-16-8-3-0-11。

的是社會主義中國政策轉型的性質、傳播制度及其結構特徵。具體而言包括：
（1）如何理解傳播制度；（2）傳播政策如何得到調控；（3）傳媒產品和服務
的創新機制及其過程；（4）傳播資源的跨區域調配和定價政策；（5）傳播制
度、政策和結構的重組對打破舊的社會格局、建立新秩序產生了怎樣的影響，
等等。〔註143〕

　　1976年初，他向中國大使館提出，希望於1977年澳大利亞講學期間再
次訪問中國，但可惜未能成行〔註144〕。改革開放之初，斯邁思終於再次來到
中國，踏上了這片正在進行「第二次革命」的廣袤土地。1979年5月8日—
26日，他參加了「中加友誼協會」組織的「草原之旅」訪問團〔註145〕，依次
走訪了廣州、北京、錫林浩特、呼和浩特和上海等五座城市，調研了民族傳
播政策、區域發展政策、農牧業、無線電射頻分配、圖文傳真技術和精神文
化狀況等議題〔註146〕，隨後撰寫了包括《蒙古講義》（1979）《國際傳播中的
理想主義與現實主義》（Idealism vs. realism in international communication: a
review essay, 1981）等政策分析和理論文稿。

　　與七年前一樣，他制訂了詳實的訪問行程。在北京，他走訪了四季青人民
公社、北京大學、中國國際貿易促進委員會等單位，瞭解農業、教育、對外政
策的新進展。在內蒙古，他考察了國營農場、牛奶加工廠和人民公社等單位。
在上海，他故地重遊，參觀了城隍廟、鉛筆廠、上海工人文化宮等地〔註147〕。

　　1979年2月，有關方面徵集外國讀者對《北京週報》《中國建設》等外宣
期刊的意見。斯邁思做了以下回應：

　　　　形式問題離不開實質問題，我需要在全面瞭解出版政策的條件
　　下才能給出意見。目前我沒辦法掌握這些材料，特別是現在孤身一
　　人待在溫哥華。我看過《中國建設》最新版本。它似乎想要模仿《新
　　聞週刊》（Newsweek）和其他一些美國主流雜誌。如果採取美國模

---

〔註143〕Dallas Smythe. Brief note on a visit to 800 million people, July 1972. 參見：
　　　　"China-notes 1/2, 1969～1976"，SFU檔案，檔案號：F-16-8-3-0-11。
〔註144〕根據時任中國駐加拿大大使館二秘王佩祿1977年1月給斯邁思的回信，「由
　　　　於中國部門事務極為繁忙，很難答應你的請求」。參見："China-
　　　　correspondence, 1970～1979"，SFU檔案，檔案號：F-16-8-3-14。
〔註145〕參見："China-second trip, 1979"，SFU檔案，檔案號：F-16-8-3-15。
〔註146〕參見："China-correspondence, 1970～1979"，SFU檔案，檔案號：F-16-8-3-
　　　　14。
〔註147〕參見："China-Dallas Smythe, 1979"，SFU檔案，檔案號：F-16-1-5-7。

　　式已經成為所有內容出版的普遍前提，那麼這意味著重走美國的老
　　路。我覺得文本中提出的「中國性」（Chineseness）已經喪失其意義。
　　如果有機會討論這些在出版形式中的基本矛盾，我或許可以提供一
　　些建設性的意見。〔註148〕

　　從社會主義革命和建設再到改革開放的偉大實踐，中國獨立自主的經驗
已在斯邁思的學術思想中發展成為清晰的、連續的、開放的理論脈絡。儘管
這些筆記比較散亂，有些因保存不善而遺失，但筆者在仔細比對和考證的基
礎上，將《中國筆記》的主要觀點歸納整理如下，從中亦可管窺他的理論意
識和現實關切〔註149〕：

　　第一，傳播政策：中國的社會主義革命為其傳播政策帶來了重要改變，
從先前不夠完善、缺乏系統性的宣傳制度，到後期具體執行方案的出臺，中
國發展出了一套較為完整的對內和對外傳播政策，體現了西方所不具備的制
度優勢。

　　改革開放沒有中斷對這一議程的深入和細化。在更為開放性的物質條件
下，中國並沒有完全照搬傳媒市場化和商品化的模式，而是展開了獨特的自
我探索。在國際環境等不確定性因素的挑戰下，中國傳播政策的複雜性和靈
活性都對西方傳播學者形成了系統性的知識挑戰。例如，UNESCO 為推動建
立國際信息傳播新秩序而成立了「麥克布萊德委員會」（McBride Committee）。
對於活躍於其中的席勒、諾頓斯登等學者而言，中國的實踐與當時力圖抵銷
跨國資本主義活動的不結盟國家運動不盡相同。他們原本所設想的、並且已
經逐步理論化的「第三世界獨立運動」與在實踐中獲得成功的「中國道路」
並不相同。如何調和兩者之間的衝突，這是西方傳播學界需要回應的問題。

　　第二，意識形態：在中國傳播實踐中，對「意識形態」邊界的理論界定，
經歷了複雜的調適過程。「宣傳工作」從原本特指媒體宣傳和思想教育，後
期逐漸囊括了藝術、文學、文化和群眾政治意識工作等各個方面。改革開放
並不意味著中國在維護其社會主義意識形態方面會發生任何質的變化。在技
術吸納、人才交往、貿易往來和媒體互動日益增加的新的歷史條件下，中國
的傳媒管理者和從業者需要面對和解決來自於西方的傳播技術在政治和意

〔註148〕參見："China-second trip, 1979"，SFU 檔案，檔案號：F-16-8-3-15。
〔註149〕參見："China-notes 1/2, 1969～1976"，SFU 檔案，檔案號：F-16-8-3-0-11；
　　　　　"China-Dallas Smythe, 1979"，SFU 檔案，檔案號：F-16-1-5-7。

識形態上所帶來的挑戰。

第三，文化生態：西方資本主義經過五百年的發展，不僅剔除或重塑了中世紀和前資本主義時代的文化元素，而且對政治組織、經濟結構和思想氛圍也進行了深入的改造。對新中國而言，不僅面臨外部的資本主義文化攻勢，也需要對內部的傳統文化進行揚棄，清理封建等級制等糟粕，同時還要借鑒和發展社會主義新文化，因此，需要走一條既不同於西方資本主義，又不同於蘇聯模式的發展道路，並通過採用「走群眾路線」等新的方法來定義、傳播和發展中國自身的社會主義道路。改革開放之後，中國的生產力發展和人民群眾的物質生活水平得到了實質性改善，應當繼續發揮自力更生和平等化等歷史經驗，並將其納入到進一步營造普遍幸福感的文化實踐理念中去。

第四，傳播資源：與經典馬克思學說對物質資料分配問題的認識類似，中國共產黨人也敏銳地意識到了信息和文化資源極易在城鄉間和區域間進行不平等的分配，這意味著資本主義的「自由放任」（laissez-faire）邏輯無法適用於文化傳播工作，需要充分的組織協調和政策安排。在毛澤東時代，中國在傳播資源分配方面已經取得了令人矚目的進步。例如在廣東，農村電影放映隊數量從 1966 年到 1971 年翻了一番，電影票價降低了四成；在江蘇，1971 年縣級廣播站的數量較 1965 年增加到 10 倍，擴音器數量較 1958 年增加到 20 倍。改革開放後，中國大陸在技術轉讓和廣告業等領域制定了新的政策，開展了新的實踐，這似乎是一些外國左翼知識分子最不樂意看到的，但這些恰恰是值得認真討論的問題。例如，與彼時被當作經濟發展範本的亞洲四小龍相比，中國大陸在管理境外跨國資本集團進入內部生產貿易環節上實施了哪些不同的政策？在對跨國傳媒集團進入中國方面做了哪些具體的工作？

第五，傳媒運營：這是最令斯邁思感到震驚的中國傳播經驗〔註150〕。中國傳媒運營和組織模式的獨特之處在於，不同於西方媒體嚴苛的雇傭等級制和人力資源流動率，中國媒體內部的人事結構——包括新聞記者、技術工人和管理幹部等——更趨向扁平化和平等化。在改革開放「再現代化」的進程中，中國傳媒業奉行了靈活的人員流動以及調配機制，改革的走向仍有待觀察。另外，中國紛繁廣袤的地緣政治條件、社會文化、以及人才培養等因素也會為改革的進程增添更大的不確定性。

---

〔註150〕斯邁思如此評價，「對於從西方到中國的人來說，這或許是最令人驚詫的」。參見："China-notes 1/2, 1969～1976"，SFU 檔案，檔案號：F-16-8-3-0-11。

斯邁思的兩次中國之行，不僅在理論和實踐層面上都為他帶來了「文化震盪」，在行動層面也為他提供了新的靈感和動力。1984 年，他與中國國際交流協會聯繫，申請加入中國社科院任教，但最終未能成行〔註 151〕。1985～1989 年，他積極參與國際電信聯盟（International Telecommunications Union）的相關研討活動，為第三世界國家在電信政策制定方面爭取自己的權益提出了許多指導性的建議〔註 152〕。

在斯邁思的傳播思想中，毛澤東思想留下了深刻印記。作為在馬克思主義政治經濟學、國際傳播、勞工傳播等領域頗有建樹的批判學者，斯邁思將反帝反殖民、社會主義和民族獨立等主題「內化」於他的傳播階級分析中。例如，在奠定其學術聲望的著作《依附之路：傳播、資本主義、意識與加拿大》（ *Dependency Road: Communications, Capitalism, Consciousness and Canada* ）中，他就專門論述了「電子信息紙老虎」、「無線電頻譜政治經濟學」與第三世界的國家利益之間的關係等問題〔註 153〕。在此，「紙老虎」的說法顯然是借用了毛主席的著名譬喻。1976 年 9 月 9 日（中國時間 9 月 10 日），在獲知毛澤東逝世之後，斯邁思第一時間致電中國大使館，「毛澤東主席的逝世使我感到極為難過。我想要告知您以及在使館工作的各位同志，在悲傷的此刻，我與你們一同分擔這份哀悼之情。他英雄般的成就，或許就體現在他為全人類（解放事業）所做的種種努力之中」〔註 154〕。

「為什麼要思考中國？」這是斯邁思晚年在西門菲莎大學教授《傳播學》課時的一次演講。在結尾部分，斯邁思給出了他的回答，「到中國去？為什麼？因為中國方案已經解決了衣食住行等基本問題，醫療服務水平至少與加拿大

---

〔註 151〕斯邁思 1974～1980 年擔任西門菲莎大學傳播學系教授，1980～1982 年擔任美國天普大學廣播電視電影系教授，同時自 1980 年起，擔任西門菲莎大學榮休教授。參見："Training program for senior and middle level officers of Third World countries for International Telecommunications Union conferences, 1985 ～1989"，SFU 檔案，檔案號：F-16-8-3-31。

〔註 152〕參見："Training program for senior and middle level officers of Third World countries for International Telecommunications Union conferences, 1985 ～ 1989"，SFU 檔案，檔案號：F-16-8-3-31。

〔註 153〕參見："The electronic information tiger: on the political economy of the radio spectrum and the Third World interest, 1980"，SFU 檔案，檔案號：F-16-6-1-206。

〔註 154〕參見："China-correspondence, 1970～1979"，SFU 檔案，檔案號：F-16-8-3-14。

和美國持平；因為世界有近四分之一人口在中國；與印度形成了強烈反差；與其 1949 年解放初期相比，也不可同日而語」〔註 155〕。

2011 年，美國學者麥地那（Eden Medina）根據史料，重新挖掘出阿連德在智利建立「賽博協同工程」（Project Cybersyn）社會主義信息管理系統的歷史〔註 156〕。經過北京大學傳播學者王洪喆的譯介，這段歷史終於在 2017 年進入了中國學者的視野〔註 157〕。與這段轉瞬即逝的，更屬於「政治烏托邦」的歷史相比，斯邁思的中國傳播研究筆記等歷史見證，卻一直沒能得到基於其自身邏輯的細緻考察和檢討。

這段真實存在的而又震撼人心的社會主義傳播建設史，一方面是斯邁思及其開創的傳播政治經濟學一直夢寐以求的未來參照，另一方面，他們苦苦追尋的獨立自主的發展原則，在中國早已成了一代又一代建設者為之奮鬥的事業。

儘管「斯邁思對中國社會主義建設成就及其技術創新與發展模式的認知有被『文革』意識形態修辭所誤導的成份」〔註 158〕，中國複雜的社會政治語境也無法承載過於集中的單一學科或單一視角的論斷，這些歷史侷限並不能遮蔽《中國筆記》的思想鋒芒。它的意義，在於反對純粹的思辨冥想和學術烏托邦式的文本推導過程，在於突破巴丟意義上「共產主義設想」的認識論框限，在日常生活中尋找理論的根基。

從斯邁思的《中國筆記》來看，在中蘇論戰的理論召喚和實踐鼓舞下，毛澤東時代的社會化生產及傳播機制建設，為改革開放後的中國傳播發展道路探索打下了紮實的物質保障和思想基礎，而改革開放後的中國傳播實踐也在面臨複雜的國際形勢，以及反思自身歷史的條件下，走上了有別於以往任何經典論述的自我探索和發展道路——即追尋獨立自主的發展道路。

## 5.5　小結

在傳播政治經濟學的理論視野中，傳播研究可以歸納為兩種路徑：其一，

〔註 155〕 參見："China-notes 1/2, 1969～1976"，SFU 檔案，檔案號：F-16-8-3-11。
〔註 156〕 Eden Medina. Cybernetic Revolutionaries: Technology and Politics in Allende's Chile, Cambridge, MA: The MIT Press, 2011.
〔註 157〕 王洪喆：《阿連德的大數據烏托邦——智利互聯網考古》，《讀書》，2017 年第 3 期。
〔註 158〕 達拉斯・斯邁思：《自行車之後是什麼？——技術的政治與意識形態屬性》王洪喆譯，《開放時代》，2014 年第 4 期。

對傳播工業內部的政治經濟結構的分析；其二，對傳播和意識形態再生產與社會變遷的關聯性分析。前者論述傳播工業體系內部的勞動過程、經濟分配和勞動力再分配問題，後者則在更為宏大的層面上將傳播認定為社會體系及其權力關係中的因素，討論媒介傳播如何參與社會價值觀和意識形態的改造（及其如何被改造）進程。

這一學術脈絡主要承接了批判政治經濟學的理論傳統，以及 20 世紀共產主義行動方案的實踐經驗，並且對資本主義的現代化形式和意識形態是否終結等問題有不同的理論回應。

批判性地借鑒傳播政治經濟學的理論框架和問題意識，筆者從兩個方面，即作為傳播事業的中蘇論戰，和作為世界反霸權運動的中蘇論戰，討論中蘇論戰的傳播過程。其中，中央反修文稿起草小組、翻譯組、對外廣播和理論出版共同組成了中蘇論戰的文本生產和傳播環節，在傳播實踐中，這些關鍵部門體現了中國在戰略整合、政治原則和運作方式方面的獨特性。

不同於資本主義的單向度信息輸送，中國由中蘇論戰發展出來的傳播機制在政策制定、組織規劃、策略調整方面都致力於程式化道路的建構，體現了對獨立自主話語體系的追求。

具體而言，中央反修文稿起草小組負責理論文本的起草工作，是中國共產黨理論論戰的執行者。在文本起草過程中，中國通過跨部委組織聯動、跨政黨團結和內部協商等方式，發展了理論研究及其傳播機制，這一傳統在後期得到了進一步延續和強化。

翻譯組則在政治原則指導、政治調動和組織規劃，以及理論系統建立方面，高度體現了中國國際傳播的組織紀律性和靈活性。

對外廣播方面，中國面向亞非拉等第三世界國家的國際傳播網絡逐漸成型，儘管不能從內部政策辯論的動態視角挖掘傳播機制的布局過程，但是對中蘇論戰傳播實踐的考察，已經充分說明了中國試圖通過對獨立自主話語體系的再建構，突破國際傳播的不平等格局。

理論出版方面，中國試圖重新調配理論資源和行政組織，突破支配性的知識權力結構。理論生產不僅需要擺脫國際間的不平等狀態，也需要重新置入社會關係和日常生活。中國通過不斷重塑和挖掘內部的理論經驗、對社會化生產、物質勞動和群眾文化的理論化提煉，以及改組外宣出版事業等多種方式，逐步確立了對獨立自主話語體系的再建構。

　　經過廣泛的理論鬥爭，中國在對蘇論戰期間提出的理論和實踐方案，也激發了世界各地民族國家對獨立自主道路的政治認同，受到中蘇論戰影響和鼓舞的「全球六十年代」左翼運動，逐步走上了獨立自主的鬥爭道路。在對全球政治和理論鬥爭史的全景掃描中，筆者串聯了獨立自主話語體系在世界政治版圖中的歷史意義：它不僅鼓舞了第三世界的民族解放和資本主義國家的進步運動，也鍛造了他們獨立自主的理論批判能力。

　　以斯邁思訪華為例的個案研究則進一步表明，中國獨立自主的社會主義道路不僅指導和發展了現實政治運動，豐富了西方理論話語體系，而且激發了西方進步知識分子參與社會改造的政治熱情。反帝國主義的獨立自主話語體系，不僅在中蘇論戰中與帝國主義、民族主義話語產生了激烈的理論交鋒，而且指導了現實政治的行動方案。正如斯邁思所言，作為「未來世界」的社會主義中國，為人類社會發展帶來了另一種敘事的可能：通過追求平等的獨立自主話語體系，以及自力更生的發展原則，不僅在話語層面，而且在實踐層面建構不同於所有霸權制度的世界秩序。

# 結　論

　　1990 年 10 月 6 日，不結盟運動南方委員會主席、坦桑尼亞前總統朱利葉斯・尼雷爾（Julius Nyerere）在出席南方委員會會議時強調，「發展中國家面臨的最重要任務是發展自身經濟、實行南南合作和爭取建立國際經濟新秩序」〔註 1〕。建立「國際經濟新秩序」的倡議最終以《對南方的挑戰》（*The Challenge to the South*）的報告形式發表，並與「國際信息與傳播新秩序」一道，共同組成了第三世界國家在 20 世紀為爭取平等世界秩序而作的政治努力。

　　作為非洲民族獨立和社會主義運動的領袖，尼雷爾在南方委員會上的闡述，很大程度上得益於其對中國經驗的觀察和思考。他不僅從 20 世紀 60 年代開始就多次受到毛澤東、鄧小平等中國領導人的接見，在 20 世紀 90 年代初見證深圳特區的經濟崛起之後，尼雷爾更是深入地提出了兩個問題：中國是如何從貧窮落後、飽受戰爭影響的農業國，逐漸發展出完整的工業體系，並得以抵抗北方國家？中國是否會將這一路徑向南方國家輸出，從而服務於自身的發展？〔註 2〕這些問題後來被寫入前述的南方委員會報告。

　　如果說這是來自第三世界的、對當時的全球局勢和自身歷史主體性的普遍疑問，那麼，這一疑問已在世界人民的歷史實踐中得到了回答。2013 年 3 月 25 日，習近平在坦桑尼亞以「尼雷爾」命名的國際會議中心發表演講，不僅回顧了中非在經貿往來、技術轉讓、經驗共享等獨立自主發展和可持續發

---

〔註 1〕新華社：《尼雷爾主席在南方委員會會議上呼籲　實行南南合作爭取建立國際經濟新秩序》，《人民日報》，1990 年 10 月 8 日。

〔註 2〕Prashad, Vijay. *The Poorer Nations: A Possible History of the Global South*. London: Verso, 2012, p.198.

展的政經成果，也勾畫出通過國際傳播構建起的中非文化橋樑：「隨著中非關係發展，中非人民越走越近。一些非洲朋友活躍在中國文藝舞臺上，成了中國家喻戶曉的明星。中國電視劇《媳婦的美好時代》在坦桑尼亞熱播，使坦桑尼亞觀眾瞭解到中國老百姓家庭生活的酸甜苦辣」〔註3〕。

在中國社會主義建設和發展的歷史語境中，習近平所強調的獨立自主話語起源於毛澤東時代中國對社會主義道路和自身發展主體性的不斷探索，以及鄧小平時代對獨立自主話語的堅持和發展。其中，中蘇論戰標誌著中國獨立自主話語體系再建構的深入。作為一場漫長的理論決鬥，中蘇論戰同時也意味著中國對社會主義道路的自我探索。

筆者主要從中蘇論戰的傳播史、論戰的理論內涵，以及論戰對國際傳播和思想史的影響四個方面對中蘇論戰展開考察。對論戰傳播史的考察，從整體回顧了中蘇論戰的發生背景、邏輯線索以及基本過程；對論戰理論內涵的分析，回應了本書的第一個研究問題，即中蘇論戰理論分歧的核心內涵、發展及衍變；對中國在論戰中的國際傳播機制和傳播策略的梳理，回應了本書的第二個研究問題，即政治理念的傳播方式、技術手段及戰略方針；對論戰思想史的考察，回應了本書的第三個研究問題，即核心理念在實踐層面的世界史意義。

本書的主要研究發現如下：

第一，從傳播史的角度看，以公開文本、理論鬥爭和大眾傳播的特定形式展開的中蘇論戰，不能僅僅被理解為去歷史化的意識形態和權力鬥爭。從中國經驗出發，它在形式上內在於中國革命的論辯傳統，在思想脈絡上內在於中國革命者探尋自身發展道路的反帝國主義理論建構。同時，中國內外部的政治經濟鬥爭也是中蘇論戰得以發展的歷史語境。

中蘇的理論分歧，源自以赫魯曉夫為代表的蘇共中央對馬克思列寧主義理論的改寫，及其對世界秩序和革命原則的理論修正。根據論戰的性質、程度及其傳播效果，中蘇論戰可以分為分歧初現、分歧頻發、分歧激化、公開論戰和分歧持續五個階段。中蘇兩黨間的思想分歧，由最初的通過協商得到妥善擱置，逐步發展為以蘇共《給蘇聯各級黨組織和全體共產黨員的公開信》以及中共「九評」蘇共公開信為代表的公開論戰。

---

〔註3〕習近平：習近平在坦桑尼亞尼雷爾國際會議中心的演講，http://www.mfa.gov.cn/chn/pds/ziliao/zyjh/t1024949.htm。

　　從 1956 年到 1966 年，中蘇兩黨圍繞如何界定西方帝國主義和帝國主義秩序、如何界定革命方式和國際主義行動、如何明確自身的歷史使命、如何制定革命綱領和最高原則展開了激烈論戰。中國發表了《關於無產階級專政的歷史經驗》、《列寧主義萬歲》、《關於赫魯曉夫的假共產主義及其在世界歷史上的教訓》等重要的理論文本。這些文本不僅提出和重新探討了諸多馬克思列寧主義的基本問題，並且在中國社會主義實踐中以不同面貌、不同方式發揮著重要影響，繼而深刻嵌入到中國對自身發展道路的質詢和探索之中。

　　第二，從文本與理論的角度看，革命理論在理論經典內部，以及理論與社會政治互動兩方面被重新激發。一方面，中國共產黨人通過對赫魯曉夫修正主義、蘇聯大國沙文主義的歷史化界定，論述了新的歷史條件下帝國主義及其統治形式；另一方面，通過從馬克思列寧主義傳統內部重新挖掘和提取革命的現代意義，重新詮釋和解讀帝國主義、反帝國主義、民族主義、國際主義、殖民主義、反殖民主義等基本概念的當代內涵和政治實質，在調整世界民族革命以及自身社會主義建設的歷史座標的同時，重新確立社會主義和世界反帝國主義的革命綱領。

　　在蘇聯的政治構想中，建立社會主義陣營的支配性秩序是反抗帝國主義的可行方式。中國則認為這背離了馬列主義的革命原則。隨著對帝國主義及其拓展過程的不斷清理，中國共產黨人逐漸完成了對西方帝國主義及其秩序的理論建構：帝國主義和反帝國主義的對立不僅體現在生產關係和地緣政治中，也反映在思想層面，表現為激烈的理論分歧。通過對民族主義、國際主義和沙文主義等政治理念的不斷徵用，帝國主義與社會主義實踐發生了複雜的關聯，一方面，社會主義實踐的民族主義內核使得陣營內部產生了支配性的權力格局，在第三世界的視角中，統攝性的權力格局是對帝國主義霸權秩序的承認和維持，而不是革命。對帝國主義的辨認，逐漸轉變為對獨立自主話語的理論建構。這一理論性的建構，體現在對民族解放運動和共產主義運動兩方面的思考。

　　一方面，當中國將論述中心從對西方帝國主義及其秩序的想像，轉換到對反帝國主義政治主體的辨認，世界革命被賦予了新的歷史意義。共產主義運動與民族解放運動不是支持和被支持的關係：

　　其一，民族解放運動從本質上來說是自我解放運動，而不能受到他者的支配；

其二，民族解放運動的主體性，同時也體現在它對於共產主義運動的推動作用：第三世界民族資產階級革命削弱了帝國主義、殖民主義的統治基礎，瓦解了帝國主義建立的統攝性秩序，並在世界矛盾中心給予帝國主義直接打擊。鑒於全球勞動分工和利潤輸送的資本主義秩序有助於緩解、轉移和遮蔽帝國主義中心的結構性危機，第三世界獨立自主話語體系的建構則切斷了帝國主義擴張的可能性，為支持和促進帝國主義內部的民主革命提供了可能。

另一方面，在與蘇聯的論戰過程中，中國也在不斷反思和界定自身與帝國主義、修正主義和冷戰霸權之間的關係，創造性、系統性地提出了中間地帶、東風壓倒西風、一分為二、群眾路線與群眾運動、資產階級法權等理論命題，提出了「階級鬥爭、生產鬥爭、科學實驗」、城鄉社會主義教育、培養革命接班人等政治命題，形成了無產階級先鋒黨及其社會主義革命理論。作為 19 世紀以來國際主義挑戰民族帝國主義的最後高潮，中國將國際主義付諸於獨立自主話語體系的理論和實踐建構。獨立自主話語體系的想像與建構，為中國社會主義建設的實踐開拓和政治發展打下了理論基石。

第三，從國際傳播機制及其策略的角度看，從設立中央局代行中央職權，跨部委組織聯動建立理論研究與傳播機制，再到中外文同步廣播雙方論戰文稿，改組外宣理論出版機制及其方針，中國共產黨人通過精密複雜的人員調動、資源調配和機構重組，組建了一套系統化、組織化和機動性的傳播機制，並提煉出了相應的傳播策略。

在中央反修文稿起草小組、翻譯組、對外廣播和理論出版等各個環節，中國都根據不同歷史階段和不同社會政治條件，不斷調試自身的方針政策和表達方式，並且積極吸納來自國際社會、政黨和進步知識分子的意見。不同於資本主義傳播制度服從於經濟分配和價值流動原則的單向度信息輸送，中國由中蘇論戰中發展出來的傳播制度在政策制定、組織規劃、策略調整方面都致力於程式化道路的建構，明顯體現出社會主義獨立自主的民主原則。

第四，從思想史的角度看，中國在中蘇論戰中對獨立自主話語體系的理論建構與政治實踐，激發了同一時段世界各地民族國家追尋獨立自主道路的政治信心。獨立自主話語體系不僅鼓舞和指導了第三世界民族解放運動、資本主義國家內部的進步運動，進一步改造了西方理論話語體系，而且激發了西方進步知識分子參與社會改造的政治熱情。

反帝國主義的獨立自主話語體系，不僅在中蘇論戰中與帝國主義和及其

民族主義話語產生了激烈的理論交鋒，而且在現實政治中重新確立了自身的理論內涵、行動方案和政治目標。

本書存在以下兩點侷限：

第一，中蘇論戰是中蘇兩黨在話語層面的理論交鋒，在論戰後期，中國共產黨認識到話語鬥爭在國內社會主義建設的侷限性和不徹底性，進而發動了一系列的更為激烈的政治經濟和文化政策變革，受制於學科問題意識、針對性以及論述篇幅，本書沒有在更為漫長的歷史格局和政治變遷中考察中蘇論戰隨後在更廣泛的行動主義語境中發揮的理論影響和現實意義；

第二，儘管在論文的準備過程中，筆者收集整理了部分歷史見證者的一手材料，但由於中蘇論戰發生於 20 世紀 50 年代和 60 年代，距今已逾近六十年，時間跨度限制了筆者更廣泛地收集一手研究素材，對中蘇論戰的國際傳播研究作出更細緻、全方位的歷史刻畫。

本書的社會意義是，重新梳理中國在論戰中提出的理論框架和行動綱領，能夠更好地理解中國參與當代全球秩序構建的歷史座標和行動邏輯，更好地參與和指導全球秩序的民主化設計。隨著「一帶一路」倡議的提出，基礎設施和傳播通信技術的搭建，以及全球數字文化的興起，中國語境中對更加平等的全球傳播新秩序的追求，已經從文本的構想變成了每個人都有機會參與其中的現實。

在中國語境中，「九評」的根本邏輯是探索中國獨立自主話語體系的再建構，以及在中蘇論戰中發展的反帝國主義理論體系和國際主義行動綱領。這不僅為詮釋和發展當代全球傳播新秩序的建構提供了豐富的理論資源，而且為當代社會文化和政治經濟發展提供了寶貴的歷史參照。

# 參考文獻

1. 艾思奇,無限和有限的辯證法,紅旗,1959(4):26～27。

2. 白冰,五四時期毛澤東對多種社會思潮的比較與對馬克思主義的最終選擇,黨的文獻,2015(6):53～57。

3. 北京市地方志編纂委員會,北京志·新聞出版廣播電視卷·報業·通訊社志,北京:北京出版社,2006。

4. 北京市地方志編纂委員會,北京志·新聞出版廣播電視卷·廣播電視志,北京:北京出版社,2006。

5. 北京市地方志編纂委員會,北京志·人民團體志·工人組織志,北京:北京出版社,2005。

6. 北京市地方志編纂委員會,北京志·市政卷·電信志,北京:北京出版社,2004。

7. 本尼迪克特·安德森,想像的共同體:民族主義的起源與散佈,吳叡人,譯,上海:上海世紀出版集團,2011。

8. 曹海鷹,我國播音風格初探,現代傳播,1987(4):66～74。

9. 曹書樂,論英國傳播研究——一種馬克思主義學術傳統的考察〔博士學位論文〕,北京:清華大學新聞與傳播學院,2009。

10. 常安,辛亥時期「五族共和」論的思想淵源〔EB/OL〕,(2011-10-24)〔2019-03-01〕,http://wen.org.cn/modules/article/view.article.php/article=2898。

11. 常江,初創期中國電視傳播的國際語境,北大新聞與傳播評論,2013:183～199。

12. 程容,共產國際成立四十週年,紅旗,1959(6):38～41。

13. 陳伯達，南斯拉夫修正主義是帝國主義政策的產物，紅旗，1958（1）：11～18。

14. 陳光興，臺灣毛派先行者的視野：金寶瑜訪談，人間思想，2017（8），5～45。

15. 陳立中，中蘇論戰與中國社會主義發展，北京：中央文獻出版社，2015。

16. 陳先達，走向歷史的深處——馬克思歷史觀研究，北京：中國人民大學出版社，2016。

17. 陳小平，20 世紀 50 至 60 年代「中蘇大論戰」的背後——評吳冷西的《十年論戰（1956～1966）——中蘇關係回憶錄》，當代中國研究，2002（3）。

18. 陳映真，後街——陳映真的創作歷程//陳映真，陳映真文選，北京：生活·讀書·新知三聯書店，2009：20。

19. 陳映真，我在臺灣所體驗的文革，亞洲週刊，1996（5）：50～51。

20. 崔之元，第二次思想解放與制度創新，香港：牛津大學出版社，1997。

21. 達拉斯·斯邁思，自行車之後是什麼？——技術的政治與意識形態屬性，王洪喆，譯，開放時代，2014（4）：95～107。

22. 達雅·屠蘇，多極化世界的全球傳播重構，盛陽，譯，全球傳媒學刊，2019（4）：92～102。

23. 黨史信息報，被毛澤東「解救」的蘇聯詩人，〔EB/OL〕，（2009-03-17）〔2019-03-01〕，http://dangshi.people.com.cn/GB/85039/8977137.html。

24. 丹·席勒，信息資本主義的興起與擴張——網絡與尼克松時代，翟秀鳳，譯，王維佳，校譯，北京：北京大學出版社，2018。

25. 丹·席勒，傳播理論史：回歸勞動，馮建三，羅世宏，譯，王維佳，校譯，北京：北京大學出版社，2012。

26. 鄧小平，鄧小平文選第二卷，北京：人民出版社，1994。

27. 鄧小平，鄧小平文選第三卷，北京：人民出版社，1993。

28. 杜贊奇，中國漫長的二十世紀的歷史和全球化，劉昶，譯，開放時代，2008（2）：94～101。

29. 方漢奇，章太炎與近代中國報業//方漢奇，新聞史的奇情壯彩，北京：華文出版社，2000：158～180。

30. 方海興，建國以來中央諸辦事小組考述，前沿，2008（7）：197～200。

31. 馮象，國歌賦予自由，北大法律評論，2014，15（1）：234～245。

32. 顧錦萍，《列寧選集》簡介，哲學研究，1960（Z1）：108。

33. 郭鎮之，傳播政治經濟學理論泰斗達拉斯·斯麥茲，國際新聞界，2001（5）：58～63。

34. 郭鎮之，中國電視史略（1958～1978），現代傳播，1989（2）：88～93。

35. 杭敏，國際貿易議題報導中的數據與思考，新聞戰線，2019（1）：98～101。

36. 赫伯特·席勒，大眾傳播與美利堅帝國，劉曉紅，譯，上海：上海世紀出版集團，2006。

37. 賀桂梅，「民族形式」建構與當代文學對五四現代性的超克，文藝爭鳴，2015（9）：34～49。

38. 賀照田，當信仰遭遇危機……——陳映真20世紀80年代的思想湧流析論（一），開放時代，2010（11）：64～79。

39. 洪宇，踐行網絡強國戰略，把握全球數字時代歷史機遇期，〔EB/OL〕，（2019-03-22）〔2019-03-31〕，http://share.gmw.cn/guancha/2019-03/22/content_32671131.htm?from=timeline&isappinstalled=0。

40. 黃鴻森，宋寧，郭健，徐式谷，北京編譯社對我國翻譯出版事業的貢獻，出版發行研究，2017（6）：107～111。

41. 黃平，中國道路：經驗，特色與前景，經濟導刊，2017（1）：14～20。

42. 黃平，中國道路：實現中國夢的偉大歷程，紅旗文稿，2015（18）：13～15。

43. 吉特林，新左派運動的媒介鏡象，胡正榮，張銳，譯，北京：華夏出版社，2007。

44. 姜飛，跨文化傳播的後殖民語境，北京：中國人民大學出版社，2005。

45. 姜飛，馮憲光，馬克思主義與後殖民主義批評，外國文學研究，2001（2）：10～16。

46. 蔣洪生，法國的毛主義運動：五月風暴及其後，文藝理論與批評，2018（11）：12～29。

47. 強世功，超大型政治體的內在邏輯——「帝國」與世界秩序，文化縱橫，

2019（4）：18～29。

48. 強世功，主權：政治的智慧與意志——香江邊上的思考之六，讀書，2008（4）：28～34。

49. 傑奧瓦尼‧阿瑞基，漫長的20世紀，姚乃強，嚴維明，韓振榮，譯，南京：江蘇人民出版社，2011。

50. 孔寒冰，走出蘇聯：中蘇關係及其對中國發展的影響，北京：新華出版社，2011。

51. 曠新年，「社會主義現實主義」在中國，文藝理論與批評，2014（5）：71～85。

52. 雷迅馬，作為意識形態的現代化：社會科學與美國對第三世界政策，牛可，譯，北京：中央編譯出版社，2003。

53. 李彬，新聞學若干問題斷想，蘭州大學學報，2018（1）：117～123。

54. 李彬，劉海龍，20世紀以來中國傳播學發展歷程回顧，現代傳播，2016（1）：32～43。

55. 李彬，試談新中國新聞業中的「十大關係」，山西大學學報：哲學社會科學版，2014（3）：85～118。

56. 李彬，傳播學引論，北京：高等教育出版社，2013。

57. 李鳳林，序：中蘇關係的歷史與中俄關係的未來——寫在《中蘇關係史綱》出版前的幾句話//沈志華，中蘇關係史綱（1917～1991），北京：新華出版社，2007。

58. 李海波，新聞的公共性、專業性與有機性——以「民主之春」、延安時期新聞實踐為例，新聞大學，2017（4）：8～17。

59. 李宇，宋慶齡與西方學者的交流策略，對外傳播，2009（5）：28～30。

60. 李越然，我為毛澤東作俄語翻譯的日子，炎黃春秋，1997（8）：65～68。

61. 李越然，回憶毛主席第二次出訪蘇聯，蘇聯東歐問題，1989（4）：89～93。

62. 李金銓，報人報國，香港：香港中文大學出版社，2013。

63. 李希光，建設「一帶一路」文明圈（上），經濟導刊，2016（1）：66～72。

64. 李希光，建設「一帶一路」文明圈（下），經濟導刊，2016（2）：88～92。

65. 列寧，國家與革命//中共中央編譯局，列寧專題文集：論馬克思主義，北

京：人民出版社，2009。

66. 列寧，帝國主義是資本主義的最高階段//中共中央編譯局，列寧全集：第
    21卷，北京：人民出版社，1990。

67. 列寧，中國的民主主義和民粹主義（1912年7月15日〔28日〕）//中共
    中央編譯局，列寧全集：第21卷，北京：人民出版社，1990。

68. 林揚，學習《列寧選集》，讀書，1960（8）：2～4。

69. 劉海龍，宣傳：觀念、話語及其正當化，北京：中國大百科全書出版社，
    2013。

70. 劉禾，帝國的話語政治：從近代中西衝突看現代世界秩序的形成，楊立
    華等，譯，北京：生活·讀書·新知三聯書店，2009。

71. 劉康，西方理論在中國的命運——詹姆遜與詹姆遜主義，文藝理論研究，
    2018（1）：184～201。

72. 劉康，馬克思主義與美學：中國馬克思主義美學家和他們的西方同行，
    李輝，楊建剛，譯，北京：北京大學出版社，2012。

73. 劉少奇，論共產黨員的修養，北京：人民出版社，1997。

74. 劉亞丁，俄羅斯的中國想像：深層結構與階段轉喻，廈門大學學報：哲
    學社會科學版，2006（6）：54～60。

75. 劉雲萊，新華通訊社發展史略（四），新聞研究資料，1986（1）：127～
    149。

76. 盧嘉，史安斌，國際化·全球化·跨國化：國際傳播理論演進的三個階
    段，新聞記者，2013（9）：36～42。

77. 魯迅，關於太炎先生二三事//魯迅，魯迅全集：第六卷，北京：同心出版
    社，2014。

78. 呂新雨，托洛茨基主義、工農聯盟與「一國社會主義」——以蘇聯20世
    紀二三十年代黨內鬥爭為視角的歷史考察，開放時代，2016（5）：157～
    180。

79. 呂新雨，列寧主義與中國革命——重新理解馬克思主義中國化的歷史視
    角，毛澤東鄧小平理論研究，2015（3）：57～65。

80. 呂新雨，試論社會主義公共傳播，〔EB/OL〕，（2019-01-24）〔2019-03-31〕，
    http://www.aisixiang.com/data/114784.html。

81. 呂新雨，大眾傳媒、冷戰史與「列寧德奸案」的前世今生，〔EB/OL〕，（2014-12-14）〔2019-03-31〕，http://www.guancha.cn/LvXinYu/2014_12_14_303277_s.shtml。

82. 馬克思，恩格斯，共產黨宣言//馬克思，恩格斯，馬克思恩格斯文集：第2卷，北京：人民出版社，2009。

83. 馬克思，資本論：第一卷，中共中央編譯局，譯，北京：人民出版社，2004。

84. 毛澤東，毛澤東早期文稿（一九一二年六月～一九二〇年十一月），中共中央文獻研究室，中共湖南省委《毛澤東早期文稿》編輯組，編，長沙：湖南人民出版社，2008。

85. 毛澤東，矛盾論//毛澤東，毛澤東選集：第一卷，北京：人民出版社，2009。

86. 毛澤東，新民主主義論//毛澤東，毛澤東選集：第二卷，北京：人民出版社，2009。

87. 牛軍，1960 年代中國國家安全戰略轉變的若干問題再探討，華東師範大學學報：哲學社會科學版，2018（5）：46～62。

88. 牛軍，安全的革命：中國援越抗美政策的緣起與形成，冷戰國際史研究，2017（1）：1～55。

89. 逢先知，金沖及，毛澤東傳，北京：中央文獻出版社，2013。

90. 佩里‧安德森，大國協調及其反抗者：佩里‧安德森訪華講演錄，章永樂，魏磊傑，編，北京：北京大學出版社，2018。

91. 佩里‧安德森，兩種革，章永樂，譯，中國：革命到崛起（思想18），臺灣：聯經出版社，2011（6）。

92. 普殊同，馬克思與現代性//汪暉，王中忱，編，區域：亞洲研究論叢（第二輯）：重新思考二十世紀，北京：清華大學出版社，2012。

93. 戚本禹，戚本禹回憶錄，香港：中國文革歷史出版社，2016。

94. 邱琳，呂軍燕，王玨，唐璐，李東旭，法國外交文件選譯（二），近現代國際關係史研究，2018（2）：216～351。

95. 人民日報，答赫魯曉夫　巴西共產黨中央委員會決議，人民日報，1963-09-04。

96. 人民日報編輯部，再論無產階級專政的歷史經驗，人民日報，1956-12-29。

97. 人民日報編輯部，紅旗雜誌編輯部，蘇共領導同我們的分歧的由來和發展——一評蘇共中央的公開信，人民日報，1963-09-06。

98. 人民日報編輯部，紅旗雜誌編輯部，關於斯大林問題——二評蘇共中央的公開信，人民日報，1963-09-13。

99. 人民日報編輯部，紅旗雜誌編輯部，南斯拉夫是社會主義國家嗎？——三評蘇共中央的公開信，1963-09-26。

100. 人民日報編輯部，紅旗雜誌編輯部，新殖民主義的辯護士——四評蘇共中央的公開信，人民日報，1963-10-22。

101. 人民日報編輯部，紅旗雜誌編輯部，在戰爭與和平問題上的兩條路線——五評蘇共中央的公開信，人民日報，1963-11-19。

102. 人民日報編輯部，紅旗雜誌編輯部，兩種根本對立的和平共處政策——六評蘇共中央的公開信，人民日報，1963-12-12。

103. 人民日報編輯部，紅旗雜誌編輯部，蘇共領導是當代最大的分裂主義者——七評蘇共中央的公開信，人民日報，1964-02-29。

104. 人民日報編輯部，紅旗雜誌編輯部，無產階級革命和赫魯曉夫修正主義——八評蘇共中央的公開信，人民日報，1964-03-31。

105. 人民日報編輯部，紅旗雜誌編輯部，關於赫魯曉夫的假共產主義及其在世界歷史上的教訓——九評蘇共中央的公開信，人民日報，1964-07-14。

106. 塞巴斯蒂安·康拉德，全球史中的啟蒙：一種歷史學的批評，熊鷹，譯，區域，2014（1）：81～101。

107. 沈志華，俄羅斯解密檔案選編：中蘇關係，上海：東方出版中心，2015。

108. 沈志華，赫魯曉夫秘密報告的出臺及中國的反應，百年潮，2009（8）：22～27。

109. 沈志華，中蘇關係史綱，北京：新華出版社，2007。

110. 史安斌，盛陽，追尋傳播的「另類現代性」：重訪斯邁思的《中國檔案》，即將發表。

111. 史安斌，盛陽，開創國際傳播能力建設的新局面、新理念、新形式，電視研究，2018（11）：4～7。

112. 史安斌。「後真相」衝擊西方輿論生態，理論導報，2017（11）：63～64。

113. 史安斌，楊雲康，後真相時代政治傳播的理論重建和路徑重構，國際新

聞界，2017（9）：54～70。

114. 史安斌，加強和改進中國政治文明的對外傳播：框架分析與對策建議，新聞戰線，2017（7）：29～32。

115. 史安斌，廖鰈爾，國際傳播能力提升的路徑重構研究，現代傳播，2016（10）：5～30。

116. 史安斌，王曦，從「現實政治」到「觀念政治」——論國家戰略傳播的道義感召力，人民論壇·學術前沿，2014（24）：16～25。

117. 史安斌，全球傳播出現新變局，社會科學報，2013-05-09。

118. 史安斌，李彬，回歸「人民性」與「公共性」——全球傳播視野下的「走基層」報導淺析，新聞記者，2012（8）：3～7。

119. 石井剛，知識生產·主體性·批評空間——汪暉《現代中國思想的興起》日文簡本「譯者解說」，開放時代，2011（10）：137～148。

120. 佘君，中蘇論戰與馬克思主義在中國的傳播，安徽師範大學學報：人文社會科學版，2019（1）：16～22。

121. 申唯佳，新中國成立以來對外傳播中的國家角色設定，河南大學學報：社會科學版，2019（1）：139～144。

122. 盛陽，漸進的馬克思主義者：雷蒙·威廉斯學術思想評述，全球傳媒學刊，2017（1）：52～69。

123. 斯蒂芬·李特約翰，凱倫·福斯，人類傳播理論：第9版，史安斌，譯，北京：清華大學出版社，2009。

124. 斯拉沃熱·齊澤克，有人說過集權主義嗎？，宋文偉，譯，南京：江蘇人民出版社，2005。

125. Sparks C，盛陽，曹書樂，馬克思主義與媒體研究在西方，全球傳媒學刊，2017（3）：8～29。

126. 孫歌，中國革命的思想史意義，開放時代，2013（5）：126～142。

127. 孫其明，中蘇關係始末，上海：上海人民出版社，2002。

128. 塗成林，世界歷史視野中的亞細亞生產方式——從普遍史觀到特殊史觀的關係問題，中國社會科學，2013（6）：21～37。

129. 王洪喆，阿連德的大數據烏托邦——智利互聯網考古，讀書，2017（3）：3～11。

130. 汪暉，作為思想對象的二十世紀中國（上）──薄弱環節的革命與二十世紀的誕生，開放時代，2018（5）。

131. 汪暉，十月的預言與危機──為紀念 1917 年俄國革命 100 週年而作，文藝理論與批評，2018（1）：6～42。

132. 汪暉，世紀的誕生──20 世紀中國的歷史位置（之一），開放時代，2017（4）：11～54。

133. 汪暉，「毛主義運動」的幽靈，馬克思主義研究，2016（4）：134～142。

134. 汪暉，兩洋之間的文明（上），經濟導刊，2015（8）：10～21。

135. 汪暉，兩洋之間的文明（下），經濟導刊，2015（9）：14～20。

136. 汪暉，現代中國思想的興起，北京：生活・讀書・新知三聯書店，2015。

137. 汪暉，去政治化的政治、霸權的多重構成與六十年代的消逝，開放時代，2007（2）：5～41。

138. 王維佳，媒體建制派的失敗：理解西方主流新聞界的信任危機，現代傳播，2017（5）：36～41。

139. 王維佳，「點新自由主義」：賽博迷思的歷史與政治，經濟導刊，2014（6）：25～36。

140. 王維佳，作為勞動的傳播──中國新聞記者勞動狀況研究，北京：中國傳媒大學出版社，2011。

141. 王維佳，重新理解「宣傳模式」理論：一種方法論視角，國際新聞界，2009（3）：31～35。

142. 韋爾伯・施拉姆，美國傳播研究的開端：親身回憶，王金禮，譯，北京：中國傳媒大學出版社，2016。

143. 文森特・莫斯可，傳播政治經濟學：再思考與再更新，馮建三，程宗明，譯，臺北：五南圖書出版公司，1998。

144. 溫鐵軍，八次危機：中國的真實經驗，上海：東方出版社，2013。

145. 沃納・哈恩，何吉賢，誰把赫魯曉夫趕下了臺？國際共運史研究，1991（4）：61～65。

146. 吳冷西，十年論戰──1956～1966 中蘇關係回憶錄，北京：中央文獻出版社，2014。

147. 吳冷西，在世界性通訊社的征途上//新華社新聞研究所，歷史的足跡：新

華社 70 週年回憶文選，北京：新華出版社，2001：8。

148. 吳冷西，憶毛主席——我親身經歷的若干重大歷史事件，北京：新華出版社，1995。

149. 習近平，習近平在坦桑尼亞尼雷爾國際會議中心的演講，〔EB/OL〕，（2013-03-25）〔2019-03-31〕，http://www.mfa.gov.cn/chn//pds/ziliao/zyjh/t1024949.htm。

150. 新華社，尼雷爾主席在南方委員會會議上呼籲　實行南南合作爭取建立國際經濟新秩序，人民日報，1990-10-08。

151. 熊復，印度尼西亞人民的革命鬥爭和印度尼西亞共產黨——慶祝印度尼西亞共產黨建黨四十三週年，紅旗，1963（10）：1～18。

152. 許靜，「心理戰」與傳播學——美國冷戰時期傳播學研究的一大特色，國際政治研究，1999（1）：128～136。

153. 閻明復，親歷中蘇關係：中央辦公廳翻譯組的十年(1957～1966)，北京：中國人民大學出版社，2015。

154. 閻明復，中蘇關於國際共產主義運動總路線之爭，百年潮，2008（2）：25～29。

155. 姚琳，再論批判學者的社會實踐——以傳播政治經濟學先驅達拉斯‧斯邁茲為例，新聞大學，2010（2）：86～94。

156. 姚遙，新中國對外宣傳史——建構現代中國的國際話語權，北京：清華大學出版社，2014。

157. 殷之光，英帝國的世界想像及其崩塌，中國經營報，2018-09-03。

158. 殷之光，國際主義時刻——中國革命視野下的阿拉伯民族獨立與第三世界秩序觀的形成，開放時代，2017（4）：110～133。

159. 殷之光，20 世紀與反抗的政治——超越「美蘇爭霸」的冷戰史觀，文化縱橫，2014（2）：84～93。

160. 於洪君，三十年來蘇聯共產黨的變化，蘇聯東歐問題，1984（6）：81～84。

161. 於兆力，和平競賽是大勢所趨，紅旗，1959（16）：24～27。

162. 雲國強，歷史與話語模式：關於中國國際傳播研究的思考，新聞大學，2015（5）：87～94。

163. 雲國強，理解國際傳播的雙重視界——基於當代中國國家與社會關係的歷史性分析，北大新聞與傳播評論，2013：56～70。

164. 詹姆斯·赫什伯格，謝爾蓋·拉琴科，蘇聯集團國家有關中國和對華國際文件節選（1966～1987）。王俊逸，王大為，選編，羅曦，譯，毛升，校，冷戰國際史研究，2012（2）：309～310。

165. 章宏偉，雪泥幾鴻爪 苔庭留履痕——新中國 60 年出版大事記，編輯之友，2009（9）：137～176。

166. 趙慶雲，中蘇論戰背景下的史學「反修組」初探，中共黨史研究，2013（5）：45～54。

167. 趙一凡，阿爾都塞與話語理論，讀書，1994（2）：92～101。

168. 中共中央文獻研究室，毛澤東年譜（1949～1976）：第二卷，北京：中央文獻出版社，2013。

169. 中共中央文獻研究室，毛澤東年譜（1949～1976）：第五卷，北京：中央文獻出版社，2013。

170. 中共中央文獻研究室，周恩來年譜（1949～1976）：中卷，北京：中央文獻出版社，1997。

171. 中共中央文獻研究室，關於建國以來黨的若干歷史問題的決議注釋本，北京：人民出版社，1983。

172. 中國對外翻譯出版公司第二編譯室，多種聲音，一個世界·交流與社會·現狀和展望，北京：中國對外翻譯出版公司，1981。

173. 中國工人網，國史（1949～1978）——中國人民對社會主義的偉大探索，內部資料。

174. 中華人民共和國外交部，中共中央文獻研究室，毛澤東外交文選，北京：中央文獻出版社，世界知識出版社，1994。

175. 中央編譯局，馬克思恩格斯全集：第 31 卷，北京：人民出版社，1998。

176. 周月峰，「列寧時刻」：蘇俄第一次對華宣言的傳入與五四後思想界的轉變，清華大學學報：哲學社會科學版，2017（5）：113～128。

177. 周展安，哲學的解放與「解放」的哲學——重探 20 世紀 50～70 年代的「學哲學、用哲學」運動及其內部邏輯，開放時代，2017（1）：111～126。

178. 周展安，馬克思主義理論在中國扎根的邏輯與特質——從中國近代史的

內在趨勢出發的視角，毛澤東鄧小平理論研究，2015（3）：77～80。

179. 朱利安·布爾格，主要矛盾：法國毛主義的興盛，梁長平，編譯，毛澤東研究，2017（6）：114～122。

180. 朱雲漢，溫鐵軍，張靜，潘維，共和國六十年與中國模式，讀書，2009（9）：16～28。

181. 朱子奇，詩的歡迎　歡迎的詩——憶毛主席訪蘇片斷，文藝理論與批評，1991（5）：25～29。

182. Abbate J. Inventing the Internet. Cambridge: MIT Press, 1999.

183. Alexander J. Modern, Anti, Post, Neo. New Left Review, 2005 (2): 210.

184. Amin S. The Future of Maoism. Trans. Finkelstein, Norman. New York: Monthly Review Press, 1983.

185. Anderson B. Imagined Communities: Reflections on the Origin and Spread of Nationalism. London: Verso, 1991.

186. Anderson P. 2010. Two revolutions. New Left Review, 61: 59～96.

187. Anderson P. Internatinoalism: A Breviary. New Left Review, 2002 (14): 5～25.

188. Anderson P. Arguments within English Marxism. London: Verso, 1980.

189. Anon. Final Paper: Mass Communication//Mattelart A, Siegelaub S (eds). Communication and Class Struggle 2. Liberation, Socialism. New York: International General, 1980: 235～237.

190. Arrighi G. The Long Twentieth Century: Money, Power, and the Origins of Our Times. London: Verso, 2010.

191. Atenstaedt R. Word Cloud Analysis of the BJGP: 5 Years On. British Journal of General Practice, 2017 May, 67 (658): 231～232.

192. Atenstaedt R. Word Cloud Analysis of the BJGP. British Journal of General Practice, 2012 Mar, 62 (596): 148.

193. Badiou A. The Communist Idea and the Question of Terror//Zizek, Slavoj.ed. The Idea of Communism 2. London: Verso, 2013: 4.

194. Badiou A. The Cultural Revolution: The Last Revolution?//Badiou A. The Communist Hypothesis. Macy, David M, Steve C, trans. London: Verson, 2010.

195. Barker J. Master Signifier: A Brief Genealogy of Lacano-Maoism. FILOZOFIA, 69, 2014 (9): 752～764.

196. Bourg J. Principally Contradiction: The Flourishing of French Maoism// Alexander C (eds). Mao's Little Red Book: A Global History. Cambridge: Cambridge University Press, 2014: 225～226.

197. Bourg J. The Red Guards of Paris: French Student Maoism of the 1960s. History of European Ideas, 2005 (31): 472～490.

198. Brown T, Lison A. (eds) The Global Sixties in Sound and Vision: Media, Counterculture, Revolt. New York: Palgrave Macmillan, 2014.

199. Boyd-Barrett O. (eds) Communications Media, Globalization and Empire. Eastleigh: John Libbey, 2006.

200. Blackmore J. The Chinese View of their Place in the World. New Left Review, 1964 (6).

201. Brophy E. Language Put to Work: The Making of the Global Call Centre Workforce. London: Palgrave Macmillan, 2017.

202. Brown T S. The Sixties Then and Now. European History Quarterly, 2013, 43 (1): 107～117.

203. Buchanan T. East Wind: China and the British Left, 1925～1976. Oxford: Oxford University Press, 2012.

204. Chen J. Maoism//Maryanne H (eds). New Dictionary of the History of Ideas. Farmington Hills: Thomson Gale, 2004: 1339.

205. Chen J. Mao's China and the Cold War. Chapel Hill: The University of North Carolina Press, 2001.

206. Cook A (eds). Mao's Little Red Book: A Global History. Cambridge: Cambridge University Press, 2014.

207. Cull N. The Cold War and the United States Information Agency: American Progapanga and Public Diplomacy, 1945～1989. Cambridge: Cambridge University Press, 2008.

208. Curran J, Seaton J. Power without Responsibility: Press, Broadcasting and the Internet in Britain. London: Routledge, 2010.

209. Davis M. The Marxism of the British new left. Journal of Political Ideologies, 2006 (3): 335～358.

210. Day R, Gaido D. Responses to Marx's Capital: From Rudolf Hilferding to Issak Illich Rubin. London: Brill, 2017.

211. Derfler L. Paul Lafarge and the Flowering of French Socialism, 1882～1911. Cambridge: Harvard University Press, 1998.

212. Deutscher I. Ideological Trends in the USSR. The Socialist Register, 1968: 9 ～21.

213. Deutscher I. The Failure of Khrushchevism. The Socialist Register, 1965: 11 ～29.

214. Deutscher I. Maoism—Its Origins, Background, and Outlook. The Socialist Register, 1964: 11～37.

215. Downing J. Radical Media: Rebellious Communication and Social Movements. London: Sage Publications, 2001.

216. Duara P. The Cold War and the Imperialism of Nation-States//Immerman R, Goedde P (eds). The Oxford Handbook of the Cold War. Oxford: Oxford University Press, 2013.

217. Duara P. History and Globalization in China's Long Twentieth Century. Modern China, January 2008, Vol. 34 (1): 152～164.

218. Ekercrantz J. Media and Communication Studies Going Global//Wasko J, Murdock G, and Sousa H. The Handbook of Political Economy of Communications. West Sussex: Blackwell Publishing, 2011.

219. Elliott G. Althusser: The Detour of Theory. London: Brill Academic Publishers, 2006.

220. Enzensberger H M. The Consciousness Industry: On Literature, Politics and the Media. New York: Seabury Press, 1974.

221. Farley R. Was the Sino-Soviet Split Borne of Ideology or Geostrategic Consideration?. The Diplomat, March 6, 2017.〔EB/OL〕.(2017-03-01) 〔2019-03-31〕. https://thediplomat.com/2017/03/was-the-sino-soviet-split-borne-of-ideology-or-geostrategic-consideration/

222. Faraone R. Economy, Ideology and Advertising//Wasko J, Murdock G, and Sousa H. The Handbook of Political Economy of Communications. West Sussex: Blackwell Publishing, 2011.

223. Fenton N, Freedman D. Fake Democracy, Bad News. Socialist Register, 2018: 130～149.

224. Frazier R T. The East is Black: Cold War China in the Black Radical Imagination. Durham: Duke University Press, 2014.

225. Freedman D. The Politics of Media Policy. Cambridge: Polity, 2008.

226. Friedman J. Shadow Cold War: The Sino-Soviet Competition for the Third World. Chapel Hill: The University of North Carolina Press, 2015.

227. Fuchs C. Reading Marx in the Information Age: A Media and Communication Studies Perspective on Capital Volume 1. London: Routledge, 2016.

228. Gasher M. Mapping World Communication. Canadian Journal of Communication, 1996, 21 (1). http://www.cjc-online.ca/index.php/journal/article/view/931/837.

229. Gerwarth R, Manela E. The Great War as a Global War: Imerial Conflict and the Reconfiguration of World Order, 1911～1923, Diplomatic History, 2014 (34): 786～800.

230. Gitlin T. The Sixties: Years of Hope, Days of Rage. New York: Bantam Books, 1987.

231. Gittings J. Survey of the Sino-Soviet Dispute: A Commentary and Extracts from the Recent Polemics 1963～1967. Oxford: Oxford University Press, 1968.

232. Golding P, Murdock G. Theories of Communication and Theories of Society. Communication Research, 1978 Vol 5 (3): 339～356

233. Griffith W. Communist Esoteric Communications: Explication de Texte// Pool I, Frey F, Schramm W, Maccoby N & Parker E (eds). Handbook of Communication. Chicago: Rand McNally College Publishing Company, 1973: 518.

234. Hall S. A Sense of Classlessness. Universities & Left Review, 1958 (5): 26～

31.

235. Hamelink C. The Politics of World Communication. Thousand Oaks: Sage Publications, 1994.

236. Hanhimäki J, Westad O A. The Cold War: A History in Documents and Eyewitness Accounts. Oxford: Oxford University Press, 2004.

237. Hepp A. Transcultural Communication. London: Wiley Blackwell, 2015.

238. Hobsbawm E. The Age of Empire: 1875～1914. London: Weidenfeld & Nicolson, 1987.

239. Hobson J. Imperialism: A Study. New York: Cosimo Classics, 2005.

240. Holland L. Student reflections on the value of a professionalism module. Journal of Information, Communication and Ethics in Society, 2013, 11 (1): 19～30.

241. Hong Y. Networking China: The Digital Transformation of the Chinese Economy. Urbana: University of Illinois Press, 2017.

242. Jameson F. Third-World Literature in the Era of Multinational Capitalism. Social Text, 1986, 15: 65～88.

243. Wasco J, Murdock G, Sousa H. Introduction: The Political Economy of Communications: Core Concerns and Issues//Wasco J, Murdock G, Sousa H. The Handbook of Political Economy of Communications. West Sussex: Blackwell Publishing, 2011.

244. Jones P, Kevill S. China and the Soviet Union, 1949～84. Harlow: Longman, 1985.

245. Kabir A I, Karim R, Newaz S, Hossain M I. The Power of Social Media Analytics: Text Analytics Based on Sentiment Analysis and Word Clouds on R. Informatică economică, 2018, 22 (1): 25～38.

246. Kostroun D. Feminism, Absolutism, and Jansenism: Louis XIV and the Port-Royal Nuns. Cambridge: Cambridge University Press, 2011.

247. Latham M. The Cold War in the Third World. In The Cambridge History of the Cold War (Vol 2), ed. Leffler, Melvyn and Westad, Odd Arne. Cambridge: Cambridge University Press, 2012.

248. Lew R. Maoism and the Chinese Revolution. The Socialist Register, 1975: 115 ～159.

249. LittleJohn S, Foss K. Theories of Human Communication (Ninth Edition). 北京：清華大學出版社，2009: 293～294。

250. Lin C. China's Lost World of Internationalism// Wang, Ban. Chinese Vision of World Order: Tianxia, Culture, and World Politics. Durham: Duke University Press, 2017: 177～211.

251. Lin C. China and Global Capitalism: Reflections on Marxism, History, and Contemporary Politics. London: Palgrave Macmillan, 2013.

252. Lin, Chun. The British new left. Edinburgh: Edinburgh University Press, 1993.

253. Lüthi, Lorenz. The Sino-Soviet Split: Cold War in the Communist World. Princeton: Princeton University Press, 2008.

254. Luxemburg R, Bukharin N. The Accumulation of Capital- An Anti-Critique Imperialism and the Accumulation of Capital. New York: Monthly Review Press, 1972.

255. Marangé C. Une Réinterprétation des Origines de la Dispute Sino-Soviétique d'après des Témoignages de Diplomates Russes〔A Reinterpretation of the Origins of the Sino-Soviet Dispute According to the Testimonies of Russian Diplomats〕. Relations Internationales, 2011 (4): 17～32.

256. Mattelart A. Networking the World, 1794～2000. Trans Carty-Libbrecht, Liz and Cohen, James. Minneapolis: University of Minnesota Press, 2000.

257. Mattelart A. The Invention of Communication, (trans) Emanuel, Susan. Minneapolis: University of Minnesota Press, 1996.

258. Mattelart A. Mapping World Communication: War, Progress, Culture. Minneapolis: University of Minnesota Press, 1994.

259. Mattelart A. Transnationals & the Third World, (trans) Buxton, David. South Hadley: Bergin & Garvey, 1983.

260. Mattelart A. Introduction: For a class and group analysis of popular communication practices//Mattelart A, Siegelaub S (eds). Communication and Class Struggle 2. Liberation, Socialism. New York: International General,

1980: 38.

261. Mattelart A, Siegelaub S. (eds). Communication and Class Struggle 2. Liberation, Socialism. New York: International General, 1980.

262. McChesney R. Digital Disconnect: How Capitalism is Turning the Internet Against Democracy. New York: New Press, 2013.

263. McChesney R. The Political Economy of International Communications// Thomas P, Nain Z (eds). Who Owns the Media? Global Trends and Local Resistances. London: Zed Books, 2004: 3～22.

264. Medina E. Cybernetic Revolutionaries: Technology and Politics in Allende's Chile. Cambridge, MA: The MIT Press, 2011.

265. Memorandum of Conversation, Comrade Abdyl Kellezi with Comrade Zhou Enlai, April 20, 1961, History and Public Policy Program Digital Archive, Central State Archive, Tirana, AQPPSH-MPKK-V. 1961, L. 13, D. 6. Obtained by Ana Lalaj and translated by Enkel Daljani. http://digitalarchive.wilson center.org/document/111817.

266. Mignolo W. Delinking: The Rhetoric of Modernity, the Logic of Coloniality and the Grammar of De-coloniality. Cultural Studies, 2007 (21): 449～514.

267. More on the differences between comrade Togliatti and us: some important problems of Leninism in the contemporary world. Tsinghua University Archives, No. D351.2.FH77.

268. Mosco V. Becoming Digital: Toward a Post-Internet Society. Bingley: Emerald Publishing, 2017.

269. Mosco V, Mckercher C. The Laboring of Communication: Will Knowledge Workers of the World Unite?. Lanham: Lexington Books, 2008.

270. Murdock G, Golding P. For a Political Economy of Mass Communications. Socialist Register, 1974: 205～234.

271. Hardt M, Negri A. Empire. Cambridge: Harvard University Press, 2000.

272. Nordenstreng K. The Mass Media Declaration of UNESCO. Westport: Praeger, 1984.

273. Nyerere J. UJAMAA: Essays on Socialism. Cambridge: Oxford University

Press, 1974.

274. Peters B. How Not to Network a Nation: The Uneasy History of the Soviet Internet. Cambridge: The MIT Press, 2016.

275. Pollack J. The Sino-Soviet Rivalry and Chinese Security Debate. Santa Monica: The Rand Corporation, 1982.

276. Prashad V. The Poorer Nations: A Possible History of the Global South. London: Verso, 2012.

277. Prashad V. The Darker Nations: A People's History of the Third World. New York: The New Press, 2008.

278. Qiu J L. Goodbye iSlave: a Manifesto for Digital Abolition. Urbana: University of Illinois Press, 2016.

279. Radcheko S. Two Suns in the Heavens: The Sino-Soviet Struggle for Supremacy, 1962~1967. Redwood City: Stanford University Press, 2009.

280. Robinson T. A National Interest Analysis of Sino-Soviet Relations. International Studies Quarterly, 1967 (11): 135~175.

281. Root H. Peasants and King in Burgundy: Agrarian Foundations of French Absolutism. Berkeley: University of California Press, 1992.

282. Russo A. The Sixties and us//Lee T and Zizek S (eds). The Idea of Communisim 3. London: Verso, 2016.

283. Sanchez-Sibony O. Red Globalization: The Political Economy of the Soviet Cold War from Stalin to Khrushchev. Cambridge: Cambridge University Press, 2014.

284. Schiller D. Digital Depression: Information Technology and Economic Crisis. Urbana: University of Illinois Press, 2014.

285. Schiller D. How to Think About Information. Urbana: University of Illinois Press, 2007.

286. Schiller D. Telematics and Government. Norwood: Ablex Publishing Corporation, 1982.

287. Schram S. The Thought of Mao Tse-Tung. Cambridge: Cambridge University Press, 1989.

288. Sharma H. Materials from the International Seminar on Mao Zedong 100th Birth Anniversary Celebration in Gelsenkirchen, Germany. Simon Fraser University Archives, No. F-251-4-3-17.

289. Shen Z, Xia Y. Mao and the Sino-Soviet Partnership, 1945～1959: A New History. Lanham, MD: Lexington Books, 2017.

290. Shen Z, Xia Y. The Great Leap Forward, the People's Commune and the Sino-Soviet Split. Journal of Contemporary China, 2011, 20 (72): 861～880.

291. Sheng M. Mao and China's Relations with the Superpowers in the 1950s: A New Look at the Taiwan Strait Crises and the Sino-Soviet Split. Modern China, 2008 (34): 477～507.

292. Shibusawa N. Ideology, Culture, and the Cold War//Immerman R, Goedde, P (eds). The Oxford Handbook of the Cold War. Oxford: Oxford University Press, 2013.

293. Shih S. Race and Relation: The Global Sixties in the South of the South. Comparative Literature, 2016, 68 (2): 141～154.

294. Simpson C. Science of coercion: Communication research & Psychological warfare, 1945～1960. Oxford: Oxford University Press, 1996.

295. Smith A D. Nationalism in the Twentieth Century. Oxford University Press, 1979.

296. Smythe D. Counterclockwise: Perspectives on Communication. Thomas Guback (Eds). Boulder: Westview Press, 1994.

297. Smythe D. Communications: Blindspot of Western Marxism, Canadian Journal of Political and Social Theory, 1977, Vol. 1 (3): 1～27.

298. Smythe D. Mass Communications and Cultural Revolution: the Experience of China//Gross L, Melody W (eds), Mass Communication Technology and Social Policy. New York, NY: Wiley, 1973: 441～465.

299. Smythe D. China- Dallas Smythe, 1979. Simon Fraser University Archives, No. F-16-1-5-7.

300. Smythe D. Telegraph employees under the Fair Labor Standards Act, 1940. Simon Fraser University Archives, No. F-16-4-0-0-16.

301. Smythe D. Labour market data, 1942. Simon Fraser University Archives, No. F-16-4-0-0-19.

302. Smythe D. Labor in international communications common carriers. Simon Fraser University Archives, No. F-16-5-2-0-10.

303. Smythe D. Publications and presentations, 1936～1992. Simon Fraser University Archives, No. F-16-6-1.

304. Smythe D. Whom Are You Neutral Against? Communications Media and Social Values in China, 1973. Simon Fraser University Archives, No. F-16-6-1-176.

305. Smythe D. The electronic information tiger: on the political economy of the radio spectrum and the Third World interest, 1980. Simon Fraser University Archives, No. F-16-6-1-206.

306. Smythe D. China-notes 1/2, 1969～1976. Simon Fraser University Archives, No. F-16-8-3-11.

307. Smythe D. Brief note on a visit to 800 million people, July 1972//China-notes 1/2, 1969～1976. Simon Fraser University Archives, No. F-16-8-3-11.

308. Smythe D. China-notes 2/2, 1969～1976. Simon Fraser University Archives, No. F-16-8-3-12.

309. Smythe D. Statement of Interests for Visit to China, December, 1971//China-lectures, 1972～1977. Simon Fraser University Archives, No.F-16-8-3-13.

310. Smythe D. China- correspondence, 1970～1979. Simon Fraser University Archives, No. F-16-8-3-14.

311. Smythe D. China- second trip, 1979. Simon Fraser University Archives, No.F-16-8-3-15.

312. Smythe D. Training program for senior and middle level officers of Third World countries for International Telecommunications Union conferences, 1985～1989. Simon Fraser University Archives, No. F-16-8-3-31.

313. Taubman W. Khrushchev: the man and his era. New York: W. W. Norton & Company, 2004: 287.

314. The "Great Debate": Documents of the Sino-Soviet Split. https://www.marxists.

org/history/international/comintern/sino-soviet-split/index.htm.

315. Therborn G. From Marxism to Post-Marxism?. London: Verso, 2018.

316. Thomas P, Nain Z (eds). Who Owns the Media? Global Trends and Local Resistances. London: Zed Books, 2004.

317. Toscano A. Fanaticism: On the Uses of an Idea. London: Verso, 2017.

318. Tsui S, Qiu J, Yan X, Wong E, Wen T. Rural Communities and Economic Crises in Modern China. Monthly Review, 2018 (9).

319. Turner F. From Counterculture to Cyberculture: Stewart Brand, the Whole Earth Network, and the Rise of Digital Utopianism. Chicago: The University of Chicago Press, 2006.

320. Unger R. Politics: The Central Texts. London: Verso, 1997.

321. Unger R, Cui Z. China in the Russian Mirror. New Left Review, 1994 (208): 78~87.

323. Wang H. The End of the Revolution: China and the Limits of Modernity. London: Verso, 2011.

324. Westad O A. (ed). Brothers in Arms: The Rise and Fall of the Sino-Soviet Alliance, 1945~1963. Redwood City: Stanford University Press, 1998.

325. Wich R. Sino-Soviet Crisis Politics: A Study of Political Change and Communication. Cambridge: Harvard University Press, 1980.

326. Worsley P. One World or Three? A Critique of the World-System Theory of Immanuel Wallerstein. The Socialist Register, 1980: 298~338.

327. Yao J. Knowledge Workers in Contemporary China: Reform and Resistance in the Publishing Industry. Lanham: Lexington Books, 2017.

328. Zagoria D. Sino-Soviet Conflict, 1956~1961. Princeton: Princeton University Press, 1962.

329. Zhou Z, Mi C. Social responsibility research within the context of megaproject management: Trends, gaps and opportunities. International Journal of Project Management, 2017 Oct, 35 (7): 1378~1390.

# 附錄　中蘇論戰大事年表

| 時　間 | 事　件 |
|---|---|
| 1956.02 | 蘇共召開第二十次代表大會，赫魯曉夫發表反斯大林秘密報告。 |
| 1956.04.05 | 《人民日報》發表「人民日報編輯部」署名文章《關於無產階級專政的歷史經驗》。<br>文章在前一晚由廣播發表。蘇聯《真理報》轉載。<br>文章的初稿由陳伯達執筆，新華社、中宣部協助，鄧小平後指定陸定一、胡喬木、胡繩、吳冷西討論修改，中央政治局、中央書記處會議討論修改定稿。<br>中國共產黨第一次對當代國際共產主義運動重大問題發表獨特意見。 |
| 1956.10 | 波蘭危機。<br>蘇波關係緊張，蘇聯、波蘭、中國黨代表團三角會談化解危機。 |
| 1956.10 | 匈牙利反革命事件。<br>匈牙利事件爆發，中國反對蘇聯撤軍，支持匈牙利人民鎮壓反革命叛亂。11月，蘇聯決定取消從匈牙利撤軍，匈牙利事件平息。 |
| 1956.11.11 | 鐵托發表演講，首次提出反對斯大林主義、反對斯大林主義分子，號召把各國斯大林分子趕下臺。 |
| 1956.12.28 | 中國當晚廣播，次日再以「人民日報編輯部」署名發表《再論無產階級專政的歷史經驗》。蘇聯《真理報》後刪節轉載。<br>毛澤東指定由胡喬木、吳冷西、田家英起草初稿，政治局全體會議、政治局擴大會議討論修改定稿。<br>在12月23、24日政治局擴大會議中，毛澤東決定暫時刪去關於和平過渡問題的論述。和平過渡問題是中蘇兩黨當時的主要分歧之一。 |
| 1957.11 | 中國黨政代表團赴莫斯科參加十月革命四十週年慶祝大典。<br>團長：毛澤東；副團長：宋慶齡；成員：鄧小平、彭德懷、李先念、烏蘭夫、郭沫若、茅盾、陸定一、陳伯達、楊尚昆、胡喬木等；蘇聯駐華大使尤金陪同。<br>中國軍事代表團（團長：彭德懷，副團長：葉劍英）、中蘇友好代表團（團長：郭沫若）同時參加。 |

| | |
|---|---|
| 1957.11 | 社會主義國家共產黨和工人黨代表會議於莫斯科召開，會議協商通過並發表《社會主義國家共產黨工人黨代表會議宣言》(《莫斯科宣言》)。<br><br>起草過程中，毛澤東特別建議增加關於思想方法的問題，即「在實際工作中運動辯證唯物論，用馬克思列寧主義教育幹部和廣大群眾，是共產黨和工人黨的迫切任務之一」。<br><br>中國就其中的不同意見寫成《關於和平過渡問題的意見提綱》交給蘇聯，1963 年公開論戰才得以發表。<br><br>共有 12 個國家執政的共產黨和工人黨代表團參加，包括亞洲國家越南、蒙古、朝鮮、中國，以及歐洲國家阿爾巴尼亞、羅馬尼亞、保加利亞、匈牙利、波蘭、東德、捷克斯洛伐克和蘇聯。<br><br>後召開法國共產黨、意大利共產黨、英國共產黨、美國共產黨等兄弟黨代表團參加的 68 黨大會，發表《和平宣言》。<br><br>毛澤東在講話中特別提出「東風壓倒西風」、「原子彈也是紙老虎」、「使哲學成為人民群眾的哲學」等問題，以及各兄弟黨中央能夠經常討論辯證法等建議。 |
| 1958.07.11 | 蘇聯在年初提出在中國建立長波電臺，7 月提出與蘇聯建立共同艦隊。 |
| 1958.07.13 | 伊拉克人民武裝起義，推翻費薩爾王朝，宣布退出美英組織的、西亞地區性軍師聯盟巴格達條約組織。 |
| 1958.07.15 | 美英軍隊出兵中東，鎮壓伊拉克革命政府和阿拉伯聯合共和國。 |
| 1958.08 | 美國取消與蘇聯等國原定召開的五國首腦會議後，赫魯曉夫於 7 月 3 日秘密抵達北京與毛澤東會談，並發生爭吵。<br><br>赫魯曉夫向毛澤東解釋否認中蘇共同艦隊議題，討論建長波電臺、撤回蘇聯顧問、國際形勢等問題。後發表中蘇聯合公報。 |
| 1958.08 | 臺灣海峽局勢緊張。臺灣當局增駐金門部隊，美軍表示隨時準備登陸作戰。 |
| 1958.08.23 | 毛澤東決定發動金門炮戰。<br>主要目的：一，警告並阻止國民黨沿海騷擾；二，採用絞索政策，分散美軍勢力，支持阿拉伯人民鬥爭。 |
| 1958.10 | 中國發表兩篇《告臺灣同胞書》(毛澤東起草，彭德懷署名)，《人民日報》發表社論《且看它們怎樣動作》，提出「聯蔣抗美」策略。<br><br>蘇聯提出派導彈部隊到福建前線，但必須由蘇聯指揮。中國認為蘇聯試圖傚仿美軍駐紮臺灣，控制中國沿海，因此拒絕這一提議。 |
| 1958.12 | 中國發動「大躍進」和人民公社化運動。<br>12 月 1 日，赫魯曉夫在與美國國會參議員休伯特·漢弗萊談話時指出，採用起源於法國大革命的公社制度是政治倒退，應當採取蘇聯的物質刺激，藉此影射攻擊中國的公社化運動。 |
| 1959.01 | 蘇共 21 次代表大會召開，赫魯曉夫再次影射攻擊中國內政。<br>開創了兄弟黨間，一黨公開、不指名批評另一黨的先例。 |

| | |
|---|---|
| 1959.02 | 中共中央工作會議召開，毛澤東指出中蘇之間存在分歧，但暫時不予理會。<br>中共中央集中糾正「大躍進」和人民公社會運動中的「左」傾問題。召開包括 1958 年 11 月鄭州會議、12 月武昌會議、1959 年 1 月至 2 月北京會議、3 月第二次鄭州會議、3 月至 4 月上海會議等。 |
| 1959.03 | 西藏叛亂事件爆發。<br>蘇聯報刊在報導中國新聞公報的同時，用大量篇幅報導印度、英美等攻擊中國的評論，但蘇聯沒有發表公開聲明和官方評論。<br>就尼赫魯反華言論，中國決定留有餘地，暫不報導和評論。 |
| 1959.04 | 為應對國際反華輿論，毛澤東決定展開宣傳反擊，由《人民日報》寫作發表關於西藏叛亂的社論，說明西藏事件的具體情況。 |
| 1959.04.14 | 周恩來指示，吳冷西主持成立國際問題宣傳小組。<br>每週在人民日報社開會一次，商議國際問題的報導和評論，重要報導和評論由周恩來審定。<br>小組成員包括喬冠華、張彥、姚溱、浦壽昌等。 |
| 1959.04.21 | 《人民日報》發表「新華社政治記者評論」《評所謂達賴喇嘛的聲明》。文章 20 日晚由新華社廣播。 |
| 1959.05.06 | 《人民日報》發表「人民日報編輯部」署名文章《西藏的革命和尼赫魯的哲學》，反駁尼赫魯 4 月 27 日關於西藏叛亂問題的第七次講話。 |
| 1959.05.07 | 中國決定暫停對印度評論，進一步觀察反應形勢。同時集中精力，糾正國內「左」傾錯誤。 |
| 1959.06.20 | 蘇共中央致函中共中央，通知蘇聯停止供應中國原子彈樣品及生產技術資料，單方面撕毀中蘇 1957 年 10 月協定。 |
| 1959.07～<br>1959.08 | 召開中共中央政治局擴大會議和中共八屆八中全會（廬山會議），後期轉向反右傾機會主義。 |
| 1959.07.18 | 赫魯曉夫在波蘭發表演說，借人民公社問題不指名攻擊中國。 |
| 1959.08.23 | 印度挑起中印邊界衝突，並發動輿論攻勢，攻擊中國。西方通訊社大量傳播，國際反華輿論興起。 |
| 1959.09.04 | 毛澤東致信吳冷西和胡喬木，考慮國慶節後半個月發表赫魯曉夫講話，具體由中央再考慮決定。 |
| 1959.09.06 | 中國外交部召見蘇聯駐中國大使館官員，介紹中印邊境衝突的具體情況。 |
| 1959.09.08 | 毛澤東主持中央政治局會議，討論中印邊界問題和周恩來致尼赫魯覆信。<br>覆信當晚交付印度駐華大使館，新華社次日廣播。 |
| 1959.09.09 | 蘇聯塔斯社不顧中國政府的反對意見，堅持並提前一日發表關於中印邊境衝突的聲明。<br>聲明迴避印度挑起衝突的事實，責怪中國。中蘇分歧公開化。 |

| 1959.09.10 | 《人民日報》發表周恩來覆信，以及尼赫魯 3 月 22 日來信。 |
| 1959.09.11 | 《人民日報》9 月 11 日發表中印邊界問題資料，刊印中印邊界地圖，並詳細標明印度入侵和佔領地點。 |
| 1959.09.11 | 中共中央和毛主席認為，當前應該以大局為重，暫不發表赫魯曉夫講話，以示與蘇聯團結一致，反對帝國主義。 |
| 1959.09.15 | 毛澤東決定在發表社論，闡明與印度公開辯論的態度之後，論戰暫時告一段落，停止發表中印雙方的言論、行動、消息和文章。 |
| 1959.09.16 | 人民日報發表社論《我們的期待》。 |
| 1959.09.15 ～ 1959.09.28 | 赫魯曉夫訪美。<br>根據中國先前的決定，新華社和《人民日報》幾乎全文發表赫魯曉夫訪美的數次正式講話。並於 9 月 29 日發表評論，支持訪美行動對緩和國際緊張局勢的作用。 |
| 1959.9.30 | 赫魯曉夫抵達北京。 |
| 1959.10 | 中蘇兩黨正式會談。<br>雙方討論了和平競賽與帝國主義本質、臺灣問題、釋放美國間諜、中印關係、達賴問題等，赫魯曉夫與陳毅、彭真等中國領導人發生激烈爭論。<br>10 月 4 日，赫魯曉夫離京後，多次發表演講，影射攻擊中國是「冒險主義」，「好鬥的公雞」，「不戰不和的托洛茨基主義」。 |
| 1959.10.04 | 毛澤東主持召開政治局會議，作出結論，採取團結為重、不搞爭論、冷靜觀察的方針，同時注意國際修正主義思潮。 |
| 1959.12.01 | 赫魯曉夫在匈牙利黨代表大會影射攻擊中國，提出社會主義國家「必須對表」，同蘇聯保持一致。 |
| 1959.12.04 | 毛澤東召集政治局常委會議，討論國際形勢與對策。會議確定中國爭取團結國際共產主義運動的方針，盡快建設獨立工業體系和國防科技，加強黨內團結。 |
| 1959.12 | 毛澤東繼續帶領讀書小組閱讀蘇聯《政治經濟學教科書》，1960 年 2 月完成。小組成員包括陳伯達、胡繩、鄧力群、田家英、林克。 |
| 1959.12.30 | 赫魯曉夫回答阿根廷《號角報》社長提問時，提出「三無」世界命題，即「要實現沒有武器、沒有軍隊、沒有戰爭的世界」。<br>蘇聯報刊隨後大力宣傳和平共處、和平競賽、和平過渡。 |
| 1960.01 | 中共中央政治局常委擴大會議召開。<br>對於國際形勢問題，提出充分揭露美國帝國主義本質問題、批判南斯拉夫修正主義、大力宣傳馬列主義、毛澤東思想。<br>毛澤東提出，暫時不能將赫魯曉夫定義為「系統的機會主義」，在帝國主義本質等與赫魯曉夫的分歧中，以團結的方針，採用正面說理的方式公開闡述，不同蘇聯、赫魯曉夫公開爭論，不點名，不引用蘇聯，可以批評引用南斯拉夫。 |

| | |
|---|---|
| | 毛澤東還提出，中共各級黨委「第一書記掛帥」，學習蘇聯《政治經濟學》和《哲學原理》，從理論上釐清蘇聯觀點。<br>會後，中國打開外交新局面，相繼解決了中緬、中尼、中朝等邊界問題，先後成立中拉友好協會、中非友好協會。 |
| 1960.02.04 | 華沙條約國首腦會議在莫斯科召開，蘇聯要求所有社會主義國家支持其在巴黎召開的四國首腦會議和美國總統訪蘇方針。赫魯曉夫在講話中攻擊中國和毛澤東。 |
| 1960.02.22 | 毛澤東主持政治局常委會議，決定對赫魯曉夫反華準備必要反擊。 |
| 1960.03 | 毛澤東主持政治局會議，決定收集彙編列寧有關帝國主義、戰爭與和平、無產階級革命和無產階級專政、殖民地半殖民地革命等文章，撰寫當代問題文章，在列寧誕辰 90 週年發表。 |
| 1960.03.23 | 中共政治局常委會議召開，討論中蘇關係，反華問題，批判修正主義。同時劉少奇提出，把宣傳毛澤東思想和宣傳馬列主義聯繫起來，在對外宣傳中要強調堅持馬列主義旗幟。<br>鄧小平提出，在國內宣傳時，可以頓號標注「馬克思列寧主義、毛澤東思想」，表示相互之間的聯繫。<br>毛澤東表示贊成，對外宣傳不提毛澤東思想，只提馬列主義，不搞革命輸出。毛澤東提出全國宣傳口徑一致，特別是在宣傳馬列主義、反對修正主義的工作中。 |
| 1960.04.22 | 中國發表三篇評論文章，後彙編成《列寧主義萬歲》文集，印成中、英、俄、德、日、法文公開發行。<br>分別為：《人民日報》發表「人民日報編輯部」署名文章《沿著偉大列寧的道路前進》；《紅旗》發表「紅旗雜誌編輯部」署名文章《列寧主義萬歲——紀念列寧誕生九十週年》；陸定一發表《在列寧的革命旗幟下團結起來——1960 年 4 月 22 日在列寧誕生九十週年紀念大會上的報告》。<br>人民日報社論由胡喬木起頭，吳冷西協助起草；紅旗文章由陳伯達領頭，副總編輯協助準備；陸定一講話由中宣部準備。<br>三篇文章均經由鄧小平主持的中央書記處會議，毛澤東主持的政治局常委會審議修改通過。<br>蘇聯《真理報》和《共產黨人》雜誌隨後也發表文章，影射攻擊中國，揭開了中蘇論戰序幕。 |
| 1960.04.26 | 中共中央政治局常委會議決定，暫停發表有關現代修正主義問題的文章，間歇性論戰。 |
| 1960.05.01 | 美國 U-2 間諜飛機侵入蘇聯領空。<br>蘇聯政府向美國提出抗議，新華社和《人民日報》隨即轉發。《人民日報》同時發表評論，支持蘇聯政府譴責美國的挑釁。 |
| 1960.05.16 | 赫魯曉夫抵達巴黎，準備參加美、英、法、蘇四國首腦會議，同時發表聲明，要美國對 U-2 飛機侵入蘇聯公開道歉。 |

| 1960.05.17 | 美國總統艾森豪威爾拒絕赫魯曉夫要求，赫魯曉夫返莫斯科。四國首腦會議流產。 |
|---|---|
| 1960.05.20 | 北京天安門廣場召開 120 萬人示威遊行群眾大會。朱德、宋慶齡、周恩來、鄧小平等出席。 |
| 1960.06.02 | 蘇共中央致信中共中央，建議在 6 月羅馬尼亞工人黨大會時，舉行社會主義國家共產黨和工人黨代表會議，就美國破壞四國首腦會議後的國際形勢交換意見。 |
| 1960.06.04 | 鄧小平主持書記處會議，討論蘇聯來信。<br>會議建議認為，除朝鮮、越南以外，其他十國政黨都支持赫魯曉夫，所以要把範圍擴大，增加資本主義國家兄弟黨。<br>此外，鄧小平認為，在隨後北京舉行的世界工人理事會上，有必要更廣泛地正面宣傳《列寧主義萬歲》三篇文章觀點。 |
| 1960.06.05 | 蘇聯工會代表團團長在世界工聯理事會負責人座談會上，反對中國工會代表團團長致辭，拒絕聽取鄧小平解釋，以及劉少奇、周恩來的挽留。後退出座談會。 |
| 1960.06.07 | 蘇共中央再次致信中共中央，推遲召開社會主義國家共產黨和工人黨會議，在布加勒斯特只舉行兄弟黨會晤。 |
| 1960.06.10 | 中共中央原本就建議推遲會議，因此按照原稿覆信。 |
| 1960.06 | 中共中央工作會議上，中央決定派代表團參加羅馬尼亞會議，採取「堅持團結，堅持原則，摸清情況，後發制人，據理辯論，留有餘地」的方針。<br>毛澤東在會議最後，發表《十年總結》講話，提到在羅馬尼亞會議之前暫停反修宣傳，四個月內不發表論戰文章。 |
| 1960.06.16 | 彭真率中國代表團離開北京，到達莫斯科。第二天，蘇共中央主席團科茲洛夫指責中方發表三篇文章，以及在世界工人理事會上宣傳中方觀點。 |
| 1960.06.21 | 蘇聯代表團突然襲擊，先向其他兄弟黨散發致中共《通知書》，駁斥中國三篇文章的觀點，兩天後才將信交給中國代表團。<br>《通知書》主要陳述蘇聯關於資本主義和平過渡、和平共處等問題的觀點，同時批駁中國「宿命論」。 |
| 1960.06.22 | 赫魯曉夫同中國代表團會見，大肆攻擊中國的內政外交政策。 |
| 1960.06.23 | 毛澤東召集中央政治局常委開會，認為中蘇之間的分歧已經公開化。常委會議決定，近兩個月內不發表反修文章，但要準備寫文章反駁。 |
| 1960.06.24 | 12 國共產黨代表團會晤。<br>其中，保加利亞、捷克斯洛伐克、民主德國反應激烈，波蘭和蒙古態度中立，阿爾巴尼亞、朝鮮、越南反對對中國的圍攻。<br>彭真在赫魯曉夫發言後，與其展開爭論，反對在公報上簽字。 |
| 1960.06.25 | 赫魯曉夫擅自擴大會議規模，邀請歐洲和亞非拉共 51 家兄弟黨代表參加，並集體圍攻中國代表團。 |

| 1960.06.26 | 中國在上午同意在公報簽字，但同時聲明不同立場，並在現場分發聲明。下午，赫魯曉夫激烈批判中國，彭真與之論戰，批評赫魯曉夫搞父子黨。 |
|---|---|
| 1960.07 | 中央工作會議決定，採取處理國際共產主義運動內部問題的方法處理中蘇分歧，堅持從團結願望出發，經過批評達到新的基礎上的團結。<br>會議決定，在十月革命節兄弟黨會議之前，暫停發表對蘇論戰文章。 |
| 1960.07～<br>1960.08 | 曾經參加起草《列寧主義萬歲》三篇反修文章的中國黨內知識分子赴北戴河會議，起草對蘇聯《通知書》的《答覆書》，逐步形成了後期的反修文稿起草小組。<br>《答覆書》起草工作由鄧小平直接負責，胡喬木、陸定一和康生負責具體主持工作。<br>主要人員包括吳冷西、姚溱、熊復、鄧力群、胡繩、許立群、王力、張香山、范若愚、喬冠華、余湛、伍修權、劉寧一、孔原、馮鉉等。<br>參加材料收集工作的單位包括外交部、中央聯絡部、中央宣傳部、中央調查部、新華社、人民日報社、馬恩列斯編譯局、《紅旗》雜誌社、中華全國總工會、中國共產主義青年團、全國婦聯等。<br>彭真在北戴河會議彙報布加勒斯特會議經過，周恩來詳細回顧了中國共產黨與共產國際、蘇聯的歷史關係。 |
| 1960.07.16 | 蘇共中央致信中共中央，將意識形態分歧擴大到國家關係，提出全部撤走在華蘇聯專家。 |
| 1960.07.18 | 毛澤東在北戴河會議提出，不要忘記蘇聯黨和人民在歷史上給予中國的幫助，但現在只能採取自力更生、勤儉建國方針。要走列寧、斯大林道路，一國建設社會主義。<br>政治局會議決定，成立中央和地方外貿小組，償還蘇聯外債。 |
| 1960.08.10 | 鄧小平在北戴河會議宣布，全國成立中央局代行中央職權，加重地方責任，以便於中央著重考慮全局性、世界性問題。<br>劉少奇在會上指出國際修正主義思想的客觀物質基礎，提倡國內幹部參加勞動，每年進行一次整風，堅持馬列主義，同時堅持經濟發展。 |
| 1960.08.10 | 越南共產黨主席胡志明赴北戴河勸和。<br>毛澤東提出，中國贊成採取共產黨內部解決問題的辦法，而不是公開爭論，解決中蘇兩黨分歧。 |
| 1960.08.12 | 胡志明赴莫斯科。 |
| 1960.08.14 | 蘇聯兩次致信中國，分別表示兩黨見面會談，促進團結，以及回駁中國在布加勒斯特會議的聲明。 |
| 1960.08.19 | 胡志明離開莫斯科到北京，談到蘇聯指責中國自 1958 年開始，在百花齊放、辦人民公社、大躍進、提出東風壓倒西風、紙老虎、修成吉思汗陵墓等內政中擅自行動，不與蘇聯商量。 |
| 1960.09.10 | 《答覆書》定稿後，由鄧小平和彭真交付蘇聯駐華大使契爾沃年科。 |
| 1960.09.15 | 中國代表團赴莫斯科參加中蘇兩黨會談。<br>鄧小平任團長，彭真任副團長。 |

| 1960.09.22 | 中蘇兩黨三輪會談並沒有取得實質性成果，中蘇兩黨決定將待解決的問題延至起草委員會。9 月 22 日，中國代表團啟程回國。 |
|---|---|
| 1960.10 | 26 國共產黨、工人黨代表參加於莫斯科召開的起草委員會，討論為全世界共產黨工人黨代表會議准備聲明草案。<br>會議未能達成一致同意的聲明草案，決定將修改稿和未解決爭議提交隨後召開的全世界共產黨工人黨代表會議。 |
| 1960.11 | 81 國黨莫斯科會議召開。<br>中國代表團包括，團長劉少奇，副團長鄧小平，正式成員彭真、李井泉、陸定一、康生、楊尚昆、胡喬木、劉寧一、廖承志、劉曉，以及顧問馮鉉、吳冷西、喬冠華、熊復、姚溱、張香山、王力，以及隨行翻譯。<br>蘇共就中共《答覆信》答覆，並於會議前夕散發，涉及對中共中央、阿爾巴尼亞的攻擊等議題，批評馬列主義中國化就是民族主義。中國代表團決定在鄧小平發言稿中提高聲調，公開指名，與赫魯曉夫展開爭論。<br>在 11 月 10 日至 22 日的 77 家黨代表發言中，51 家黨代表支持赫魯曉夫，15 家態度中立，11 家反對赫魯曉夫。<br>經過越南黨、印尼黨、朝鮮黨、澳大利亞黨等請願團幹旋，以及中蘇兩黨之間的協商一致，達成協議，通過莫斯科 81 黨會議聲明《莫斯科聲明》（又稱《各國共產黨和工人黨代表會議聲明》）和《呼籲書》。<br>鄧小平與蘇斯洛夫達成協議，今後中蘇雙方不在報刊上進行任何點名或非點名的論戰，意見分歧由兩黨內部談判解決。《人民日報》與《真理報》相互交換、同時發表雙方的社論。 |
| 1960.12.02 | 劉少奇以國家元首身份正式對蘇聯進行國事訪問。<br>隨同人員包括李井泉、陸定一、楊尚昆、劉曉、劉寧一、吳冷西、喬冠華、熊復、浦壽昌。 |
| 1961.01 | 中共八屆九中全會召開，肯定了 81 黨會議成果，決定從 1961 年起集中力量做好國內工作，不受任何國內外事件干擾。<br>劉少奇在會上講話，認為中蘇關係今後可能的緩和，為中國全力建設創造了有利的國際條件。中國可以做一些基本理論研究，深入研究蘇聯修正主義理論，同時將馬列主義等基本理論結合時代特點，進行系統研究，準備今後的鬥爭。<br>毛澤東講話，現在黨內要講團結，國際上與蘇聯、社會主義國家和兄弟黨講團結，要有耐心等待他們自己覺悟。 |
| 1961.09 | 中共常委會討論蘇共中央發表，供全黨討論的《蘇共綱領草案》。<br>毛澤東指出，先前的鬥爭沒有改變赫魯曉夫的基本立場，因為赫魯曉夫代表了社會主義社會中一部分階層，《綱領草案》就是其思想的反應。中國與赫魯曉夫的鬥爭是階級鬥爭，是在意識形態領域內，無產階級思想和資產階級思想的鬥爭，在國家關係中，是國際主義與大國沙文主義的鬥爭。<br>毛澤東提議做好國內物質建設和思想建設，做好鬥爭的準備。 |

| | |
|---|---|
| 1961.10.16<br>～<br>1961.10.31 | 蘇共 22 大召開，赫魯曉夫作出反斯大林、反「反黨集團」、反阿爾巴尼亞、反華報告。<br>周恩來在 19 日致詞中，含蓄表達了反對赫魯曉夫反阿爾巴尼亞立場。<br>赫魯曉夫在中蘇兩黨 22 日會談中表示，蘇聯現在不再需要中國的支持，蘇聯要走自己的道路。<br>周恩來回國後布置在《人民日報》同時發表蘇阿兩國報刊發表的，蘇共 22 大期間有關蘇阿關係的文件。 |
| 1962.01.30 | 毛澤東在七千人大會上講話，蘇聯刊登許多不指名反對中國的文章，中國不刊登反批評文章，中國從來不怕孤立，「全世界百分之九十以上的人最終會站在我們這一邊的」。毛澤東說，要團結全黨、全國人民的絕大多數。集中力量處理國內工作。 |
| 1962.02.22 | 蘇共中央致函中共中央，回應中國在蘇共 22 大中不指名批評蘇共反阿爾巴尼亞。 |
| 1962.04.07 | 中共中央覆信蘇共中央，正式建議召開兄弟黨國際會議，並提議，在廣播電臺、報刊停止對其他黨的攻擊，通過同志式的協商，消除分歧，加強團結。<br>覆信起草階段，中共中央政治局要求參加過莫斯科 81 黨會議、起草過蘇共《答覆書》的黨內知識分子組成班子，收集 1960 年莫斯科會議、蘇共 22 大以後，蘇聯方面違反 81 黨會議聲明的材料，以及攻擊阿爾巴尼亞和中國的材料；聯絡部、外交部、新華社、調查部也專門成立班子，收集材料。 |
| 1962.04～<br>1962.05 | 伊塔事件爆發。<br>中國政府向蘇聯提出嚴重抗議。 |
| 1962.10.25 | 蘇聯《真理報》發表社論，就中印邊境衝突，支持中國立場，即中國政府在 10 月 24 日聲明中提出的和平解決中印邊界問題的建議。 |
| 1962.10 | 古巴導彈危機，赫魯曉夫從冒險向古巴秘密運送核導彈和轟炸機，再到被動接受美國對古巴實行國際監察，侵犯古巴主權。<br>中國政府 10 月 25 日、10 月 30 日兩次發表聲明，支持古巴反美入侵，支持蘇聯反美入侵古巴立場。 |
| 1962.12.12 | 赫魯曉夫在蘇聯最高蘇維埃會議上講話，就古巴導彈危機和中印邊界衝突兩起事件攻擊中國，從不贊成印度軍隊越過中印邊界，變為指責中國越過邊界。 |
| 1962.11～<br>1963.1 | 保加利亞共產黨八大、匈牙利社會主義工人黨八大、捷克斯洛伐克共產黨十二大、意大利共產黨十大和德國統一社會黨六大公開指名攻擊阿爾巴尼亞，隨後更多兄弟黨公開指名攻擊中國。<br>赫魯曉夫在德國統一社會黨六大親自指名攻擊中國。<br>中共中央安排由宣傳部、聯絡部、外交部等組成工作小組，專門收集、整理、研究各代表大會報告內容，起草電報、修改發言稿和中國代表團抗議聲明。 |

| 1962.12.14 | 捷克斯洛伐克十二大後，《人民日報》刊登大會反華言論，次日，發表題為《全世界無產者聯合起來，反對我們的共同敵人》答辯回應社論。標誌著在保、匈、捷發動公開論戰後，中國「反圍剿」公開應對論戰。 |
|---|---|
| 1962.12.31 | 《人民日報》發表社論《陶里亞蒂同志同我們的分歧》（於前一天廣播），隨後《紅旗》雜誌在 1963 年第一期發表《列寧主義和現代修正主義》長篇論文，回應意共總書記陶里亞蒂的反華言論。 |
| 1963.01.27 | 《人民日報》發表社論《在〈莫斯科宣言〉和〈莫斯科聲明〉的基礎上團結起來》，公開指出，公開論戰是從蘇共 22 大開始。 |
| 1963.02.11 ～ 1963.02.28 | 中共中央工作會議召開。<br>會議指出，現在已有 42 家政黨公開指責中國，另有朝鮮、印尼、新西蘭、委內瑞拉、馬來西亞、泰國、緬甸、越南、日本等左派政黨同意中國意見，說明在重大原則、基本觀點等理論問題中已經分裂。應該力求做到不公開破裂，保持某種形式的團結。<br>毛澤東談農村社會主義教育問題（「四清」問題），認為真正的馬克思主義者要團結起來，教育不懂或不大懂馬克思主義的幹部和群眾，這是目前農村社會主義教育的重大意義。<br>毛澤東同時指出，中國要全部發表兄弟黨反華決議、聲明、講話和文章。兄弟黨不發表中國文章，因為無法從理論駁倒。中國再發表幾篇文章後，可以暫停觀望。<br>鄧小平贊成，並傳達中央常委決定，其中包括：把計劃發表的文章寫完後，集中力量寫作手冊，從哲學、政治經濟學、社會主義、國際工人運動、民族解放運動等方面闡述馬列主義基本原則，批判現代修正主義；加強對外宣傳、對外廣播、外文書籍出版和對左派的工作；最重要的是，國內防修，全面調整國民經濟的同時，做好黨的建設。<br>中共中央正式決定，成立中央反修文件起草小組，直屬中央政治局常委，工作地點為釣魚臺八號樓。<br>康生任組長，吳冷西任副組長。小組成員包括廖承志、伍修權、劉寧一、章漢夫、孔原、許立群、姚溱、喬冠華、王力、范若愚、胡繩、熊復。胡繩和熊復不久因病退出，陳伯達主要承擔國內方面文件起草工作，有時參加起草小組工作。 |
| 1963.02.21 | 蘇共中央致信中共中央，要求停止公開論戰，舉行中蘇兩黨會談，籌備召開國際會議。2 月 23 日，毛澤東召見蘇聯駐華大使。 |
| 1963.02.27 | 《人民日報》發表社論《分歧從何而來？》，追述國際共產主義運動分歧始於蘇共 20 大，回應法國共產黨多列士的言論。 |
| 1963.03 | 《紅旗》雜誌發表 11 萬字長文《再論陶里亞蒂同志同我們的分歧》，署名為《紅旗》雜誌編輯部。<br>文章批判陶里亞蒂反列寧主義的「結構改革論」，並從理論結合實際的角度，回應他先前指責《人民日報》社論「教條主義」，「缺乏明確性」。<br>文章指出，目前各國共產黨人之間的論戰，是由現代修正主義者挑起的，馬列主義同現代修正主義的大論戰，是馬克思主義發展史上的第三次大論戰。現代修正主義是帝國主義政策在新條件下的產物。 |

| 1963.03.08 | 《人民日報》發表社論《評美國共產黨聲明》，回應美共在1月9日聲明及其他文章中對中國的攻擊。 |
|---|---|
| 1963.03.09 | 中共中央致蘇共中央覆信，贊成停止公開論戰，即日暫停發表論戰文章，同時贊成召開兄弟黨會議，舉行中蘇籌備會議。 |
| 1963.03 | 起草小組準備中蘇兩黨會談文稿，專題發言稿，同時動員聯絡部、宣傳部、調查部、外交部、新華社、人民日報社、編譯局等單位準備材料，熟悉馬恩列理論著作。 |
| 1963.03.30 | 蘇共中央致信中共中央，提出國際共產主義運動總路線問題，建議以此作為兩黨會談基礎。 |
| 1963.04.04 | 《人民日報》全文發表《蘇共中央三月三十日給中共中央的信》。 |
| 1963.04～1963.06 | 起草小組暫停專題發言稿準備工作，起草系統闡述總路線草稿。<br>陳伯達同時在杭州起草總路線文稿。<br>中共中央政治局常委會擴大會議召開，討論國內和國際防修問題。<br>5月3日至5日，鄧小平召集討論兩篇文稿。彭真、陸定一、陳伯達、康生、吳冷西、姚溱、范若愚、王力、李鑫和林克參加。<br>5月5日，毛澤東召開常委會，提出由陳伯達先修改一稿，再交由起草小組一起修改。成稿後，徵求新西蘭、朝鮮、越南、緬甸、馬來西亞、泰國等政黨負責人，以及中聯部顧問艾德勒、柯弗蘭意見，進行修改補充。 |
| 1963.06.14 | 《關於國際共產主義運動總路線的建議——中國共產黨中央委員會對蘇聯共產黨中央委員會1963年3月30日來信的覆信》（《建議》）完稿，於6月15日交付蘇共中央。 |
| 1963.06.17 | 《人民日報》全文發表《建議》，新華社和廣播電臺中外文同時播出，隨後出版外文手冊。 |
| 1963.06.18 | 蘇共中央發表聲明，完全拒絕中國共產黨建議，拒絕在報紙發表。 |
| 1963.06.21 | 蘇共召開中央全會，決議堅定執行蘇共20大後的路線。 |
| 1963.07.01 | 中共中央發表聲明，斷然拒絕蘇共中央對中國共產黨毫無根據的攻擊，責成代表團在兩黨會談時闡明中國的意見。 |
| 1963.07.04 | 蘇共中央發表聲明，再次指責中國。 |
| 1963.07.05 | 中共中央發表聲明，責成代表團對蘇共聲明給予必要評論。聲明於當時《人民日報》發表。 |
| 1963.07.06～1963.07.20 | 中蘇兩黨會談召開。<br>7月9日第二次會談後，蘇共中央發表聲明，對北京召開群眾大會歡迎被蘇聯驅逐出境的使館人員和留學生歸來表示不滿。<br>7月10日，中共中央發表聲明，答覆蘇共中央。<br>7月13日第五次會談後，《人民日報》發表社論《我們要團結，不要分裂》，指出會談後，蘇共各級黨組織集會和決議，發表大量報刊文章，開展反華運動，煽動仇恨情緒。 |

| | 7月14日，蘇共中央違反會談期間不發表文章，不互相指責的協議，《真理報》發表《給蘇聯各級黨組織和全體共產黨員的公開信》（《公開信》），直接點名攻擊毛澤東等中共中央領導，答覆中共6月14日《建議》。在國外版《真理報》上同時發表中共《建議》，國內版只單方面發表蘇聯文章。<br>7月15日，蘇、美、英三國停止核試驗談判。<br>7月20日會談結束。同日，《人民日報》發表蘇共《公開信》（含編者按）、中共《建議》，以及中共中央發言人聲明（7月19日晚廣播），聲明在適當時候對《公開信》提出的問題加以澄清和評論。同時，中國用英、俄、日、德、法五國語言，輪番廣播中蘇兩篇文章，連續廣播一個月。<br>7月22日發表公報。 |
|---|---|
| 1963.07.25 | 蘇、美、英簽訂部分停止核試驗條約。 |
| 1963.07.31 | 中國政府發表聲明，揭露三國旨在鞏固其核壟斷地位。 |
| 1963.08.03 | 蘇聯政府發表聲明，攻擊中國聲明。 |
| 1963.08.15 | 中國政府發言人發表長篇聲明，駁斥蘇聯聲明。 |
| 1963.08 | 反修文稿起草小組返京後，研究並分類蘇共《公開信》論點。吳冷西、喬冠華、姚溱、范若愚、王力擔任主要起草負責人。文章均由常委討論修改，毛澤東審定。<br>毛澤東指出，蘇聯公開信已指名道姓，中國的評論也要直接指名蘇聯領導，暫時忽略其他兄弟黨反華言論，公開論戰。評論既有嚴肅論辯，也有抒情嘲諷，剛柔並濟，中國風格和氣派。 |
| 1963.09.06 | 《人民日報》發表「人民日報編輯部」和「《紅旗》雜誌編輯部」署名文章《蘇共領導同我們分歧的由來和發展——評蘇共中央的公開信》。<br>同時公開發表三份附件，即1957年11月10日中國代表團向蘇聯代表團提出的《關於和平過渡問題的意見提綱》、1960年6月26日中國代表團布加勒斯特兄弟黨會談聲明、1960年9月10日中共中央《答覆信》中關於解決分歧、達到團結的五項建議。 |
| 1963.09.13 | 《人民日報》發表《關於斯大林問題——二評蘇共中央的公開信》，指出蘇聯領導反斯大林，是為全面推行修正主義路線開路。 |
| 1963.09.26 | 《人民日報》發表《南斯拉夫是社會主義國家嗎？——三評蘇共中央的公開信》，提出國家性質是否改變，決定於國家政權性質是否改變。國家政權可以通過和平演變途徑蛻化變質。 |
| 1963.10 | 中國國慶期間，暫停發表評論文章和其他反修文章。 |
| 1963.10.22 | 《人民日報》發表《新殖民主義的辯護士——四評蘇共中央的公開信》，論證民族解放運動與國際主義理論和現實意義。 |
| 1963.11.19 | 《人民日報》發表《在戰爭與和平問題上的兩條路線——五評蘇共中央的公開信》，論述帝國主義軍備戰、核問題以及爭取和平問題。 |

| | |
|---|---|
| 1963.11.29 | 蘇共中央致信中共中央，提出停止公開論戰並召開兄弟黨國際會議。 |
| 1963.12 | 毛澤東在常委會中指出，蘇聯已發表兩千多篇反華文章，對停止公開論戰的呼籲暫不答覆，繼續寫作評論。 |
| 1963.12.12 | 《人民日報》發表《兩種根本對立的和平共處政策——六評蘇共中央的公開信》，指出蘇聯把和平共處作為對外政策總路線，而不是國際主義，實質是美蘇合作主宰世界。 |
| 1964.02.04 | 《人民日報》發表《蘇共領導是當代最大的分裂主義者——七評蘇共中央的公開信》。<br>《七評》一共修改了 18 稿，從國際共產主義運動歷史，分析赫魯曉夫的現代修正主義。 |
| 1964.02 | 蘇聯召開 6000 人參加中央二月全會，提出要對中國進行堅決反擊，採取集體措施。 |
| 1964.02.29 | 在徵求越南、朝鮮意見後，中共中央簽署並發出蘇共來信的覆信，提議中蘇兩黨會談後，舉行 17 國兄弟黨代表會議。成員國包括阿爾巴尼亞、保加利亞、匈牙利、越南、德意志民主共和國、中國、朝鮮、古巴、蒙古、波蘭、羅馬尼亞、蘇聯、捷克斯洛伐克、印尼、日本、意大利、法國。 |
| 1964.03.03<br>～<br>1964.03.10 | 羅馬尼亞代表團赴華，出面調停。中國 3 月 2 日至 12 日暫停發表論戰文章。<br>會談中，毛澤東指出，中國只是由《人民日報》和《紅旗》作出回應，中共中央和全國人大都沒有做過決議，但蘇共卻在各級決議中攻擊中國。 |
| 1964.03.07 | 蘇共中央致信中共中央，答覆 2 月 29 日來信，提議停止論戰，但再次拒絕轉發 2 月 12 日致兄弟黨信，並聲明已經通知兄弟黨，準備在報刊發表全會材料，對中國分裂行為給予反擊。 |
| 1964.03.13 | 中國恢復重播《七評》。<br>《人民日報》陸續發表左派兄弟黨批評蘇共的聲明、決議、文章和講話。包括阿爾巴尼亞、越南、印尼、日本、新西蘭、朝鮮、比利時共產黨和澳大利亞馬列主義黨。 |
| 1964.03.31 | 《人民日報》發表《無產階級革命和赫魯曉夫修正主義——八評蘇共中央的公開信》，闡述議會道路、和平過渡與帝國主義等問題。 |
| 1964.04.03 | 蘇共中央公布中央二月全會決議和蘇斯洛夫反華報告，《真理報》發表反華社論，點名批評毛澤東、劉少奇、周恩來、鄧小平、陳毅和陶鑄。<br>劉少奇決定，已經定稿的給蘇共 3 月 7 日來信的覆信，考慮推遲交付和發表。 |
| 1964.04 | 毛澤東開會，討論修改赫魯曉夫 70 壽辰賀信，此外，決定公開發表 1963 年 11 月 29 日以來中蘇往來信件，中央級報紙全文發表蘇共三篇文章，省級報紙壓縮發表，向國外多語種廣播。 |

| 1964.04.16 | 中國將賀電明碼發到莫斯科，當晚新華社廣播，次日《人民日報》發表賀電全文。 |
|---|---|
| 1964.04.17 | 中國報刊、通訊社、廣播電臺暫停發表論戰文章，為期十日。 |
| 1964.04.27 | 《人民日報》發表蘇共三篇文章。分別為《蘇共中央二月全會的反華決議》、《蘇共中央二月全會的反華報告（關於蘇共為國際共產主義運動的團結而鬥爭）》，以及《蘇聯〈真理報〉四月三日的反華言論（對馬克思主義主義原則的忠誠）》。<br>其中蘇斯洛夫報告共 8 萬字，《人民日報》用五個版全文轉載。<br>次日，《人民日報》摘錄發表赫魯曉夫 4 月 3 日至 18 日 12 篇公開講話中的全部反華部分。 |
| 1964.05.07 | 中共中央覆信蘇共中央 3 月 7 日來信。《人民日報》5 月 9 日全文發表，同時發表蘇共中央 1963 年 11 月 29 日、1964 年 2 月 22 日、3 月 7 日，中共中央 1964 年 2 月 20 日、27 日、29 日來信。 |
| 1964.05.15<br>～<br>1964.06.17 | 中共中央政治局常委召開中央工作會議。中央確定一、二、三線建設戰略部署，正式決定開展農村社會主義教育運動。<br>毛澤東根據赫魯曉夫事件論斷，社會主義國家會產生修正主義，甚至篡奪黨和國家領導權，必須在黨內、國內防修反修。 |
| 1964.06.20 | 中共中央收到蘇共中央 6 月 15 日簽署的，對中國 5 月 7 日來信的覆信。中國正集中寫作《九評》，暫不處理回信。 |
| 1964.07.14 | 《人民日報》發表《關於赫魯曉夫的假共產主義及其在世界歷史上的教訓——九評蘇共中央的公開信》，駁斥蘇聯全民黨、全民國家理論，提出社會主義社會不僅要在經濟戰線、生產資料所有制的社會主義革命，必須還有政治戰線、思想戰線徹底的社會主義革命，政治思想領域必然是漫長的鬥爭，必須堅持無產階級專政和黨委領導制度等重要論點。<br>原稿曾用標題《赫魯曉夫在蘇聯復辟資本主義》、《赫魯曉夫的歷史教訓》、《無產階級專政和赫魯曉夫的假共產主義》等。 |
| 1964.07.28 | 中共中央討論通過致蘇共覆信，於當晚廣播。<br>《人民日報》7 月 31 日同時刊登《中國共產黨中央委員會對於蘇聯共產黨中央委員會六月十五日來信的覆信》以及蘇共中央 6 月 15 日來信。<br>覆信聲明，中國絕不參加分裂國際共運的國際會議和籌備會議。 |
| 1964.07.30 | 蘇共中央覆信，決議 12 月開會。 |
| 1964.08.30 | 中共中央覆信，堅決反對召開分裂會議。 |
| 1964.09 | 《人民日報》於 9 月中旬發表新西蘭、朝鮮、日本、印尼等左派政黨批判赫魯曉夫、反對分裂會議的文件和文章。9 月 15 日至 10 月 10 日，暫停發表和廣播反修文章。 |
| 1964.10.11 | 《人民日報》開始繼續發表秘魯、印尼、錫蘭、阿爾巴尼亞、日本、朝鮮等兄弟黨反修文章。前一晚開始，在對外廣播電臺「北京電臺」繼續多語種廣播《九評》。 |

| | |
|---|---|
| 1964.10.16 | 蘇共中央主席團、中央委員會全體會議公布，10 月 14 日解除赫魯曉夫的職務。<br>同日，中國第一顆原子彈爆炸成功。 |
| 1964.10.17 | 《人民日報》頭版同時刊登《加強國防力量的重大成就　保衛世界和平的重大貢獻——我國第一顆原子彈爆發成功》以及《我國領導人致電蘇聯領導人——祝賀勃列日涅夫柯西金就任新職，同時慶賀「上升」號宇宙飛船發射成功》兩篇文章，同時暫停公開論戰。 |
| 1964.11.04 | 毛澤東指出，蘇聯領導大國沙文主義，是中蘇關係中的核心問題，有思想和歷史根源。原本可以從長計議、內部商討、求同存異的意識形態問題、理論問題、馬列主義基本原理問題，因為大國沙文主義實質問題，不得不在公開論戰中展開。 |
| 1964.11.05 | 周恩來率團赴莫斯科參加十月革命慶祝活動。<br>同日，毛澤東、劉少奇、朱德、周恩來聯名給勃列日涅夫、米高揚、柯西金致十月革命 47 週年賀電。 |
| 1964.11.07 | 蘇聯國防部長馬利諾夫斯基在招待會上對賀龍發起挑釁，建議中共中央按照蘇共辦法，顛覆毛澤東領導。勃列日涅夫解釋其為酒後失言。周恩來率團退出招待會。 |
| 1964.11.08 | 中共中央向蘇共中央正式提出抗議。 |
| 1964.11.09 | 中蘇兩黨正式會談，中國代表團提出抗議。 |
| 1964.11.10 | 中國共產黨召開常委會，討論中蘇會談內容，認為蘇共新領導仍實行沒有赫魯曉夫的赫魯曉夫主義。<br>會議決定，不發表聯合聲明和公報，不發表新聞。<br>毛澤東指出，當前方針是繼續公開論戰，絕對不受約束。但不是立刻發表文章，而是密切關注新領導的言論和行動。 |
| 1964.11.21 | 《人民日報》發表《紅旗》雜誌社論《赫魯曉夫是怎樣下臺的？》。文章沒有批判蘇共新領導層，而是論證赫魯曉夫被解除領導職務，表明現代修正主義的失敗。<br>同日至 1965 年 1 月底，《人民日報》發表勃列日涅夫慶祝十月革命節報告全文、《真理報》關於赫魯曉夫下臺的社論，並開始轉載 20 多家兄弟黨關於赫魯曉夫下臺的文件、評論和講話。<br>包括印尼共產黨、秘魯共產黨、日本共產黨、阿爾巴尼亞勞動黨、澳大利亞共產黨（馬列）、法國共產黨、奧地利共產黨、丹麥共產黨、意大利共產黨、芬蘭共產黨、新西蘭共產黨、比利時共產黨等。 |
| 1964.11.25 | 中共中央政治局常委擴大會議召開，決定 12 月間召開中央工作會議和第三屆全國人大一次會議，分別討論農村社會主義教育運動和 1965 年國民經濟計劃。標誌著中共中央開始從國際問題轉向國內問題。 |
| 1964.11.26 | 蘇共中央致信中共中央，重申召開世界兄弟黨會議籌備委員會，時間推遲至 1965 年 3 月。 |

| 1964.11.28 | 中共中央政治局常委會議召開，決定堅持 8 月 30 日覆信立場，不必回覆蘇共，不發表聲明。 |
|---|---|
| 1964.12.12 | 《真理報》發表通知，公布召開兄弟黨協商會晤。 |
| 1964.12.14 | 毛澤東會見拉美代表團，重申拒絕停止公開論戰，拒絕參加蘇聯會議。中國執行「偃旗息鼓、積累資本、冷靜觀察、後發制人」方針，不發表指名批評蘇共新領導的文章。<br>拉美代表團包括古巴、烏拉圭、委內瑞拉、阿根廷、墨西哥、哥倫比亞、哥斯達黎加、玻利維亞和危地馬拉。 |
| 1965.02.11 | 毛澤東與柯西金會談。中國重申不參加協商會晤。<br>毛澤東和柯西金均認為，中蘇沒有完全分裂。 |
| 1965.02.26 | 世界知識出版社出版《赫魯曉夫言論集》第三集。同日，《人民日報》發表《出版者說明》。 |
| 1965.03.01 ～ 1963.03.05 | 共產黨和工人黨代表協商會晤在莫斯科召開，3 月 10 日發表公報。<br>共 16 家黨代表和觀察員，以及巴西、澳大利亞、印共丹吉集團參加。<br>阿爾巴尼亞、越南、印度尼西亞、中國、朝鮮、羅馬尼亞、日本 7 家政黨拒絕參會。巴西和澳大利亞共產黨（馬列）表示譴責會議，譴責蘇聯邀請其黨內分裂分子參會。 |
| 1965.03.12 | 鄧小平主持中央書記處會議，決定起草評論文章。<br>起草小組於 3 月 15 日寫出初稿。<br>修改稿中界定蘇共新領導為大國沙文主義，但區別於美帝國主義，同時重點論述團結、革命和反帝國主義。 |
| 1965.03.19 | 毛澤東邀請美國專家愛潑斯坦、柯弗蘭，英國專家艾德勒和一些亞洲黨代表座談，徵求對文章的意見。 |
| 1965.03.23 | 《人民日報》發表人民日報編輯部和紅旗雜誌編輯部署名文章《評莫斯科三月會議》。 |
| 1966.01 | 蘇共中央致函中共中央，邀請中國派代表團參加蘇共 4 月召開的蘇共第 23 大。 |
| 1966.03.18 | 中共中央政治局常委會議召開，討論是否參加蘇共 23 大問題，以及對當前文化革命交換意見。<br>會議決定，中國不派代表團參會，由彭真通知中聯部告知蘇聯駐華使館。 |